metro

Garry Disher
Funkloch

metro wurde begründet
von Thomas Wörtche

Zu diesem Buch

Glimmende Eukalyptusbäume und ein verkohlter Heuschuppen zeugen von dem Buschfeuer, das den beiden Männern auf der Schotterpiste zum Verhängnis geworden ist. Eigentlich kein Fall für Inspector Hal Challis, aber bei den Aufräumarbeiten stößt die Feuerwehr auf die Überreste einer Drogenküche. Challis beginnt zu ermitteln, doch eine hochrangige Kollegin vom Drogendezernat aus Melbourne übernimmt den Fall. Challis soll sich unterordnen, und auf Ellen Destry kann er nicht zählen – als neue Leiterin der Abteilung für Sexualverbrechen hat sie alle Hände voll zu tun. Doch als ein Kind verschwindet, muss Challis handeln. Und die Zeit läuft gegen ihn.

»Kein Krimiautor beschreibt so normale, so fehlbare Menschen, wie es Garry Disher tut. Die Übersetzung von Peter Torberg ist exzellent wie immer.« *Frankfurter Rundschau*

Der Autor

Garry Disher, geboren 1949, wuchs im ländlichen Südaustralien auf. Er schreibt Romane, Kurzgeschichten, Kriminalromane und Kinderbücher. Sein Werk wurde für den Booker Prize nominiert und mehrfach ausgezeichnet, u. a. viermal mit dem Deutschen Krimipreis sowie dreimal mit dem wichtigsten australischen Krimipreis, dem Ned Kelly Award. Garry Disher lebt an der Südküste von Australien in der Nähe von Melbourne.

Im Unionsverlag sind außerdem lieferbar: *Drachenmann, Flugrausch, Schnappschuss, Beweiskette, Rostmond, Leiser Tod, Hinter den Inseln, Kaltes Licht, Stunde der Flut, Bitter Wash Road, Hope Hill Drive, Barrier Highway* und *Desolation Hill.*

Der Übersetzer

Peter Torberg (*1958) studierte in Münster und in Milwaukee. Seit 1990 arbeitet er hauptberuflich als freier Übersetzer, u. a. der Werke von Paul Auster, Michael Ondaatje, Ishmael Reed, Mark Twain, Irvine Welsh und Oscar Wilde.

Mehr über den Autor und sein Werk auf *www.unionsverlag.com*

Garry Disher

Funkloch

Kriminalroman

Aus dem Englischen
von Peter Torberg

Unionsverlag

Die Originalausgabe erschien 2016 bei
The Text Publishing Company, Melbourne.
Die Eingangsseiten wurden von Peter Torberg im Rahmen
des Seminars »Themenspezifisches Übersetzen« 2021 an
der Ludwig-Maximilians-Universität München mit
den Studierenden des MA Literarisches Übersetzen erarbeitet.

Im Internet
Aktuelle Informationen, Dokumente und Materialien
zu Garry Disher und diesem Buch
www.unionsverlag.com

Unionsverlag Taschenbuch 1040
© by Garry Disher 2016
Originaltitel: Signal Loss
© by Unionsverlag 2025
Neptunstrasse 20, CH-8032 Zürich
Telefon +41 44 283 20 00
mail@unionsverlag.ch
Alle Rechte vorbehalten
Der Verlag behält sich das Recht des Text- und Data-Minings an diesem Werk vor,
was hiermit Dritten ohne Zustimmung des Verlags untersagt ist.
Die erste Ausgabe dieses Werks im Unionsverlag erschien 2023
Reihengestaltung: Heinz Unternährer
Umschlagfoto: Excitations (Alamy Stock Photo)
Umschlaggestaltung: Peter Löffelholz
Lektorat: Anne-Catherine Eigner
Satz: Fotosatz Amann, Memmingen
Druck und Bindung: CPI – Clausen & Bosse, Leck
www.unionsverlag.com/produktsicherheit
ISBN 978-3-293-71040-5

Der Unionsverlag wird vom Bundesamt für Kultur mit einem
Verlagsförderungs-Strukturbeitrag für die Jahre 2021–2025 unterstützt.

Auch als E-Book erhältlich

Für Ann und Peter

I

Lovelock und Pym. Hörte sich an wie irgendein Showbusiness-Duo – Magier vielleicht, oder Folksänger.

In Wirklichkeit aber arbeiteten sie für Hector Kaye, der früher mal zu den *Bandidos* aus Kings Cross in Sydney gehört hatte. Bevor er seriöser Geschäftsmann wurde und begann, Crystal Meth aus China zu importieren. Billig waren sie nicht, Lovelock und Pym. Aber Kaye zahlte gut; letztes Jahr hatte er jedem von ihnen ein Haus und ein Auto gekauft.

Ihr neuestes Projekt bestand darin, einen gewissen Owen Valentine unten in Victoria zu beseitigen. Fünfzig Riesen plus ein Tausender Spesen pro Nase und Tag. Minimum vier Tage, zwei Tage hin, zwei Tage zurück. Über die Küstenstraße, nicht den Hume Highway: weniger Bullen. Eigentlich hätten sie genauso gut mit gefälschten Ausweisen runterfliegen können, davon hatten sie schließlich reichlich; aber keiner von beiden hatte je die Südküste gesehen. Stattdessen wollten sie sich unter falschem Namen einen Mercedes mieten, eine große Limousine mit ausreichend Platz für eine Leiche im Kofferraum.

So der grobe Plan. Dann ging Hector in die Details: »Sobald die Freundin und die Kinder aus dem Haus sind, schnappt ihr euch diesen Arsch von Valentine, packt seine Klamotten, seine Zahnbürste und all den Scheiß, damit es so aussieht, als ob er abgehauen ist. Dann legt ihr ihn um und lasst die Leiche verschwinden.«

Die drei saßen auf Hectors Veranda, einem Ensemble aus Glas und Edelstahl mit Blick auf die Double Bay, und tranken Margaritas. Lovelock, ein einfach gestrickter Mann, der

Tuntendrinks dieser Art verabscheute, fragte: »Sollen wir ihn zu Hause umlegen oder erst fortschaffen?«

»Doch nicht bei ihm zu Hause, du Genie! Er ist abgehauen, verstanden? Kein Blut.«

»Und dann lassen wir die Leiche verschwinden«, echote Lovelock.

»Verbuddeln«, führte Kaye genauer aus. »Ganz tief. Ihr braucht eine Schaufel.«

Lovelock war noch nie zuvor in Victoria gewesen. »Und wo?«

»Hier«, antwortete Kaye und tippte auf eine Landkarte. Er hatte die feingliedrigen, gepflegten Hände eines Geschäftsmanns, saubere Fingernägel, keine Narben, unversehrte Knöchel. Doch wenn er die Ärmel hochkrempelte, konnte man eine Tätowierung erkennen: *Respect Few, Fear None.*

Lovelock und Pym musterten ratlos die Karte. Der Scan im Stil eines schlechten Fax zeigte einen zwanzig Kilometer langen Abschnitt der Mornington Peninsula südöstlich von Melbourne. Kaye hatte mit einem pinkfarbenen Textmarker das Küstenstädtchen Moonta und die Lintermans Lane gekennzeichnet, eine ins Landesinnere führende Route.

»Den Kerl in Moonta schnappen und an der Lintermans Lane verbuddeln. Alles klar«, sagte Lovelock.

Pym schaute sich den restlichen Papierkram auf dem Tisch an: Fotos der Zielperson, nützliche Hinweise, eine Handynummer. Pym war ein schmächtiger, nervöser Mann, der stets nachhaken und herummäkeln musste. »Sie schicken uns ganz schön in die Pampa, Boss.«

»Ihr müsst doch nicht ins verfluchte Outback, ihr seid nur eine Stunde von Melbourne weg«, sagte Kaye. »Wenn ihr den Job nicht wollt, dann schicke ich jemand anderen.«

»Können Sie denn niemanden aus der Gegend nehmen?«

»Ich tue jemandem aus der Gegend einen *Gefallen,* kapiert? Er will nicht, dass das auf ihn zurückfällt. Ihr fahrt hin, erledigt das, und tschüss. Himmel, ich bezahle euch schließlich gut.«

Seevögel kreisten über dem in der Frühsommersonne gleißend blau daliegenden Wasser. Darüber eine einsame Wolke. Der Ausblick war Pym völlig egal. Ihn interessierte vielmehr, wie weit er noch gehen konnte: »Und was springt für Sie dabei heraus?«

»Die Genugtuung, einem Geschäftspartner einen Gefallen zu tun, kapiert?«, knurrte Kaye.

Pym lenkte ein. »Sie sind der Boss.«

»Allerdings.«

Also nahmen Lovelock und Pym die Küstenstraße, von der aus das Meer nur gelegentlich zu sehen war. Mittwochabend hielten sie in Bega, wo sie die Nummernschilder eines Autos aus Victoria an den Mercedes schraubten, dann fuhren sie durch Gippsland bis zur Spitze der Westernport Bay. Nachdem sie festgestellt hatten, dass Moonta aus kaum mehr als ein paar Strandhäusern und einem Laden bestand, fuhren sie zehn Minuten weiter bis Waterloo, wo es ein Motel gab. Kaum hatten sie eingecheckt, ging Pym eine Runde laufen, dann fuhr er zum Baumarkt am Ortsrand und kaufte Schaufel und Plane. An der Kasse zog er die John-Deere-Kappe tief in die Stirn und zahlte bar. Lovelock blieb auf dem Zimmer, schaute sich auf Fox ein Kricketmatch an und vernichtete dabei ein Sixpack Victoria Bitter. Beim Essen – Hühnersalat für Pym, eine Pizza mit extra Fleisch für Lovelock – gingen sie noch einmal den Papierkram durch.

Lovelock kaute, schluckte und rülpste. »Der Typ sieht aus wie ein Methhead.«

Pym nickte. Owen Valentines Gesicht auf den Fotos wirkte schmal, zerschunden, der Blick gehetzt, Waldbrandhaarschnitt, aufgeplatzte Lippen über fauligen Zähnen.

Lovelock schnappte sich noch ein Stück Pizza und sagte nachdenklich: »Hast du dich schon mal gefragt, was wir da eigentlich machen?«

Himmel, dachte Pym; er hasste es, wenn Lovelock philosophisch wurde. »Nein.«

Lovelock wedelte mit seinem Pizzastück, und ein grauer Fleischbrocken landete auf dem fleckigen Bettzeug. »Ich mein, wir machen immer nur, was man uns sagt. Hast du schon mal dran gedacht, dich selbstständig zu machen?«

»Nein«, antwortete Pym ohne viel Hoffnung, dass Lovelock Ruhe geben würde.

»Okay, überleg mal: Da ist dieser Junkie, und wir kriegen fünfzigtausend dafür, ihn umzulegen. Da kommt man doch auf Gedanken, oder? So viel Geld?«

»Auf was für Gedanken denn?«

»Na, was immer dieser Valentine angestellt hat, um dem Kumpel von Hector ans Bein zu pissen, muss ja schon heftig gewesen sein. Mann, fünfzigtausend?«

»Ja und?«

»Na, er weiß was, oder hat einen Arschvoll Drogen geklaut, so was in der Art.«

»Ja und?«

»Na, wir legen ihn um und verbuddeln ihn. Aber wie wärs, wir stellen ihm erst noch ein paar Fragen?«, meinte Lovelock und holte seine Zigaretten raus.

Pym, der weder Steroide noch Ice nahm, nicht rauchte und nicht trank, zwang ihn dazu, seiner ekligen Angewohnheit draußen nachzugehen. Wohl war er inzwischen Auftragskiller, aber noch immer steckte etwas von dem alten Pym in ihm. Sauber, geradlinig. Er hatte einen guten Job als Assistent eines Abgeordneten der Liberal Party gehabt, bis zu dem kleinen Missgeschick in Form eines Facebook-Posts. Ein paar offene Worte über Immigranten und Muslime, die zu einem abrupten Karrierewechsel führten.

Zwar zwang er Lovelock dazu, seiner ekligen Angewohnheit draußen nachzugehen, einen Gutenachtkuss gab er ihm trotzdem.

Freitagmorgen – nachdem Pym eine Runde gelaufen und Lovelock im Bett geblieben war – fuhren sie erneut nach Moonta. Durch an Watt und Mangrovenwälder angrenzendes Farmland über schmale Nebenstraßen bis zu dem kleinen Städtchen. Eigentlich eher eine Ansammlung von kurzen, sandigen Straßen mit Strandbungalows, manche teuer, andere renovierte Cottages, dazwischen ein paar Fertighäuser aus Holz und Putz von der Art, die in den Prospekten mit Bezeichnungen wie »The Inlander« oder »The Californian« beworben wurden.

Das Haus, in dem Owen Valentine mit Freundin und Kindern lebte, war eine abgewohnte, asbestverschalte Schachtel unter Teebäumen an einer Schotterpiste, die unpassenderweise Banksia Court hieß. Lovelock und Pym parkten den Mercedes unter einem Baum in der Nähe, warteten und beobachteten; nach kurzer Zeit kam ein rostiger weißer Corolla mit einer Frau und einem Kind an Bord aus der Garage neben dem Haus.

»So weit, so gut«, sagte Pym.

»Da sollten doch eigentlich zwei Kinder sein. Wo ist denn das andere?«

»Vielleicht haben wir den Wurm nur übersehen«, entgegnete Pym genervt. »Was weiß denn ich?«

»Ich sag ja nur.«

Düster schauten sie zum Haus hinüber und fragten sich, ob sie noch einen zweiten Mord einplanen mussten. Noch mehr Arbeit.

»Okay, Showtime«, sagte Pym.

Sie betraten das Haus durch die Verbindungstür zwischen Garage und Küche. Owen Valentine schlief auf dem Wohnzimmersofa. Pym war angewidert: Take-away-Schachteln, Weinflaschen, überquellende Aschenbecher, auf dem Tisch eine versiffte Meth-Pfeife. Und es stank nach Drogen, Müll, dem Harz des krüppligen Weihnachtsbaums in der Ecke, Hundescheiße.

»Na, Schnucki«, säuselte Lovelock und beugte sich zu einer

kleinen schwarzen Klobürste von Hund hinab. Hunde liebten ihn, und dieser hier leckte ihm gleich die Hand.

»Lass das«, fauchte Pym.

Er trat dem Schlafenden gegen das Bein. Valentine, eine dürre, von Ice zerfressene Gestalt in Shorts und T-Shirt, grunzte. Glasige Augen. Seit ein paar Tagen nicht rasiert, dreckige Füße mit gelblichen Klauen an den Zehen.

»Aufstehen, du Arschloch«, sagte Pym. Um dem Ganzen Nachdruck zu verleihen, fuhr er sich mit der Klinge seines Ausbeinmessers über die Kuppe des linken Daumens.

»Wer zum Teufel seid ihr?«, krächzte Valentine.

»Dein schlimmster Albtraum«, antwortete Lovelock, packte Valentine am T-Shirt, zog ihn vom Sofa und trieb ihm die Faust in den dürren Bauch.

Der Hund kläffte begeistert; ihm gefiel das Spielchen.

»Sachte«, mahnte Pym. »Kein Blut, keine Spuren.«

Sie verlegten das Ganze in die Garage, schlossen das Tor und fesselten Valentine mit Panzertape an einen staubigen grünen Gartenstuhl. Lovelock schnappte sich den Hund, kraulte ihm die Ohren und schaute sich um. Alte Farbdosen, Schachteln mit Schrauben und Nägeln auf der Werkbank, an den Wänden allerlei scharfkantiges Werkzeug. Es roch nach Motoröl und Meer.

Und nach Schweiß. Es war heiß in der Garage, und durch die Dezembersonne, die unbarmherzig auf das Blechdach brannte, wurde es immer heißer. Jetzt hatte sich Valentine auch noch in die Hose gemacht. Die Augen traten ihm aus dem Kopf, und er sah sich verwirrt und verängstigt um.

»Du warst ein böser Junge, Owen«, sagte Lovelock ins Blaue hinein, in der Hoffnung, dass Valentine etwas Brauchbares ausspuckte. »Stimmts? Hast ein paar Leute ziemlich unglücklich gemacht. Bist ein Klotz am Bein.«

Resignation machte sich auf Valentines Gesicht breit, dicht gefolgt von Angst und nervösem Junkiezucken. Er warf sich auf dem Stuhl hin und her und wollte schon schreien. Doch Lovelock bearbeitete mit den Fäusten seinen Kopf und Magen; Valentine, nur Haut und klapprige Knochen, riss es unter den Schlägen wehrlos hin und her.

Pym, der da heikel war, hielt sich fern von dem herumspritzenden Blut, Schweiß und Schleim. Nach kurzer Zeit meinte er: »Das reicht.« Die beiden hielten kurz inne und betrachteten die jämmerliche Gestalt auf dem Stuhl.

Valentine tat nichts, sagte nichts, ließ den Kopf baumeln. Das machte Lovelock rasend. Und die Fäuste taten ihm weh.

Er rückte wieder an und schrie: »Wo zum Henker ist das Zeug, du Stück Scheiße?«

Valentine hob den misshandelten Kopf. Die Augen waren zu Schlitzen verquollen. »Tut mir leid«, flüsterte er und bewegte Zunge und Lippen, um den fauligen Mund zu benetzen.

»Ich bin dran«, sagte Pym und schob Lovelock beiseite. Mit der Messerspitze zog er eine Kette von Blutperlen auf Valentines Unterarm. »Du hältst uns hin, Owen.«

Valentines Augen verdrehten sich, und sein Kinn fiel auf die Brust. Blut tropfte ihm vom Arm, blutiger Speichel sammelte sich am Kinn, ein dünner, funkelnder Faden dehnte sich nach unten und landete schließlich in seinem Schoß.

»Der tut nur so«, sagte Lovelock.

Er beugte sich vor, pustete Valentine Qualm ins Gesicht und brüllte: »Wo ist das Zeug, verdammt?«

Valentine versuchte vergeblich den Kopf zu heben.

»Wie bitte?«, witzelte Lovelock. »Ich kann dich nicht hören, Mann. Lass mal deine Mandeln klappern.«

Valentine fiel das Kinn auf die Brust, aber er war bei Bewusstsein und hatte die Augen offen. Lovelock sagte zu Pym: »Probier du noch mal.«

Pym, der bei dem Geruch würgen musste, schnippte mit der Messerspitze nach Valentines Nasenlöchern, Ohrläppchen, Augenbrauen. Flüssigkeiten drangen aus, sammelten sich um den

Stuhl und färbten den Betonboden dunkel; Valentine fuhr zusammen, seine Augen flatterten, sein Kopf fiel auf eine Schulter.

Lovelock wurde immer ungeduldiger. Das dauerte alles viel zu lange. Er schob Pym mit dem Ellbogen beiseite und verpasste Valentine noch einen Hagel von Schlägen links und rechts. »Wach auf, du Blödmann.«

Nichts. Er tippte an die blau geschlagenen Wangen, hob die verquollenen Augenlider an, fühlte nach dem Puls.

Er fand ihn. »Also noch nicht tot«, murmelte er und verpasste Valentine eine Ohrfeige. »Na komm schon, Kumpel, wach auf. Verarsch uns nicht.«

Immer noch nichts.

Er tat einen Schritt zurück. »Das kauf ich dir nicht ab, Owen«, sagte er misstrauisch. »Wach auf, verdammt.«

»Darf ich?«, fragte Pym mit rauem Flüstern, das sich kaum abhob von dem Geräusch des heißen Windes draußen, in dem belaubte Äste an Mauern, Zäunen und Dächern schabten.

»Nur zu.«

Pym benutzte diesmal die Finger, kniff und schnippte, stach zu wie eine Wespe. Wo das Verabreichen einer Tracht Prügel für Lovelock nur Arbeit war, fand Pym sein Vergnügen daran.

Keine Reaktion. Pym trat zurück, und Lovelock nahm seinen Platz wieder ein. »Vielleicht ist er bewusstlos.«

»Ach, wirklich?«, entgegnete Pym. »Du hast ziemlich zugeschlagen.«

Lovelock wurde rot.

Er zog eins seiner Handys aus der Tasche und tippte mit seinem dicken Zeigefinger herum.

Drei Ziffern, bemerkte Pym. Erschrocken fragte er: »Wen zum Teufel rufst du an?«

»Notruf.«

»Bist du irre?«

Lovelock wedelte mit der Hand, bedeutete ihm, den Mund zu halten, und sagte freundlich: »Den Notdienst, bitte.«

Pym blinzelte und kontrollierte die Ausgänge. Es gab zwei davon: die Verbindungstür zu Valentines Küche, offen, und das Rolltor zur Straße, geschlossen.

»Nein«, sagte Lovelock: »Ich brauche keinen Krankenwagen, noch nicht, aber könnten Sie mir wohl einen Rat geben, wie ich einen Kumpel wiederbelebe, der ...?«

Er lauschte, nickte und sagte: »Nein, er ist nur ohnmächtig geworden. Von der Hitze, glaub ich.«

Wieder lauschte er und sagte dann: »Nein, ein Krankenwagen, das wäre doch zu viel, ich brauche nur ... auf Drogen? Ich glaube nicht«, meinte er und sah Valentine an, so als wolle er die Diagnose bestätigen. Dann hörte er mit wachsender Enttäuschung weiter zu. »Hören Sie, soll ich Herzmassagen machen? Ihm kaltes Wasser ins Gesicht schütten? Was? Nein, nein, Sie brauchen mich nicht zur ...«

Er drückte auf den Aus-Knopf, nahm den Batteriedeckel ab, holte Batterie und Sim-Karte heraus, zermalmte das Handy mit dem Stiefel und steckte die Einzelteile in die Tasche.

»Da stockt einem der Verstand«, sagte Pym.

»Sie wollte mich zu den Bullen durchstellen«, sagte Lovelock überrascht.

»Herr im Himmel. Hör mal, wir servieren ihn ab und verschwinden von hier.«

»Na gut«, sagte Lovelock schmollend. »Warte.«

Er näherte sich Valentine mit seinem groben Gesicht, schob die Augenlider hoch und fühlte nach dem Puls. »Tja. Ziel erreicht.«

Pym schaute selbst nach, bestätigte das und seufzte. »Ich hole den Wagen. Du schnappst seine Klamotten und das Waschzeug.«

Pym schob das Rolltor auf, schaute sich nach beiden Seiten um, lief zum Mercedes und setzte ihn rückwärts in die Garage, wobei er fast vergessen hätte, dass Valentine dort noch an den Stuhl gefesselt in einer Blutlache saß, wenn nicht der Rückfahrsensor wie wild gepiept hätte. Er bremste, stellte den Motor ab, stieg aus, öffnete den Kofferraum und breitete die Plane über das mit Teppichboden ausgeschlagene Innere. Zufrieden brüllte er nach Lovelock: »Hilf mir mal.«

Lovelock kam mit einer Sporttasche voller Schuhe und Kleidung in der einen und einem Gewehrkoffer aus Aluminium in der anderen Hand aus dem Haus. »Schau dir das mal an.«

Pym schüttelte den Kopf. »Stell das zurück.«

»Machst du Witze? Aber nicht dieses Schmuckstück.«

Er klappte den Deckel auf und enthüllte ein elegantes Gewehr aus Holz und gebläutem Stahl mit Zielfernrohr.

»Kumpel, ehrlich«, sagte Pym.

»Nur für heute, okay?«

»Im Leben nicht. Wenn wir angehalten werden ...«

»Ich werf es weg, bevor wir nach Sydney zurückfahren, okay?«

Lovelock öffnete eine der Hintertüren des Mercedes und verstaute den Koffer hinter den Vordersitzen, bedeckt von einem Hemd und einer Jeans aus der Sporttasche.

Dann rieb er sich befriedigt die Hände und sagte: »Und nun zu unserem Gast.«

Pym schnitt die Leiche aus dem Klebeband, schob den Stuhl unter eine Werkbank und half Lovelock mit einem Haurück dabei, Valentine in den Kofferraum zu hieven, bevor er den Streifenwagen bemerkte, der am Straßenrand hielt und die Ausfahrt blockierte.

Ohne zu zögern, schloss Pym den Kofferraum, ging zu dem Stapel Farbdosen und hebelte den Deckel von einer Literdose weißer Grundierung. Er goss die Farbe großzügig über den blut- und schleimverschmierten Beton, fleckte sich Hände, Hose und Schuhe ein und ließ die Dose in den Dreck fallen.

In diesem Augenblick trat ein Uniformierter in die Garage. »Meine Herren.« Er blieb kurz stehen, damit sich seine Augen umgewöhnen konnten, dann schob er sich an der Fahrerseite des Mercedes vorbei.

Pym nickte und bemühte sich um einen beunruhigten Gesichtsausdruck. Das fiel ihm nicht sonderlich schwer, denn er war häufig beunruhigt. Lovelock, der Blödmann, schaute nur erschrocken.

»Constable Tankard, Waterloo Police«, stellte sich der Bulle vor. Er war ein rosiger, stämmiger, schweißnass wirkender Kerl, dessen Körperfülle Gürtel und Kragen fast zum Platzen brachte. »Bei uns ist eine Beschwerde wegen Ruhestörung unter dieser Anschrift eingegangen.«

»Ruhestörung?«, fragte Pym und runzelte die Stirn.

»Laute Stimmen und dergleichen.«

Pym machte ein reumütiges Gesicht. Er war sich sein Lebtag noch nicht reumütig vorgekommen, nur betrogen oder enttäuscht, und er musste sich sehr anstrengen. »Nix Ruhestörung«, sagte er. »Sie sehen ja, ich habe Farbe verschüttet. Da haben die Leute mich wahrscheinlich rumfluchen gehört.«

Der Bulle mit dem breiten Gesicht nahm das so hin und drehte sich zu Lovelock um. Er besah ihn von oben bis unten und bemerkte die Fingerknöchel. »Haben Sie sich wehgetan, Sir?«

Pym verspannte sich, aber Lovelock hatte alles im Griff. Er besah sich die Hände, dann Arme und Beine und sagte: »Meine Frau schimpft immer, ich würde nicht mal einen Nagel in die Wand kriegen, ohne mich zu verletzen.« Er schüttelte leicht den Kopf. »Tut mir leid, wir sind heute Morgen beide ziemlich angeschlagen, sorry, wenn wir jemandem Ärger gemacht haben.«

Der Bulle kicherte, besah sich noch einmal den Mercedes, dachte wohl: reiche Stadtburschen, hoffnungslos unbegabt, und meinte grinsend: »Okay, Jungs, belassen wir es dabei.«

Er kehrte zu seinem Wagen zurück. Lovelock und Pym schauten zu und warteten ab, bis er all dieses Bullenzeug hinter sich gebracht hatte, Funkspruch, Zeitangabe, Eintrag ins Fahrtenbuch, gefolgt vom Zurechtrücken des Rückspiegels, Anschnallen, Starten. Schließlich war er verschwunden.

»Nichts wie weg hier, verflucht«, sagte Lovelock.

Pym hätte es nicht besser formulieren können.

Sie folgten den Weganweisungen von Hectors Fax landeinwärts in ein Hinterland aus staubigen Pisten, die zu Obstplantagen und Farmen führten. Jene an den Hügelflanken fern der Straße wirkten wohlhabend, sauber und gepflegt. Näher zur Straße standen allerdings ein, zwei von der Sonne und dem aufgewirbelten Staub der vorbeikommenden Fahrzeuge ausgebleichte Bruchbuden, die aufgegeben oder von jener Sorte von deprimierten, grobschlächtigen Männern und Frauen gemietet worden waren, die in solchen ländlichen Gebieten stranden und mit Tieren und Maschinen arbeiten.

Pym, der auf dem Beifahrersitz lümmelte, hasste es. Er war ein Stadtmensch. Ja, die Küste war in der Nähe und Melbourne nur eine Stunde entfernt, aber hier und heute war alles trocken, und ein schmutziger Wind trieb heißen Staub durch die Gegend. Kleine Steinchen schlugen gegen den Unterboden.

Dann sprang Owen Valentines Hund zwischen den Sitzen hervor, drehte sich ein paarmal auf Pyms Schoß im Kreis und legte sich hin.

Pym war entsetzt. Er reckte die Hände weit weg und brüllte: »Was soll der Scheiß?«

Lovelock grinste. »Mann, der ist einfach in den Wagen gesprungen.«

»Blödsinn. Du hast ihn reingesetzt, du Arsch.«

»He! Nicht in dem Ton.«

»Ich will keinen verdammten Köter im Auto«, sagte Pym.

»Dann setz ihn doch nach hinten, wenn er dich stört.«

Schaudernd tat Pym wie geheißen und wischte sich dann die Handflächen an der Hose ab. Er kam sich beschmutzt vor. »Dreckiges Viech.«

»Ach ja? Scheiß drauf«, sagte Lovelock, der mit einer Hand fuhr, den Ellbogen auf die Kante des offenen Fensters legte und in der anderen Hand nachlässig eine Zigarette hielt. Er zog gierig daran, die Glut glomm auf, dann schnippte er die Asche hinaus, lenkte den Wagen über die Bodenwellen und zog wieder an der Zigarette.

»Buschbrandwetter«, warnte Pym.

»Kumpel, der Sommer hat noch nicht mal richtig angefangen.«

Pym verschränkte die Arme und sah mürrisch nach vorn. Lovelock rauchte die Zigarette auf, warf Pym einen schiefen Blick zu und warf die Kippe in den Straßengraben.

Dann fiel Pym wieder ein: Er sollte dem Kunden eine Textnachricht schicken. Er zog ein billiges Wegwerfhandy aus der Tasche und sah, dass er kein Signal hatte. Als die Balken wieder auftauchten, schaffte er es halb durch die Nachricht, bis das Signal wieder abbrach. Die verfluchte Gegend war voller Funklöcher. Schließlich konnte er den Text absetzen. Kein »Lieber Bill« oder »Fred« oder »Liebe Susan«. Hector Kaye hatte ihnen nicht verraten, wer den Auftrag erteilt hatte. Nur: *Erledigt.*

Er nahm die Sim-Karte heraus, zerbrach sie und warf sie zusammen mit dem Handy, dem Batteriedeckel und der Batterie aus dem Fenster. Dann lehnte er sich zurück, studierte die Karte und sagte: »Fahr langsam, da vorn biegen wir ab.«

Sie kamen an eine Kreuzung. »Nach links.«

Lovelock bog ab. Die Schotterpiste war den ersten halben Kilometer flach, danach stieg sie durch grasiges, mit vielen Bäumen bewachsenes Farmland und nahm eine Anhöhe; dahinter das gleiche Bild. Direkt vor ihnen kauerte ein großes Holzhaus, hübsch – Gartenbeete, Rosensträucher und kleine einheimische Bäume –, stand aber leider zu nahe an der Straße. Im grasbewachsenen Bankett steckte eine Tafel mit einer Kreideaufschrift: STAUB BITTE LANGSAM FAHREN.

Lovelock grinste, sagte: »Pass mal auf«, gab Gas, wirbelte Steine und eine wütende Staubwolke auf. Pym sah im Vorbeifahren zum Haus hinüber. Eine ältere Frau war im Garten und jätete. Die undeutliche, vom Staub eingehüllte Gestalt warf sich vergeblich einen Arm vor das Gesicht, zog den Kopf ein und bot ein Bild des Jammers.

Pym schüttelte den Kopf. »Na, richtig toll.«

Der böige Wind blies querfeldein und auch über Lovelocks weggeworfene Kippe.

Die Glut wäre vielleicht von allein ausgegangen, doch durch den Wind angefacht, leuchtete sie glühend rot auf und fand in einem verdorrten Grashalm Nahrung. Dieser Halm zündete einen weiteren an, der wiederum einen Papierfetzen. Flammen, erst nur ein Flackern, breiteten sich aus und leckten am Gras.

Lovelock und Pym, die schon ein paar Kilometer weiter waren, hatten die auf der Karte markierte Strecke, die Lintermans Lane, gefunden. Sie zog sich schnurgerade durch Felder und Eukalyptushaine hin zu einem aufgelassenen Speichersee, wo man gut eine Leiche verbuddeln konnte. Allerdings hatten Landbesitzer und Umweltschutzbeamte des Bezirks, erbost über die Schäden durch Trailbikes und Geländewagen, am Eingang ein solides, abschließbares Tor aus Metallrohren angebracht. Es gab einen schmalen Durchgang für Wanderer und ein paar Schienen für Reiter, doch ohne Schlüssel waren Lovelock und Pym mit ihrem Mercedes am Arsch.

»Wir sind am Arsch«, sagte Pym.

»Ich könnte das Tor rammen.«

»Ich glaube nicht«, entgegnete Pym und betrachtete die stabilen Pfosten und das starre Eisengestell. Ganz zu schweigen vom Schaden am Fahrzeug.

»Mist.«

»Keine Sorge«, sagte Pym. »Wir tragen ihn hinein.«

Lovelock sah sich besorgt um. Kein Verkehr, keine Häuser in der Nähe, nur Staub, vom Wind gepeitschte Bäume, ein

Hauch von weit entferntem Qualm. »Wir könnten ihn einfach ablegen.«

»Hast du nicht zugehört? Keine Leiche. Es soll so aussehen, als wenn er abgehauen wäre.«

»Ja, ja«, winkte Lovelock ab. Er schnallte sein Kampfmesser um, neunundneunzig Dollar bei eBay, irgendein Anbieter in Texas, und hängte sich Owen Valentines Gewehr über den Rücken. »Also los.«

»Du meine Güte«, knurrte Pym und schnappte sich die Schaufel. »Wir ziehen doch nicht in den Krieg.«

»Man kann nie wissen«, sagte Lovelock und spürte tief in sich einen martialischen Impuls. Er rückte seine Ray-Bans zurecht und betrachtete sich im Rauchglas des Mercedes.

»Wann immer du so weit bist«, sagte Pym.

»Du bist ein Witzbold, Mann«, sagte Lovelock ungerührt. Er griff in den Wagen und zog. Mit einer flüssigen Bewegung hatte er sich Valentines Leiche über die Schultern gelegt, trat durch den schmalen Durchgang und ging die Fahrspur entlang.

Schon bald drängten sich die Bäume zu beiden Seiten, der Weg wurde zu einem schummrigen Tunnel, der Boden war eine Matte aus Kiefernnadeln und verdorrtem Gras, und es gab kaum Anzeichen dafür, dass in letzter Zeit irgendwelche Fahrzeuge durchgekommen waren. Kräftige Brombeerzweige mit noch kleinen grünen Früchten streckten sich nach ihnen aus. Eine Elster beobachtete sie, ein Schmetterling, und auf einer angrenzenden Weide stand ein Bulle so groß wie ein VW. Bis auf eine Rauchspur hoch oben waren Lovelock und Pym allein auf der Welt. Pym versuchte die Richtung zu bestimmen. Von Melbourne nach Hobart? Der Wind drang durch jeden Spalt in den Baumreihen, Pym musste blinzeln, um den Staub aus den Augen zu kriegen. Und er roch Qualm. Am liebsten hätte er das alles schon hinter sich gehabt.

Sie gingen einen Kilometer weit und blieben am Ende des

Pfades vor einem verschlossenen Farmtor in einem Zaun stehen, der ganz mit Brombeeren und Farnkraut überwuchert war. Auf einem verblassten Schild stand *Devilbend Reservoir Zutritt verboten*. Lovelock ließ den Toten einfach über das Tor plumpsen und kletterte hinüber.

Pym folgte ihm. Ihm war heiß, er war vom Wind zerzaust und die Pflanzen hatten ihm Hände und Unterarme zerkratzt. Er fand, er hatte sich seinen Anteil an den fünfzig Riesen redlich verdient.

Fünfzig Riesen, um einen Mann umzubringen und die Leiche verschwinden zu lassen. Worum ging es dabei? Doch nun war es zu spät, Valentine nahm seine Geheimnisse mit ins Grab.

Sie gingen weiter und kamen an eine sumpfige Stelle, wo das Wasser an Schilf und Schlamm schlappte. Sie fingen an zu graben.

Zur gleichen Zeit kam ein Mann namens Colin Hauser Richtung Lintermans Lane. Meistens ging er frühmorgens spazieren, aber heute hatte er auf die Lieferung von zwei Aufsitzrasenmähern und einem kleinen Kubota-Traktor warten müssen. Weil der Fahrer zu spät gekommen war, hatte Colin erst gegen zehn duschen und frühstücken können. Dann hatte er eine kaputte Pumpe repariert und danach einen Anruf von seinem Anwalt bekommen, der mit dem Anwalt seiner Frau über eine verspätete Unterhaltszahlung gesprochen hatte. Mittlerweile war es fast Mittag.

Beinahe wäre er zu Hause geblieben. So kurz vor Mittag statt bei Sonnenaufgang zu gehen fühlte sich falsch an. Dazu noch Hitze, Staub und Wind. Doch er machte sich auf den Weg, trat aus seiner Einfahrt, nahm den Schotterweg über den Hügel, vorbei an Mrs Brodericks Haus mit ihrem staubbedeckten Warnschild, bis er an die Straße kam, die ans Ende der Lintermans Lane führte. Der Wind zerrte an seiner Jeans und presste ihm das Hemd gegen den Rücken; es roch ganz leicht nach

Rauch. Colin sah sich nervös um: ein heißer Wind von Norden. Höchste Brandgefahr, dabei war noch nicht mal Sommer.

Vor der Absperrung zum Pfad stand ein Mercedes. Gleich dahinter kamen zwei Männer offenbar von einem Spaziergang zurück: Dick und Dünn, dachte er, Riese und Zwerg. Der kleine Typ sah Hauser auf sich zukommen, erstarrte kurz, und ein verschlagener Ausdruck huschte ihm über das Gesicht – *so als ob ich kein Recht hätte, hier zu sein,* dachte Hauser. Er wollte schon sagen: »Ich komm hier jeden Tag vorbei; und wer zur Hölle seid ihr?«

Er war noch zehn Meter vom Tor entfernt. Der große Typ trug eine Art Jagdmesser an den Oberschenkel geschnallt und hatte ein Gewehr – aber nicht irgendeins, sondern Arnold Coxhells AR-16. Die wenigen sozialen Kontakte, die Colin Hauser in letzter Zeit pflegte, bestanden darin, mitten in der Nacht Lieferungen entgegenzunehmen und am Schießstand der Westernport Sporting Shooters abzuhängen, wo er sich mit Coxhell angefreundet hatte. Eines Tages hatte der ihm sein AR-16 gezeigt. Sturmgewehr, Halbautomatik, die Zivilversion des amerikanischen M16, unter guten Bedingungen treffsicher auf tausend Meter, Schnellfeuerfunktion, kaum Rückstoß. Ausgestattet mit einem variablen Redfield Nachtsicht-Zielfernrohr.

Vor zwei Wochen hatte Arnold erzählt, dass bei ihm eingebrochen worden war. Die Diebe hatten seinen Waffenschrank aufgebrochen und Schrotflinte und AR-16 mitgenommen.

»Passiert in letzter Zeit öfters«, hatte Hauser dazu gesagt. Er persönlich kannte einen Obstbauern und einen Geflügelzüchter, denen im letzten halben Jahr Gewehre gestohlen worden waren.

Und da war das AR-16. Konnte nur Arnolds sein.

Mit *diesem* Zielfernrohr gab es auf der ganzen Peninsula kein zweites.

Hauser tat uninteressiert, machte am Tor ein paar Dehnübungen, nickte den beiden zu und kehrte um, so als würde er das immer so machen, jeden Tag am Tor umdrehen, jeden Tag unterwegs Fremden begegnen.

Auf dem Rückweg an Mrs Brodericks Haus vorbei und den Hügel hinauf prägte er sich alle Einzelheiten genau ein und wiederholte sie gebetsmühlenartig: Ort, Zeit, Datum, Aussehen der Männer, Fahrzeugtyp und -farbe, die Waffe, die Schaufel.

Kaum war der Typ um die Ecke gebogen, sagte Pym: »Der hat uns gesehen.«

Tatsache. »Aber total«, erwiderte Lovelock.

»Und?«

»Was, und?«

»Überleg doch mal, wonach sehen wir denn aus?« Pym klang angespannt.

»Nach nichts Besonderem. Nur ein paar Jungs, die spazieren gehen. Wie er.«

»Schau dich doch mal an«, sagte Pym, »du mit deinem bescheuerten Messer und diesem Gewehr und ich mit der dreckigen Schaufel. Der geht nach Hause, grübelt, was er da eben gesehen hat, und in ein paar Tagen oder auch nur Stunden kommt er vielleicht auf den Gedanken, damit zur Polizei zu gehen.«

Lovelock knabberte nachdenklich an der Lippe. Schließlich ließ er den Gurt von der Schulter gleiten und packte die Waffe mit beiden Händen. »Gehen wir lieber auf Nummer sicher, oder?«

Sie stiegen in den Mercedes und folgten dem Mann. Am Haus der alten Frau vorbei die Anhöhe hinauf; dort hielten sie an und sondierten die Lage. Der Typ bog auf halber Höhe in eine Einfahrt ab. Pym sah genauer hin: Hundert Meter von der Straße entfernt stand ein Haus neben einer Reihe von Schuppen und einem Windrad, halb verborgen hinter einer Gruppe von Kiefern.

»Also gut.«

Der Rauch war dichter geworden und braute sich im Osten zu einer wabernden Wolke zusammen. Hauser eilte an den Hunden in ihren Zwingern vorbei durch das Gartentor ins Haus. Direkt ins Arbeitszimmer, wo er alles auf einem Blatt Papier notierte, bevor ihm alles wieder entfiel.

Draußen brach explosionsartiges Gebell los.

Mit schnurrendem Motor rollte der Mercedes den Hügel hinab. Gleich hinter der Einfahrt gab es einen kleinen Platz, auf dem der Kerl offensichtlich seine Müll- und Recyclingtonnen stehen ließ, statt sie für die Müllabfuhr vom Haus zur Straße zu karren. Lovelock steuerte direkt darauf zu, katapultierte die Tonnen beiseite, hielt an, schnappte sich das Gewehr, und die beiden stiegen aus.

Sie kamen zum Haus, hinter dem die Schuppen auf einer Anhöhe verteilt standen, und wurden vom Gebell überrascht. Zwei Hunde warfen sich ihnen entgegen, wurden aber durch Ketten zurückgehalten. Schwer von Begriff, versuchten sie es erneut. »Himmel«, murmelte Pym.

»Brave Hundchen«, sagte Lovelock.

Am Gartentor blieben sie stehen. Das kleine Haus mit Ziegelverblendung war ein liebloses Etwas aus den Siebzigern. Die Rosensträucher ringsherum wuchsen wild vor sich hin, der Rasen verschwand unter kniehohen, dürren Gräsern, auf der Veranda standen verdorrte Pflanzen in Terrakottatöpfen. Die beiden passierten das Tor und traten auf die Veranda.

Die Haustür war verschlossen und mit einer Schmierschicht aus Staub und Pollen bedeckt, Beweis, dass sie nie benutzt wurde. Die Küchentür aber war nicht verschlossen, ließ sich leicht öffnen und quietschte nur ganz wenig.

Die Küche war armselig; kaum Tageslicht, der Geruch nach Essen, Staub und schmutzigen Tellern. Im Flur war es nicht besser, ein schmuddeliger Tunnel mit ein paar halb offenen Türen. In einem Zimmer ein Sessel vor einem riesigen Fernseher, in einem anderen ein ungemachtes Bett. Alte Gerüche: muffige Luft, dreckige Wäsche, ungewaschene Achselhöhlen.

Schließlich am Ende des Flurs ein kleines Arbeitszimmer, wohnlicher als die anderen Räume: Schreibtisch, Regale, Computer und Drucker, Telefon, Aktenschränke. Hinter dem Schreibtisch stand der Mann vom Tor.

Hauser faltete das Blatt zusammen und hatte es gerade zwischen die Seiten seines Schreibtischkalenders geschoben, als eine Stimme warnte: »Rühr das Telefon nicht an.«

Nicht, dass das noch von Bedeutung war. Lovelock feuerte einen Sekundenbruchteil später das Gewehr ab.

Ein ungeheurer, erschütternder Lärm, dann schlugen die kurzfristig verstummten Hunde erneut an, klangen diesmal aber anders, klagend.

Lovelock trat um den Schreibtisch und feuerte noch einmal direkt in Hausers Schädel.

Stille machte sich breit.

Dann übernahm Pym. »Rühr nichts an.«

»Ich bin doch nicht blöd, Mann.«

»Heb die Hülsen auf.«

»Wozu? Ich habe sie nicht angerührt. Die Bullen werden es dem in die Schuhe schieben, dessen Abdrücke drauf sind.«

Pym wollte etwas erwidern, überlegte es sich aber anders. »Na gut. Ein schiefgelaufener Einbruch.«

»Wenn du meinst«, sagte Lovelock zweifelnd; er entdeckte im Haus nichts von Wert.

»Zieh ein paar Schubladen auf, mach Unordnung, nimm ein paar Sachen mit.«

Lovelock tat wie geheißen, Pym griff taschentuchbewehrt nach dem Telefon. Die letzte gewählte Nummer gehörte nicht der Polizei, sondern zu einem Handy und war schon ein paar Stunden alt.

Er kniete neben der Leiche und ging die Taschen durch. Ein Schweizer Taschenmesser, ein abgewetztes Portemonnaie mit Karten und einem Fünfdollarschein, den er einsteckte.

Lovelock tauchte wieder auf; er hatte ein iPad, ein altes Nokia und einen Ziploc-Beutel mit Marihuana bei sich. »Schau mal, was ich in der Gefriertruhe gefunden habe«, sagte er und wedelte mit dem Gras.

»Wie schön für dich«, schnauzte Pym. »Na los. Nichts wie weg.«

»Du bist mir ja ein Herzchen.«

»Was denn, sollen wir vielleicht ne Party schmeißen? Wir haben gerade zwei Männer umgelegt. Und wir haben noch einen langen Heimweg vor uns.«

Lovelock verdrehte die Augen und folgte Pym hinaus. Sie kamen an den Hunden vorbei, die die Männer richtig deuteten und sich hinkauerten, und gingen die Einfahrt entlang zum Mercedes.

Pym schnüffelte. »Rauch.«

Er drehte sich einmal im Kreis, aber die turmhohen Kiefern standen dicht und ließen nur einen verblichenen Flecken mittäglichen Himmels frei. Was wusste er schon von Bränden? Zumindest wollte er sich nicht zwischen Bäumen davon erwischen lassen.

Wie schon auf dem Hinweg fuhr Lovelock, Pym saß auf dem Beifahrersitz und Owen Valentines Klobürstenhund hatte sich auf dem Rücksitz zusammengerollt und schlief. Sie kamen am Staubwarnschild vorbei, und Lovelock gab erneut Gas, war aber diesmal nicht mit dem Herzen bei der Sache.

Ein paarmal links, ein paarmal rechts, dann waren sie östlich vom Speichersee und kamen auf eine asphaltierte Straße zu. An der Kreuzung stand ein Streifenwagen mit kreisenden Lichtern, und der Horizont in der Nähe der Ortschaft, in der sie die letzte Nacht verbracht hatten, war mit einer bös aufwirbelnden Rauchwolke verhangen.

Lovelock bremste. »Er hat uns gesehen.«

Pym legte beruhigend eine Hand auf Lovelocks fleischigen Unterarm. Das tat er immer, wenn Lovelock die Nerven verlor. »Beruhige dich. Der ist nicht hinter uns her.«

»Wie willst du das wissen?«

»Frag dich doch mal selbst, was der hier macht, okay? Er ist wegen dem Feuer hier. Er leitet den Verkehr um.«

»Wenn du das sagst.«

»Ja, das sage ich. Fahr einfach ganz normal ran, lass die Scheibe runter und hör dir an, was er zu sagen hat. Wenn du *jetzt* umdrehst, wird er sich an uns erinnern, vor allem, wenn sich herausstellt, dass das Feuer absichtlich gelegt worden ist.«

Lovelock schluckte, Schweißperlen standen auf seinem kräftigen Gesicht, aber er fuhr langsam auf die Kreuzung zu. Der Polizist, ein junger uniformierter Constable mit Panoramabrille, drehte sich um und sah ihnen entgegen. Im letzten Augenblick zuckte ein Ausdruck der Verärgerung über sein Gesicht, so als wollte er sagen: Noch so ein Schwachkopf, den man nicht ans Steuer lassen sollte.

Er machte eine Handbewegung in Lovelocks Richtung: Nach links abbiegen, weg vom Feuer.

Lovelock tippte sich zum Salut an die Schläfe und folgte der Anweisung. »Hat sich nicht mal die Mühe gemacht, mit uns zu reden«, sagte er und schaute in den Rückspiegel.

Dann: »Mist, er geht ans Funkgerät.«

»Beruhige dich. Man hat ihm aufgetragen, den Verkehr im Auge zu behalten, das ist alles«, sagte Pym und verdrehte den Hals, um nach hinten die Straße entlangzuschauen. Aber er sah nichts mehr, die Straße war kurvenreich und von Bäumen gesäumt.

»Und was, wenn er das Kennzeichen durchgibt?«

»Na, dann gibts Ärger.«

»Also behalte die Straße im Auge«, meinte Lovelock angespannt.

Eine halbe Minute, eine ganze, doch die Straße hinter ihnen blieb leer. »Nichts«, sagte Pym.

»Und was ist vor uns, hast du daran schon gedacht?«

»Du hast 'nen Verfolgungswahn.«

»Und das mit gutem Grund«, entgegnete Lovelock, der sich derart am Lenkrad festklammerte, dass er weiße Knöchel hatte. Er bog in die nächste Seitenstraße ein. »Wenn es wieder sicher ist, tausche ich noch mal die Nummernschilder.«

»Und wirf das verfluchte Gewehr weg«, sagte Pym.

»Ja, ja.«

Pym sah sich besorgt um. Die Straße – eine schmale Schotterpiste durch spärlich bewaldetes Farmland – wies in die richtige Richtung zum Highway nach Gippsland, aber bis dorthin waren es noch einige Kilometer, und der Rauch vor ihnen bildete eine Wand.

Mit einem angespannten Krächzen in der Stimme sagte er: »Wir müssen umkehren.«

Im Rauch hatte er eine Flamme züngeln sehen, Funken stoben im Wind. Und der Rauch kam plötzlich immer näher und war keinesfalls Kilometer entfernt. Die Baumwipfel peitschten, Zweige, Äste und ein Stück Blechdach flogen an der Windschutzscheibe vorbei.

»Verflucht.«

Glutbrocken umwirbelten sie und legten neue Brände; Pym bekam es mit der Angst. Er packte zur Beruhigung nach Lovelocks Unterarm.

»Kumpel ...«

Lovelock bremste, hielt an, schätzte die Breite der Straße ab. Zu schmal, um einfach zu wenden, wie Pym auf einen Blick sehen konnte, und die Gräben zu beiden Seiten waren nicht abschätzbar. Tief? Würden sie stecken bleiben? Er hatte keine Ahnung.

Der Motor ging aus. Lovelock ließ den Anlasser mahlen, dann schlug ihnen die Hitze entgegen. Der Lack warf Blasen, so etwas hatten sie noch nicht gesehen, eine solche Hitze noch nicht gespürt, einen solch fauchenden Furor noch nicht gehört. Die Hitze schlug zu. Sie konnten nicht sprechen, nichts tun.

2

Das war am Freitag gewesen.

Das ganze Wochenende sprachen die Menschen über nichts anderes als das Feuer und den ausgebrannten Wagen, und auch am Montagmorgen, als Hal Challis mit einem Eimer zu seinen Füßen duschte, dachte er vor allem an dieses Ereignis.

Ganz nach der obersten Regel ländlicher oder regionaler Polizeiarbeit, nicht dort zu leben, wo die »Kundschaft« lebte, wohnte der Kriminalbeamte in einem alten Farmhaus an einer staubigen Piste ein paar Kilometer landeinwärts vom Polizeirevier Waterloo. Die Verrückten, die Durchgeknallten und gemeingefährlichen Irren konnten ihn immer noch aufstöbern, wenn sie sich nur anstrengten, aber es würde ihnen Mühe bereiten, und selbst wenn sie sich anstrengten, würden die meisten von ihnen die Nerven verlieren, sobald sie die letzte Straßenlaterne hinter sich ließen.

Daher der Wohnsitz auf dem Land – was allerdings im Augenblick vor allem zundertrockenes Gras und leicht entflammbare Kiefern und Eukalyptusbäume bedeutete. Seit Monaten hatte es nicht geregnet. Staudämme lagen trocken, Regenwasserzisternen leerten sich rapide. Challis' Haus war nicht an die Wasserleitung angeschlossen, also duschte er nur kurz und goss mit dem seifigen Restwasser seine Rosen. Nicht die Topfpflanzen: Ellen Destry, die neulich bei ihm übernachtet hatte, hatte ihn dabei ertappt, wie er sein Duschwasser in den Lavendeltopf kippte, den sie ihm gekauft hatte, und war in die Luft gegangen. »Willst du ihn vielleicht umbringen?«, hatte sie wissen wollen und die Hände in die Hüften gestützt. »Gieß die Rosen damit, die bringt nichts um.«

Challis hatte brav genickt. Wenn es um Beziehungen ging, hegte und pflegte er sie – sonst wäre er auch nicht so gut darin, Killer und Diebe zu fassen –, doch wenn es um Bäume, Sträucher oder Jungpflanzen ging, war das etwas anderes. Dort erschöpfte sich seine Arbeitsweise, mal abgesehen von Abschneiden und Verbrennen, in zerstreuter Vernachlässigung.

Challis trocknete sich ab und grübelte. Gestern Abend hatte er eine Ladung Wasser für den im Boden versenkten Haustank bestellt. Aber sollte er damit gegen einen Brand ankämpfen, wenn es so weit kam? Oder genauer gesagt, *konnte* er das? Er hatte seine tragbare Pumpe, eine benzinbetriebene Honda, seit letzten Sommer nicht mehr benutzt. Er versuchte, im Geiste die dazu notwendigen Schritte durchzugehen. Schläuche anschließen, Benzin anpumpen, Benzinzufuhr öffnen, Choke betätigen, Anlasserschnur ziehen ... oder sollte er lieber bei Brandgefahr verschwinden? Brieftasche, Schlüssel, Handy, Fotos und Dokumente schnappen und an den Strand fahren?

Auf keinen Fall wollte er in den Flammen umkommen wie die beiden Männer, die letzten Freitag auf einer Staubpiste in der Nähe von Waterloo eingeschlossen worden waren. Man hatte sie noch nicht identifizieren können, und die Nummernschilder waren geklaut gewesen.

Challis rasierte sich mit um die Hüften geschlungenem Handtuch. Es war 7.05 Uhr. Der Wassertankwagen sollte um halb acht eintreffen.

Zwanzig Minuten später trug er Chinos und eine leichte Leinenjacke über einem kurzärmligen Hemd, das er nicht in die Hose gesteckt hatte. Kaffee und Müsli hatte er schon intus, als er einen rülpsend stotternden Motor die Straße entlangkommen hörte, ein Laster, der abbremste, und so trat er hinaus, um dem Fahrer den Weg zu weisen. Wieder ein heißer, windgepeitschter Tag, und mit seiner Hakennase, mit wehendem

Haar und flatternden Jackenschößen, wirkte Challis ganz so, als habe er den Wind herbeigerufen und wolle ihn nun bis zum Ende ausreiten. Er schnüffelte. Kein Qualm. Nur Staub und Dieselabgase des Wasserlasters, der seine Einfahrt hinaufkam.

Challis gab Handzeichen, wies die Richtung an, winkte zu sich; schließlich hob er die Hand zum universell verständlichen Stoppzeichen. Der Fahrer stieg aus. Sie gaben sich die Hand.

»Ist es das?«, fragte der Fahrer und warf einen Blick auf den Betondeckel des unterirdischen Tanks, der ein paar Meter von der Rückseite des Hauses entfernt lag.

»Ja.«

Der Fahrer rollte einen schwarzen Schwerlastschlauch mit einem klobigen Metallstutzen aus, zerrte ihn zum Tank, hebelte den quadratmetergroßen Betondeckel beiseite und steckte den Schlauch in den Tank. Dann kehrte er zum Tankwagen zurück, ließ das Wasser laufen, und die beiden Männer unterhielten sich über dies und das. Über den Buschbrand vom Freitag, die Hitze, die Trockenheit; der Wasserlieferant meinte, er würde sich die Hacken ablaufen.

Um acht Uhr hatte Challis den Mann bezahlt und fuhr zur Brandstelle. Eine Stunde lang schaute er sich den Umkreis an. Nach australischen Maßstäben hatte es sich um ein kleines Feuer gehandelt – Gras, Zäune, Bäume und einen Heuschuppen –, das aber ziemlich gewütet hatte. Zwei Tote, dazu hatte ein neues Wohngebiet von Waterloo den Flammen im Weg gestanden. Challis nahm die Schotterpiste, auf der die Männer umgekommen waren, und stieß auf glimmende Eukalyptusbäume, die von einem Aufräumkommando der Feuerwehr überwacht wurden; ein Tatortspezialist beaufsichtigte das Verladen des ausgebrannten Mercedes auf einen Tieflader. Challis sagte kurz Hallo, machte kehrt und fuhr zur Coolart Road zurück.

Von den leichten Anhöhen der Straße aus schaute er nach Osten und konnte dort die unregelmäßigen schwarzen Flecken im verdorrten und absterbenden Gras erkennen, dazu verkohlte Baumgruppen und in der Ferne schwarze Streifen bis an die Ausläufer von Waterloo. Vergeblich versuchte er sich vorzustellen, was die Toten wohl damit bezweckt hatten, auf die Flammen zuzufahren. Andererseits ist ein solches Feuer eine verwirrende Masse aus Qualm und Krach. Vielleicht hatten sie nicht gewusst, wo die Flammen standen, bis es zu spät war.

Bevor Challis nach Waterloo fuhr, kehrte er um und machte sich auf den Weg zur Einsatzzentrale Westernport auf der Feuerwache Moorooduc. Dort zeigte ihm der Verantwortliche auf einem großen Flachbildschirm eine Reihe von Google-Earth-Aufnahmen. »Hier fing es an.« Nordwestlich von Waterloo. »Dann hat es sich schnell in diese Richtung ausgebreitet.« Nach Südosten. Challis versuchte, sich die blassen Streifen durch all die Schwärze vorzustellen.

»Was ist das für eine Straße, und die da?«

Der Mann nannte sie ihm.

»Und wann am Freitag?«

»Gegen elf Uhr.«

»Und keine Meldungen von Müllverbrennen, Kettensägen, Rasenmähern …?«

»Nichts.«

»Und was war die Ursache, Ihrer Meinung nach?«

»Eine Kippe«, antwortete der Verantwortliche.

Challis fuhr nach Waterloo; er wusste, dass sie niemals einen Schuldigen finden würden. Eine unbeabsichtigte Tat durch einen ganz gewöhnlichen Passanten? Hier handelte es sich nicht um eine Verbrechensaufklärung. Die übliche Methode – verfolgen, befragen, ausschließen – würde hier nichts bringen. Und was die intuitive Seite der Ermittlungen anging: Wie sollte man sich denn in den Verstand einer ansonsten unschuldigen Person hineindenken, die an einem heißen, windigen Tag eine brennende Kippe zum Autofenster hinausschnickt? Keine Chance, die Wünsche und Ängste einer solchen Person zu erahnen; es gab keine zu verwischende Grenze zwischen Jäger und Gejagtem. Keine Möglichkeit, die Unterweltgemeinschaft der Kippenschnicker zu unterwandern und nach den Verbitterten, Eifersüchtigen, Schwachen oder Heimtückischen Ausschau zu halten.

Aber das Feuer war eh nicht seine Angelegenheit. Die Epidemie an Drogenkriminalität schon: Die Feuerwehr war bei den gestrigen Aufräumarbeiten in der Ansiedlung Belair Close auf eine verlassene Drogenküche gestoßen.

Belair Close war den Werbetafeln zufolge die Traumsiedlung für junge Käufer, doch im Augenblick bestand sie nur aus einer Handvoll nackter Bodenplatten, die durch Sackgassen und kurze Ringstraßen zusammengehalten wurden. Nirgendwo gab es eine gerade Linie. Ein Haus – die Drogenküche – war so weit fertiggestellt, dass es abgeschlossen werden konnte, drei weitere standen als Holzverschalung da, der Rest war Staub und Leere. Braun, Grau und Schwarz waren die vorherrschenden Farben: aufgebrochene Erde, Betonplatten, neue Straßen und verbranntes Gras ringsherum. Verlassene Baufahrzeuge sorgten für seltene gelbe Einsprengsel.

Challis steuerte auf die Drogenküche zu. Das von Feuer und Rauch beschädigte Haus war klein, billig-modern und stand in einer hinteren Ecke des verlassenen Grundstücks, ein paar Meter von der Brandgrenze entfernt. Streifenwagen, ein Transporter der Spurensicherung, und dort, wo Belair Close an die nächste Siedlung grenzte, eine Staffel Polizeischüler, um die Gaffer aus der Nachbarschaft abzuhalten.

Als Challis vor ein paar Jahren den Posten als Inspector der Westernport Region Crime Investigation Unit (CIU) angetreten hatte, war die ganze Gegend noch Farmland gewesen. Die Einwohnerzahl der alten Gemeinden auf der Peninsula, Rosebud, Mornington und Waterloo, hatten sich seither verdoppelt, was den Politikern zufolge auf eine gesunde Wirtschaft hindeutete. Polizei und Wohlfahrtseinrichtungen hingegen wussten, dass dieser Fortschritt auch zu sozialen Notlagen und Kriminalität geführt hatte, da die Mittel für Schulen, öffentliche Verkehrsmittel und das Aufstocken des Personals bei Polizei und Wohlfahrt hinterherhinkten.

Challis hielt an, stieg aus und zeichnete die Anwesenheitsliste ab, die John Tankard, ein Senior Constable in Waterloo, führte. »Ist Pam Murphy hier?«

»Irgendwo.«

»Wer ist von der Spurensicherung da?«

»Scobie Sutton und noch ein paar andere.«

Challis nickte zum Dank, trat auf das Haus zu und blieb stehen, als zwei Männer und eine Frau in Schutzanzügen und mit Atemschutzgeräten verkohltes und geschmolzenes Laborgerät hinaustrugen – Messbecher, Glas- und Gummirohre. Er sah zu, wie sie das Material ein Stück vom Haus entfernt auf den Boden legten. Dann gingen sie wieder hinein, die Männer kamen mit verrußten Chemikalienflaschen und ein paar Fünf-Liter-Behältern heraus, die Frau mit zwei Tabletts voller Katzenstreu, das von Speed- und Iceköchen dazu verwendet wurde, um chemische Dämpfe zu binden. Einer der Männer, groß und mager, sah aus wie Scobie Sutton.

Dann grinste Pam Murphy ihn an. »Boss.«

»Was haben wir hier?«

Pam war eine gute Beamtin. Schlau, agil, fit; jetzt gerade schwitzte sie in ihrem Schutzanzug. Sie wischte sich mit dem Handrücken über die Stirn und antwortete: »Wenn Sie ›Was haben wir hier?‹ sagen, dann bin ich mir nie sicher, ob Sie es so meinen oder ob Sie zu viel CSI geschaut haben. Oder ob es sich nicht um eine ironische Bemerkung über die klischeehaften Situationen handelt, in denen Sie sich so häufig wiederfinden.«

»Oder alles drei«, meinte Challis.

»Und wenn Sie – ein hochdekorierter und hochgeschätzter

Senior Detective – darauf keine Antwort wissen, was bleibt dann so einer kleinen Ermittlerin wie mir noch?«

»Ermitteln, hoffe ich.«

Gemeinsam schauten sie zu, wie die Forensiker immer wieder im Haus verschwanden und herauskamen. Vorder-, Seiten- und Hintertüren waren geöffnet worden, um das Haus zu durchlüften. Challis konnte die Dämpfe riechen. Hineinschauen konnte er nicht: Die Köche hatten alle Fenster mit schweren, blicksicheren Vorhängen verdeckt.

»Wissen wir, wie lange die Küche in Betrieb war?«

»Nicht lange. Der Bauunternehmer meint, das Haus sei erst seit zwei Wochen absperrbar gewesen.«

Challis besah sich missmutig das Haus. Eine Hydrokultur mit Marihuanapflanzen konnte Wochen oder gar Monate am selben Ort betrieben werden, Ice-Köche hingegen arbeiteten nie länger als drei, vier Tage und zogen dann weiter. Challis hasste Ice. Es war billig, leicht zu beschaffen, leicht herzustellen. Eine schmutzige Droge, wohl der Grund für einen veritablen Ausbruch an örtlichen Verbrechen. Ein paar davon offenbar geplant – Schießereien aus vorbeifahrenden Autos, Brandanschläge auf Häuser und Fahrzeuge. Viele rein willkürlich und unvorhersehbar – Gewalt im Straßenverkehr, grundlose Messerstechereien, Gewaltausbrüche, ein rasanter Anstieg an häuslicher Gewalt …

An jedem beliebigen Abend der Woche steckten in den Zellen des Polizeireviers Waterloo Männer, Frauen und Teenager, die von einem Trip runterkamen, tobten, mit den Köpfen gegen die Wände schlugen und gegen die Türen traten.

»Wer hat sie entdeckt?«

»Ein Freiwilliger vom Bereitschaftsdienst, aber der wusste nicht, dass es sich um eine Küche handelt.« Murphy zeigte hinüber. »Er war drüben in Seaview und klapperte die Häuser ab, um vor dem Feuer zu warnen, dann hat er hier einen Lieferwagen stehen sehen, ist hergekommen und wurde von ein paar Männern niedergeschlagen, die dann davongefahren sind.«

Challis verspannte sich. »Die Männer, die vom Feuer erwischt wurden?«

Allerdings waren sie nach Waterloo gefahren, nicht in die andere Richtung ...

Murphy schüttelte den Kopf. »Die waren doch in einem Pkw, richtig? Der Helfer ist sich sicher, dass es sich hier um einen Lieferwagen gehandelt hat.«

»Kennzeichen?«

»Hat er sich nicht gemerkt.«

»Beschreibungen?«

Murphy schaute in ihre Notizen. »Der eine jung und gammelig, der andere kräftiger. Tattoos, Muckis. Er hat sie nicht gut sehen können.«

»Studenten?« Bikergangs waren bekannt dafür, junge Leute einzusetzen, die sich ein wenig mit Chemie und Laborgeräten auskannten.

»Schon möglich«, antwortete Murphy. »Jedenfalls merkte er sich das und ging weiter von Tür zu Tür. Und als das Feuer die hintere Veranda bedrohte, haben ein paar Löschfahrzeuge das Haus abgespritzt. Erst gestern, als es dem Mann wieder einfiel, hat jemand nachgeschaut. Einer der Uniformierten ist hergekommen und hat sich umgesehen.«

Pam schwieg kurz. »Zudem gibt es Hinweise darauf, dass hier ein Kind gewesen sein muss. Wir haben Kleidungsstücke gefunden – pinke und gelbe T-Shirts, Shorts und Unterhöschen.«

»Und der Freiwillige hat kein Kind gesehen?«

Murphy schüttelte den Kopf. »Vielleicht saß die Kleine schon im Lieferwagen. Das Feuer hatte den Hinterzaun erreicht, also hatten sie vielleicht schon zusammengepackt.«

Ein plötzlicher Windstoß aus dem verbrannten Waldstreifen brachte Ruß herbei. Ein Flöckchen kam herangeweht und landete, von Challis unbemerkt, auf seinem Ohrläppchen. Pam Murphy streckte die Hand aus, das Taschentuch wirkte sehr weiß in ihrer sonnenbraunen Hand, und wischte es fort.

»Asche«, erklärte sie und zeigte ihm den Beweis.

Eine sehr vertrauliche Geste. Die aber in diesem Fall nichts zu bedeuten hatte. Wenn man ihn darauf festnageln wollte, würde Challis vielleicht sagen, dass er Pam Murphy attraktiv fand, aber ganz allgemein mochte er das Aussehen einer Läuferin, Sportlerin, einer leichtfüßigen Tennisspielerin – eben einer Frau wie Pam. Wie Ellen Destry. Jedenfalls hatte sie das mit dem Ruß und dem Ohr bereits wieder vergessen und beobachtete das Haus, vor innerer oder unterdrückter Anspannung fast zitternd. Challis wusste, dass sie das Herumstehen im Dienst hasste. Pam war auf der Jagd. Sie war immer auf der Jagd.

Trübsinnig sah er sich um in der trostlosen Runde der Betonfundamente, Gerüste und staubigen Baumaschinen bis zur Seaview Estate hinüber, die nun schon seit fünfzehn Jahren bewohnt wurde. Deren Anwohner, von der Reihe der Polizeischüler zurückgehalten, standen auf Fußwegen, in Einfahrten, Vorgärten und an Hinterzäunen und beobachteten den Einsatz. Am Freitag waren sie evakuiert worden, doch nun waren sie wieder zu Hause und erlebten ein neues Drama. In der Ansiedlung gab es ein, zwei Dealer und eine Handvoll Junkies, doch zumeist handelte es sich um sich abmühende Familien, die dort in zwar fadenscheiniger, aber zumeist gesetzestreuer Anständigkeit lebten. Früher hatte mal eine Familie brutaler Krimineller die Siedlung beherrscht, doch war ihre Zeit um, die Angehörigen waren in der Zwischenzeit verstorben, saßen im Gefängnis oder spielten einer anderen Gemeinde übel mit.

Einer der Spurentechniker kam aus dem Haus. Die Vogelscheuche von Mann, der der Schutzanzug um die Knochen schlotterte, nahm das Atemschutzgerät ab und kam direkt auf sie zu.

»Inspector. Pam«, grüßte er sie beide.

»Scobie.«

Bis vor einem Jahr war Scobie Sutton noch Detective des CIU gewesen. Er war sensibel, machte sich ständig Sorgen, war zu ehrlich, um mit den Lügen, Ausflüchten, Zweideutigkeiten und Ungerechtigkeiten des normalen Polizeidienstes klarzukommen; er war besser darin, Beweise zu sammeln und zu interpretieren. Er hielt ein paar Beweisbeutel in die Höhe. Pillen in verschiedenen Formen, Farben und Größen in einem davon, ein weißliches Granulat im anderen.

»Ice, ziemlich sicher«, sagte er. »Bei den Pillen werde ich erst Bescheid wissen, wenn ich sie überprüfe.«

»Fingerabdrücke?«

Sutton sah zum Haus zurück und verzog das Gesicht. »Jede Menge Rauch, dazu der Wasserschaden. Und alles, was noch intakt ist, scheint abgewischt worden zu sein. Aber vielleicht mussten sie sich bei dem drohenden Feuer beeilen, und wir haben Glück.«

»Haben Sie Hinweise darauf gefunden, dass sich dort ein Kind aufgehalten hat?«, fragte Challis.

Sutton hatte eine Tochter, und der Gedanke, ein Kind könne in Not sein, ging ihm nahe. Er schloss die Augen und wankte leicht. »Ich habe keine Ahnung, was es hier zu suchen hätte. Abgesehen davon muss ich mich um den Wagen von dem Brand am Freitag kümmern, wenn ich hier fertig bin.«

Dann war er fort, gab einem Beamten, der die Beweise aktenkundig aufnahm, die Drogen und verschwand wieder im Haus.

»Boss«, sagte Murphy, »das kommt mir nicht gerade wie das Zentrum eines Ice-Imperiums vor.«

»Finde ich auch.« Challis nickte bedrückt. »Zu klein, zu planlos.«

Aber irgendwo in der Nähe gab es ein Ice-Imperium. Die Auswirkungen waren rings um sie herum zu erkennen. »Vielleicht erfahren wir beim Briefing der Drogenfahndung etwas.«

3

Das Briefing der Drogenfahndung …

Die in Melbourne stationierte Abteilung hatte in letzter Zeit eine Reihe von Einsätzen im ländlichen Victoria durchgeführt. Das Ziel lautete, Produktion und Vertrieb von Ice zu untersuchen und die örtlichen Polizeikräfte zu schulen. Nun war Westernport an der Reihe, und für die Zeit nach der Mittagspause waren eine Reihe von Gesprächen angesetzt: ein Senior Sergeant der Drogenfahndung, eine ehemalige Süchtige und Dealerin und ein Elternteil von Süchtigen. Challis sah den Sinn eines solchen Einsatzes durchaus ein, allerdings würde dies das Revier den ganzen Nachmittag über blockieren, und er hatte noch viel Arbeit zu erledigen.

Er kehrte zu seinem Wagen zurück, ließ die Ansiedlung hinter sich und fuhr auf eine gewundene Straße, die ihn zur Frankston-Flinders Road und nach Waterloo brachte. Bald kam er an Reifenhändlern vorbei, Autowerkstätten, einer BP-Tankstelle, Waterloo Rasenmäher, Waterloo Anglerbedarf, einem Motel, einem breiten Streifen Parklandschaft am Rand des Mangrovengürtels und dem tückischen Watt von Westernport und landete schließlich auf der High Street. Banken, Apotheken, Cafés, andere kleine Geschäfte. Am anderen Ende lag der Kreisverkehr, wo sich die beiden Hauptgeschäftszweige von Waterloo gegenüberlagen, wie Challis fand: das Polizeirevier und der McDonald's.

Er stellte den Wagen auf dem mit Schlaglöchern übersäten Platz hinter dem Revier ab und betrat es durch die Seitentür. Waterloo war eine Ausbildungsstation. Die jungen Constables wurden hierhergeschickt, um für ein paar Monate mit uniformierten Kollegen, der CIU und den Zivilangestellten zusammenzuarbeiten, und dann auf andere Reviere verteilt. Challis nahm sie nur undeutlich wahr. Er sprach an Tatorten mit ihnen und ließ sie an seinem Wissen teilhaben, versuchte aber gar nicht erst, Umgang mit ihnen zu pflegen. Sie würden ja eh wieder versetzt werden – und ein paar von ihnen würden gezwungen sein, sich andere Jobs zu suchen.

Er unterhielt allerdings Kontakte zu den Zivilangestellten. Sie kannten alles und jeden auf dem Revier. Man konnte sie um alles bitten, um mehr Briefpapier, den Schlüssel zu einem Aktenschrank, Computertipps, Telefonnummern, den Verbleib von Constable X. Um sicherzugehen, dass alles für das Briefing vorbereitet war, betrat Challis das Hauptbüro, die Schaltzentrale voller Aktenschränke, Schreibtische und Zivilangestellte am hinteren Ende des Gebäudes.

Verflixt. Mittagspause, es war also keiner da – zumindest glaubte das Challis, bis die Tür zu einem der inneren Büroräume aufging und Janine Quine herauskam. Erschrocken sagte sie: »Ich bin nur kurz an Annettes Telefon gegangen.«

Challis nickte. Die Büroleiterin Annette Tranh war krankgeschrieben. »Ist soweit alles für das Briefing heute Nachmittag fertig?«

Quine war eine knochige Frau von Mitte dreißig; Strapazen und Entbehrungen standen ihr ins Gesicht geschrieben. Sie war steif, aber tüchtig, neigte nicht dazu, mit den Polizisten und Kolleginnen zu tratschen oder Gerüchte zu verbreiten, und war allen anderen faktisch unbekannt. Das passte den höheren Beamten wie Challis gut, denn die hatten kleinere Teams zu organisieren und brauchten häufig den Rückhalt des Büros. Challis nannte sie Jan, sie nannte ihn Inspector. Man erzählte sich, dass sie daheim einen hoffnungslosen Fall von Ehemann hatte. Alkoholiker, Spieler, etwas in der Art.

Jetzt lächelte sie ihn nervös an und strich sich mit den Handflächen über die Oberschenkel. Knochige Hände, ein winziger Verlobungsring, ein schmaler Ehering.

Immer weiter wischten und wischten die Hände über die

Oberschenkel, und sie sagte: »Ich habe noch zusätzliche Stühle aufgestellt, Wasserkaraffen, Becher.« Dann starrte sie zur weiteren Inspiration an die Decke und fügte hinzu: »Wasserkocher, Kekse, Tee und Kaffee.«

»Der Monitor?«

»Ist aufgebaut.«

»WiFi?«

»Sollte funktionieren.«

Dabei kaute sie nervös herum, so als fürchte sie, die Technik könne bis nachher noch ausfallen.

»Das ist toll, Jan, vielen Dank.«

»Stifte«, fügte sie eilig hinzu und wurde rot, »Schreibblöcke, zusätzliche USB-Sticks.«

»Ausgezeichnet«, sagte Challis, der sich davonschleichen wollte.

Sie sah ihn an, und es platzte aus ihr heraus: »Freunde von uns möchten wissen …«

Challis hob eine Augenbraue. »Was denn?«

Ganz schnell sagte sie: »Sie wohnen ein wenig außerhalb, und bei all den Diebstählen von Rasenmähern und Traktoren fragen sie sich, ob die Ermittlungen wohl weitergekommen sind.«

Challis, den das angedeutete Missfallen ein wenig irritierte, antwortete: »Nun, Ihre Freunde sollten vor allem das Material ausreichend versichern und gute Schlösser einbauen. Man sollte Fahrzeuge und Ausrüstung nicht unverschlossen lassen.«

Sie schaute immer noch besorgt, also lächelte er sie an. Es sollte sie beschwichtigen, aber Challis' Lächeln wirkte manchmal haifischartig, das Lächeln eines Jägers. Quine wurde blass und wendete den Blick ab, bevor sie sich auf den Stuhl hinter ihrem Schreibtisch plumpsen ließ.

»Danke noch mal«, sagte Challis, hatte aber das beklemmende Gefühl, ihr weder Hilfe noch Trost gegeben zu haben.

Die Erwähnung der Diebstähle – neben der Ice-Epidemie die zweite Angelegenheit, die ihm Kopfschmerzen bereitete – veranlasste ihn nachzuschauen, ob Pam Murphy schon wieder auf dem Revier war.

Er stieß im Büro der CIU auf sie, einem kleinen, offenen Raum mit Schreibtischen, Aktenschränken, Telefonen und Computern, an dessen Wänden Blätter flatterten: Cartoons, Kurzmitteilungen, Plakate, Fotos. Sein eigenes Büro war ein winziges abgetrenntes Kabuff am Ende des Raums. Murphy drückte den Telefonhörer ans Ohr und verzog das Gesicht vor Ratlosigkeit. Als sie Challis entdeckte, hellte es sich auf. Sie verabschiedete sich am Telefon und legte auf.

»Ich hätte warten können«, meinte Challis.

Pam zuckte mit den Schultern. »Es war nur meine Mutter.«

»Wie geht es ihr?«

»Ich weiß nicht recht«, antwortete Murphy und runzelte die Stirn. Sie hüstelte. »Boss, kann ich Sonntag freihaben?«

Challis widerstand dem Impuls, einfach Ja zu sagen; einen Augenblick lang ging er im Geiste den Arbeitsaufwand und die Einsatzpläne durch. Er wollte nicht Ja sagen und später auf wichtige Gründe stoßen, warum er es hätte ablehnen müssen.

»Meinetwegen«, sagte er schließlich. »Alles in Ordnung?«

Leicht verlegen antwortete Murphy: »Meine Mutter möchte nur eine kleine Fahrt über die Peninsula machen, bevor die Hitze einsetzt. Sie ist hier aufgewachsen.«

»Na klar«, sagte Challis.

Wenn man Detective bei der CIU war, war jede Vorstellung von bezahlten Überstunden und festen Arbeitszeiten einfach lächerlich. Murphy hatte nun schon seit Monaten bis in die Nacht gearbeitet, gleich ob unter der Woche oder am Wochenende. Challis war froh, dass er darauf jetzt Rücksicht nehmen konnte. Murphy jammerte nicht herum und war keine Drückebergerin, sie hatte sich ein wenig freie Zeit verdient. Und

Challis wusste, dass ihre verwitwete Mutter vor Kurzem in eine Seniorensiedlung in Malvern gezogen war.

Er schaute auf die Uhr. Das Briefing war erst in einer Stunde. »Darf ich Sie zu Mittag einladen?«

»Café Laconic?«

Das Laconic war ein wenig zu glutenfrei für Challis' Geschmack geworden, aber er willigte ein, sie gingen die High Street entlang und nickten hier und da zum Gruß.

Sie setzten sich ins Fenster, wo die Luft kühl war, und Challis sagte: »Kurzes Arbeitsgespräch.«

Murphy schlug ihre Serviette auf; sie war seine Art schon gewohnt. »Sie sind der Boss.«

»Dem Dienstbericht zufolge ist am Wochenende schon wieder ein kleiner Traktor gestohlen worden.«

Murphy trank einen Schluck Wasser, stellte das Glas ab und fuhr mit dem Finger über die beschlagene Oberfläche. »Ist das der gerissene oder gar plumpe Versuch, mir zu sagen, dass ich nächsten Sonntag arbeiten soll, statt Zeit mit meiner lieben alten Mutter zu verbringen?«

Challis grinste. Einer der Bankdirektoren im Ort kam vorbei, und sie winkten sich durch die Scheibe zu. Dann drehte er sich wieder zu Murphy hin. »Wenn mal ab und zu ein Traktor gestohlen wird, gut, aber fünf in den letzten zwei Monaten? Dazu noch Sprühgeräte, Hänger, Aufsitzrasenmäher … wer klaut das Zeug? Wie wird es abtransportiert? Wo wird das alles gelagert?«

»Von den Gewehren ganz zu schweigen«, meinte Murphy.

»Von den Gewehren ganz zu schweigen«, pflichtete Challis ihr bei. Er grübelte. »Mehrere der Häuser standen im Register.«

Das Polizeirevier Waterloo führte ein Register unbewohnter Häuser, wenn deren Besitzer im Urlaub oder dienstlich verreist waren. Einige davon befanden sich auf dem Land, und bei den begrenzten Ressourcen und der knappen Truppenstärke schaffte es die Polizei nur gelegentlich, dort vorbeizufahren. Die Einbrecher hatten sich diesen Umstand zunutze gemacht und waren in den vergangenen Wochen in vier solcher Häuser eingebrochen.

»Zufall«, meinte Murphy, »oder eine gute Informationsquelle.«

Das auf weißen Tellern arrangierte Essen wurde serviert.

Zurück auf dem Revier erfuhren sie, dass das Team der Drogenfahndung eingetroffen war.

»Richten sich oben ein, Sir«, teilte ihm der Diensthabende mit.

Challis nickte zum Dank, tippte den Sicherheitscode ein und betrat zusammen mit Murphy den Hauptflur. Challis sagte zu ihr, sie würden sich beim Briefing sehen, ging zum ersten Stock hinauf und kam zu dem kleinen Konferenzraum, der der Drogenfahndung zugeteilt worden war. Er klopfte an und fragte: »Senior Sergeant Coolidge?«

Zwei Männer und zwei Frauen breiteten Laptops und Akten auf zwei Tischen aus. Sie blickten auf, und eine der Frauen, attraktiv, schlaues Gesicht, schulterlange, kastanienbraune Haare, kam mit ausgestreckter Hand auf ihn zu. »Inspector Challis.«

Challis hatte Coolidges Biografie gelesen: Ende dreißig, Master in Kriminologie, hatte zudem ein paar Jahre im Außendienst verbracht, darunter auch verdeckte Einsätze. Verheiratet, keine Kinder. Angesichts des Wetters trug sie ein ärmelloses weißes Baumwolltop, einen knielangen blauen Rock und Sandalen. Genau wie Pam Murphy schien auch Coolidge voller unterdrückter Energie zu sein.

Sie tauschten ein paar Namen und Kriegsanekdoten aus, und Challis fragte sie, wie das Briefing ablaufen sollte.

»Ich sage ein paar Worte, dann werden wir unsere Gäste sprechen lassen«, antwortete sie und nickte in Richtung zweier Frauen, die am anderen Ende des Raums auf zwei Plastikstühlen saßen und sich angeregt unterhielten, »dann schließe ich mit ein paar Anmerkungen aus Sicht der Polizei ab.«

Challis bemerkte, mit welcher Wärme Coolidge ihn prüfte und ihre grünen Augen sein Gesicht abtasteten. Fast ohne jede Bewegung stand sie ihm plötzlich ganz nah. »Ich habe gehört«, murmelte sie, »dass Sie in einer der Siedlungen eine Ice-Küche entdeckt haben.«

Leicht verunsichert und überrascht von einem Verlangen, sie am Oberarm zu berühren, sagte er: »Aufgegeben. Die Spurensicherung schaut sich gerade um.«

Ihr Duft war dezent. Unter dem professionellen Anstrich war sie weich, harmonisch und vollzog eine Art sinnlicher Auslotung. »Typisch«, murmelte sie weiter, »so ein Labor ist heute hier und morgen fort.« Sie legte den Kopf schräg und sah ihn an; Challis hatte den Eindruck, dass ihr Körper das eine sagte und ihre Wörter etwas anderes. »Was mein Team so beunruhigt, ist die Tatsache, dass wir auf der Insel womöglich ein organisiertes Syndikat haben. Wer immer dahintersteckt, stellt das Ice nicht her, sondern importiert es.«

Challis kam sich leicht getadelt vor. Dann schenkte Coolidge ihm ein strahlendes Lächeln. »Wie wäre es mit einem Drink nach der Arbeit? Sie können mir die Sehenswürdigkeiten zeigen.«

4

Pam Murphy fuhr ihren Computer herunter, schloss ihren Schreibtisch ab und ging über den Flur im oberen Stockwerk zum Konferenzraum. In der Tür blieb sie stehen; der Raum war voll. Uniformierte und Zivilbeamte saßen an dem langen Tisch, andere entlang der Wände. Sie entdeckte einen Platz neben John Tankard, nickte ihm zu und zückte ihr Notizbuch.

Die Luft im Raum war von der Frühsommerhitze jetzt schon stickig und würde am Ende des Briefings vollkommen verbraucht sein. Murphy rutschte herum, um es sich bequem zu machen, und starrte zum Fenster hinaus. Hier oben, so weit entfernt vom Fenster, konnte sie nur das Dach des McDonald's auf der anderen Straßenseite sehen, Baumwipfel und Straßenlaternen mit vorweihnachtlichem Gehänge. Dazu ein, zwei fedrige Wolken.

Murphy schaute sich wieder im Raum um. Schreibblöcke, Stifte, Wegwerfbecher und Laptops auf den Tischen, ein Whiteboard und ein Monitor vorn, ein kleiner Ecktisch mit einem Wasserkocher, Teebeuteln, löslichem Kaffee, Plastiktassen und einer fast leeren Blechdose mit Keksen. Sie fächelte sich mit ihrem Notizbuch zu. Challis bemerkte sie und grinste. Wie üblich lehnte er an einer Wand.

Dann gab es eine leichte atmosphärische Störung. Eine Frau, die sexuelles und professionelles Selbstvertrauen zugleich ausstrahlte, durchquerte den ganzen Raum und zog die Aufmerksamkeit aller auf sich. Vorn blieb sie stehen und klatschte in die Hände: »Wenn ich um Ihre Aufmerksamkeit bitten dürfte ...«

Die Gespräche verebbten.

»Ich bin Senior Sergeant Coolidge und gehöre zur Ice-Einheit der Major Drug Investigation Division mit Sitz in Melbourne. Sie werden bemerkt haben, dass wir einen Ihrer Konferenzräume belegt haben«, sagte sie und bleckte die Zähne zu einem falschen Lächeln, »dabei geht es um einen kleinen Einsatz in der Gegend hier. Machen Sie einfach weiter Ihre Arbeit, und wir achten darauf, Ihnen nicht in die Quere zu kommen. Ich bin guter Dinge, dass wir uns in den kommenden Tagen gegenseitig behilflich sein können.«

Wieder lächelte sie. Murphy spürte, dass niemand das Lächeln erwiderte. Sie warf einen Blick zu Challis hinüber, der keine Miene verzog. Er rollte leicht mit den Schultern, so als wolle er eine Verspannung lösen.

Coolidge kam zum Geschäftlichen.

»Wir haben es mit einer Ice-Epidemie zu tun.« Sie hielt inne und schaute düster. »Ich bin mir nicht sicher, warum manche von Ihnen die Augen verdrehen. Langweilig kann Ihnen noch nicht sein; aber vielleicht mögen Sie es nicht, belehrt zu werden. Vielleicht halten Sie Drogendealer und Junkies für Abschaum, der sich mit der Zeit schon von allein ausrottet.«

Sie sah sich fragend im Raum um. »Sie können gern gehen, aber eins will ich Ihnen sagen: Ice-Konsum und Ice-Verbrechen sind in ländlichen und kleinstädtischen Gegenden wie hier zu einem Albtraum geworden. Und falls Sie jetzt gelangweilt und verärgert rumsitzen, bedenken Sie bitte Folgendes: Sie könnten die nächste Person sein, die von einem Jugendlichen auf Ice niedergestochen wird. Oder Sie erschießen die Person und verbringen die nächsten Jahre in Therapie oder vor Gericht. Oder Ihre Freundin oder Tochter oder Bruder ist süchtig oder wird es noch. Oder Ihre Frau, die mit den Kindern im Auto von der Schule nach Hause fährt, wird mit einem Reifenheber erschlagen, weil irgendjemand glaubt, sie habe ihn an einem Stoppschild scheel angeschaut. Oder auf das Haus Ihres völlig unschuldigen Nachbarn wird ein Brandanschlag verübt, weil sein Neffe einem Dealer Geld schuldet. Oder Sie blättern Zehntausende Dollar für Anwälte, Beratung und Entzug hin, weil Ihre Schwester oder Tochter dem Ice verfällt. Oder die Älteren unter Ihnen ziehen ihre Enkel groß, weil ihre Kinder süchtig sind.«

Nun hatte sie alle Aufmerksamkeit. Niemand wollte als Beamter angesehen werden, dem das alles scheißegal war.

»Sie dürften schon eine gewisse Vorstellung davon haben«, fuhr Coolidge fort. »Man müsste schon taub, stumm und blind sein, wenn nicht. Ich habe ein paar Zahlen für Sie. In den letzten drei Jahren ist die Zahl der Verurteilungen bei Verbrechen unter Metamphetamineinfluss um 165 Prozent gestiegen. Bei Verhaftungen wegen Drogen fallen in den meisten Gegenden 90 Prozent auf Ice. Fast die Hälfte aller Fälle von häuslicher Gewalt gehen auf Ice zurück. Todesfälle, bei denen Ice eine Rolle spielt – ob durch Unfälle oder Vorsatz –, haben sich verdreifacht.«

Sie hielt kurz inne, wirkte erbittert.

»Wir sind unterbesetzt, unterfinanziert und werden nicht gewürdigt«, Murmeln im Saal, »aber das heißt nicht, dass wir untätig wegschauen. Dies hier ist eine Informationsveranstaltung. Einige unter Ihnen sind hier, ohne etwas über den Gebrauch und die Nebenwirkungen von Ice zu wissen oder sich sonderlich dafür zu interessieren, aber wenn wir effektiv arbeiten wollen, wenn wir stolz auf unsere Leistung sein wollen, dann müssen wir vorbereitet sein. Über die polizeilichen Angelegenheiten spreche ich später. Jetzt möchte ich Ihnen die erste von zwei Gastrednerinnen vorstellen, Anne Talbot.«

Die Frau, die vortrat, war etwa vierzig, wirkte unscheinbar, ausgezehrt und ein wenig nervös. Sie lächelte angestrengt und setzte zu ihrem Vortrag an: »Ich habe drei Söhne. Der Jüngste ist dreizehn und sehr verängstigt. Er hat Angst, er könnte so werden wie seine zwei Brüder, die etwa in der zehnten Klasse anfingen, Ice zu nehmen. Einer ist daran gestorben. Der andere sitzt im Gefängnis wegen schweren Einbruchs unter Ice.«

Die Frau sprach flach und monoton.

»Mein Sohn Jamie«, sagte Talbot. »Er war ein lieber Kerl. Herzig, liebte sein Football, war nicht schlecht in der Schule. Aber als er zehn war, verließ uns sein Vater, und ich musste zwei Jobs annehmen, damit wir ein Dach über dem Kopf hatten, deshalb war ich nicht immer für ihn da. Ja, ich weiß, eine alte Geschichte, inklusive der dazugehörigen Schuldgefühle. Aber das kommt öfter vor, als Sie denken. Jamie rauchte ein wenig Gras, wie die meisten Kids, aber dann kam Ice, und das wars. Am Ende – er ist der, der gestorben ist – brauchte er tausend Dollar am Tag für seine Sucht. Da war er noch ein halbes Kind. Er hat mich mehrmals verprügelt, alles zu Geld gemacht, was er im Haus finden konnte, und schließlich mein Konto geplündert. Er hat andere Junkies und Dealer bestohlen.

Irgendwann wurde er zum Eintreiber. Einer, der jemandem das Auto anzündete, weil der noch Schulden hatte. Eines Tages rief er mich völlig panisch an und sagte, jemand wolle ihn umbringen. Ich war pleite und hatte die ganze Sache schon abgehakt. Ich legte auf. Am Abend kam die Polizei bei mir vorbei und teilte mir mit, er sei erstochen worden. In diesem Fall war es also keine Panik, sondern es war wirklich jemand hinter ihm her gewesen.«

Sie lächelte bitter; die Anwesenden rutschten auf ihren Plätzen herum.

»Wie sich herausstellte, hatte er einen anderen Dealer beklaut, der ihn verfolgt und umgebracht hat. So die Theorie der Polizei. Ich habe keinen Grund, ihr nicht zu glauben.

Zu dem Zeitpunkt wohnte ich mit meinen beiden Jüngeren im Anbau hinter dem Haus meines Bruders. Ich hatte unser Haus verkaufen müssen, doch die Hypothek war so hoch gewesen, dass nur ein paar Tausend Dollar übrig blieben. Dort wohnten wir etwa vier Monate, doch dann geriet David, mein zweiter Sohn, an Ice und wurde davon so überdreht und aggressiv, dass mein Bruder uns bat, auszuziehen. Er machte sich Sorgen um die eigene Familie.

Andrew, mein Jüngster, und ich wohnen jetzt in einem Wohnwagen. Es ist okay, nicht toll. David war ein Problem: Er war aggressiv, litt an Wahrnehmungsstörungen. Seine Zähne waren verrottet, er sah aus wie ein Skelett, er stank nach Chemikalien, Gesicht und Arme waren mit Wunden übersät, wo er an seiner Haut zupfte. Er sprang von einem Gebäude, brach sich ein Bein und griff dann die Sanitäter an, die ihm helfen wollten. Noch im Krankenhaus kam die Polizei und verhaftete ihn. Offenbar war er ein paarmal mit Jamie unterwegs bei Hauseinbrüchen gewesen.«

Talbot stand da und sah sich trotzig um. »Das ist meine Geschichte. Sie wiederholt sich in jeder Stadt und in jedem Vorort. Ich weiß nicht, was ich machen soll. Ich weiß nicht, wohin ich gehen soll. Alles hängt an einem seidenen Faden.«

Sie faltete die Hände und sah zu Boden.

Nachdem Anne Talbot verabschiedet und in ein Taxi gesetzt worden war, wurde eine Frau namens Mandy Reeve nach vorn gebeten. In Pam Murphys Augen war Reeve teuer gekleidet, und sie fragte sich, ob das eine kluge Entscheidung gewesen war; das musste doch alle gegen sie aufbringen. Doch dann fand sie, dass Kleidung, auffälliger Schmuck, Nagellack, unaufdringliches Schultertattoo und Lebhaftigkeit etwas beweisen sollten: Dealer und Junkies waren nicht notwendigerweise alles Prolls und Pleitiers.

»Ich bin in Camberwell aufgewachsen«, begann Reeve. »Obere Mittelschicht, Privatschule, gut im Sport, zwölfte Klasse mit guten Noten beendet. Ich war an der Uni, habe einen Abschluss in Wirtschaftswissenschaften; dann fing ich in einer Bank an, gehörte nach kurzer Zeit zum mittleren Management und hatte ein sechsstelliges Jahresgehalt.«

Sie hielt inne, stellte sich ihren Blicken, wohl wissend, dass sie nicht sonderlich sympathisch wirkte. »Ich rauchte zunächst nur bei besonderen Gelegenheiten Ice«, fuhr sie fort. »Jemand hatte Geburtstag, Finaltag der Footballsaison, Silvester. Gesellschaftliche Anlässe. Ich war bei Freunden, und die Pfeife machte die Runde. Ich rede hier von Anwälten, höheren Beamten, Managern, Rohstoffhändlern ... einige von ihnen rauchten schon seit zwei, drei Jahren Ice am Wochenende, ohne gesundheitliche Probleme zu haben oder die Aufmerksamkeit der Polizei zu wecken. Wenn man allerdings zur Sucht neigt, wird das nicht hinhauen. Denn ja, auf Ice fühlt man sich toll. Einige unter Ihnen können das sicher bestätigen.«

Sie sah sich um. Es war still im Raum.

»Ice macht einen wach und aufmerksam, und man kann sich stundenlang konzentrieren. Alles kommt einem wie ein Riesenspaß vor. Man braucht keinen Schlaf; der Sex ist toll, es gibt keine Hemmungen, man kann stundenlang weitermachen.«

Sie grinste schief.

»Bald schon nahm ich jedes Wochenende Ice, und montags

war ich ein Wrack, weil ich faktisch seit Donnerstag oder Freitag nicht mehr geschlafen hatte. Ich kiffte, um wieder runterzukommen.

Niemandem fiel etwas auf. Meiner Familie nicht, meinen Kollegen nicht. Ich kleidete mich sorgfältig, ich versagte nicht in der Arbeit, bei gesellschaftlichen Anlässen war ich ganz normal. Doch schon bald brauchte ich jeden Tag Ice. Ich gab mein ganzes Geld dafür aus, vor allem, weil ich mich am Tag danach so beschissen fühlte, dass ich es wieder nehmen musste, nur um mich gut zu fühlen. Bei nichts in meinem Leben habe ich mich je so gut gefühlt. Normale Sachen, wie schwimmen oder mit Freunden ins Kino gehen, konnten sich gar nicht damit messen. Ganz im Gegenteil, so etwas war nur den Drogen im Weg.

Schon bald rauchte ich zehntausend Dollar die Woche weg. Auf dem Weg zur Arbeit musste ich drei-, viermal anhalten und einen Zug nehmen, um draufzubleiben.

Man sollte meinen, dass die Leute etwas gemerkt hätten, aber nein. Einer meiner Kollegen bei der Arbeit meinte eines Freitags, ob ich nach dem Pub mal eine Pfeife versuchen wolle. Er wusste nicht, dass ich schon seit einem Jahr auf Ice war. Und ich wusste nicht, dass er schon seit drei Jahren drauf war.

Ich sah nicht aus wie eines dieser Plakatkinder im Krieg gegen die Drogen, Sie wissen schon, faule Zähne, eingefallene Wangen, schorfige Haut. Ich sah fit und gesund aus.

Aber ich verdiente nicht genug, um zehntausend die Woche für meine Sucht ausgeben zu können. So begann meine Verbrecherkarriere.«

Sie grinste herausfordernd in den Raum. Manche grinsten zurück, andere schauten finster.

Davon unbeeindruckt fuhr Reeve fort: »Ich fing an zu dealen. Ich hatte Zugang zu einem tollen Produkt zu einem guten Preis, und Klienten, die gewillt waren, dafür gutes Geld zu zahlen. Mein Ehrgeiz war geweckt. Ich beschäftigte Boten; ich schickte sie in die Kleinstädte im ganzen Western District. Dort suchten sie die örtlichen Dealer auf, die beschissenes Gras oder ewig gestrecktes Koks, Heroin oder riskante Pillen verhökerten, und gaben ihnen Kostproben. Konkurrenzfähige Preise und einen zuverlässigen Nachschub an erstklassiger Ware.«

Reeve sah aus dem Fenster zum Dach des McDonald's hinüber.

»Orte wie dieser hier. Kaum Abwechslung, aber jede Menge junger Geschäftsleute und arbeitsloser Schulabgänger. Und selbst mit wenig Geld langte es doch, regelmäßig kleine Mengen zu kaufen, denn Ice ist billig.«

Murphy sah Reeve an, dann Coolidge, die neben der Frau vorn saß. Murphy dachte: Coolidge geht davon aus, dass hier ein ähnliches Netzwerk arbeitet.

Reeve redete weiter: »Sie werden wissen wollen, woher ich den Stoff hatte. Bin ich in die Produktion gegangen, habe ich ein paar Chemiestudenten dafür bezahlt, irgendwo in einem verriegelten Haus Meth zu kochen? So einem Haus wie das, das jemand von Ihnen am Wochenende in Waterloo gefunden hat? Nein, ich kaufte von einem Syndikat, das von Tasmanien aus operierte. Biker. Die transportierten den Stoff mit der Fähre.«

Sie hielt inne, und Schmerz huschte ihr über das Gesicht. »Dann wurde ich mit einer Wagenladung Ice erwischt. Eine Geldstrafe, dazu Bewährung, aber meinen Job war ich los. Meine Familie versuchte mir zu helfen; ich wies sie ab. Dann wurde ich wieder verhaftet. Beide Male landete ich im Arrest und machte einen kalten Entzug durch, die reinste Hölle. Ich zitterte am ganzen Körper, ich konnte mich nicht entspannen, mir tat der ganze Körper weh. Ich war müde, todmüde. Und ich stank widerlich.

Wieder eine Gefängnisstrafe, zwei Jahre auf Bewährung, und diesmal ließ ich mir von meiner Familie helfen, Gott segne sie. Ich habe eine Entziehungskur gemacht. Ich bin seit über einem Jahr clean. Aber wissen Sie, womöglich ist mein Nervensystem im Eimer, vielleicht werde ich nie eine Arbeit finden, ein Kind großziehen oder eine Beziehung aufrechterhalten können. Ich sehe okay aus. Ich bin es aber nicht.«

Murphy beobachtete die Frau und hielt Schmerz, Eifer und Bedauern für echt, blieb aber skeptisch. Vielleicht würde Reeve weiter daran arbeiten, ihr Leben wieder in den Griff zu bekommen. Vielleicht würde sie nie wieder süchtig oder straffällig werden. Murphy hoffte es. Sie hoffte, Reeve würde auch weiterhin kurzsichtige und träge Polizisten bekehren. Doch insgeheim fragte sie sich, was mit Reeves innerer Unruhe war, diesem Verlangen in tiefster Nacht.

Und sie fragte sich, was Reeve der Polizei *nicht* verraten hatte. Sie hatte ein Netzwerk aus Boten und Dealern geleitet; Murphy wusste, was das bedeutete. Womöglich hatte sie durchaus ihren Anteil an Belohnungen, Drohungen und Strafen ausgeteilt. Hatte sie für diese Verbrechen gebüßt? Würde sie das jemals tun?

Reeve verließ den Raum, und Coolidge übernahm wieder.

»Der Kernpunkt lautet: Halten Sie die Augen offen. Wenn Sie Ihrer täglichen Arbeit nachgehen, denken Sie über das Offensichtliche hinaus und melden Sie Ihre Bedenken und Beobachtungen den Vorgesetzten. Hinter dem Verkehrsrowdy, dem Frontalzusammenstoß, der Kneipenschlägerei könnte Ice stecken. Der Hausbrand: Vielleicht ist das Haus von einem Elektriker falsch verkabelt worden, der auf Ice war. Der vorlaute Bursche vor dem Nachtclub, die Schlägerei auf dem Parkplatz, der Messerangriff auf einen Ladenbesitzer ... war es Ice?«

Coolidge ließ den Blick durch den Raum schweifen. »Sie haben gehört, wie toll sich der Junkie auf Ice fühlt. Doch bei regelmäßigem Missbrauch – und manche Leute sind sehr schnell abhängig – löst es Aggressionen, Angstzustände, Tobsucht, Wahnvorstellungen und psychotische Schübe aus. Sie alle haben Erfahrung darin, so jemanden unter Kontrolle zu bringen. Man braucht bis zu sechs Polizisten, um einen solchen

Mann zu beherrschen. Er wird sich durch nichts aufhalten lassen. Pfefferspray? Können Sie vergessen.«

Alle nickten. Sie wussten Bescheid. Sie hatten es gesehen und miterlebt.

»Und wer räumt dann auf?«, fragte Coolidge. »*Sie.* Zusätzlich zu den Fällen, wo Ice Auslöser von Unfällen, Schlägereien und willkürlicher Gewalt ist, möchte ich Ihre Aufmerksamkeit darauf lenken, dass Ice auch hinter bestimmten Verbrechen stecken kann. Jemandem wird das Fahrzeug abgefackelt. Vandalen? Oder schuldete der Kerl den falschen Leuten Geld? Hat er abgesahnt, wollte er aufhören zu dealen, hat jemand gedacht, er würde singen? Der Hauseinbruch: Einbrecher? Oder schuldete die Enkeltochter des Hausbesitzers einem Syndikat Geld?

Denken Sie daran. Stellen Sie Fragen. Nehmen Sie nichts für bare Münze.

Wenn ich Inspector Challis recht verstanden habe, dann hat es einen Haufen von Farmeinbrüchen gegeben, bei denen Gewehre und Schrotflinten gestohlen wurden. Würde mich nicht wundern, wenn diese Waffen ihren Weg zu einem Ice-Syndikat finden. Denken Sie daran, schauen Sie sich um, hören Sie sich um. Sagen wir, Sie sitzen am Empfang, ein paar Teenager kommen herein und sagen, sie würden sich um einen Freund Sorgen machen, weil der ganz außer sich sei. Wiegeln Sie nicht ab, schreiben Sie es sich nicht nur auf und vergessen das Ganze. Lassen Sie sich Namen geben. Adresse. Fahren Sie hin. Was, wenn der Bursche Hilfe braucht? Vielleicht sind Sie gerade im richtigen Augenblick gekommen – bevor er seine Mutter mit Schädelbruch ins Krankenhaus bringt oder an einer Überdosis stirbt. Warnen Sie, geben Sie Rat, gleichen Sie den Namen mit denen bekannter Dealer und Junkies ab.

Reden Sie mit Eisenwarenhändlern, mit Apothekern und Spezialbedarfsläden. Fragen Sie, wer große Mengen an Laborbedarf, Schutzbekleidung und Atemschutzgeräten gekauft hat,

Luftfilteranlagen und Entseuchungsbedarf. Wie Sie gehört haben, beziehen manche Dealer, wie Ms Reeve, ihren Nachschub von einem Syndikat, aber es gibt jede Menge selbst gebastelter Meth-Küchen.

Reden Sie mit Maklern und Grundstücksverwaltungen. Die werden ihre verdächtigen Objekte kennen: Häuser, in denen die Vorhänge stets geschlossen sind oder die Bewohner schon lange nicht mehr gesehen wurden, wo es ein verdächtiges Kommen und Gehen gibt oder ständig ein gewisser Geruch in der Luft liegt. Das Labor hier in Waterloo ist ein klassisches Beispiel.

Reden Sie mit den E-Werken über Anwesen, die durch einen plötzlichen oder längeren Anstieg an Stromverbrauch auffallen.

Das alles ist dabei hilfreich, um örtliche Quellen aufzuspüren, aber es ist auch gut möglich, dass das Ice in der Gegend von Westernport von außen kommt. Die Zulieferer stehen vielleicht in Konkurrenz miteinander, daher ein paar der Brandanschläge und Schießereien, die wir registrieren.

Noch Fragen?«

Sie wartete gar nicht erst ab, sondern stellte einen Schuhkarton auf den Tisch und zog eine versiegelte Ziploc-Tüte und eine Glaspfeife heraus.

»Das hier«, sagte sie und wedelte mit dem Beutel, »ist Ice. Kristallisiertes Methamphetamin. Es wird häufig in Pfeifen wie dieser hier geraucht.«

Das Ice wurde in der einen Richtung durch den Raum weitergegeben, die Pfeife in der anderen. Der Beutel, der bei Murphy ankam, enthielt milchige Klumpen, die an verschmutztes Eis erinnerten. Die Glaspfeife war klein und geschwärzt, und in dem Ballon befand sich ein klebriger Rest.

»Manche Junkies injizieren sich das«, sagte Coolidge. »Ihre Körper zerfallen erheblich schneller.« Sie hielt inne. »In diesem Raum dürfte es jemanden geben, der schon mal Ice geraucht hat, und andere, die es angeboten bekommen werden. Denken

Sie bitte an Folgendes. Bei regelmäßigem Missbrauch verringert sich Ihre Fähigkeit, Dopamin – das Glückshormon – zu produzieren. Ihre Speicheldrüsen trocknen aus, die Zähne verfaulen. Sie erleiden Psychosen. Sie werden Ihre Ersparnisse verbrauchen. Sie werden bei der Arbeit schlampen, Sie werden Ihr Leben und das von Kollegen aufs Spiel setzen. Bitte überdenken Sie, was Sie da tun. Noch Fragen?«

Auch diesmal wartete sie gar nicht erst ab. »Facebook. Twitter. Suchen Sie diese Medien ab. Wenn Sie jemanden verhaften, befragen, verdächtigen oder auch nur einem Junkie helfen, checken Sie deren Posts in den sozialen Medien. Wir reden hier nicht von Genies. Jemand prahlt mit seinem Konsum oder einem Verbrechen, das er auf Ice begangen hat, oder woher er die Mittel hat, um Ice zu kaufen. Es werden Namen und Fotos gepostet: Dealer, Lieferanten, Junkiefreunde. Ein Kerl, der auf seiner Facebookseite mit ein paar Waffen angibt: Vielleicht ist das Ihr Waffendieb.

Noch Fragen?«

Als sich der Raum gelichtet hatte und Coolidge sich wieder in ihr zeitweiliges Hauptquartier am anderen Ende des Flurs zurückgezogen hatte, half Pam Murphy Janine Quine dabei, den Tisch abzuwischen, die Plastikbecher abzuräumen, den Boden zu saugen und das Whiteboard zu säubern. Quine war eine stumme Präsenz im Raum, und Pam fragte sich, wie das für sie als Zivilistin wohl sein mochte. Die meisten Menschen hatten nur selten Kontakt zur Polizei, und wenn, dann nur unangenehmen. Bei einem Notfall war sie willkommen – die Menschen schliefen besser, weil sie wussten, dass so etwas wie die Polizei existierte –, aber wie war das für eine Zivilangestellte, die Tag für Tag neben den Polizeikräften arbeitete?

Wir alle lügen und betrügen, dachte Murphy. Meistens kleine, harmlose Dinge. Meistens verdient das nicht mal eine Millisekunde polizeilicher Aufmerksamkeit. Sie wollte Quine beschwichtigen und sagen: »Ich bin aus Fleisch und Blut, genau wie Sie.« Doch sie spürte, dass dies die arme Frau nur noch nervöser gemacht hätte, also machte sie, dass sie so schnell wie möglich von dort verschwand. Hinaus, Verbrechen bekämpfen.

5

Als Erstes auf ihrer Liste: Den Moonta-Mann fragen, warum er keine Klage mehr gegen Owen Valentine einreichen wollte.

Tony Slatter war ein pensionierter Beamter und freundlicher Säufer. Verheiratet, geschieden – mehr als einmal –, nicht gerade ein Trottel, aber auch nicht von allen in Moonta verstanden oder geschätzt. Wie eine Motte wurde er an lauen Abenden von Hauslichtern angezogen. Er wachte gegen Mittag auf, trank den ganzen Nachmittag über und wanderte dann freundlich verschlafen und mit einem verschwommenen Grinsen auf dem Gesicht durch die dunklen Straßen des kleinen Küstenstädtchens. Entdeckte er ein Verandalicht, steuerte er direkt darauf zu. Er klopfte an, sagte Hallo, gab vielleicht ein betrunkenes Küsschen oder umarmte die Leute; dann trat er ein, hielt ein Schwätzchen oder trank noch etwas. Der Moonta-Mann. So machte er das schon seit Jahren; Ortsansässige nahmen das hin, Neuankömmlinge und Wochenendgäste aus Melbourne hassten es.

Vor anderthalb Wochen hatte er an die falsche Tür geklopft.

Owen Valentine, der auf Ice gewesen war und völlig ausrastete, hatte Slatter getreten, mit dem Kopf gestoßen und schließlich krankenhausreif geprügelt. Streifenpolizisten wurden hinzugezogen, Aussagen aufgenommen. Doch bevor die CIU Nachforschungen anstellen konnte, hatte Slatter seine Meinung geändert.

Pam fuhr nordöstlich von Waterloo hinaus zu dem Streifen aus Teebäumen, Sand und niedrigen Strandhäuschen, aus denen

Moonta bestand. Slatter wohnte in einem Holzhaus mit Bauerngarten an einem kurzen, baumüberhangenen Gässchen hundert Meter vom Strand entfernt.

Sie klopfte an, und Slatter öffnete. Es war sechzehn Uhr, und er hatte getrunken, das konnte sie riechen. Doch er wirkte klarsichtig, nicht benebelt. Er trug den Arm in einer Schlinge, blaue Flecken an der Schläfe und blaues Auge verblassten langsam, ein Ohr war verschorft, das andere noch immer verbunden. Er trug ein weißes Hemd über grauen Boardshorts, darunter waren knorrige Knie und alte Nikes zu sehen.

»Mr Slatter? Detective Constable Murphy, Waterloo CIU.«

Er wich zurück und blinzelte. »Stimmt was nicht?«

»Wenn ich recht verstehe, möchten Sie keine Klage mehr gegen Owen Valentine einreichen?«

»Das ist richtig.«

»Darf ich fragen warum? Das war schwere Körperverletzung.«

»Hören Sie, alles ist geklärt.«

Pam sprach mit schärferer Stimme. »Hat er Sie bedroht, Mr Slatter?«

»Was? Nein, nichts dergleichen.«

»Wenn, dann werden wir scharf dagegen vorgehen.«

Einen kurzen Augenblick lang war Slatter kein Trottel oder Säufer mehr, sondern ganz der gerissene Bürokrat, der er mal gewesen war. »Nichts dergleichen, und ich bin mir sicher, Sie haben wichtigere Dinge zu tun. Außerdem habe ich einen Zahnarzttermin.«

»Haben Sie die Absicht zu fahren, Mr Slatter?«

Er setzte ein hässliches kleines Grinsen auf. »Taxi.«

Dennoch würde es sich lohnen, sich Owen Valentine mal vorzunehmen.

Murphy fuhr zwei Straßen weiter zu dessen Haus, einer kleinen, lieblosen Hütte hinter ein paar wuchernden Teebäumen. An einer Seite war ein Autoschuppen angebaut, offene Tür, leer.

Ein rostiger Corolla stand in der Einfahrt, ein kleiner Nissan dahinter. Pam gab die Kennzeichen durch: Der Nissan gehörte Irene Penford, neunundfünfzig, der Corolla Christine Penford, achtundzwanzig.

Mutter und Tochter? Pam klopfte an die Haustür, eine billige, hohle Furnierholztafel mit Hundekratzspuren, die an der Unterkante verrottete.

Nichts. Pam klopfte erneut, dann ein drittes Mal, und schließlich öffnete eine Frau.

»Ja?«

»Christine?«

»Wer will das wissen?«

Penford sah eher wie vierzig aus, nicht wie achtundzwanzig. Hageres Gesicht, schlechte Zähne, nervöses Meth-Zucken. In der Armbeuge trug sie einen kleinen Jungen. Er sah Murphy ernst an, sie blinzelte, woraufhin er ihr ein alles veränderndes Lächeln zuwarf und den Kopf an den dürren Hals seiner Mutter drückte.

»Polizei, Christine.«

»Ich hab nichts gemacht.«

»Ich möchte gern mit Owen reden, wenn das geht. Ist er zu Hause?«

»Nein.«

»Aber er wohnt doch hier?«

Die Augen der Frau füllten sich mit Tränen. »Er hat mich sitzen lassen.«

»Wann war das?«

»Letzten Freitag. Ich bin nach Hause gekommen, und sein ganzes Zeug war weg. Klamotten, Rasierer, Cluedo.«

»Cluedo?«

»Unser Hund. Owens Hund.«

»Hat er eine Nachricht hinterlassen?«

»Nein.«

»Haben Sie sich gestritten?«

»Nein.«

»Ist er vielleicht bei Freunden? Oder der Familie?«

»Wir sind seine Freunde und Familie. Was wollen Sie von ihm?«

»Hat Mr Slatter ihn zufällig aufgesucht?«

»Wer?«

»Darf ich hereinkommen?«, fragte Pam und trat so schwungvoll vor, dass Penford beiseitetrat.

Im Haus roch es abgestanden nach Junkie, aber das kannte Murphy nach all den Jahren schon von Dutzenden Einsätzen bei Hausfriedensbrüchen und Zustellungen von Haftbefehlen. Auf den ersten Blick wirkte das Vorderzimmer aufgeräumt, wenn auch versifft, doch unter einem Stapel Magazinen und Spielzeug auf dem Kaffeetisch schaute eine Ice-Pfeife hervor. Ganz so, als habe Penford das Zivilfahrzeug der CIU kommen sehen und schnell die Beweisstücke beiseitegewischt.

»Ich hab doch gesagt, Owen ist nicht hier. Er hat mich sitzenlassen.«

»Setzen wir uns in die Küche, Christine.«

Die ältere Frau wusch dort ab, und Pam hatte plötzlich das umfassende Bild eines kleinen häuslichen Elends vor dem geistigen Auge. Die Mutter weiß, dass ihre Tochter und ihr Partner süchtig sind, und kommt öfter vorbei, um nachzuschauen, dass es ihnen halbwegs gut geht und sie den Enkelsohn nicht vernachlässigen.

Pam streckte die Hand zur Begrüßung aus, doch Irene Penford meinte nur entschuldigend: »Ich bin ganz seifig. Tee?«

»Mum, sie geht gleich wieder.«

»Ja gern«, sagte Pam.

Der Tee zog und kam auf den Tisch, dann fragte die ältere Frau: »Ist es wegen des Fahrrads?«

»Mum! Bitte! Lass gut sein.«

»Was für ein Fahrrad, Mrs Penford?«

»Ich habe Clover ein Fahrrad zum Geburtstag geschenkt, und

ehe ich mich versehe, steht es bei der Bargain Barn im Schaufenster.«

Die Bargain Barn, ein Auktionshaus und Secondhandladen an der Frankston-Flinders Road, zwischen Waterloo Rasenmäher und Peninsula Pumpen.

»Clover?«

»Meine Enkelin«, sagte Irene Penford. Vor lauter Sorgen hatte sie einen ganz verkniffenen Mund.

Pam sah sich um, als würde sich das Kind verstecken. »Vielleicht hat Clover es verkauft, weil sie Geld brauchte.«

»Sie ist sechs.«

»Mum, bitte«, sagte Christine Penford.

»Vielleicht könnte ich mit Clover darüber reden«, ging Pam dazwischen.«

»Sie ist nicht hier«, entgegnete Christine störrisch. »Sie ist bei einer Freundin.«

»Sie ist nie hier«, meinte die Großmutter zu Pam. »Ich hab sie schon seit Ewigkeiten nicht mehr gesehen.« Sie schwieg. »Nicht schwer zu erraten, was passiert ist.«

Nein. Owen oder Christine hatte das Kinderrad verhökert, um Drogen zu kaufen.

Aber das gehörte nicht zur Sache. »Christine«, sagte Pam, »hat Owen irgendwie angedeutet, er würde Sie verlassen?«

»Kein Wort.«

»Und tschüss«, meinte Irene Penford.

»Mum, sei still.«

Pam setzte nach: »Hatte sich in den letzten paar Wochen etwas an seinem Verhalten geändert? Gab es Besucher oder Anrufe, die Ihnen komisch vorkamen?«

Christine zuckte mit den Schultern. Der Junge zappelte in ihren Armen, also setzte sie ihn auf den Boden. Dort hockte er, patschte auf dem klebrigen Linoleum herum und kroch los. Dann kam er an den verdreckten, eingetrockneten Hundefutternapf, seine Großmutter seufzte, schnappte sich den Napf und ließ ihn klappernd in die Spüle fallen. Zornig heulte der Kleine los.

Seine Mutter kreischte: »Sei still, Troy!«

»Christine, bitte.«

»Sei du auch still, Mum.«

Troy schaute eingeschnappt und kroch zur Tür.

Es gab Augenblicke, in denen Murphy ihren Job hasste. Sie sah sich in der Küche um. Sauber, aber nur wenige Spuren häuslichen, familiären Lebens. Eine einsame Zeichnung fiel ihr ins Auge, eine ausgefeilte Szene mit Einhörnern, Elfen und einer Burg im Nebel. Sie wurde von einem Kühlschrankmagneten festgehalten und wirkte bunt und lebhaft.

Offenbar das Werk des älteren Kindes. »Christine, ist Owen der Vater Ihrer beiden Kinder?«

»Was geht Sie das an?«

Pam musste hier raus. Hastig fuhr sie fort: »Christine, waren Sie hier, als Owen vor ein paar Tagen einen Mann namens Slatter geschlagen und getreten hat?«

»Ist doch nicht seine Schuld. Der Mann dachte, er könne einfach hereinspazieren und –«

»Sie waren also hier.«

»Hab ich doch gesagt.«

»Ich muss mit Owen darüber reden, Christine.«

»Ich hab doch gesagt, er hat mich sitzen lassen.« Kummer machte sich auf Penfords Gesicht breit. »Was soll ich denn jetzt machen?«

Pam wagte es: »Hat Owen auch Ihren Vorrat mitgenommen, Christine?«

Der Blick wich ihr aus. »Was für einen Vorrat?« Christine Penford versuchte, sich den Mund zu befeuchten. Abwesend kratzte sie sich im Gesicht.

»Christine, wir haben keinen auf Owens Namen registrierten Wagen gefunden. Wie kommt er herum? Es gibt keinen Bus nach Moonta.«

Penford reckte den Kopf in Richtung des Corolla in der Einfahrt. »Wir teilen ihn uns.«

»Aber Sie fahren doch jeden Tag damit zur Arbeit.«

»Ja, und?«

»Und wie kommt er dann herum, wenn Sie nicht da sind? Wenn er abgehauen ist, wie hat er das angestellt?«

Penford zuckte mit den Schultern. »Woher soll ich das wissen? Mistkerl.«

Auf dem Weg hinaus fragte Pam: »Haben Sie ein neues Foto von Owen, das ich haben könnte?«

»Wozu?«

»Um es herumzuzeigen. Den Nachbarn.«

Penford war aufgeschreckt. »Was meinen Sie damit?«

»Übliche Vorgehensweise, Christine«, sagte Pam sanft.

Penford zog ein iPhone mit kaputtem Glas aus der Tasche, tippte und wischte. Sie zeigte Pam ein Brustbild von einem Mann, der ihr Klon hätte sein können. Dunkel, wo sie hell war, schmächtig, hager, wild. Er hielt einen Hund im Arm.

»Schicken Sie es mir, bitte«, sagte Pam.

Murphy ging hinaus; es war windig und heiß, aber sauber nach der Bruchbude von Penford und Valentine. Bevor sie zum Dienstauto ging, trat sie in den Fahrzeugschuppen und rechnete schon halb damit, auf Diebesgut zu stoßen. Nichts. Staub, Spinnweben, rostiges Werkzeug, alte Farbdosen. Auf dem Betonboden eine Pfütze weißer Farbe, trocken, aber frisch. Was das zu bedeuten hatte, wusste Pam nicht, und es interessierte sie auch nicht.

Es hatte keinerlei Bedeutung, dass Slatter keine Anklage erheben wollte, die Tätlichkeit war schwer gewesen, und jetzt wurde auch noch der Angreifer vermisst, also klopfte Pam an ein paar Türen. Von den restlichen zehn Häusern in der Straße gehörten sechs Wochenendbewohnern aus Melbourne. Sie waren am Abend von Valentines Angriff auf den Moonta-Mann unbewohnt gewesen. Die anderen vier waren daheim gewesen und konnten bestätigen, dass Slatter gern halb betrunken anklopfte, um zu ratschen und noch etwas zu trinken. »Lästig, aber harmlos«, bekam sie zu hören.

Und Valentine? Der war ziemlich zurückgezogen. Ging selten aus. Schien einen Argwohn auf die ganze Welt zu hegen. Sie hatten ihn schon seit ein paar Tagen nicht mehr gesehen. Niemand wusste, wo er war.

Murphy ließ die enge Ansammlung kleiner Häuser an sandigen Gassen hinter sich und fuhr zurück zum Parkplatz des Polizeireviers in Waterloo.

16.30 Uhr; John Tankard stieg aus dem Dienstwagen, beschriftet mit *Crest:* Community Response, Engagement and Social Tasking. Letztlich lief es darauf hinaus, dass ein uniformierter Constable Eltern aufs Korn nahm, die sich während der Bring- und Abholzeiten außerhalb der Schulen nicht an die Verkehrsvorschriften und Halteverbote hielten. Von der Handvoll Schulen im Einzugsgebiet Waterloo waren zwei recht beengt und für den Privatverkehr schlecht gelegen. Frustrierte Eltern kämpften um die Parkplätze, und die Verlierer parkten kreuz und quer. Manche von ihnen beschimpften andere Eltern und manchmal auch Lehrerinnen oder griffen sie gar an.

Pam hielt es für blanke Ironie, dass ausgerechnet John Tankard diese Aufgabe zugewiesen bekam. Er hatte so gut wie kein Gespür für Gemeinschaftssinn, Engagement oder Verantwortung.

Er lehnte sein breites Gesäß an den Wagen und schloss die Augen leicht vor einer Staubwolke. »Murph.«

»Wie gehts, John?«

Er schüttelte den Kopf. »Man sagt ja, Kinder seien Ungeheuer, aber eigentlich sind es die Eltern.«

Tankard war ein großer Mann, stets verschwitzt und heiß; ein Mann, der einem auf die Brüste starrte, was er in diesem Augenblick ebenfalls tat. Murphy wich ein wenig zurück.

»Ach ja?«

»Janine Quines Mann.«

»Was ist mit ihm?«

»Die Kinder der Quines nehmen den Schulbus.«

»Ja und?«

»Und heute früh setzt er es sich in den Kopf, dass der Fahrer zu schnell über die Bodenschwellen rast.«

»Er ist dem Bus gefolgt?«

»Treffer.«

Pam schüttelte den Kopf, war aber nicht sonderlich interessiert; nichts, was sie in diesem Job zu hören bekam, überraschte sie noch. »Ha.«

»Genau. Ich hatte den Verkehr richtig schön im Fluss, da steigt er aus und beschimpft den Busfahrer. Ich versuche ihn zu beschwichtigen, der Bus muss wenden, und die anderen Eltern hupen und beschimpfen sich gegenseitig. Der reinste Albtraum.«

Mit einem Grunzer löste er sich vom Fahrzeug, und die beiden gingen zur Hintertür des Reviers. Pam hatte gerüchteweise mitbekommen, dass Janine Quines Mann ein heimlicher Spieler war. Janine mühte sich in ihrem undankbaren Job bei der Polizei in Waterloo, seine Schulden abzuzahlen und Essen auf den Tisch zu bringen.

Oben bei der CIU erfuhr Pam, dass Challis auf einen Drink mit Senior Sergeant Coolidge der Drogenfahndung gegangen war. Aber er hatte einen Zettel auf ihren Schreibtisch gelegt. Roslyn Wreidt, eine Anschrift in Tyabb. Sie war nach Hause gekommen und hatte feststellen müssen, dass jemand bei ihr eingebrochen war.

Pam ging nach unten und ließ sich erneut den Dienstwagen geben.

Sie verließ Waterloo über die Frankston-Flinders Road; links neuere Siedlungen, rechts Geschäfte und gelegentlich ein Wohnhaus. In diesen Tagen suchte sie Häuser ganz automatisch nach

Schildern ab, die Verkauf oder Vermietung anpriesen oder vor denen ein Umzugswagen stand. Ihre aktuelle Bleibe, die jenseits von Penzance Beach auf Farmland hinausging, war verkauft worden, und der neue Besitzer wollte nach Weihnachten einziehen. Sie hatte keine Ahnung, wohin sie gehen sollte; sie war zu beschäftigt und zu gelähmt gewesen, um sich umzuschauen. Und wer zog schon zu dieser Jahreszeit um?

Sie entdeckte nichts, gab leicht Gas und wurde wieder langsamer, als sie den fetten Zivilkombi der Verkehrspolizei sah, dessen Kühlerlichter rot und blau blitzten; der Fahrer verwarnte gerade einen jungen Burschen in einem aufgemotzten kleinen Subaru.

Sie winkte. Der Kollege bemerkte sie nicht.

Das Gras ringsherum vertrocknete oder war schon verdorrt. Draußen im Osten gab es einen Flecken verbrannten Farmlands. Die Augenhöhlen der Häuser an der Straße waren zum Schutz gegen die Hitze mit Rollos verschlossen. Heute lag über allem Tod und Verfall. Normalerweise war die Peninsula grün – ein sattes, feuchtes Grün –, aber dies war das dritte Trockenjahr in Folge. Jetzt herrschten Stroh und Staub vor. Bis direkt an den schwarzen Rand, bis zu dem das Feuer vorgedrungen war. Da wirkte das Geisterfahrrad wie ein Schock. Grellweiß, kantig; es war an einen Eukalyptusbaum gekettet und markierte die Stelle eines Unfallopfers.

Pam blieb stehen; ein Bautrupp füllte Schlaglöcher mit Asphalt aus und räumte eine umgestürzte Kiefer beiseite. Sie wartete und trommelte mit den Fingern auf dem Lenkrad. Dann suchte sie UKW und Mittelwelle nach ordentlicher Musik ab, stieß aber nur auf Werbung und sinnloses Gequatsche. Sie schaltete das Radio aus und dachte an ihre Mutter.

Harriet Murphy hatte versucht, nach dem Tod ihres Gatten im weitläufigen Haus der Familie zu bleiben. Schließlich hatte sie festgestellt, dass sie den Haushalt nicht mehr bewältigte, und nun lebte sie in einer Seniorensiedlung.

Sie hasste es.

Wenn es die Arbeit zuließ, fuhr Pam einmal die Woche über die Stadtautobahn zu ihr. Dann saßen sie gemeinsam in dem kleinen Häuschen oder draußen in der Sonne, wenn eine der Gartenbänke frei war. Nichts davon fühlte sich richtig an. Beide vermissten sie das alte Haus, die luftigen Räume und den baumbeschatteten Hinterhof.

Pam grübelte über das morgendliche Telefonat nach. »Ich möchte die Peninsula sehen, bevor es nur so vor Touristen wimmelt«, hatte ihre Mutter gesagt.

»Dein altes Revier.«

»Genau. Hast du Sonntag frei?«

Nun, Challis hatte eingewilligt, und vielleicht, fand Pam, würde es ja sogar Spaß machen, mit ihrer Mutter umherzufahren. Allerdings war es auch wieder mal eine Erinnerung daran, dass sie das einzige der Murphy-Kinder war, das Harriet jemals besuchte. Harriet entschuldigte die anderen: Sie hatten Familien, waren viel beschäftigt. Ach, Pam war also nicht beschäftigt?

Pam dachte an ihre Brüder Liam und Daniel. Sie mochte die Frauen, die sie geheiratet hatten, und sie himmelte ihre Nichten und Neffen an, aber ihre Brüder waren Akademiker – beide hatten sie ihren Doktor gemacht – und waren sich der Tatsache sehr bewusst, dass die meisten Menschen das eben *nicht* waren.

Was bedeutete, wie sie gerne und meist während des Weihnachtsessens betonten, dass ein Doktortitel nicht nur das Beherrschen eines Wissensgebiets bedeutete, sondern aller Gebiete. Ihre Brüder wussten alles besser. Sie konnten sich zum Beispiel über Recht und Ordnung respekteinflößend auslassen. Über Bürgerrechte. Gefängnisse. Polizeidienst. Polizei und ethnische Beziehungen. Polizei und das Recht auf friedlichen Protest. Polizei als politische Diener oder politische Instrumente. Polizei und übermäßiger Gewalteinsatz. Polizei und deren Liebe zu Autos, Waffen und sonstigem Gerät.

Der eine unterrichtete Wirtschaftswissenschaften, der andere Linguistik ...

Vielleicht glaubten sie ja, alles zu wissen, weil sie die meiste Zeit mit Zwanzigjährigen verbrachten, die überhaupt nichts wussten.

Pam fragte sich, wie sie wohl damit zurechtkommen würden, wenn sie es mit einer Minderheit zu tun bekämen, die nicht in eines ihrer Stereotypen passte. Wie zum Beispiel – ganz willkürlich gewählt – eine scharfsinnige Polizistin.

Sie bog nach links ab, überquerte die Eisenbahnlinie in Tyabb, fuhr erneut nach links und fand die Wohnung von Roslyn Wreidt.

Ein kleiner Wohnblock von der in Vororten und Kleinstädten verbreiteten Art: etwa vierzig Jahre alt, graue, stuckverzierte Außenmauern, Flachdach. Winzige Wohnungen mit Aluminiumfensterrahmen, niedrigen Decken und einem Rundbogen zwischen Wohnzimmer und Küche.

Pam ging ums Haus zur hinteren Erdgeschosswohnung und klopfte in einem düsteren, nahezu dunklen Eingangsbereich an eine Tür; erst konnte sie sich gar keinen klaren Eindruck von der Frau verschaffen, die öffnete. Einen Augenblick später wurde sie in einen Raum voller blasser Ikea-Stoffe und Holz geführt; die Luft war abgestanden.

»Setzen Sie sich bitte«, wisperte Roslyn Wreidt. »Tee? Kaffee? Saft oder Wasser?«

»Wasser«, antwortete Murphy, der aufging, wie ausgedörrt sie war.

Wreidt zögerte kurz, so als müsse sie die Antwort verarbeiten und überlegen, welche Schritte sie erforderte. Sie war zart gebaut, mit eingezogenen Schultern, gesenktem Kinn und flüsternder Stimme; sie wirkte vom Leben gebeutelt. Oder von dem Einbruch. Ende zwanzig, schätzte Pam. Jeans, Turnschuhe, Socken und ein langärmliges Oberteil mit hohem Kragen, trotz der Hitze. Schließlich bemühte sie sich um ein Lächeln und ging steif und langsam in die Küche, so als würde sie durch brusthohe Wellen waten. Die Kühlschranktür zischte, ein Krug wurde auf der Küchentheke abgestellt, ein Glas klapperte, Wasser gurgelte.

Pam Murphy tat die Reaktion der Opfer auf den Einbruch nicht ab. Sie kamen nach Hause und fanden Glasscherben vor, umgeworfene oder zertrümmerte Möbel, fehlende Wertsachen, Kothaufen auf dem Bett, Erguss in der Unterwäsche. Einbruch war wie eine Entweihung, und die Opfer wurden argwöhnisch und nervös. Manche kauften sich teure Sicherheitsanlagen oder zogen um; andere traten nie wieder vor die Haustür. Andererseits hatte sie schon viele Hausbesitzer gesehen, die sich im Geiste die Hände rieben und eine lange Liste an gestohlenen Wertsachen zusammenlogen, die sie bei der Versicherung melden wollten.

Wreidt kehrte mit einem beschlagenen Glas zurück, welches sie so vollgegossen hatte, dass ihr das Wasser über die Finger floss. Sie stellte es auf einem Untersetzer ab, zog die Finger zurück und betrachtete die nasse Hand wie einen Fremdkörper. Sie wollte sie am Oberteil abwischen, dann an den Oberschenkeln und zog sich dann schließlich ein feuchtes Taschentuch aus dem Ärmel.

Sie hat geweint, dachte Murphy. Schön vorsichtig.

»Erzählen Sie mir von dem Einbruch«, sagte sie. »Sie sind nach Hause gekommen ...«

In hektischem Gewisper sagte Wreidt: »Ich arbeite halbtags in der Kinderbetreuung. Ich bin gegen Mittag nach Hause gekommen, und da war dieser Geruch, dann hab ich das Durcheinander auf dem Boden gesehen, und ich hatte viel zu große Angst, um hineinzugehen, also habe ich die Polizei angerufen.«

Pam lächelte. Sie saß auf dem Sofa, Wreidt war auf dem Lehnsessel ganz nach vorn gerutscht, so als wolle sie gleich weglaufen. »Gehen wir noch mal einen Schritt zurück. Sie sind gegen Mittag nach Hause gekommen ... haben Sie jemanden auf der Straße gesehen? Fremde? Fremde Autos?«

»Nein.«

»Ein normaler Tag.«

»Ja.«

»Sie haben die Haustür geöffnet.«

»Ja.«

»Mit Ihrem Schlüssel? Es war abgesperrt?«

Wreidts Blicke schossen hin und her. »Ja.«

»Sie haben etwas gerochen. Was genau?« Sie wollte Wreidt nicht lenken, wusste aber, dass es sonst ewig dauern würde, also fügte sie hinzu: »Zigarettenqualm? Benzin? Parfüm oder Rasierwasser?«

»Ein ganz übler Geruch.«

»Körpergeruch?«

Wreidt verzog das Gesicht. Sie klappte den Mund auf und wieder zu und fuhr mit der Zunge hin und her, so als wolle sie die Luft probieren. »Körpergeruch, ja.«

Pam, der das Briefing der Drogenfahndung noch lebhaft im Gedächtnis stand, dachte: *Ice-Junkie?* »Sie haben Sachen auf dem Boden herumliegen sehen. In diesem Zimmer hier? Im Schlafzimmer?«

»Hier«, wisperte Wreidt. Sie zeigte auf einen Schrank. »CDs und DVDs und ein paar Fotos.«

»Der Fernseher ist noch da.«

Wreidt schnaubte und bekam ein wenig Farbe in Gesicht und Stimme. »Zu klein, zu billig, zu alt. Aber er hat meinen Festplattenrekorder mitgenommen. Mit all den Sendungen, die ich aufgenommen habe.«

»Und Ihr Schlafzimmer?«

Wieder schossen die Blicke umher und suchten nach einem Ausweg. »Nichts.«

Ah. Roslyn Wreidt war angegriffen, vielleicht vergewaltigt worden. Ein Mann hatte dort drin auf sie gewartet. Vielleicht kannte sie ihn. »Sie sind sofort hinausgegangen und haben die Polizei angerufen?«

»Ja.«

»Mit dem Handy?«

»Bei Nachbarn«, antwortete Wreidt und starrte den Teppichboden an.

Ist gegen Mittag nach Hause gekommen, hat die Polizei aber erst im Laufe des Nachmittags angerufen. Und ihr Handy wurde ebenfalls gestohlen.

Murphy wusste nicht, was sie mit diesen Informationen anfangen sollte. Sie wusste nicht, welche Fragen sie stellen und wie sie dabei vorgehen sollte. Sie wusste nur, dass Roslyn Wreidt sorgsam behandelt werden musste, von einer Expertin wie Ellen Destry. Sie trat um den Couchtisch, kniete neben den Knien der Frau und nahm deren feuchte Hände in die ihren. Sie spürte Widerstand und dann eine ungeheure Entlastung, als Wreidt aufging, was Murphy zu ihr gesagt hatte.

»Er hat Ihnen wehgetan, nicht wahr, Ros?«

6

Ellen Destry hätte vielleicht sofort auf Pam Murphys Textnachricht reagiert, doch die steckte ein paar Stunden im Server fest. Außerdem war sie gerade damit beschäftigt, Albie Rofe zu zermürben.

Die neue Abteilung Sexualdelikte der Region Westernport befand sich in einem heruntergekommenen Bungalow, zwei Straßen vom Revier entfernt. Das Haus, das dem Bezirk gehörte, hatte zwei Jahre lang unverkäuflich leer gestanden, bis es der Victoria Police überlassen worden war. Es musste gestrichen, auf neue Fundamente gestellt und neu gedeckt werden, aber das Innere war in Ordnung, wenn auch schlicht. Computer, Telefone, Schreibtische und Aktenschränke füllten das größte

Zimmer, ein zweites diente als Befragungszimmer, ein drittes, ausgestattet mit Teppichen, Sesseln, einem Fernseher und einer Kiste mit Spielzeug und Kinderbüchern, war für traumatisierte Opfer und deren Familien bestimmt, ein viertes war der Einsatzraum. Das letzte Zimmer, eine winzige Schachtel, war Ellens Büro.

Ellen war mit Rofe im Befragungszimmer. Das nicht isolierte Haus briet in der Frühsommersonne, und Ellen fühlte sich schmutzig. Rofe, eine weiche Masse feuchten, schwabbeligen Fleischs, sah nicht viel besser aus, und er schaute finster, als Ellen anmerkte: »Schönes Wetter heute, Albie.«

»Keine Ahnung.«

»Warm, sonnig – Strandwetter. Ist Ihnen das nicht aufgefallen?«

Rofe betrachtete seine Hände, dickliche Hände, beobachtet von Augen in einem dicklichen Gesicht. Er war zweiundzwanzig, wirkte notdürftig zusammengesetzt und brauchte dringend mal frische Kleidung, eine Dusche, eine Rasur und einen Haarschnitt. Er zuckte mit dem ganzen Körper.

»Sind Sie gern draußen, Albie? Am Strand?«

Rofe wirkte gehetzt. Er wusste, warum er hier war. Er hatte nicht um einen Anwalt gebeten, und als man ihm anbot, ihm einen zu besorgen, hatte er nur leer geblickt.

»Merricks Beach, Penzance Beach, Somers – Sie kommen herum, Albie. Ein echter Freiluftfanatiker.«

Vielleicht waren seine Handflächen verschwitzt. Er wischte sie sich am Oberschenkel ab. Das Befragungszimmer, von der Größe eines mittleren Badezimmers, war eng und muffig. Und nach fünf Minuten dieser Befragung füllte Rofes Furcht und erbärmliche Ekelhaftigkeit das Zimmer völlig aus. Es gab ein Fenster, aber von der Art, die man von unten zu einem kleinen Spalt ausklappen konnte. Das verhinderte eher den Luftstrom, statt ihn zu befördern. Wer zum Teufel hatte nur solche Fenster erfunden?, fragte sich Ellen mürrisch. Sie stand auf und öffnete die Tür, um warme, abgestandene Luft hereinzulassen. Dann nahm sie den Aktendeckel, der auf dem Plastiktisch lag. Rofe sah ihn an, wenn er nicht gerade auf seine Stummelfinger starrte. Ellen hatte er bisher noch nicht angeschaut.

Sie schlug den Aktendeckel auf. Rofe zuckte zusammen.

»Sind Sie das, Albie?«

Auf dem Foto warf Rofe – der dieselbe, die Poritze freigebende Trainingshose und das labbrige T-Shirt trug wie jetzt – hinter einem Teebaum hervor einen ängstlichen Blick in die Kamera. Im Hintergrund die Andeutung von Meer und den Resten eines kleinen Anlegestegs.

»Das sind Sie«, sagte Ellen, »wie Sie die Seeluft am Balnarring Beach genießen.«

Rofe sagte nichts.

Ein weiteres Foto: »Hier ist Ihr kleiner Hyundai Excel. Die Nahaufnahme des hinteren Nummernschilds, um genau zu sein.«

Rofe war wie gelähmt, so als stünde er mitten im Rampenlicht.

»Ich frage mich, warum jemand sich nur die Mühe macht, solche Fotos zu schießen ... irgendeine Ahnung, Albie?«

»Nein«, flüsterte er.

»Ja, das ist eine schwierige Frage. Ich werde sie an Ihrer Stelle beantworten. Vor ein paar Tagen war eine junge Frau am Strand ganz damit beschäftigt, auf ihrem Handtuch ein Sonnenbad zu nehmen, ein Buch zu lesen und Musik von ihrem iPod zu hören, als ein Mann auftauchte und sich neben sie setzte. Jede Menge Platz am Strand, aber er setzte sich direkt neben sie – und wissen Sie, was er gemacht hat? Er fing an zu masturbieren. Sie hat ihre Sachen gepackt und ist gegangen.

Aber was sagt man dazu? Als sie es ihren Freundinnen erzählte, hatten ein paar von ihnen dieselben Erfahrungen gemacht oder davon gehört: Da gibt es einen Typen, der lauert Frauen auf, glotzt lüstern Frauen ohne Bikinioberteil an, zeigt ein paar jungen Mädchen sein trauriges Ding, setzt sich zu nahe neben Frauen, die alleine sonnenbaden und so weiter. Wissen Sie etwas darüber, Albie?«

Er sagte nichts. Ellen fuhr fort: »Die erste Frau, die ich erwähnt habe, hat beschlossen, etwas dagegen zu unternehmen. Sie kam ein paar Tage hintereinander an den Strand, bis sie Sie sah, und sie machte ein Foto von Ihnen und Ihrem Autokennzeichen.«

Ellen beobachtete den Kerl. Dann sagte sie: »Wir mussten uns vergewissern, Albie, also haben wir uns das Foto vom Führerschein des zugelassenen Autobesitzers besorgt und herumgezeigt. Und jetzt raten Sie mal. Mehrere Frauen haben diesen Mann als denjenigen identifiziert, der seinen kleinen Pillermann vorgezeigt hat, der sie lüstern beobachtet und sich zu nah neben sie gesetzt hat. Und dieser Mann sind Sie.«

Stille, die noch weiter zunahm.

»Es tut mir leid«, schnaufte Rofe. »Es wird nicht wieder vorkommen.«

Rofes Opfer fanden ihn eher bedauerlich, nicht bedrohlich, und keines von ihnen wollte damit vor Gericht gehen, aber das wusste Rofe nicht. »Ach, Sie glauben also, Sie können einfach sagen, es würde Ihnen leidtun, und schon ist die Sache erledigt? Sie stehen einfach auf und gehen nach Hause?«

Er schaute ganz verschreckt. »Ich hab sie nie angerührt! Würde ich nie tun!«

»Ich habe mit Ihrer Mutter gesprochen ...«

»Bitte nicht!«

»Sie ist mit ihrem Latein am Ende, was Sie angeht. Sie hat Angst, Sie könnten Ihre kleine Schwester belästigen, sie hat Angst, Sie könnten in der Nachbarschaft durch die Fenster glotzen. Sie hat Angst, Sie könnten die Frauen antaschen, statt nur zu glotzen.«

»Bitte, das würde ich nie tun.«

Ellen fühlte sich schmutzig: die Hitze, Albie Rofe. »Sie

wissen, was Gefängnis bedeutet, oder, Albie? Man frisst Sie dort bei lebendigem Leib auf. Sie landen lebenslang auf der Liste der Sexualstraftäter, und Ihr Name steht in allen Zeitungen. Ihre arme Familie ist gezwungen, in eine andere Stadt umzuziehen.«

Nun weinte er heiße, endlose Tränen.

»Folgendes, Albie. Sie machen eine Therapie. Ihre Mutter hat schon eingewilligt, und Sie werden das auch tun. Ich werde Ihre Fortschritte beobachten. Wenn Sie ohne triftigen Grund eine Sitzung versäumen, werde ich Sie zur Strecke bringen, haben Sie verstanden?«

»Verstanden«, flüsterte er.

»Und dann heißt es Gefängnis, Albie.«

Die Luft war schwül und stinkig, und während Ellen zuschaute, wie Albie Rofe davonschlich, hakte sie den Fall Rofe für sich ab. Sie hoffte, das Richtige getan zu haben.

Die Abteilung Sexualverbrechen war klein: Sergeant Ellen Destry, Senior Constable Ian Judd und die zwei Constables Lois Katsoulas und Jared Rykert. Rykert saß mit verkniffenem Gesicht da und hackte mit dem Finger auf die Tastatur ein, als Ellen aus dem Befragungszimmer hereinkam.

»Wie ist es gelaufen?«

Rykert war den ganzen Tag im Gericht gewesen. »Der besch... blöde Richter«, schimpfte er und drehte sich zu Ellen hin.

»Ich kann mit gelegentlichen Flüchen leben, Jared.«

Rykerts Augen waren feucht – aus Zorn und noch etwas anderem. Demütigung? »Das Arschloch ist mit einer Verwarnung davongekommen«, sagte er. »Ich habe wochenlang daran gearbeitet, Sergeant.«

Graham Tovey hatte im Laufe von drei Wochen in und um Waterloo vier Frauen angegriffen, eine auf einer Nebenstraße hinter einem Holzlager, eine andere auf dem Bohlenweg im Marschland und zwei in der Nähe des Skaterparks im Vorland. Er hatte sie verfolgt, sie mit einem Arm um den Hals zu Boden gebracht, war mit den Fingern in sie eingedrungen und war dann mit deren Geld abgehauen.

»Eine Verwarnung«, wiederholte Ellen und schüttelte den Kopf. Raub und Überfall mit Vergewaltigungsabsicht. Dafür sollte es eine Gefängnisstrafe von bis zu zehn Jahren geben.

»Keine Vorstrafen, Eingeständnis der Diebstähle, Leugnen der sexuellen Nötigung. Der Richter hats ihm abgekauft.«

Der Richter Lewis Deere war notorisch skeptisch, wenn es um Fälle von sexueller Nötigung ging. Vor allem, wenn es keine unabhängigen Zeugen gab, die Klägerin in einer Beziehung zum Angeklagten stand oder gestanden hatte, betrunken oder high gewesen war oder, nach Ansicht des Richters, sich unangemessen gekleidet hatte. Es hatte nie irgendwelche Verwarnungen oder Untersuchungen gegeben, dazu wählte er seine Worte zu sorgfältig, aber die Polizei hasste es, wenn ihre Fälle bei ihm landeten.

Ellen nahm einen Stuhl und zog ihn zu Rykert heran. Er war jung und athletisch gebaut, wirkte eher wie ein Footballer oder Maurer, nicht wie ein Polizist. Er trug Anzughose und weißes Hemd, der Schlips hing auf Halbmast, und sein Dienstausweis baumelte an einem blauen Band um den Hals. Kräftige, schöne Finger. Er war fast gutaussehend ... aber jung, ungeformt, ließ sich durch Rückschläge noch leicht verletzen.

»Schauen Sie«, sagte sie sanft, aber mit einem nüchternen Ton in der Stimme. »*Shit happens*. Vor allem bei solchen Leuten wie Lewis Deere. Es ist enttäuschend, manchmal haarsträubend, und es wird immer wieder vorkommen.«

Er schnaubte. »Gut zu wissen, Sarge.«

»Hören Sie mir zu«, setzte sie mit eiserner Stimme fort. »Ihre einzige Verantwortung besteht darin, die Ermittlungen so gut wie nur möglich durchzuführen und den Fall so gut wie nur möglich darzulegen. Danach liegt alles in den Händen der Anwälte, Richter und Geschworenen. Haben Sie Ihre Aufgabe so gut wie möglich erledigt und so den Opfern die Ehre erwiesen?«

»Hundertprozentig, Sergeant.«

»Dann nehmen Sie es nicht persönlich. Tragen Sie den Kopf hoch.«

»Aber diesen Frauen ist keine Gerechtigkeit widerfahren.«

»Ich weiß. Das bricht einem das Herz. Aber wenn Sie daran zerbrechen, dann sollten Sie den Posten am besten jetzt verlassen, denn so werden Sie nicht gut genug arbeiten können, um dem nächsten Opfer, das es geben wird, Gerechtigkeit widerfahren zu lassen.«

»Sergeant.«

»Tovey wird einen Fehler machen.«

»Sergeant.«

»Wollen Sie dabeibleiben?«

»Sergeant.«

»Gut. Briefing in fünf Minuten.«

Ellen öffnete die Fenster, stellte die Ventilatoren an und bezog Position am oberen Ende des Einsatzraums. Ein Team einzuweisen war neu für sie. In den alten Tagen unter Hal Challis' Kommando hatte sie die ruhige, freundliche Art bewundert, wie er die Sache anging, wie er sich mit der rechten Schulter an die Wand lehnte, das Team abfragte, alle reden ließ und abschließend die Arbeiten verteilte. Stets hatte er für Tee, Kaffee und Gebäck gesorgt, doch das wollte Ellen um siebzehn Uhr an einem heißen Nachmittag nicht mehr tun, wo sich doch alle nur noch nach einem Bier sehnten, einem Bad im Meer, nach einem kühlen Fleckchen, um zu entspannen. Dieses Briefing würde kurz werden.

Nachdem alle Platz genommen hatten, skizzierte sie eine Reihe von Einsätzen in nächster Zeit, darunter die Observierung eines Spielplatzes in Strandnähe in Mornington zu Beginn der kommenden Woche.

»Dort ist ein Mann gesichtet worden, der sich Kindern nähert und sie fotografiert«, sagte sie, »Anwohner haben um unsere

Hilfe gebeten.« Sie übertrug Rykert und Katsoulas diese Aufgabe und ging dann eine Reihe von laufenden Fällen durch, wobei sie sich gelegentlich Notizen machte, während jedes Mitglied ihres Teams zu Wort kam. Sie stellte Fragen, bat um Kommentare und Vorschläge.

Dann wandte sie sich an Lois Katsoulas. »Ich bitte nun unsere Königin der sozialen Medien um ihren Beitrag.«

Katsoulas grinste. Sie war in Rykerts Alter, aber cleverer, zäher, eine schlanke Frau in einem dünnen, ärmellosen Kleid und weißen Laufschuhen. Dunkle Haare, dunkle Augen, ein Gesicht mit lebhafter Mimik und Auffassungsgabe. Sie schien die Zeit damit zu verbringen, an ihren Digitalgeräten zu kleben, zu spielen, Textnachrichten zu verschicken, wie jede andere junge Frau in Kontakt zu bleiben, doch fast immer hatte es mit der Arbeit zu tun. Ihre Finger huschten über die Tasten des Laptops, dann drehte sie ihn so um, dass alle auf den Bildschirm schauen konnte.

»Hier ist der Angriff auf der Linie Stony Point, kurz nachdem der Zug die Bahnstation Bittern verlassen hat.«

Sie tippte und startete ein Videoclip. Das Bild war körnig und schwarz-weiß, und es zeigte das Innere eines Eisenbahnwagens, eine Bank unter einem Fenster, auf der ein junger Mann im Hoodie neben einer jungen Frau in Kleid und mit Kopfhörern saß. Er rutschte näher, drückte sich an sie und leckte ihr über den Hals. Sie erstarrte. Er legte eine Hand auf ihr Knie und schob sie unter den Rocksaum; seine Finger bewegten sich. Es waren weitere Personen anwesend, man sah Köpfe und Schultern im Profil, doch niemand bemerkte etwas, niemand rührte sich. Da war nur dieser entschlossene, stille Übergriff.

Ellen schaute genau zu. Früher hatte sich die Polizei darauf konzentriert, sich die Einzelheiten des Übergriffs anzuschauen – wer tat was wohin, so in etwa – und Anklage zu erheben, wenn der Fall klar genug war. Das gehörte heute immer noch zu Ellens Job, doch nun war es ebenso wichtig, den Zusammenhang zu verstehen, die Dynamik, das Verhältnis von Täter und Opfer.

Ellen sah, wie die Frau erstarrte, und dachte daran, dass sie früher wie die meisten anderen Menschen gewesen war: Sie hatte nicht begreifen können, warum Missbrauchsopfer nicht einfach aufschrien, kratzten, traten, zuschlugen und den Laden zusammenbrüllten. Niemand wollte eine solche Geschichte wie diese hier. Alle wollten eine Geschichte voller Rache, in der Opfer und Anwesende mutig und nobel angriffen, den Täter zu Boden drückten und die Polizei riefen.

Heute aber, vor allem in diesem Job, begriff sie, dass die meisten Opfer erstarrten, vor allem in der Öffentlichkeit. Sie wollten nicht sterben oder verletzt werden. Manche empfanden Scham. Alle wurden von lähmendem Unglauben und Schock übermannt – wie die junge Frau in dem Zug nach Stony Point.

Und der Täter rechnete damit. Er hatte so etwas wahrscheinlich schon mal gemacht und war damit davongekommen. Seiner Ansicht nach willigten die Opfer ein. Sie sagten nicht Nein, also meinten sie Ja. Sie schubsten ihn nicht weg, sie widersprachen nicht, sie machten mit.

Ellen sorgte also dafür, dass ihr Team auch darauf achtete, wie Vergewaltiger ihre Opfer manipulierten. *Wie* etwas geschah, war ebenso wichtig wie das, *was* geschah. »Ist das schon auf Facebook?«

»Habe ich letzte Nacht hochgeladen«, antwortete Lois.

»Aber nicht die ganze Aufzeichnung?«

Lois schüttelte den Kopf. »Nur bearbeitete Ausschnitte, mit Hauptaugenmerk auf den Typen, der den Wagen betritt und wieder verschwindet.«

Facebook war zu einem nützlichen Mittel bei der Verbrechensbekämpfung geworden. Beamte wie Katsoulas posteten Videos von Überwachungskameras und Bilder von Übergriffen, Sachbeschädigungen, Benzindiebstählen, illegalen Müllentsorgungen, Vandalismus, Ladendiebstählen, Autorasern, Autodiebstählen und Graffitischmierereien. Die Öffentlichkeit – Zeugen, besorgte Bürger, Personen, die härteres Durchgreifen forderten ebenso wie jene, die die Polizei hassten, und Querulanten – konnte kommentieren und wurde ermutigt, der Polizei Hinweise zu geben.

Katsoulas verbrachte viel Zeit damit, beleidigende und rechtlich problematische Kommentare zu entfernen oder sich mit den Witzbolden und Unruhestiftern herumzuplagen; aber sie sammelte auch Informationen, die zu Verhaftungen und weiteren Ermittlungen geführt hatten. Ein Typ, der in der Umgebung von Waterloo die Schlüpfer älterer Damen von Wäscheleinen geklaut hatte, war identifiziert worden. Vier Bandidos waren verhaftet worden, nachdem sie den Verkauf von Tasern, Pistolen, Schwertern und Pitbullterriern auf Facebook gepostet hatten. Zwei Teenager saßen in Jugendhaft, nachdem sie Videos von sich hochgeladen hatten, wie sie mit einem gestohlenen Audi herumrasten und den Wagen später anzündeten.

Ellen reckte und dehnte sich. »Und?«

»Ein Treffer, Sergeant«, antwortete Katsoulas. »Vier Personen haben uns einen Namen genannt: Leo Hart, wohnhaft in Crib Point.«

»Den schnappen wir uns morgen.«

Ian Judd schaute finster. »Warum nicht heute?«

Ellens Stellvertreter war etwa fünfzig, schüttere graue Haare, Brille, Krawatte eng um den Hals gebunden. Er konnte hart arbeiten, aber im Grunde konnte er nichts anderes, fand sie. Viel Erfahrung, aber einfallslos; selten neigte er zu Einsichten oder Mitgefühl mit den Opfern. Er teilte die Welt ein in Verbrechen und Strafe. Ein Verbrechen wurde begangen, also ermittelte er. Vielleicht nahm er eine Verhaftung vor, aber der menschliche Faktor war unwichtig, ja verwirrend. Er war humorlos, manchmal tadelnd. Die Sache mit Facebook lag jenseits seiner Vorstellungskraft. Facebook, das waren nur Wörter und Bilder auf einem Bildschirm. Nicht real.

Ellen sah ihn an, und viele Gedanken schossen ihr durch den Kopf. Das alles war neu für sie, aber sie wusste, wenn sie eine gute Chefin sein wollte, wenn sie das Team auf sich einschwören und zugleich sicherstellen wollte, dass alle unabhängig dachten und handelten, dann musste sie wissen, wie man jemandem schmeichelte und unterstützte und wie man standhaft, neutral und voreingenommen zugleich sein konnte, zusammen mit noch einer ganzen Reihe weiterer Widersprüche.

»Morgen früh«, sagte sie, »ein Kerl wie der schläft bis Mittag. So spät am Nachmittag könnte er sonst wo sein.« Sie lächelte Judd entwaffnend an. »Ich komme mit, aber das ist Ihre Verhaftung.«

Er brummte, war offenbar besänftigt.

7

Ellen schrieb eine Textnachricht an Hal, *bin in 20 Minuten da,* und machte sich auf den langen Heimweg, quer über die Peninsula nach Port Phillip Bay und dann die Küstenstraße hinunter nach Dromana. Das Meer, das in der untergehenden Sonne glitzerte, läuterte und besänftigte sie. Mit offenen Fenstern und einer Emmylou-Harris-CD im Spieler, achtete sie auf Kinder mit Skateboards, unaufmerksame Touristen und Einkaufende, die nach Parkplätzen suchten, und schaute ab und zu auf die Bucht hinaus. Schiffe in der Entfernung, ein, zwei Windsurfer.

Bei den Geschäften in Dromana bog sie nach links ab und fuhr den Anstieg hinauf zu einem Flecken kleiner Häuser. Ihr eigenes Haus, ein wenig verwohnt und mit abblätternder Farbe, lag an einer stillen, von Gestrüpp gesäumten Schotterpiste. Das Beste am Haus war eine breite Holzveranda mit Blick auf das Wasser zwischen den Bäumen des weiter unten liegenden Nachbarhauses, und Ellen rechnete damit, Hal dort anzutreffen.

Und so war es auch. Allerdings war auch ihre Schwester anwesend, und die beiden tranken Wein. Ellen parkte, griff nach ihrer Tasche und ein paar Akten und schloss den Wagen ab, wobei sie sich nicht sonderlich beeilte. Sie hatte schon seit Tagen keine Zeit mehr mit Hal verbracht, und sie musste sich wie immer vor einer Begegnung mit Allie wappnen.

Sie stapfte die Holzstufen hinauf und ging ums Haus zur Veranda und dem Außentisch, wo ihr Liebhaber mit ihrer Schwester saß. Hal fläzte sich erschöpft in seinem Sessel, erhob sich aber leicht, als Ellen auftauchte, und ein Lächeln verwandelte seine falkenartigen Gesichtszüge.

Er packte sie fest und gab ihr einen Kuss. Sie erwiderte ihn und legte ihm eine Hand auf die Wange. »Was für eine Überraschung.«

Sie meinte Challis, reckte aber den Kopf, als sie das sagte, und lächelte Allie an. Allie, die dasaß wie ein Vogel auf der Stange, schenkte ihr ein schwaches Lächeln.

Ellen richtete ihre Aufmerksamkeit wieder auf Challis. »Hi.«

»Hallo.«

»Das Wichtigste zuerst: Hast du die Topfpflanzen gegossen?«

»Und an den Zitronenbaum gepinkelt«, sagte Challis.

»Prima.«

Er löste sich von ihr und schnappte sich die Flasche Flying Duck Shiraz.

»Glas?«

»Ich lege nur schnell ab ...«

Sie schob die Glastür zum Haus auf und überquerte die polierten Dielen zu ihrem Schlafzimmer. Ein kurzer Gang ins Bad, eine Handvoll kaltes Wasser ins Gesicht, dann trocknete sie sich mit dem Handtuch ab und dachte die ganze Zeit über nach ... Aber das Wasser fühlte sich so gut an. Sie zog ihre Arbeitsbekleidung aus, duschte schnell und zog Shorts und T-Shirt an.

Während sie vor dem Spiegel die Haare mit einer Bürste malträtierte, grübelte Ellen immer weiter. Allie will etwas, dachte sie. Einen Gefallen. Zustimmung zu irgendeinem Blödsinn, den sie vorhat.

Ein Besuch von Allie war niemals nur ein Besuch.

»Nur ein Besuch«, sagte Allie eine Minute später angespannt. »Darf ich nicht mal meine große Schwester besuchen?«

Ellen lächelte sie strahlend an, dann auch Challis und signalisierte ihm unmissverständlich: *Ich werde mich damit auseinandersetzen müssen, was immer es auch ist. Am besten, du bleibst gar nicht erst.*

Verdammt.

Er ließ sich ein, zwei Minuten Zeit, plauderte, schaute auf die Uhr und leerte sein Glas. »Ein gestohlener Augenblick, ich muss wieder weiter«, sagte er, stand auf und gab jeder der beiden Schwestern einen Kuss. »Ich bin verabredet in ...«, er sah erneut auf die Uhr, »zwanzig Minuten.«

Dann war er fort, und Ellen sah ihre Schwester an.

»Was ist?«

»Nichts.«

»Du hast mich so komisch angeschaut.«

»Wie, komisch?«

»Missfallend.«

»Allie, ich war verheiratet und bin geschieden, und in zwanzig Berufsjahren habe ich schon alles gesehen. Missfallen gehört nicht zu meinem Repertoire.«

Allie betrachtete Ellen gern als die Vernünftige und sich selbst als liebenswerte Spinnerin: unorganisiert, aber gewitzt, intuitiv und kreativ. So eine Art unwiderstehlicher Annie Hall aus dem *Stadtneurotiker*. Heute trug sie eine überspannte Ansammlung von dünnen, bunten, durchscheinenden Stoffen, dazu klappernde Armreifen, knallrote Lippen und dramatischen Lidschatten. Sie hätte sich an Challis heranmachen können – und er hätte nichts davon bemerkt.

Das Ganze war nur eine Show. In Wahrheit war Allie zutiefst

konservativ, und es verlangte sie nach Ordnung und Akzeptanz, während sie zugleich gegen beides ankämpfte. Vielleicht hatte sie geglaubt, in ihrer ersten Ehe mit einem Chirurgen gefunden zu haben, wonach sie suchte, doch wie sich herausstellte, sah er nichts Falsches darin, dass seine Eltern einen Schlüssel zum Haus hatten und sich Sonntag früh selbst hereinließen. (»Die tauchten einfach schnurstracks in unserem Schlafzimmer auf, Ellen!«) Als der Chirurg auch noch anfing, sie »Mutter« zu nennen und sich in seinen eigenen Vater zu verwandeln, ging sie. Mit fast einer Million Dollar; sie hatte zumindest so viel Verstand, das Geld nicht für indische Ashrams, am Hungertuch nagende Künstlerinnen oder Marktschreier auszugeben, die üppige Geldvermehrung versprachen. Stattdessen erkannte sie das Geldpotenzial eines Grundstücksmaklers mittleren Alters namens Steve, der ihr eine weitere Million vermachte. Das Hauptthema dieser Verbindung war wilder Sex gewesen, was einen das liebende Paar niemals vergessen ließ. Ellen nannte das die *Allie und Steve Show*. Steves Ableben nach einem massiven Herzinfarkt erfüllte sie mit schuldbewusster Erleichterung.

Sie lächelte ihre Schwester an. »Du siehst gut aus.«

»Du siehst müde aus«, entgegnete Allie.

Ellen trank einen kräftigen Schluck Wein, schloss die Augen und hielt ihr Gesicht gen untergehende Sonne.

»Ich habe da einen tollen Typen kennengelernt«, sagte Allie.

Ellen öffnete ein Auge. Allie hatte sich bei mehreren Dating-Websites angemeldet. Ellen hatte nichts dagegen; ihr waren schon eine ganze Reihe von Leuten begegnet, die auf diese Weise glückliche und lange Verbindungen eingegangen waren. Aber sie wusste, dass Allie chronisch unfähig war, zu differenzieren oder Vorsicht walten zu lassen, wenn es darum ging, Männer kennenzulernen, deshalb hatte sie sich eines Tages, mit einem ganz kleinen Schuldgefühl, Allies Profil bei EliteMatch angeschaut:

Ich bin eine lebensbejahende, glückliche Frau, fit und gesund, die romantische Dinner gern mit einem Glas guten Wein (keine Biertrinkerin) genießt, Picknicks und Spaziergänge am Strand mag, einfühlsam, intim, aber vital liebt (die Tage der One-Night-Stands sind lange vorüber), die seelentiefe Gespräche mag, große Kunst, Musik und Filme, die emotional und intellektuell bewegen, und gern ins Ausland reist (darin bin ich erfahren!).

Ich suche nach meinem Seelenpartner, dem besten Freund, dem Vertrauten, einem Lebenspartner, nicht nur einem Liebhaber. Ich wünsche mir einen Mann, mit dem ich lachen und reden kann, mit dem ich Pferde stehlen und reifen kann.

Anders ausgedrückt, ich habe Geld und suche Sex, hatte Ellen gefunden.

Sie lächelte: »Im Netz?«

»Nein«, strahlte Allie. Sie ließ sich nicht weiter darüber aus.

»Ich freue mich schon darauf, ihn kennenzulernen«, meinte Ellen.

»Das wirst du schon bald. Ich habe ihm noch nichts darüber gesagt, dass du bei der Polizei bist.«

Ellens Alarmglocke schlug auf vertraute Weise an. »Stellt das ein Problem dar?«

»Natürlich nicht.«

Ellen nippte an ihrem Wein. Es wird etwas Merkwürdiges an ihm sein, nahm sie an. Allie spürt das, kann es aber nicht ausdrücken; sie hat sich vergafft, sie sehnt sich nach Glück und muss sich selbst noch gut zureden, dass sie endlich den Richtigen gefunden hat.

»Was tut er denn so?«

Allie beugte sich über den Tisch und sagte leise. »Das ist streng geheim.«

»Was denn, ist er vielleicht Spion?«

Allie lachte unbehaglich. »Mach dich nicht lustig. Er ist

Offizier, militärischer Geheimdienst oder irgend so was. Er kann nicht darüber reden, was er so macht.«

»Aha.«

Ellen schenkte nach und fragte spitzbübisch über den Rand des Glases hinweg: »Gut im Bett?«

Allie schien sich vor ihr zu verschließen. Sie rutschte unbehaglich herum. Das war der konservative Kern an ihr: Unter Schwestern war ihr das Thema zu heikel; in gemischter Gesellschaft wiederum neigte sie zu groben Anspielungen.

Dann überraschte sie Ellen.

»Eigentlich haben wir noch nicht ...«

Ellen war es peinlich. Sie wollte nicht schnüffeln. »Tut mir leid, geht mich ja nichts an. Wie heißt er denn?«

»Clive.« Allie wurde rot und reichte ihr das iPhone über den Tisch. »Das ist er.«

Auf dem Handy war ein kräftiger Oberkörper zu sehen, ein kräftiger Kopf, militärisch kurz geschnittenes Haar. In den Vierzigern, nahm Ellen an. Ein gelebtes Gesicht, argwöhnischer Blick über einem zögernden Lächeln. Nicht sehr ansehnlich, aber auch nicht hässlich.

Ellen tat so, als würde sie weiter durch die Fotos wischen, drehte den Bildschirm von Allie weg und blätterte durch die Texteingangsbox. Dutzende, Hunderte Texte von diesem Clive. Er bombardiert sie mit Liebesbezeigungen, dachte sie. Sie sah sich Daten und Uhrzeiten an: mehrere Male die Stunde.

Ellen drückte auf die Home-Taste und reichte das Handy zurück. »Ich lade euch in ein paar Tagen zum Essen ein.«

»Wenn dir nicht deine Arbeit dazwischenkommt«, entgegnete Allie mit leicht säuerlicher Stimme, so als wollte sie sagen, dass Ellens Arbeit ihnen schon mal in die Quere gekommen sei und es sicher wieder tun würde und dass Ellen der Typ sei, der die Arbeit über die Bedürfnisse der kleinen Schwester stellte.

8

Ellen schlief schlecht. Sie dachte an Allie, an ihre Tochter, die studierte, an Challis, der wegen Allies Besuch nicht über Nacht bleiben konnte, an ihr Team und die Opfer, denen sie zu helfen versuchten. Um zwei Uhr früh stand sie am Fenster, sah unruhig in die tiefschwarze Stille der Bucht hinaus, spürte die Untiefen der Nacht mit ihren Gefahren auf dem Meer, mit umherstreifenden Tieren und Männern. Im Bett warf sie sich hin und her, und ganz unaufgefordert erschien ihr im Halbschlaf das Bild des stämmigen Freundes ihrer Schwester.

Er hatte sich nicht fotografieren lassen wollen, erkannte sie.

Gegen vier Uhr war sie hellwach und schaute auf ihr Handy. Ein verpasster Anruf von Pam Murphy um 16.45 Uhr, gefolgt von einer Textnachricht, die erst Stunden später bei ihr eingetroffen war. Ellen schüttelte den Kopf und erinnerte sich an Challis' Mahnung damals, als sie noch in seinem CIU-Team gewesen war: Rufen Sie an, wenn es wichtig ist. Schicken Sie keine Textnachricht, keine E-Mail. Sie können nämlich nicht wissen, ob die Nachricht angekommen, geschweige denn gelesen und verstanden wurde und ob darauf reagiert worden ist.

Mein Handy war aus, dachte Ellen, dann bin ich nach Hause gefahren und habe mich in Allies Drama verwickeln lassen.

Murphys Text war kurz und verständlich. Ein Einbruchsopfer hatte schließlich eingeräumt, vergewaltigt worden zu sein. Dazu Name, Anschrift und Telefonnummer. »Sie ist verschlossen, Sergeant.«

Ellen ließ sich auf ihr Kissen plumpsen, machte das Licht aus und schloss die Augen.

Dann ging die Sonne auf, und die Vögel lärmten vor ihrem Fenster. Mit einem Nebel hinter den Augen und vor Müdigkeit schmerzenden Knochen quälte Ellen sich durch einen Morgenlauf zum Strand und zurück. Dusche, Müsli und Kaffee; und als sie mit Senior Constable Judd in Crib Point war und Leo Hart verhaftete, war ihre alte Aufgewecktheit wieder da.

Vom Revier aus rief sie Pam Murphy an und bat um weitere Informationen zu der eventuellen Vergewaltigung von Ros Wreidt in Tyabb. »Eventuell?«

»Sie ist zurückhaltend, Sergeant. Als ich hinfuhr, hatte ich mit einem Einbruch gerechnet und erst nach und nach erkannt, dass sie in irgendeiner Form angegriffen worden ist. Ich habe eine Ewigkeit gebraucht, um die Geschichte aus ihr herauszulocken, und sie ist sehr lückenhaft.«

Ellen bedankte sich, fuhr nach Tyabb und klopfte an die Tür zu Wreidts Wohnung.

»Ich habe doch der Polizei schon alles gesagt«, klagte Wreidt. »Die Frau hatte kein Recht, es in alle Welt hinauszuposaunen.«

»Constable Murphy ist eine sehr scharfsinnige und mitfühlende Beamtin«, sagte Ellen.

Sie gingen in die Küche; Wreidt trug noch immer Morgenmantel, einen weiten Baumwollpyjama und Plüschhausschuhe. Bequeme Kleidung, dachte Ellen und schaute zu, wie Wreidt sich mit schmerzhaften Bewegungen setzte und den Morgenmantel am Hals zuschlug.

»Gehen Sie heute nicht zur Arbeit?«

»Hab mich krankgemeldet.«

»Sind Sie schon beim Arzt gewesen?«

»Wozu?«

Und so ging das weiter, Wreidt zögerte, wirkte unzugänglich und widersetzte sich schwach, wenn Ellen drängte. Dann tauchte ein Glaser auf, gefolgt vom Hausbesitzer, anschließend ein Gutachter der Versicherung, um sich den Schaden zu besehen, was bedeutete, dass eine ganze Reihe von Fremden durch den Tatort trampelte und Spuren hinterließ …

Komische Sache. »Ms Wreidt, wann ist bei Ihnen eingebrochen worden?«

Wreidt wendete den Blick ab. »Freitag.«

»Nur um das klarzustellen, Freitag letzter Woche, also vor vier Tagen?«

»Ja«, wisperte sie.

»Sie haben Constable Murphy in dem Glauben gelassen, das Ganze sei gestern Nachmittag geschehen.«

»Ich habe es gestern Nachmittag der Polizei gemeldet. Die Versicherung meinte, ich solle das machen.«

Und seitdem hat es viele Duschen, viel Seife, gewaschene Laken und gesaugte Teppichböden gegeben, dachte Ellen.

»Aber alles andere ist so, wie Sie es Constable Murphy beschrieben haben? Sie sind von der Arbeit nach Hause gekommen und haben einen Mann vorgefunden, der Sie sexuell belästigt und dann beraubt hat?«

»Ja.«

Die Geschichte kam nur zögerlich ans Licht. Ein Mann hatte Wreidt aufgelauert (wie sich herausstellte, hatte er das Fenster zur Waschküche eingeschlagen, um sich Zutritt zu verschaffen). Er hatte sie von hinten gepackt, sie mit der eigenen Strumpfhose gefesselt und dann vergewaltigt. Er hatte ein Kondom benutzt, sie danach gezwungen, sich zu duschen, und hatte versucht, mit ihr zu plaudern, während er sie abtrocknete und die Haare trocken rubbelte. Dann war er verschwunden, zusammen mit iPad, Handy und dem Bargeld in ihrem Portemonnaie, und hatte ihr befohlen, bis hundert zu zählen.

Er hatte eine Sturmmaske getragen. Und gestunken.

»Körpergeruch?«

»Keine Ahnung, nur richtig eklig.«

Diese beiden Tatsachen – ekliger Geruch und bis hundert zählen – brachte Ellen zu einem Geviert von kleinen Reihenhäusern in Somerville. Das Verkaufsschild, das vor dem Endhaus neben einer Gasse in den Rasen geschlagen worden war, war neu und deprimierte Ellen.

Sie klopfte an, und Marilyn Sligo öffnete die Tür, eine schlanke Frau, dreißig, in Cargohose und einem klammen T-Shirt. Sie hielt ölige Hände hoch. »Kein Händeschütteln, keine Umarmung.«

Ellen lächelte und folgte ihr in die Küche, ein warmer, dampfiger Bereich mit Küchentheken, hängenden Kupfertöpfen, schweren Messern in einem Holzblock und einem Regal voller Kochbücher, von denen eins aufgeschlagen war und einen Text mit einem köstlichen Foto zeigte.

»Hier riecht es gut.«

»Nur eine Art vor sich hin köchelndes Gulasch, Dons Lieblingsessen«, sagte Marilyn und sah Ellen traurig, aber entschlossen an.

Ellen nickte. Der Ehemann kam noch immer nicht mit der Angelegenheit zurecht. Marilyn zufolge war er nicht verwirrt, wütend oder anklägerisch, und er hielt sie auch nicht für besudelt. Aber er lief auf Zehenspitzen umher, so als befürchte er, ihr mit seiner Männlichkeit wehzutun. Dabei wollte Marilyn nur zu ihrem alten Leben zurückkehren. Nicht die Vergewaltigung leugnen oder so tun, als habe sie nicht stattgefunden und das Leben sei eitel Sonnenschein; nein, sie wollte nur wieder die Alte sein. »Wie soll ich denn sonst das Ganze durchstehen?«, hatte sie bei Ellens letztem Besuch gefragt.

Sie unterhielten sich eine Weile, dann sagte Ellen rundheraus: »Tut mir leid, dass Sie das Gefühl haben, wegziehen zu müssen.«

Marilyn schloss die Augen und öffnete sie wieder. »Ist die menschliche Natur nicht wundervoll? Das hier ist doch eine Nebenstraße, richtig?«, fragte sie und deutete zum Haus hinaus. »Nicht sehr befahren? Dann erklären Sie mir mal den dichten Verkehr.«

Das war gar nicht nötig. Schaulustige. Aber woher hatten sie gewusst, dass dort ein Vergewaltigungsopfer wohnte?

»Sie bremsen ab und zeigen hin«, sagte Marilyn. »Nullen.«

Und mit einem Blick voller Zynismus fügte sie hinzu: »Wissen Sie, was vor ein paar Wochen im Supermarkt passiert ist? Ich kaufte gerade eine Arbeitshose für Don, da läuft mir diese Frau über den Weg, mit der ich arbeite. Ich kenne sie nicht besonders gut, aber sie kommt auf mich zu, voller Scheinheiligkeit, und stirbt fast vor Neugier, all die schmutzigen Einzelheiten zu erfahren. ›Sie sind aber auch ziemlich sexy, müssen Sie wissen‹, so als ob sie sagen wollte, ich könne dankbar sein, dass ein Fremder mich attraktiv genug fand, um mich zu vergewaltigen.« Dann schüttelte sie den Kopf.

Ellen nahm ihre Hand und spielte eine Szene aus *Tatsächlich ... Liebe*, ihrem Lieblingsfilm, nach: »Sagen Sie mir, wer diese Frau ist. Trainierte Polizeischützen. Rücksichtslose Profikiller. Anruf genügt, und sie kommen.«

Marilyn lachte müde. »Schön wärs.«

Ellen ließ die Hand los. »Tut mir leid, das Ganze noch mal durchgehen zu müssen, und ich weiß, das ist ja schon drei Monate her, aber Sie haben mir erzählt, dass der Mann, der Sie vergewaltigt hat, ziemlich übel roch.«

Marilyn schauderte. »Du meine Güte, ja.«

»Körpergeruch oder etwas anderes?«

»Eher wie Mundgeruch. Strenger Atem, mit einem Unterton von etwas anderem Ekligen.«

»Er hat Ihnen danach geholfen aufzuräumen und sich mit Ihnen unterhalten.«

»Ja«, bestätigte Marilyn und sah Ellen dann fest und fragend an. »Er hat wieder zugeschlagen.«

»Ja.«

»Oh Gott«, sagte Marilyn und schloss die Augen.

Dann bemerkte Ellen, wie Marilyn sich unbewusst das Handgelenk rieb, und erinnerte sich daran, dass sie am Tag des Überfalls ein Armband getragen hatte. Pandora. Ein Geschenk ihres Mannes, mit sechs der teuersten Charms, die es gab.

»Don war nicht hier, richtig?«

Marilyn schlug die Augen auf. »Sie glauben doch nicht etwa, dass Don mich vergewaltigt hat?«

»Nein, nein. Aber Sie waren zwei Wochen allein daheim ...«

Don Sligo arbeitete als Geologe für ein Explorationsunternehmen in der Wüste von Westaustralien. Zwei Wochen Arbeit, zwei Wochen frei.

Marilyn vervollständigte Ellens Gedankengang. »Der Kerl hat mich ein paar Tage beobachtet und gedacht, ich bin alleinstehend.«

»Schon möglich.«

»Ist Ihr anderes Opfer auch allein?«

Ellen hätte wahrscheinlich die übliche Floskel von sich geben sollen, dass sie zu einem laufenden Verfahren nichts sagen könne. »Ja«, antwortete sie.

»Und sie hat gesagt, er hat hinterher mit ihr reden wollen?«

Ellen nickte.

Marilyn schnaubte. »Während der Tat hat er so gut wie nichts gesagt, aber hinterher machte er auf freundlich. Er riet mir, es sei am gesündesten, wenn ich die Sache so schnell wie möglich hinter mir ließe.«

»Sonst noch etwas?«

»Er sagte, ich solle eine Weile nichts tun oder sagen. Und ich solle bis hundert zählen, meinte er.«

Ellen ging durch das blendende, die Sinne verwirrende Mittagslicht zu ihrem Wagen, in dem es heiß war wie in einem Backofen. Sie kurbelte für ein paar Minuten die Fenster runter und ließ die Klimaanlage pusten. Frühsommer, und doch war es schon heiß und trocken, und ein dürrer Buschfeuersommer stand bevor.

Sie fuhr nach Waterloo zurück, stellte den Wagen in einem winzigen Stück Schatten ab und rief das Team zusammen.

»Falls es derselbe Mann ist«, meinte Rykert, »dann ist das aber noch kein Wiederholungstäter, Sergeant.«

»Wir müssen auf Nummer sicher gehen«, sagte Ellen. Sie ging noch einmal die Übereinstimmungen in den Fällen Wreidt und Sligo durch und fügte dann hinzu: »Im besten Fall stehen wir am Beginn einer Serie und schnappen ihn schnell. Aber ich befürchte, es besteht die große Wahrscheinlichkeit, dass es noch weitere Opfer gibt. Ms Wreidt hat zunächst nicht zugegeben, dass sie vergewaltigt worden ist, und so etwas kennen wir ja schon. Sie hat das Ganze erst ein paar Tage später als Einbruch gemeldet. Gut möglich, dass es weitere alleinstehende Frauen gibt, die Einbrüche gemeldet haben, dass es sich aber zudem um sexuelle Nötigung, Vergewaltigungen oder Zwischenfälle mit diesem Potenzial handelte – der Bursche ist gestört worden, zum Beispiel, hat kalte Füße gekriegt oder ist gescheitert. Ich möchte, dass Sie sich alles und jedes anschauen. Berichte von herumschleichenden Fremden, von Frauen, die bis zu ihrer Wohnung verfolgt worden sind.

Reden Sie mit den Detectives der CIU in Waterloo, Mornington, Rosebud, Dromana, Rye und Sorrento, legen Sie eine Liste von alleinstehenden weiblichen Einbruchsopfern der letzten drei Monate an. Nähern Sie sich ihnen noch nicht, reden Sie erst mit den Ersteinsatzkräften. Hat das Opfer allenfalls etwas verheimlicht? Schien an der Sache noch mehr dran zu sein? Wirkten die Umstände irgendwie merkwürdig? Die ganze Nummer.«

Lois schüttelte den Kopf. »Boss, die Uniformierten haben es immer eilig, und einige davon haben die emotionale Intelligenz eines Holzklotzes.«

Ellen zuckte müde mit den Schultern. »Tun Sie Ihr Bestes. Falls Sie auf andere Fälle stoßen, werden wir sanft vorgehen, Jared mit mir, Lois mit Ian.«

»Und was, wenn einer von uns im Gericht ist und wir nicht paarweise losziehen können?«, fragte Judd.

»Wenn es nicht anders geht, geht es nicht anders«, antwortete Ellen. »Aber wenn einer von Ihnen mit einem möglichen Opfer oder Zeugen allein ist oder die Person hierherbringt, dann führen Sie säuberlich Buch über jede Minute. Ich möchte, dass Sie sich die Zeiten notieren – Abfahrt, Ankunft, Dauer der Befragung. Ich möchte pingeligste Fahrzeugprotokolle – Kilometerstand bei Abfahrt und Rückkehr, Kilometer der Wegstrecke, Uhrzeit, Datum, alles. Ich möchte nicht, dass einer von Ihnen sich böswilligen Unterstellungen ausgesetzt sieht, jemanden sexuell belästigt, genötigt oder sonst etwas getan zu haben.«

Auch keinen glaubwürdigen Behauptungen. Im letzten Monat hatte Judd die Zeugenaussage einer Sechzehnjährigen aufgenommen, die, zusammen mit einer Freundin, von einem Team von jugendlichen Footballern auf einer Feier zum achtzehnten Geburtstag sexuell genötigt worden war. Einen Tag, nachdem er sie nach Hause gefahren hatte, wurde Judd vorgeworfen, mit ihr auf einen verlassenen Parkplatz am Merricks Beach gefahren zu sein und sie unsittlich berührt zu haben. Das Mädchen zog dies später wieder zurück, was ihren Fall gegen die Footballer ebenfalls in Zweifel zog, aber Ellen hatte ihre Bedenken. Hatte das Mädchen Ian Judds Vorverurteilung und Ablehnung gespürt? Ellen arbeitete nun lang genug mit ihm, um zu wissen, dass er nicht voreingenommen war, aber sein Benehmen war derart verschlossen und zurückhaltend, dass er nicht immer der Beste war, um Opfer zu befragen.

Wenn er letzten Monat Fahrzeiten und Entfernungen hätte vorlegen können, dann wären ihm Kopfschmerzen erspart geblieben.

Und Ellen auch. Boss zu sein war kein Zuckerschlecken.

9

Nachdem für ihn alles schiefgelaufen war – nach dem Todesfall, der Verhaftung und dem Freispruch –, verschwand Michael Traill aus der Öffentlichkeit. Sein erster Impuls war es gewesen, nach Andamooka, Lightning Ridge oder in irgendeine andere Minenstadt im Outback zu flüchten, all diese Zufluchtsorte für Leute, die untertauchen und vergessen wollten. Doch allein die Entfernung und dann die Hitze. Und seine Eltern – die so viel Öffentlichkeit erst einschüchterte und dann vernichtete – wurden langsam alt. Sie brauchten ihn so sehr, wie er sie gebraucht hatte, damals, als alles auseinanderfiel.

Also flüchtete er, aber nur eine kurze Strecke. Siebzig Kilometer, keine Stunde mit dem Auto. Immer noch ein langer Weg von seinem alten Leben, seiner Junggesellenbude in der Innenstadt von Melbourne, seinem Golf Turbo und seinem Job als Leiter der Sicherheit in einem vornehmen Pub in den Docklands. Ein langer Weg bis hinunter zu einem rostigen, windschiefen Campingwagen auf dem Hinterhof eines Eierproduzenten, für den er im Ausgleich für die Hofpflege eine symbolische Miete zahlte. Ein langer Weg bis zur Nachtschicht an der BP-Tankstelle am Moorooduc Highway, wo er von zweiundzwanzig Uhr bis sechs Uhr früh hinter der Kasse saß und in die Nacht hinausschaute, in der nur gelegentlich Scheinwerfer vorbeikamen.

Und nun war es 6.10 Uhr am Mittwochmorgen, und er fuhr nach Hause. Er nahm eine Abkürzung östlich um das Rückhaltebecken herum. Langsam sickerte die Dämmerung in den Himmel, aber die Welt würde noch für eine Weile trüb und voller Schatten bleiben. Die Kängurus grasten, neblige Gespenstererscheinungen, die ihn von den Feldern zu beiden Seiten der Straße aus beobachteten, und einen Kilometer weiter überquerte eine kleine Herde die Straße. Er trat auf die Bremse, kam ins Rutschen, und das Herz schlug ihm im Hals. Als die Straße wieder frei war, gab er voller Ungeduld Gas.

Da tauchte wie aus dem Nichts ein großes Känguru vor ihm auf, er fuhr es mit einem trockenen Schlag um, das Tier überschlug sich über den Kühler des Wagens hinweg, streifte die Windschutzscheibe, knallte übers Dach und landete im Graben. Traill, der kurzfristig nichts sah, riss am Lenker, so als würde ihm das die Sicht erleichtern, und knallte gegen einen Baum.

Dann saß er benommen da.

Roch er Benzin? Er stieg aus, ganz wacklig auf den Beinen. Das Känguru lag im Sterben: ein, zwei Mal trat es schwach, dann war es still. Traill schmerzte der Kopf. Er fühlte sich an Leib und Seele wund.

Das Auto war eh eine Rostschüssel, aber an guten Tagen brachte es ihn zumindest nach Hause. An den Vormittagen, an denen es nicht von einem Känguru und einem Eukalyptusbaum geschrottet wurde.

Als er wieder ganz bei Sinnen war, hatte Traill noch so viel Verstand beisammen, um sein Handy zu zücken und einen Notruf zu versuchen.

Aber wen sollte er anrufen? Die Polizei? Den Tierschutz? Seinen Boss? Ein Taxi? Einen Abschleppwagen?

Jedenfalls nicht seine sich sorgenden Eltern. Er hatte alle Hilfe aufgebraucht, die sie ihm zuteilwerden lassen konnten, hatte ihre Ersparnisse und ihre Gesundheit aufgebraucht. Und fast all ihre Liebe und ihren guten Willen.

Er hatte sowieso kein Signal. »Die Peninsula ist voller Funklöcher, Mann«, hatte sein Vermieter ihm am ersten Tag bei dem Job gesagt. »Kein Signal, der Strom fällt aus, sobald auch nur ein Blatt vom Baum fällt, und wenn wir nicht mitten in der Trockenheit stecken, schleppen wir uns durch den Matsch.«

Ein Griesgram, sein Vermieter. Vielleicht kam das davon, wenn man den ganzen Tag nur Hühnerscheiße roch, dazu

Gesundheits- und Tierschutzinspektoren und Beschwerden von Nachbarn abwimmelte. Doch ob Griesgram oder nicht, Michael Traill konnte ihn ja sowieso nicht um Hilfe bitten, weil sein Handy kein Signal hatte.

Er stand da und grübelte, dann sagte er sich, dass es Ewigkeiten dauern könnte, bis ein Auto vorbeikam, und ging los. Nach fünf Minuten kam er zu einer Einfahrt, auf dem Briefkasten stand *C. Hauser,* dann folgte eine Reihe von Schmucklilien und Kiefern. Was hatten denn die Grundstücke auf der Peninsula nur immer mit ihren Kiefern und Schmucklilien? Er betrat die Einfahrt und konzentrierte sich auf Farmerhunde und nervöse Schrotflinten. Aber welche Wahl hatte er denn?

Hunde, ein zitterndes Paar, das an seinen Ketten zerrte. Sie sprangen, erwürgten sich fast, drehten enge, wahnsinnige Kreise und sprangen erneut.

Ihre Wasserschüsseln waren trocken, die armen Dinger. Traill sah zum Haus hinüber, einem jämmerlichen Ort, der niemals Sonne sah, sondern sich in den Schatten weiterer Kiefern drückte. Keine Lichter, keine Anzeichen von Leben.

Er drehte sich zu den Hunden um, stand still da und begann innig und melodisch zu singen. Er achtete sorgsam darauf, den beiden Hunden nicht direkt in die Augen zu schauen, sondern auf den Boden. Langsam kam er näher und kauerte sich dabei hin, um sich kleiner zu machen. Das Ganze dauerte fünf Minuten, und nun wechselten sich die Hunde mit Jaulen und kurzem, abgewürgtem Knurren ab.

Sie hatten keine Angst mehr, sondern waren verzweifelt. Als Traill ganz nah war, hielt er erst dem einen, dann dem anderen Hund die Hand hin. Sie schleckten sie ab. Sie konnten gar nicht genug davon bekommen, dass er ihre Schädel knuddelte und mit den Fingern hinter den Ohren kraulte. Er löste die Halsbänder, richtete sich auf und beobachtete sie.

Die Hunde wussten, dass etwas nicht stimmte. Sie drückten sich fest an seine Beine und hielten sich eng an ihn, als er die

Schüsseln zu einem Wassertank trug. Er füllte die Schalen und sah, wie sie laut und verzweifelt tranken.

Blieb nur noch, das Haus aufzusuchen. Kaum drehte er sich um, waren die Hunde schon bei ihm und begleiteten ihn bis zur Veranda, wo sie stehen blieben, winselten und sich hinlegten. Sie wollten kein Stück weiter, und das machte Traill Angst.

Er wollte nicht hineingehen. Sollte er erst in den Schuppen nachschauen? Die Hunde schauten ihm nach, hielten aber dem Haus die Treue.

Nichts, nur verschlossene Türen, dahinter schummrige Umrisse. Kein Farmer, weder tot noch lebendig.

Also kehrte Michael Traill zu dem kleinen Haus zurück, doch kaum hatte er es betreten, roch er Tod.

10

Die Uniformierten trafen als Erste ein, bestätigten Traills Bericht und benachrichtigten Waterloo CIU. Challis ging ans Telefon. Er hatte gerade mögliche Weihnachtsgeschenke für Ellen Destry aufgeschrieben und wieder durchgestrichen, der Anruf kam also zum richtigen Zeitpunkt.

Er traf sich mit Pam Murphy auf dem Parkplatz und warf ihr die Schlüssel zum Holden der CIU zu. »Sie fahren.«

Der Wagen war schon seit Wochen nicht mehr gewaschen worden. Er hatte mit geschlossenen Fenstern in der Sonne gebraten, und das Innere stank nach überhitztem Plastik und nach schalen menschlichen Ausdünstungen. Murphy ließ die Fenster herunter und drehte die Klimaanlage auf. So saßen sie ein paar Minuten da, bevor sie sie wieder vor der Welt versiegelte und vom Revierparkplatz fuhr. Sie fuhr langsam über die Anliegerstraße, dann bog sie links in die High Street und am Kreisverkehr wieder links, wo sie einem roten Maserati die Vorfahrt ließ.

»Was ist der Unterschied zwischen dem Sportsitz eines Maserati und einer Kloschüssel?«, fragte Challis.

»Es gibt keinen – auf beidem sitzt ein Arschloch –, aber normalerweise sind damit Porschefahrer gemeint, Boss.«

»Na, danke, dass Sie mir den Witz verdorben haben, Detective Constable Murphy.«

»Gern geschehen.«

Sie lehnte sich zurück, ließ sich von der eindringenden Sonne wärmen und meinte versonnen: »Ein Maserati ist ein Leckt-mich-am-Arsch-Wagen. ›Kommt gar nicht erst auf den Gedanken, ihr seid mir ebenbürtig‹, sagt er. Ein Allrad wiederum ist ein Verpisst-euch-Wagen. ›Macht Platz, ich will da durch‹, sagt er.«

»Und mein zehn Jahre alter BMW?«

»Der ist einfach nur traurig«, antwortete Murphy. »Bei allem Respekt.«

Murphy hatte die Adresse von Colin Hauser in den Navi eingegeben, schaute aufs Display und murmelte: »Nach rechts in die Coolart Road …«

»Eines Tages«, meinte Challis, »wird Sie dieses Ding in einen Steinbruch befördern.«

»Boss, wenn ich nicht an irgendeinem Apparat auf Knöpfe drücken kann, bin ich verloren.«

Challis schnaubte. Er ließ sie die vom Navi vorgeschlagene Route fahren. Er kannte Abkürzungen, die das Gerät nicht kannte, aber er hielt den Mund, schaute hinaus in eine vertraute Landschaft und ließ sich von der Morgensonne ein wenig einlullen. Landeinwärts der kleinen Ortschaften von Westernport war die Peninsula ein von baumgesäumten Straßen zusammengestoppelter Flickenteppich aus Weideflächen – vielfältig überwuchert, zur Heuernte abgemäht, Weidefläche von Rindern oder Alpakas oder mit ordentlichen Reihen voller Weinreben bepflanzt. Hier und da standen in der Entfernung dichte Haine jener Gehölze, die für einen achtlosen Fahrer bei einem Buschfeuer zur Falle werden konnten. In der Nähe gab es vielleicht eine Winzerei mit Restaurant, ein reizloses altes, verschaltes Haus oder zwei massige Torpfosten am Beginn einer Zufahrt, auf der es zu einer protzigen Burg auf einem Hügel ging, die einem in den Augen wehtat. Dieses Muster wiederholte sich auf der ganzen Peninsula.

Challis dachte über alles Mögliche nach; den Mord, die Ice-Verbrechen, was er Ellen zu Weihnachten kaufen sollte. Das führte unweigerlich zu Gedanken über Serena Coolidge, Senior Sergeant der Drogenfahndung und ihre Quecksilbrigkeit. Als sie mit ihm allein gewesen war, war sie lebhaft gewesen, hatte sich ihm ein wenig zu sehr genähert, ihn manchmal gar berührt. Er ahnte, worum es dabei ging. Ellen – ebenso wie seine verstorbene Frau – hatte ihn damit aufgezogen, dass er attraktiv sei, sich dessen aber nicht bewusst sei. Na und? Wollten sie damit sagen, dass er irgendetwas unternehmen müsse, wenn eine Frau Interesse an ihm bekundete?

Challis kam nicht weit mit dieser Vorstellung. Seine Gedanken schweiften ab zu Angela, seiner toten Frau. Ihm fiel ganz überrascht auf, dass er nur noch selten an sie dachte. Das war gut. Die Zeit und Ellen Destry waren die Heilung gewesen.

Jahre waren vergangen; er war mit Ellen Destry zusammen, und das Loch in ihm war verschwunden. Er musste nicht notwendigerweise mit Ellen zusammenleben, und sie nicht mit ihm, und sie verbrachten auch nicht jede Nacht miteinander, aber sie wollten auch mit niemand anderem zusammen sein.

Wie konnte er das nur der lebhaften Serena Coolidge klarmachen?

Dann bremste Murphy und fuhr in eine Zufahrt, wo ein uniformierter Constable ihre Daten aufnahm und sie durchwinkte.

Hundert Meter weiter über eine von Kiefern und Schmucklilien gesäumte Piste kam ein Haus in Sicht. Die von Straßenstaub und Schimmel bedeckte Fassade bedurfte dringend einer Reinigung. Gras wuchs aus den Regenrinnen, die Farbe blätterte von den Verandapfosten, und schon lange hatte sich niemand mehr um Rasen oder Gartenbeete gekümmert. Wenn es hier Geld gab, so war das alles in den Bau von Schuppen geflossen, bemerkte Challis. Er zählte sechs Stück davon, einen alten und fünf neue, alle auf einem freigeräumten Stück Land in einiger Entfernung, jenseits einer knarzenden Windmühle und eines neu gesetzten Maschendrahtzauns.

Murphy stellte den Wagen zwischen dem Van der Spurenermittler und einem kleinen weißen Hyundai ab. Sie stiegen aus, wurden von dem halbherzigen Bellen zweier Hunde im Zwinger begrüßt, und Challis entdeckte auf dem Beifahrersitz des Hyundai eine Damenjacke. Freya Berg, dachte er. Sie ist im Haus und untersucht die Leiche.

Er folgte Murphy zu den Hecktüren des Vans, wo Scobie Sutton und einer seiner Techniker Überschuhe, Overalls und Hauben anzogen. In dem Van gab es Eisengestelle, auf denen sich unterschiedlich große Plastikwannen wie Schubläden ausziehen ließen. In den größeren lagen Schraubenschlüssel, Schraubendreher, Hämmer, Sägen, Drahtschneider und Greifer; in den mittelgroßen Wannen befanden sich Beweis- und Sammelbeutel; in den kleineren lagen Bürsten, Zangen, Scheren und Pinzetten. Größere Gegenstände wie Seile, Flaschenzüge, Staubsauger, Videoausrüstung und Ersatzbekleidung für die Tatortbegehung befanden sich in großen offenen Wannen auf der Ladefläche.

»Scobie.«

»Sir«, sagte Sutton. »Pam.«

»Immer im Einsatz«, hielt Challis das Offenkundige fest.

Sutton lächelte nicht. Ausdruckslos sagte er: »Wenn Sie hineingehen, muss ich Sie bitten, sich entsprechend herzurichten.«

»Gewiss. Dr. Berg ist bei der Leiche?«

»Ja.«

Challis zog Überschuhe an und sagte: »Wie gehen Sie vor, Scobie?«

Sutton schaute die Zufahrt entlang zur Straße. »Keine Presse bislang, das ist schon mal gut.«

Challis nickte. Die Polizei an Tatorten war sehr misstrauisch, wenn es um bohrende Kameralinsen und lauernde Mikrofone ging.

»Im Augenblick sollten wir das gesamte Haus als Tatort betrachten«, fuhr Sutton fort. »Wenn ich weiß, wo das Haus betreten und verlassen wurde, kann ich diese Stellen gesondert betrachten.«

Challis nickte, und Sutton musste plötzlich gähnen und streckte sich. »Sorry, seit dem Buschbrand habe ich nicht viel geschlafen.«

Dann drehte er sich abrupt um, trat durch ein schiefes Gartentor und ging auf das Haus zu. Challis folgte ihm und rechnete damit, dass Sutton durch die Haustür hineinging, doch kurz darauf erkannte er, warum Sutton am Haus entlang zur Küchentür ging. Die Haustür war seit Jahren nicht angerührt worden. Dies hier war ein Haus im ländlichen Australien. Niemand benutzte die Haustür. Alles spielte sich in der Küche ab.

Die abgestandene, dumpfe Luft roch nach kalten Kippen, frischem Blut und Verwesung. Fliegen summten träge umher. Challis, der die dreckige Spüle, die Spinnweben im Flur, hier einen durchhängenden Vorhang und dort ein kaputtes Rollo sah, dachte: Das Haus eines alleinstehenden Mannes. Hier ist schon lange keine Liebe mehr empfangen oder gegeben worden.

Sutton führte sie zum Flurende. Auf der einen Seite war ein Schlafzimmer, schmutzige, zerknitterte Laken, gegenüber ein kleines Arbeitszimmer.

Hier war der Geruch am beißendsten.

»Bitte bleiben Sie einen Augenblick vor der Tür stehen«, bat Sutton.

Beim Klang seiner Stimme tauchte hinter dem Schreibtisch, der früher mal ein Esstisch gewesen war, ein Kopf auf. Dunkle

Haare, auf denen tollpatschig eine Papierhaube saß, ein kluges, lebhaftes Gesicht mit vor Humor blitzenden Augen.

»Die Kavallerie«, sagte sie.

»Freya«, sagte Challis und atmete flach. »Sie kennen Constable Murphy?«

»Natürlich. Hallo, Pam.«

»Dr. Berg.«

Berg lächelte Sutton an. »Sie können übernehmen, Scobie.« Sie zog sich die Handschuhe aus.

Aber sie hielt sich nicht an das strikte Protokoll, deshalb trat Sutton mit winzigen Schritten auf der Stelle. »Ihr Urteil?«

»Nun«, begann Freya Berg. »Er ist tot. Ein für alle Mal.«

Sie trat hinter dem Tisch hervor, und Sutton nahm ihren Platz ein und gab ein Geräusch von sich, das Missfallen andeuten mochte. Berg kümmerte sich nicht darum. »Zwei Schussverletzungen, eine im Brustbereich, eine in den Kopf. Schweres Kaliber, beide tödlich.«

»Kein Selbstmord.«

Berg schüttelte den Kopf. »Nein, und keine Waffen.«

»Wann?«

»Ich wusste, dass Sie mich das fragen würden. Die Fliegen, die Tageshitze, bereits vergangene Leichenstarre, Verwesung schon eingesetzt ... mehrere Tage, würde ich sagen. Freitag, Samstag ...«

Challis sah sich im Zimmer um: Zum einen aus Instinkt, um nötigenfalls einen Fluchtweg zu haben, zum anderen als Polizist, um die Bewegungen des Killers zu begreifen. Das Fenster schien zugemalt zu sein. Über der oberen Hälfte hing ein Kranz voller Spinnweben. Abgesehen vom Schreibtisch gab es noch einen Stuhl, einen Aktenschrank, sonst nichts. Der Schreibtisch war voll: ein klobiger alter Computer, ein billiger Inkjet-Drucker, Telefon, ein Eingangskorb voller geöffneter und nicht geöffneter Post, ein Tischkalender.

»Von der Tür aus erschossen?«, fragte er.

»Der erste Schuss, ja, so meine Vermutung. Treffer im Leib, er wurde gegen die Wand geschleudert und glitt dann zu Boden.«

Challis hatte die Leiche noch nicht gesehen. »Und der Killer ist um den Tisch gegangen und hat ein zweites Mal geschossen?«

»Sieht so aus. Ein Schuss direkt in die Stirn.«

Scobie Sutton gab ein weiteres Geräusch von sich, so als wolle er sagen, dass Berg nur Vermutungen anstellen würde. Die Wahrheit würde erst an den Tag kommen, wenn er die Beweise beisammenhätte.

»Und handelt es sich um den Bewohner? Colin Hauser?«

»Nach der Brieftasche zu urteilen, die auf dem Boden liegt, schon.«

Sutton kauerte sich mit dem Rücken zu ihnen hin und sagte: »Also, Dr. Berg, bitte.«

»Schon okay, Scobie«, entgegnete Berg, »ich habe sie nicht aufgeschlagen, sie lag schon so da, mit dem Führerscheinfoto nach oben.«

Sie zwinkerte Challis zu und formte mit dem Mund die Worte: »Ich hab sie aufgeschlagen.«

Challis hob eine Augenbraue. Er glaubte nicht, dass das etwas ausmachen würde.

»Meine Arbeit hier ist erledigt«, sagte Berg.

Auf dem Weg hinaus bemerkte sie: »Hab Sie schon eine Weile nicht mehr gesehen.«

»Hatte ja auch schon eine Weile keinen verdächtigen Todesfall mehr. Heutzutage geht es nur um Ice-Überdosen und gestohlene Traktoren.«

»Wie geht es Ellen?«

»Hat viel zu tun.«

Berg wurde ernst, klopfte ihm leicht gegen die Brust, meinte: »Schöne Grüße von mir«, und war verschwunden.

»Mach ich«, murmelte Challis. Doch jetzt wollte er sich die Leiche anschauen. »Scobie …«

»Geben Sie mir noch ein paar Minuten, um den Boden zwischen hier und Schreibtisch abzusuchen, okay?«

»Okay.«

Challis erkundete zusammen mit Murphy den Rest des Hauses und begann damit in der Küche.

Die Küchentheken waren ramponiert und klebrig. In einem Rohrkorb neben einer staubigen leeren Obstschale lagen Autoschlüssel, ein fettes Schlüsselbund, Sonnenbrillen, ein paar Münzen und Scheine. Die Schlüssel gehörten zu einem Subaru Forester, den Challis durchs Fenster hinter einem Wassertank stehen sah.

Alle Schubladen in der Küche waren herausgezogen worden, und die Tür zur Speisekammer stand offen. »Haben die nach etwas gesucht?«

Murphy zuckte mit den Schultern. »Aber was?«

Wohnzimmer, mehrere Schlafzimmer, Waschraum, Bad. Überall waren Schubladen aufgezogen oder auf dem Boden ausgekippt worden, und Schranktüren standen offen. Challis fand, dass das Chaos inszeniert wirkte. Es sah zwar so aus, als hätten Einbrecher das Haus durchkämmt, aber nicht, als hätten sie tatsächlich etwas gesucht. Keine Matratzen hochgestellt, keine Sitzkissen aufgeschlitzt oder Taschen ausgeleert.

Challis war sich ganz sicher, als er in einer Schublade neben dem Bett, halb hinter einer Schachtel Tabletten gegen Sodbrennen, eine Longines-Uhr fand. Ein richtiger Einbrecher hätte sie gefunden und eingesteckt.

Er berichtete Murphy von seiner Theorie. Sie pustete sich eine Strähne aus dem Gesicht. »Also kein Fremder.«

»Ist noch zu früh, um das zu sagen, aber ich spiele mit der Idee.«

Murphy sah sich im Zimmer um. »Scheint nicht sonderlich stolz auf sein Haus gewesen zu sein, unser Mr Hauser.«

Challis nickte. Das Haus und das Leben darin deprimierten

ihn. Staubig, schal, ein Geruch von unreiner Wäsche unter dem Verwesungsgestank. Keine Fotos, keine Bücher, ein Magazin: *American Rifleman*. Fleckige Badewanne und Kloschüssel. Großer Fernseher und eine DVD-Sammlung: Pornos, Dokumentarfilme von *National Geographic* und Livemitschnitte von Country-and-Western-Konzerten.

»Mal sehen, ob Scobie fertig ist.«

Sutton hatte sich auf Hände und Knie niedergelassen und nahm mit einem Klebeband Staub, Schmutz und Fasern vom Boden auf. Er blickte auf. »Sie können sich die Leiche anschauen.«

»Irgendwas gefunden?«

»Einen Haufen hereingetragener Dreck und Pflanzenmaterial.«

»Frisch?«

»Ein Teil davon.«

»Okay.«

Challis und Murphy gingen zum Schreibtisch und schauten in die Lücke dahinter. Der Ermordete lag mit gespreizten Beinen auf dem Rücken, mit dem Kopf am Fuß der Wand. Eine massive Bauchwunde, eine zweite in der Stirn. Blut und andere Substanzen hatten Streifen auf der Wand hinterlassen, Brust und Schoß waren dunkel vor Blut. So viel Blut, manches davon an seinen Händen. Hatte er sich vor Schmerzen den Bauch gehalten? Hatte er flehend die Hände nach oben gedreht?

»Abwehrverletzungen, Scobie?«

»Da müssen Sie schon Dr. Berg fragen.«

»Scobie«, sagte Challis in seiner geduldigen, leicht irritierten CIU-Chefstimme, »ich habe Sie nicht gebeten, alles schriftlich festzuhalten, ich möchte nur Ihre Meinung hören.«

»Farmerhände«, sagte Sutton und wurde ein wenig rot. »Alte Schnitte und Kratzer, das ist alles.«

»Danke.«

Sutton erhob sich auf die Fersen. »Wir haben eine äußerst

verformte Kugel unter seinem Kopf gefunden. Der Größe nach zu urteilen eine Gewehrkugel.«

»Sie ist nicht durch den Boden gedrungen?«

Sutton schüttelte den Kopf. »Unter dem Teppich ist eine Betonplatte. Aber der erste Schuss ist durch die Wand gegangen, die besteht nur aus Gips und Sperrholz. Viel Glück beim Suchen. Die ist irgendwo da draußen ...«

Challis sah zum Fenster hinaus auf die staubigen Weiden, die bis zum Horizont reichten.

»Nebenbei bemerkt«, sagte Sutton, »die Fingerabdrücke passen nicht zu denen, die wir in der Drogenküche gefunden haben.«

Challis zuckte mit den Schultern. Wenn es sich bei den Köchen um Studenten handelte, dann waren sie vielleicht bis jetzt noch nicht polizeilich behandelt worden.

Sutton ging wieder auf die Knie und schaute zu Boden. »Wenn Sie mich entschuldigen, ich sollte besser weitermachen.«

Challis und Murphy nahmen den Schlüsselring aus der Küche, den Tischkalender, den Inhalt des Eingangskorbs und die Handvoll Akten aus dem Aktenschrank und verließen das Haus. »Bringen Sie das alles zur Erfassung zu Janine Quine.«

»Boss.«

Challis blätterte durch einen Aktendeckel und sagte: »Hier gibt es eine Scheidung.« Er blätterte weiter. »2011. Die Ex-Frau wohnt in Cranbourne. Wir sollten mal mit ihr reden.«

Er verstaute den Papierkram im Auto und klimperte mit den Schlüsseln in Murphys Richtung. »Sollten wir es mal mit den Schuppen versuchen?«

»Ein Versuch ist es wert.«

Zum Klang einer Windmühle, die im Wind klapperte, überquerten sie den breiten Hof zu einem Tor im Zaun und gingen zum nächstgelegenen Schuppen. Er hatte etwa die Größe eines Tennisplatzes, die Doppeltüren waren mit Vorhängeschloss und

Kette gesichert. Challis linste durch den Spalt, während Murphy nach einem passenden Schlüssel suchte. Er konnte undeutliche Formen sehen, das war schon alles. Große Formen.

»Bingo«, sagte Murphy, und die Kette rasselte zu Boden.

Im Schuppen standen drei Aluminium-Motorboote auf Hängern. »Um mal das Offenkundige festzuhalten«, sagte Challis, »wer braucht denn drei Boote?«

»Hauser und zwei seiner Freunde?«

»Ich nehme eher an, dass wir hier Diebstähle aus der letzten Zeit vor uns haben, Constable Murphy.«

»Ich wollte nur alle Möglichkeiten erwähnen, Boss.«

Ein Schuppen stand offen und entpuppte sich als ganz normaler Farmerschuppen: Heuballen, Platz für einen Mazda-Pickup und einen alten Massey-Ferguson-Traktor. Die anderen vier Schuppen waren wie der erste: verschlossen. In einem standen Erdbewegungsmaschinen: zwei Bobcats, ein kleiner Caterpillar-Planierer. Im zweiten befanden sich ein halbes Dutzend Aufsitzmäher und eine Spritzmaschine für den Weinbau, im vierten ein kleiner Isuzu-Laster und eine ganze Sammlung an Kettensägen und Freischneidern.

»Entweder ist das seine Art, sich auf den Weltuntergang vorzubereiten«, sagte Murphy, »oder er ist ein Dieb.«

»Vielleicht hat ja der Mann, der ihn entdeckt hat, eine Idee.«

II

Pam Murphy überließ es Challis, den Inhalt der Schuppen zu fotografieren, Fahrgestellnummern durch den Computer zu jagen und die Arbeit mit den Spurenfahndern zu koordinieren, und kehrte über den breiten Farmhof zurück zum Dienstwagen. Der Wind hatte zugenommen und jammerte traurig durch die Kiefern, und die einzelnen Baumgruppen hinter, vor, links und rechts von ihr warfen den Klang als quadrophonischen Chor zurück. Nicht sonderlich unheimlich, aber deprimierend, und Pam dachte daran, wie trocken das Land war und wie brandgefährdet.

Sie verließ den Hof und fuhr die Zufahrt entlang zu dem Constable, der am Tor Wache schob. Sein Name lautete Wollman. Pam hatte ihn schon auf dem Revier gesehen. »Haben Sie die Meldung entgegengenommen?«

Wollman nickte. Er war etwa in ihrem Alter, um die dreißig, und hatte denselben Dienstgrad, ließ sich also nicht sonderlich von einer Zivilfahnderin beeindrucken. »Mir wurde aufgetragen, hier zu stehen und alle zu notieren, die kommen und gehen.«

Er hasst es, dachte Pam. Er hält das für den Job eines Anfängers. »Haben Sie die Aussage des Mannes aufgenommen, der die Leiche gefunden hat?«

Wollman zückte sein Notizbuch. »Michael Traill«, sagte er, schwieg und sah Pam merkwürdig an.

Sie sprang auf den Namen an. »Traill. Das sagt mir was.«

»Das sollte es auch. Das ist der Bursche, der Dave Booker erschlagen hat.«

Pams Augen strahlten. Ihre Freude war beinahe ehrfürchtig. »Ah.« Dann drückte sie die Augen zusammen. »Und Sie haben ihn nach Hause gehen lassen?«

Wollman ließ sich nicht einschüchtern. »Er hat mit seinem Auto ein Känguru erwischt, es gab kein Funksignal, also ist er hierhergekommen, um zu fragen, ob er einen Abschleppwagen rufen kann, und fand die Leiche. So weit ist das in Ordnung, ich habe den Wagen gesehen, Totalschaden. Außerdem war er stehend k. o., kam direkt von der Nachtschicht in der Tankstelle am Moorooduc Highway.«

»Und wie ist er nach Hause gekommen?«

Wollman zuckte mit den Schultern. »Keine Ahnung.«

»Haben Sie seine Adresse?«

Zur Antwort hielt Wollman ihr eine Seite in seinem Notizbuch hin. Pam gab die Informationen in ihr Handy ein. »Danke.«

»Achten Sie auf seinen rechten Haken«, sagte Wollman träge, so als würde er darauf hoffen, dass sie das nicht tat.

Pam stieß auf das Autowrack und das tote Känguru, machte kehrt und fuhr tiefer hinein in das Gewirr der staubigen Nebenstraßen durch beackertes und unbestelltes Farmland. Sie bremste bei einem handgemalten Schild STAUB BITTE LANGSAM FAHREN ab und kam an eine Kreuzung; die Straße vor ihr war nur für den örtlichen Landwirtschaftsverkehr geöffnet. Sie bog nach rechts ab, kam zur Black Stump Road, wo sie nach links abbog und den Ansagen des Navis folgte. Sie befand sich in einer Gegend mit verdorrtem Gras, in der Entfernung wiesen dichte Kiefernbestände auf Farmhäuser hin, verloren gegangene Radblenden, die sich durch die unebene Straße gelöst hatten, glänzten hier und da stumpf. Nur die Brombeersträucher strahlten mit ihrem kräftigen Grün unter der Staubschicht noch Vitalität aus.

Pam nahm das alles kaum wahr, so sehr rasten ihre Gedanken durcheinander. Sie musste bis Weihnachten umgezogen sein. Ihre Mutter wollte den Sonntag mit ihr verbringen. Und sie wollte einen Mann befragen, der von Millionen verachtet wurde. Tausenden zumindest. Hunderten.

Pam Murphy hatte eine Schwäche für Cricket. Ganze Jahrgänge lang konnte sie die Mitglieder lang vergessener Ländermannschaften aufsagen, sich an Ergebnisse erinnern, wusste, ob X Links- oder Rechtshänder war oder ob Y ein besserer Catcher war als Z. Als Teenagerin war sie leicht in David Booker verknallt gewesen. Booker, ein großer, dunkler, gut aussehender, lässig grinsender Mann, konnte gefährlich krumme Bälle werfen und spielte fünf Jahre lang international, wobei er ständig wegen irgendwelcher Rüpeleien in Schwierigkeiten geriet. Mit zunehmendem Alter war er ein paar Jahre lang Kapitän der

Mannschaft von Victoria und arbeitete bis zu seinem Tod als Scout und Trainer. Noch immer unvergessen und hochverehrt.

Eines Abends im März 2013 ging er mit Freunden im Dining Room eines erstklassigen Hotels im Hafenviertel von Melbourne essen. Er trank, seine Freunde tranken, er wurde schrill und laut, immer mehr Leute kamen, um ihm die Hand zu schütteln, auf den Rücken zu klopfen, ein Foto mit ihm zu machen.

Später, auf dem Gehweg draußen, hatte es unter den etwa ein Dutzend Leuten, die kamen und gingen, ein gutmütiges Schubsen, Drängen und Umarmen gegeben, sie stritten darüber, wer am meisten getrunken hatte, wer fahren sollte, wo das Auto war, und wie wärs, wir gehen zu mir. Sie wurden geliebt und bewundert. Sie waren laut. Es gab eine Beschwerde.

Michael Traill, der Sicherheitsmanager, Schwarzer Gürtel in Karate, kam aus dem Pub und bat sie, weiterzugehen und ein bisschen leiser zu sein. Einen Augenblick später war Booker tot. Traills Verteidigung: Er hatte angemessene Gewalt angewendet – Booker, ein aggressives Großmaul, hatte als Erster zugeschlagen. Kein Zeuge bestätigte diese Version des Geschehens. Ganz im Gegenteil: Mehrere von Bookers Freunden und Bekannten behaupteten, Traill habe als Erster ausgeholt, und Booker habe nicht zurückgeschlagen.

Das Medieninteresse während der Ermittlungen, Untersuchungen, Anklage und Prozess war aberwitzig. Traill wurde freigesprochen. Er verschwand aus der Öffentlichkeit.

Und nun war er hier ...

Die Ausdünstungen bei Everard Eggs, einer Ansammlung von langen, glänzenden Gebäuden und Lieferwagen in einer Senke hinter Zypressen als Windbrechern, rochen giftig. Die Familie Everard lebte in einem kleinen Ziegelhaus hinter den Schuppen, und ein schroffer Mann wies auf einen staubigen weißen Wohnwagen hundert Meter entfernt.

»Da wohnt er.«

»Ist er zu Hause?«

Everard nickte.

»Wie ist er hergekommen?«

»Er hat mich angerufen, ich hab ihn aufgegabelt.«

»Man hat mir gesagt, er hätte keinen Empfang gehabt.«

»Mir hat er erzählt, er ist auf eine Windmühle geklettert. Das nehme ich ihm ab.«

»Was können Sie mir über ihn sagen?«

»Die wichtigere Frage«, entgegnete Everard, ein untersetzter Hühnerfarmer mit einem Gesicht voller flaumiger Haare, »werden Sie ihn drangsalieren? Er hat mir von Hauser erzählt. Er war es nicht.«

»Können Sie mir irgendetwas über Hauser erzählen?«

»Bleibt – blieb – gern für sich«, antwortete Everard. Er wies den Weg zurück, über den Pam gekommen war. »Er wohnt ja auch nicht gerade nebenan.« Dann hielt er inne. »Allerdings eine Menge Verkehr.«

»Was denn für ein Verkehr?«

»Auf dem Weg nach Waterloo komme ich da vorbei. Da fuhren häufig Laster vor und wieder weg.«

Mehr konnte er ihr nicht sagen. Pam nickte und kehrte zu ihrem Wagen zurück – Everard rief noch: »Lassen Sie ihn in Ruhe, okay?« – und fuhr holpernd über den Hof zum Wohnwagen.

Er war verwittert, durch dürres Gras und einen Leinwandanbau an den Boden gekettet und absolut still. Pam schaute auf die Uhr: elf, was bedeutete, dass Traill sehr wenig Schlaf gehabt hatte. Das könnte zu ihrem Vorteil sein. Er würde verschlafen und verwundbar sein …

Murphy klopfte an, und Traill reagierte sofort, die Tür schwang auf, und er stand in der Öffnung und sah sie an. Im nächsten Augenblick kam er heraus und baute sich direkt vor ihr auf. Sie tat einen Schritt zurück, dann noch einen und legte mehr als Armeslänge zwischen sich.

»Mr Traill?«

»Das wissen Sie doch.«

»Mein Name ist Constable Murphy, Waterloo CIU«, sagte Pam und zeigte ihren Dienstausweis vor. »Ich möchte Ihnen gern ein paar Fragen stellen.«

Er wirkte zutiefst müde, hatte aber in den letzten drei, vier Stunden irgendwann geduscht und sich rasiert. Seine Haare waren ordentlich. Er hat sich noch nicht hingelegt, dachte Murphy. Er hat damit gerechnet, noch mal befragt zu werden, deshalb hat er sich frisch gemacht und gewartet. Aber er hat die ganze Nacht gearbeitet, sein Auto demoliert, war ein ganzes Stück marschiert und hatte zu allem Überfluss noch einen Ermordeten in einem Haus entdeckt. Er hatte das Recht, müde zu sein.

Er war in ihrem Alter, fit, drahtig, ernst, gefasst – äußerst argwöhnisch. Er trug dünne, ausgewaschene Shorts und ein strahlend weißes T-Shirt. Kurze, dunkle Haare, eine leicht verschobene Nase. Schlanke braune Beine, starke, knochige, nackte Füße und zu Pams Erstaunen kleine, wohlgeformte Hände. Ein Mann, der einen anderen mit einem K.-o.-Treffer totgeschlagen hatte, sollte doch wohl eher Bratpfannen an den Enden seiner Arme haben?

»Kommen Sie bitte herein«, sagte Traill.

Eine klare, höfliche Stimme. Sie hob und senkte sich melodisch und klang nicht sonderlich gekränkt.

Murphy folgte ihm in den kleinen Sitzbereich und nahm an einem chrombeinigen Tisch Platz. Drinnen war es geräumiger, als sie gedacht hatte, aber ein Wohnwagen ist nun mal ein Wohnwagen, und sie konnte von ihrem Platz auf der Bank aus fast alle Bereiche seiner Unterkunft sehen. Kein Durcheinander, nur wenige Habe. Ein Buch, ein Nachrichtenmagazin, ein Radio, das Foto von einem älteren Paar. Seine Eltern? Sie waren jeden Tag der Untersuchung, Befragung und des Prozesses anwesend gewesen. Ein kleiner Fernseher, ein Paar Mokassins in einer Ecke.

Traill blieb stehen und wedelte mit einer glänzenden Edelstahlkanne. »Kaffee?«

»Gern. Mit Milch.«

Sie sah, wie er die Kanne mit Wasser und Kaffeemehl befüllte und die Gasflamme anzündete. Er goss Milch in einen Aufschäumer und stellte ihn auf eine kleine Flamme.

All seine Bewegungen waren dem Raum angepasst – für große Gesten war der Platz zu eng –, aber zugleich auch von Natur aus ökonomisch und präzise.

Trainierte er noch immer? Hob er Gewichte, boxte er sich seine Frustrationen ab?

Der Kaffee war in Arbeit, und er setzte sich ihr gegenüber. »Bitte stellen Sie Ihre Fragen.«

Sie hatte das ganz leichte Gefühl, manipuliert zu werden. »Sie kamen heute Morgen von der Arbeit nach Hause ...«

»Ich habe die Nachtschicht an der BP-Tankstelle am Highway. Ich bin kurz nach sechs aus der Arbeit gekommen, habe auf dem Heimweg ein großes Känguru erwischt und mein Auto zu Schrott gefahren. Ich habe versucht, einen Abschleppwagen anzurufen, hatte aber keinen Empfang, also bin ich zum nächsten Haus zu Fuß gegangen.«

Eine saubere, kurze Aussage mit monotoner Stimme. Er hat sie vorher einstudiert, dachte Murphy.

»Kannten Sie Mr Hauser?«

»Wenn der Name am Tor der des toten Mannes war, nein.«

»Er hat nie bei Ihnen getankt?«

»Möglicherweise schon. Ich habe nur einen Toten und jede Menge Blut gesehen. Ich habe nicht auf sein Gesicht geachtet.«

»Was haben Sie gegen Ende der letzten Woche gemacht?«

Er schaute Murphy an. »Sie wissen nicht, wann genau er gestorben ist. Der Gestank war fürchterlich, ich schätze, er war schon eine Weile tot.«

Sie wiederholte: »Was haben Sie gegen Ende der letzten Woche gemacht?«

»Ich habe donnerstags, freitags und samstags die Nachtschicht gehabt. Sonntags und montags habe ich frei.«

»Und Sie sind jedes Mal zur Arbeit und zurück gefahren?«

»Und habe nicht ein einziges Känguru gesehen.«

»Sie hatten niemals irgendwelche geschäftlichen Beziehungen zu Mr Hauser?«

Traill blinzelte nicht mal bei diesem Themenwechsel. »Nein.«

»Sie haben bis auf heute Morgen niemals bei ihm vorbeigeschaut?«

»Heute Morgen war das erste Mal. Ich nehme an, Sie haben überprüft, dass ein auf mich zugelassenes Auto in der Nähe des Hauses mit eingedrückter Schnauze an einem Eukalyptusbaum steht und daneben ein totes Känguru im Graben liegt?«

»Sind Sie zu Mr Hausers Wohnort gefahren, als Sie das Känguru umfuhren, oder sind Sie von dort gekommen?«

»Ah, eine Fangfrage. Ich bin auf sein Haus zugefahren in der Absicht, auf dem Heimweg daran vorbeizufahren.«

»Besitzen Sie ein Gewehr, Mr Traill?«

Auf Traills Gesicht tauchte ein leichtes trauriges Lächeln auf, das es kaum bis in seine Augen schaffte. »Ist jetzt der Augenblick gekommen, wo ich um einen Anwalt bitten sollte?«

»Ich weiß nicht. Brauchen Sie denn einen Anwalt, Mr Traill?«

Ein plumper Schachzug, den sie schon hunderte Male gemacht hatte. Aber sie konnte nicht anders, dies war der Kerl, der David Booker erschlagen hatte.

»Bitte nicht«, meinte Traill nur traurig, »das können Sie besser.«

Pam spürte, wie sie sich verhedderte. Sie schluckte mühsam herunter, was sie hatte sagen wollen, und fragte sich, ob man ihr das ansah.

Das Zischen des Milchschäumers rettete sie.

»So ein Mist«, sagte Traill und sprang zum Herd.

Im selben Augenblick kochte auch der Kaffee auf, und Murphy nutzte die Gelegenheit, um sich neu zu sortieren. Sie ermahnte sich, dass Traill die Leiche entdeckt hatte, es war also vollkommen legitim, ihn zu befragen, selbst wenn er nicht schon mal einen Mann totgeschlagen hätte.

Sie wartete, bis er die Becher eingoss und sie zum Tisch trug. Das Wohnwageninnere, warm, aber frisch, nicht abgestanden, roch nach Kaffee. Entwaffnend, aber Pam hatte genug davon, in der Defensive zu sein.

»Mr Traill«, sagte sie.

»Michael.«

»Mr Traill, Sie haben die Leiche entdeckt.«

»Ja.«

»Dann werden Sie verstehen, warum wir Sie als Ersten abklären müssen.«

»Ja.«

Sie trank einen Schluck und sagte: »Guter Kaffee«, ehe sie sich es versah.

»Danke.«

»Wann fängt Ihre Arbeit an?«

»Zweiundzwanzig Uhr.«

»Bis sechs Uhr früh?«

»Ja.«

»Lange Arbeitszeit.«

Darauf erwiderte Traill nichts.

»Was machen Sie zwischen sechs Uhr früh, wenn Sie nach Hause kommen, und der Fahrt zur Arbeit?«

»Ich esse etwas, gehe zu Bett und schlafe bis etwa zwei Uhr nachmittags.«

Pam fragte leichthin: »Und zwischen zwei und zehn? Fahren Sie durch die Gegend, gehen Sie einkaufen, besuchen Sie Freunde?«

»Meistens nicht.«

»Und was tun Sie dann?«

»Zum Ausgleich für eine niedrigere Miete für diese stattliche Residenz hier arbeite ich für meinen Vermieter auf dem Hof.«

»Was denn, zum Beispiel?«

»Ich wasche die Laster, helfe im Garten, reche Hühnermist zusammen.«

Pam hatte an der Toreinfahrt Säcke mit Geflügelmist gesehen, zwei Dollar pro Sack, daneben eine Blechdose für das Geld.

»Und diese Pflichten füllen alle Nachmittage aus?«

»Nein.«

»Und was tun Sie dann?«

»Ich gehe jedenfalls nicht herum und erschieße die Nachbarn.«

»Mr Traill, was tun Sie sonst?«

»Ich schreibe.«

Sie blinzelte. »Was schreiben Sie denn? Gedichte?«

Sie hatte ihn mit ihrer miesen Laune und schnippischen Art wieder mal enttäuscht.

»Alles Mögliche.«

Noch immer schlecht gelaunt und in der Defensive, sagte sie: »Eine herzzerreißende Geschichte über den Hohn der Rechtsprechung, nehme ich an.«

Er sah sie ruhig an. »So in etwa. Und da dies eine Fortsetzungsgeschichte zu werden scheint, nehme ich Sie gern darin auf.«

Er hatte ein wenig barsch geklungen. Pam Murphy ging alles noch mal im Geiste durch, während sie die Route über die Nebenstrecken zurückfuhr und sich gereizt und verwirrt fühlte. Das Gefühl ließ nur langsam nach und verschwand erst, als sie einen krängenden Corolla von der Farbe eines Teebeutels vor sich sah, der bei Foxeys Hangout bremste, um in die Balnarring Road abzubiegen. Die Fahrerin blinkte nach links, setzte dann aber nach rechts an und schoss im letzten Augenblick in die Tubbarubba Road. Sie gab Gas, der kleine Wagen ruckte geradeaus über die weiße Linie, dann überkorrigierte sie, kam wieder auf die andere Seite, und der Auspuff qualmte.

Pam erkannte Auto und Fahrerin. Sie schnappte sich das

Funkgerät und gab Nummernschild, Automarke und Modell durch, dazu Beschreibung, Ortsangabe, Fahrtrichtung, zwei Insassen.

Eine Insassin war Christine Penford, der andere Insasse ihr Sohn Troy, dessen kleiner Kopf über den angeschnallten Kindersitz hinter der Fahrerin ragte. Keine Spur von der Tochter. Keine Spur von Owen Valentine – es sei denn, er hatte sich geduckt und kauerte mit einem gestohlenen Gewehr im Beifahrersitz.

Während Pam zuschaute, kam der Corolla von der Straße ab, schlug erst Haken, so als wolle er Felsbrocken ausweichen, und rammte dann direkt gegen einen Torpfosten. Der kleine Wagen hüpfte, kam zur Ruhe, und die Fahrertür ging auf. Pam bremste und hielt an, Penford fiel aus dem Wagen, schwankte und humpelte über die Straße.

Pam gab den Unfall durch, schnallte sich ab und rannte zum Wagen. Das Kind schrie sich die Seele aus dem Leib, schien aber unverletzt, schrie eher aus Zorn denn vor Schmerzen. Zu seinen Füßen lagen hinter den Vordersitzen ein kleiner Fernseher, eine Xbox, nagelneue Converse-Sportschuhe und ein iPad.

Pam beruhigte den Jungen und machte dann kehrt, um die Mutter zu verfolgen. Penford war über den nächstgelegenen Zaun geklettert – eher durchgefallen – und stolperte über verdorrtes Gras auf einen kleinen Baumbestand zu.

Drauf geschissen. Pam stemmte die Hände in die Hüften, reckte das Kinn und rief über die nur langsam größer werdende Distanz: »Geben Sie auf, Christine. Sie können sich ja gern von Schlangen beißen lassen, aber ich habe noch das ganze Leben vor mir, danke.«

Penford stolperte noch ein paar Schritte weiter, blieb stehen und schaute auf ihre Füße. Dann setzte sie zu einem panischen Tanz an. »Wo?«, kreischte sie.

»Überall.«

Penford flitzte zum Zaun zurück, die Haare flogen nur so,

und sie schaute sich hektisch um. Sie ist high, dachte Pam. Aus der kriegen wir für mindestens einen Tag nichts Kluges heraus.

Sie organisierte einen Van, der Christine abholen sollte, dann rief sie Christines Mutter an.

»Irene, ich möchte ganz gern den Jugendschutz raushalten, wenn Sie sich um Ihren Enkel kümmern können, bis alles geklärt ist.«

Es gab eine Pause. Wir haben ein Problem, dachte Pam. Ich werde wohl doch den Jugendschutz einschalten müssen, und das wird ewig dauern.

Doch dann sagte Irene Penford: »Natürlich nehme ich ihn.« Wieder eine Pause. »Keine Spur von Clover?«

Jetzt kommt es endlich heraus, dachte Pam. »Nur Troy. Sie haben Ihre Enkeltochter immer noch nicht gesehen?«

»Keiner hat sie gesehen. Seit Tagen nicht.«

12

Am Donnerstagmorgen schlich sich Ellen Destry im ersten Dämmerlicht von Challis' Bett in sein Bad, duschte und ließ sich dabei das Wasser auf Kopf und Schultern prasseln. Zu spät fiel ihr der Eimer ein.

Sie rubbelte sich kräftig trocken, schlich zurück ins Schlafzimmer und sah, dass das Rollo hochgezogen war, Sonnenlicht in Streifen auf Teppichboden und Bett lag, Challis sich gegen das Kissen gestützt hochgesetzt hatte und in ihr Handy sprach. »Da ist sie«, sagte er, nahm das Handy vom Ohr und reichte es ihr mit einem Grinsen.

Rosig und feucht, wie sie war, drückte sie sich kurz an ihn, gab ihm einen Kuss und nahm das Handy. Seine Hand streckte sich nach ihrer Brust. Sie schlug sie beiseite. »Destry.«

»Sergeant«, sagte Pam Murphy, »Sie wollten informiert werden, ob es irgendwelche Einbrüche oder Gewalttaten oder andere Arten von Zwischenfällen gegeben hat, die vielleicht mit dem Überfall in Tyabb in Zusammenhang stehen könnten?«

»Nur zu.«

»Ich habe drei davon gefunden. Ich habe die Einzelheiten per E-Mail durchgegeben. Einer ist eine Vergewaltigung von vor sechs Monaten, die anderen fallen in die Kategorie Mögliche Angriffe.« Sie hielt kurz inne. »Tut mir leid, so früh anzurufen.«

»Die beste Zeit, mich zu erwischen«, sagte Ellen.

Sie wickelte das Handtuch um sich, machte es sich bequem und strich geistesabwesend über Challis' Bein unter der Decke. Er braucht eine neue Überdecke, dachte sie flüchtig. Weihnachtsgeschenk. »Geben Sie mir einen kurzen Abriss.«

»Das Opfer der Vergewaltigung heißt Jess Guthrie. Wohnt zwischen Mornington und Mount Martha. Der Einbruch wirkte wie ein nachträglicher Einfall, deshalb wurde das Ganze als Vergewaltigung gemeldet.«

»Und die anderen?«

»Eine Frau aus Bittern kam nach der Arbeit nach Hause, aber etwas hinderte sie daran, weiter als bis in den Flur zu kommen.«

»Etwas?«

»Zwei Dinge: Erstens hatte sie den Eindruck, dass ihr Fernseher gerade ausgeschaltet worden war, und zweitens war da dieser Geruch.«

»Gestank, menschlichen Ursprungs?«

»Ja.«

Ellen trat an Challis' Fenster und schaute auf den Quittenbaum hinaus, ohne ihn wahrzunehmen. »Hat sie die Polizei angerufen?«

»Ist in ihren Wagen gestiegen und erst weggefahren.«

»Und bis die Uniformierten da waren, war er schon weg?«

»Kurz gesagt.«

»Fehlte irgendetwas?«

»Eine Kamera und etwas Schmuck.«

Hinter Ellen schwang sich Challis aus dem Bett und tappte barfuß ins Bad. »Und der andere Fall?«

»Eine Frau in Somerville. Ihr Freund war nach zwei Wochen auswärts wieder heimgekommen, also hat sie die Nacht bei ihm verbracht. Als sie am Morgen nach Hause kam, musste sie feststellen, dass eingebrochen worden war.«

»Aber es war nicht nur ein simpler Einbruch.«

»Nein, Sergeant. Es fehlten ein paar Kleinigkeiten, aber die Frau fand zudem ein Küchenmesser und eine Strumpfhose auf dem Boden gleich hinter der Wohnzimmertür – das erste Zimmer links, wenn man bei ihr durch die Haustür hereinkommt.«

»Er hat auf sie gewartet.«

»Ja, Sergeant. Und der Punkt ist, was, wenn es zu seiner Vorgehensweise gehört, immer das zu verwenden, was er vorfindet?«

Ellen sagte einen kurzen Augenblick nichts; sie hätte nichts dagegen, Murphy in ihrem Team zu haben, fand sie. »Sonst noch etwas?«

»Sie erinnert sich daran, dass sie Krümel auf der Küchentheke gefunden hatte, der Fernseher war auf einen Kanal eingestellt, den sie niemals schaut, und die Wohnzimmerkissen waren unordentlich. ›Bei mir muss es ordentlich sein‹, hat sie zu mir gesagt.«

Zum Frühstück gab es Müsli mit Beeren und Joghurt an einem wackligen Tisch auf Challis' Terrasse; die Sonne fiel schräg durch die Bäume am hinteren Zaun. Starker Kaffee, die Sieben-Uhr-Nachrichten auf ABC. *The Age* und eine Geschichte über einen weiteren Finanzskandal.

»Woher kommt es«, fragte Ellen, »dass man niemals zu hören bekommt, ein Banker oder ein Finanzberater muss ins Gefängnis?«

Eine rhetorische Frage. Sie bekam ein halbes Lächeln für ihre Mühen, dann beugte Challis wieder den attraktiven Kopf über das »Um die Ecke gedacht«-Kreuzworträtsel vom Vortag. Sein dunkles, von grauen Strähnen durchsetztes Haar war struppig und warf Locken. Es musste geschnitten werden. Sein Gesicht wirkte schmaler, neue Lach- und Sorgenfalten an den Mundwinkeln. Manchmal wollte sie ihn einfach nur eine Weile betrachten.

»Ich bin schwanger«, sagte sie.

Keine Reaktion.

»Ich nehme einen Job als Sicherheitschefin im Crown Casino an.«

Nichts.

»Ich überlege, bei dir einzuziehen.«

Challis grinste, legte die Zeitung beiseite und trank einen Schluck Kaffee.

»Ich wusste doch, dass du zuhörst.«

Er stellte seinen Kaffeebecher auf den Tisch. Später würde er sich wohl einen Schlips umbinden, doch jetzt konnte sie noch seinen warmen, gebräunten Hals sehen. Sie war ganz verrückt nach ihm.

»Du glaubst also nicht, dass es funktioniert, so mit getrennten Häusern und leicht getrenntem Leben?«, fragte er.

»Ich weiß nicht«, antwortete sie, »was denkst du?«

»Ich denke, wenn wir zusammenziehen, muss ich dann meine anderen Frauen woanders treffen.«

»Wie Serena Coolidge?«

Er warf mit einem Stück Toast nach ihr.

Sie lachte. »Sorry, das konnte ich mir nicht entgehen lassen.«

Er hatte Coolidge letzte Nacht im Gespräch erwähnt, auf eine beiläufige Art und Weise, die sie sofort misstrauisch machte. Es war hilfreich, dass sie mit Coolidge auf die Polizeiakademie gegangen war, und sie erinnerte sich lebhaft an sie: eine Frau, die intensiv feierte und intensiv studierte. Es überraschte sie nicht, dass Coolidge es bei Hal versucht hatte.

Doch zum nächsten Thema ...

»Pam Murphy ist ihr Geld wert.«

Challis sah sie ausdruckslos an. »Ja.«

»Hätte nichts dagegen, sie in meinem Team zu haben.«

»Vergiss es.«

Die Unterhaltung mäanderte dahin: Arbeit, ihr möglicher Serienvergewaltiger, sein neuer Mordfall, die gestohlenen Farmgerätschaften, die Ice-Verbrechen. Immer wieder ging es um Ice. Ellen betrachtete Challis' Mund beim Sprechen, sah seine Müdigkeit und Intelligenz. Dann schlief die Unterhaltung wieder ein, und sie frühstückten weiter, während die frühe Sonne sie wärmte und Wind aufkam.

Später am Tag befragte sie Jess Guthrie, die darum gebeten hatte, sich im Gebäude der Abteilung Sexualverbrechen zu treffen.

»Ich möchte das nicht wieder in meine vier Wände getragen haben«, sagte sie am Telefon. »Außerdem arbeite ich in Waterloo.«

»Sie sind neu im Team«, war ihre erste Bemerkung.

»Ja.«

»Ich hatte bislang mit Detective Judd zu tun.«

Das sagte sie mit einem gewissen Unterton, und Ellen nahm an, dass er die Frau irgendwie verärgert hatte. »Er arbeitet im Augenblick an einem anderen Fall.«

Guthrie war gepflegt, gebildet, sprachgewandt: Eigenschaften, die Ian Judd wohl abschreckend gefunden hatte. Jetzt lächelte sie Ellen leicht an, ein Anflug von schlauem Humor, der besagte, sie wisse alles über Personalführung, individuelle Verhaltensweisen von Angestellten und das Problem, wenn ein schwerfälliger Verstand auf einen gewitzten Verstand stieß. Das Lächeln besagte wohl auch: Wenn Sie zuhören und mich ausreden lassen – ohne zu urteilen –, dann werden wir bestens miteinander auskommen.

»Lassen Sie uns dort hineingehen«, sagte Ellen.

Das Zimmer war dazu bestimmt, Frauen, Kinder und Männer, die sexueller Gewalt ausgesetzt gewesen waren, zu beruhigen und zu besänftigen. Sessel, Blumen in Vasen, ein Couchtisch voller Magazine, ein Fernseher, Kekse in einer Blechdose, ein Barkühlschrank voller Erfrischungsgetränke. Das Licht war gedämpft, die Farben pastellig, und die Bilder an der Wand interessanter und unkonventioneller als die übliche Mischung aus Stillleben und Tierbabys.

Guthrie lehnte sich in einem der Sessel zurück und betrachtete stirnrunzelnd eine Karikatur hinter Ellens Kopf. Dann klarte ihr Gesicht auf. »Jack Kerouac.«

Jack Kerouac, wie er barfuß dastand und seine Habe an einem Stock über der Schulter baumeln ließ. »Ja.«

»Hab mal versucht, *On the Road* zu lesen«, sagte Guthrie, »bin aber nicht weit gekommen. All diese spontane Prosa hat mich ganz verrückt gemacht.«

Ellen warf einen Blick in ihre Unterlagen, die Ian Judd zusammengestellt hatte. Guthrie war fünfunddreißig, besaß ein neues Haus in einer Straße in Strandnähe zwischen Mornington und Mount Martha und führte eine IT-Beratung in Waterloo. Abschlüsse in IT und Wirtschaftswissenschaften. Geschieden, keine Kinder.

Dann besah sie sich die Frau in dem Sessel. Sehnig, nervös, knochiges Gesicht, Haarschnitt eher zweckmäßig denn modisch, Amethyst-Ohrhänger, eine schmale Uhr mit schwarzem Zifferblatt. Heller Lippenstift, kräftiger Lidschatten, Hose, ärmelloses Baumwolltop, teure Riemchensandalen.

»Fertig?«, fragte Guthrie amüsiert.

Ellen grinste. »Ertappt.«

»Lassen Sie uns anfangen.«

Ellen war klar, dass Guthrie weder emotional noch ausweichend werden würde. Sie würde ganz sachlich bleiben und vielleicht sogar Gefallen an dem Puzzlespiel finden. Ein Glücksfall also, aber Ellen konnte sich nie ganz sicher sein. Sie hatte schon Frauen gekannt, die sich die Spuren vom Leib geduscht hatten und sich nicht oder erst mit Verzögerung bei der Polizei gemeldet hatten; Frauen, die später Kleidung, Bettzeug und Handtücher verbrannt hatten; Frauen, die das Haus verkauft hatten und weit weggezogen waren; Frauen, die viel zu große Angst hatten, um nachts noch ein Auge zumachen zu können.

»Er wartete –«

Ellen hob die Hand. »Ms Guthrie, zu den Einzelheiten komme ich gleich. Vorab, wir glauben, dass der Mann mehrmals zugeschlagen hat. Wir müssen herausfinden, wie er sich seine Opfer aussucht.«

Guthrie legte den Kopf zur Seite und dachte nach. »Sind die anderen wie ich?«

»Lassen Sie mich die Frage zurückreichen«, entgegnete Ellen. »Wie würden Sie sich selbst beschreiben?«

»Alleinlebend, jünger, recht gut situiert.«

»In dieser Hinsicht ähneln die anderen Ihnen nicht sehr«, sagte Ellen. »Sie leben mehr oder weniger allein, sind jünger, aber eines der anderen Opfer arbeitet von zu Hause aus und ein anderes ist Verkäuferin.«

»Häuser oder Wohnungen?«

»Wohnungen, aber warum fragen Sie?«

Guthrie stierte ein Loch in die Luft. »Rings um mein Haus gibt es kleinere Mietshäuser, und dem örtlichen Tratsch zufolge ist vor dem Angriff auf mich in einige davon eingebrochen worden. Was, wenn er ein weiteres Mal in der Gegend war, sich umgesehen hat und es dann bei mir versucht hat, obwohl es sich um ein Haus handelt?«

»Die Ermittlungsbeamten haben Ihren Fall nicht mit den damaligen Einbrüchen in Verbindung gebracht?«

»Nein. Ich dachte, ich sei das Ziel gewesen, nicht meine Sachen. Das hat Judd auch gedacht.«

Weil die anderen Einbrüche nur einfache Diebstähle waren, dachte Ellen. Aber wenn es sich bei der Mieterin um eine junge Frau gehandelt hätte, die zum Zeitpunkt des Einbruchs allein zu Hause gewesen wäre ...

»Konnten Sie die Liste aufstellen, um die ich Sie gebeten habe?«

»Klar«, sagte Guthrie und zog ein DIN-A4-Blatt aus ihrer Tasche.

Ellen warf einen Blick darauf: Geschäfte, Fitnessstudio, Pubs, Cafés und Restaurants, die Guthrie aufsuchte; ihre Klinik, Zahnärztin, Chiropraktiker, Physiotherapeutin; Sportvereine …

»Sie hatten vor dem Überfall nicht das Gefühl, beobachtet oder verfolgt zu werden?«

»Nicht, dass ich mich erinnern könnte, aber das ist ja auch schon sechs Monate her. Jetzt habe ich ständig das Gefühl.«

Ellen zuckte zusammen. »Keine Annäherungen durch Fremde? Merkwürdige Telefonanrufe? Kürzliche Männerbekanntschaften, die ziemlich rangingen oder sich nicht abweisen ließen?«

»Nein.«

»Hatten Sie Handwerker bestellt, um ein Kabel zu reparieren, ein Zimmer zu streichen, einen Baum zu fällen?«

»Nichts dergleichen.«

»Kommen wir jetzt zu dem Angriff selbst, wenn Sie können«, sagte Ellen.

»Die Vergewaltigung, meinen Sie? Sicher.«

»Es war Nachmittag, und Sie waren zu Hause …«

»Normalerweise wäre ich bei der Arbeit gewesen, aber nach einer Marathonsitzung bei der Zahnärztin war ich zu Hause und habe geschlafen.«

»Und?«

»Ich habe ein Geräusch gehört. Ich hatte starke Schmerzmittel genommen und bekam erst gar nicht richtig mit, was los war. Hinterher stellte sich heraus, dass ich wohl gehört habe, wie er die Glasschiebetür aufgebrochen hat, die vom Wintergarten zur Veranda hinter dem Haus führt.«

»Sie haben nachgeschaut.«

»Nicht sofort. Ich war benebelt. Und als ich aus dem Schlafzimmer kam, hat er mich gepackt.«

»Von hinten?«

»Ja.«

»Haben Sie sein Gesicht gesehen?«

»Er hatte ein Halstuch umgebunden.«

»Keine Sturmhaube?«

»Nein.«

»Er hat Sie also von hinten gepackt …«

»Ein starker Kerl, stämmig, größer als ich. Wollen Sie darauf hinaus?«

Ellen schrieb mit und sagte: »Fahren Sie fort.«

»Er hatte ein Messer.«

»Ein Küchenmesser? Aus Ihrem Besitz?«

»Nein. Ein Schweizer Messer, aber damit wollte ich mich auch nicht anlegen.«

»Hat er irgendetwas gesagt?«

»Zu dem Zeitpunkt noch nicht.«

»Dazu kommen wir noch. Er hat Sie gepackt. Und dann?«

»Dann hat er mich ins Schlafzimmer geschoben und mich aufs Bett geworfen.«

»Auf den Rücken? Aufs Gesicht?«

»Aufs Gesicht, und dann hat er mir die Hände auf den Rücken gedreht und mit Klebeband zusammengebunden.«

»Wo kam das Klebeband her?«

»Meins war es nicht. So ein breites, silbriges Band. Ich habe zwar dünnes Isolierband, aber das war anders.«

All dies verriet Ellen, dass der Vergewaltiger die Ausrüstung benutzte, die er schon bei sich hatte. Wenn derselbe Mann später Wreidt und Sligo vergewaltigt hatte, dann hatte er sich entwickelt und gelernt, das Material zu benutzen, das er vorfand.

»Haben Sie gekämpft?«

»Hätte ich sollen?«

Ellen schüttelte den Kopf. »Ich habe mich nur gefragt, ob es die Möglichkeit zur Spurenübertragung gegeben hat oder ob es Kratzer und blaue Flecken gab.«

Guthrie lachte. »Leider Pech. Ich bin erstarrt.«

Damals beim CIU hatte Ellen mal eine Frau befragt, die am Strand von Balnarring befingert worden war. Es war Sommer gewesen, es hatte jede Menge Schwimmende und Sonnenbadende gegeben, doch die Frau war erstarrt. »Ich konnte mich nicht rühren!«, hatte sie angstvoll gesagt, so als würde sie denken, sie hätte rufen, schreien, treten und schlagen sollen wie jeder normale Mensch.

»Hat er Sie von hinten vergewaltigt?«

»Er hat es versucht, aber dann hat er mich umgedreht.«

»Er hat es versucht?«

»Ich war im Bett gewesen und trug Schlüpfer und T-Shirt. Er zog mir den Schlüpfer aus und versuchte mich zu vergewaltigen, aber als das nicht klappte, hat er mich auf den Rücken gedreht.«

»Und Sie haben ihn gesehen.«

»Stämmig, größer als ich, schwarzes T-Shirt, Jeans und ein Halstuch. Na ja, irgendeinen Fetzen. Und er hatte eine Tasche dabei.«

»Was für eine Tasche? Handwerkstasche?«

»Eine Adidas-Sporttasche.«

»Sonst noch etwas an ihm?«

»Weiß, bräunliche Haare, normal lang, abgearbeitete Hände, keine Tattoos oder Muttermale, soweit ich sehen konnte.«

»Sie haben seine Hände gesehen?«

»Beim Einbrechen hat er Handschuhe getragen, aber die hat er ausgezogen, als er sich an mir vergangen hat.«

»Irgendein besonderes Shampoo oder Rasierwasser oder –«

»Er stank ein wenig. Seine Klamotten. Körpergeruch.«

»Und die Vergewaltigung?«

Guthrie schürzte die Lippen. »Ein völliges Desaster, wenn man es überhaupt so nennen kann. Er bekam keine Erektion, also zwang er mich … zur Fellatio, um es höflich auszudrücken. Und als das nicht funktionierte, wurde er wütend, und ich dachte schon, er ersticht mich. Er hat das Messer genommen und mir das T-Shirt vom Leib geschnitten, dann ist er ein Stück zurückgewichen und glotzte und zupfte an sich herum, so als würde er die visuelle Stimulation brauchen. Dann hat er es erneut versucht und halbwegs Erfolg gehabt.«

»Er kam zum Erguss?«

»Ja.«

Ellen wusste das bereits. Sie hatte den Bericht gelesen: Vom Bettzeug war DNA entnommen worden. Allerdings kein Treffer im Computer.

»Und was hat er nach der Vergewaltigung gemacht?«

»Er hat mich gezwungen zu duschen. Er hat mich sogar gewaschen, was irgendwie noch grusliger war als alles andere.«

»Und dann?«

Guthrie schaute finster und warf einen Blick auf Ellens Notizbuch und Aktendeckel. »Das wissen Sie doch alles, oder?«

Ellen zuckte mit den Schultern. »Stimmt. Aber manchmal fallen den Leuten noch neue Details ein.«

»Wie Sie wollen. Dann brachte er mich in die Küche, wurde gesprächig und kochte mir einen Tee.«

»Immer noch mit dem Halstuch vor dem Gesicht?«

»Und wieder mit Handschuhen.«

»Und worüber haben sie sich unterhalten?«

»Er hat mich belehrt. Ich müsse doch besser aufpassen, so als allein lebende Frau. Ich solle mehr auf meine Sicherheit achten, und das wäre alles nicht passiert, wenn ich wachsamer gewesen wäre.« Guthrie hielt inne. »Er denkt an die Sicherheit, weil er ein Einbrecher ist.«

Ein Einbrecher, der nun auch noch Vergewaltigung eingebaut hat, dachte Ellen.

Guthrie sah niedergeschmettert zu Boden. Dann schaute sie Ellen mit feuchten Augen an. »Am folgenden Tag bekam ich eine Textnachricht von ihm: Das sollten wir wiederholen.«

»Wie ist er an Ihre Nummer gekommen?«

»Als ich versuchte habe, meinen Tee zu trinken, ist er meine Tasche durchgegangen.«

»Haben Sie die Nachricht behalten?«

»Das war vor sechs Monaten, Sergeant Destry. Ich war entsetzt. Ich kam mir schmutzig vor. Ich habe die Nummer geändert, die Schlösser ausgewechselt, eine hochmoderne Alarmanlage eingebaut. Mein Haus ... manchmal ist es nur das – ein Haus, kein Heim.«

13

Challis und Murphy hatten ihren Tag mit einer ernsten Auseinandersetzung begonnen.

Pam, die froh war, Christine Penford festgenommen zu haben, berichtete Challis auch noch von ihrem Gespräch mit Michael Traill und rechnete halb damit, dass er ihre Entrüstung teilen würde. Doch es schien, als würde er nichts zu hören bekommen, worüber er hätte entrüstet sein können. Er sagte nur: »Okay, den können Sie schon mal ausschließen.«

»Aber er hat einen Mann getötet.«

»Und die Gerichte haben ihn freigesprochen. Gab es irgendeinen Hinweis darauf, dass er Hauser kannte? Irgendeinen Grund, warum er noch mal dort hingehen sollte, wenn er ihn umgebracht hat?«

»Nein, aber ich halte ihn für eine Gefahr. Ich finde –«

Mit eisiger Stimme sagte Challis: »Michael Traill ist von den Medien und einem kleinen Teil der Öffentlichkeit für schuldig befunden worden. Die Entrüstung zog sich über Wochen und Monate. Selbst der Tod des Papstes würde für weniger Aufregung sorgen. Das war unangemessen. Jedes Mal, wenn ich die Tageszeitung aufgeschlagen habe, widmeten sich schon wieder ein paar Seiten und Fotos dieser Story. *Welcher* Story? Booker war ein unausstehlicher Trinker, der nichts für das Land getan hat außer einen Ball durch die Gegend zu schlagen und dann einen dummen Tod zu sterben. Es tut mir leid, das zu sagen, aber ich hatte bislang noch nie von David Booker gehört. Ein Großteil der Bevölkerung hat noch nie von ihm gehört. Das Geheuchel der Medien und der Öffentlichkeit war abscheulich.«

»Aber –«

»Wenn Sie Grund zu der Annahme haben, dass Mr Traill in irgendeiner Hinsicht schuldig ist, dann ermitteln Sie. Wenn nicht, dann lassen Sie ihn in Ruhe.«

Die Spannung löste sich erst, als sie sich in die Lebensumstände von Colin Hauser gestürzt hatten.

Hauser hatte ein Vorstrafenregister wegen kleinerer Betrügereien und eine Ex-Frau, die in Cranbourne lebte. Die Ex-Frau war von zwei Detectives aus Challis' Team befragt worden, die berichteten, dass sie ein überzeugendes und leicht zu beweisendes Alibi hatte: Sie hatte im Krankenhaus gelegen, als ihr Ex-Mann umgebracht worden war. Aber vielleicht hatte sie den Mord ja in Auftrag gegeben. Vielleicht hatte sie auch eine Rolle dabei gespielt, wenn man davon ausging, dass die Unehrlichkeit ihres Ex schon länger andauerte, und vielleicht konnte sie ihnen mehr dazu sagen.

Doch zuerst die Farm. Murphy, die sie über Land fuhr, meinte kurz angebunden: »Glauben Sie, wir finden dort etwas, das wir gestern nicht gefunden haben?«

Immer noch verärgert, fand Challis. »Zumindest könnten wir eine Eingebung haben.«

Sie schnaubte.

Challis seufzte, blendete sie aus und dachte über Art und Ausmaß von Colin Hausers Tätigkeit nach. Eine Überprüfung von Seriennummern und Diebstahlsmeldungen hatte ergeben, dass der Großteil der Fahrzeuge und Landmaschinen im Laufe der letzten sechs Monaten von verschiedenen Grundstücken gestohlen worden war. Doch Hauser war ein ehemaliger Buchhalter, der wegen Betrügereien verurteilt worden war und gesessen hatte. Woher sollte dieser Mann wissen, ob ein bestimmtes Teil einer Farm- oder Weinbauausrüstung es wert war, gestohlen zu werden, wie man es abtransportierte und wer das kaufen wollte?

»Können Sie einen Dieseltraktor starten, Murph?«

»Nein.«

»Könnten Sie eine Spritzmaschine an eine Anhängerkupplung ansetzen?«

»Mit etwas Hilfe vielleicht.«

»Könnten Sie einen schweren Transporter fahren?«

»Lenken, aber das wäre auch schon alles«, antwortete Murphy.

»Genau.«

Sie kamen zu der Farm, hielten vor dem verrottenden Hauszaun und stiegen aus.

»Die Hunde sind nicht da.«

»Tierschutz«, sagte Challis.

Er sah zu, wie Pam sich im Kreis drehte und sich umsah.

»Ziemlich heruntergekommen.«

»Kann man so sagen.«

Pam war nicht mehr so frostig. »Und was, wenn das hier nur ein Zwischenlager für eine größere Operation ist? Hauser stellt den Ort und die Schuppen, stiehlt aber nicht selbst.«

»Ich wusste doch, dass es einen Grund gibt, warum ich Sie gebeten habe, mich heute herumzufahren.«

Sie schnaubte. »Sie haben mich gebeten, damit Sie nicht selber fahren müssen.«

»Nein, ich wollte Ihren Grips dabeihaben«, entgegnete Challis und stapfte auf den nächstgelegenen Schuppen zu.

Der Hof war noch immer eine Staubschüssel; heute wirkte er recht durchwühlt.

Challis fügte diese Tatsache der geistigen Notiz hinzu, die er sich gemacht hatte, das Diebesgut auf den Abschlepphof zu bringen, und sagte: »Verflucht.«

Auch Murphy besah sich den Staub. »Zwei Dumme, ein Gedanke, Boss.«

Zu spät.

Alle Schuppen waren aufgebrochen worden. Challis stand im pudrigen Staub im Eingang zum ersten Schuppen, zückte sein Handy, rief die gespeicherten Fotos auf und scrollte. Dann zeigte er hinein. »Da in der Ecke stand ein Kubota-Traktor, da drüben ein paar Mäher.«

Zurück blieben nur ein verrosteter Hänger und der blanke, ölfleckige Staub.

In den anderen Schuppen wiederholte sich die Geschichte: ein zweiter Traktor fehlte, ein Bobcat, eine Planiermaschine, alle Motorboote und der Isuzu.

»Offenkundig sind sie letzte Nacht hier aufgetaucht, aber ... woher wussten die das? Der Mord kam erst heute Morgen in den Nachrichten.«

»Sie haben uns beobachtet?«, vermutete Pam Murphy. »Oder sie haben es online mitbekommen.«

»Woher wussten sie, wonach sie Ausschau halten mussten? So oder so wird uns das Kopfschmerzen bereiten: Wir werden Fragen stellen müssen und so weiter.«

»Wo haben sie das alles hingebracht?«

»Und wie, wer immer die sind?«, ergänzte Challis. »Wir müssen uns auf die Schrottplätze konzentrieren, Gebrauchtwagenhändler ...«

»Gumtree und eBay und die Webseiten für Gebrauchtfahrzeuge ...«

»Meine Güte«, murmelte Challis. Voller Unbehagen schaute er zum Haus hinüber.

Murphy folgte seinem Blick. »Stimmt was nicht? Glauben Sie, wir haben Gesellschaft?«

»Nein, aber wenn sie in den Schuppen waren, dann werden sie auch im Haus gewesen sein.«

Drinnen war alles völlig demoliert worden. Zusätzlich zu der früheren Unordnung und Zerstörung waren weitere Schubladen ausgekippt, Matratzen und Kissen aufgeschlitzt, Dosen und Schachteln mit Keksen, Reis, Nudeln und Waschpulver ausgeschüttet worden.

Murphy nahm ihr Handy und verglich den neuesten Schaden mit dem vom Vortag.

»Boss, gestern sind sie nach Schema F vorgegangen. Diesmal haben sie offensichtlich etwas gesucht. Akten? Drogen? Bargeld?«

»Wir haben Hausers Papierkram auf dem Revier. Janine Quine hat es in den Computer eingeloggt.«

»Janine«, schnaubte Murphy. »Das ist mal ein trauriger Fall.«

Challis zuckte mit den Schultern, Janine Quine interessierte ihn nicht. Er wies auf das Chaos. »Die Frage ist: Vor ein paar Tagen hat jemand Hauser erschossen und in Schubladen und Schränken herumgekramt, und letzte Nacht hat jemand das hier angestellt. Dieselbe Person, dieselben Leute? Und warum sucht man dann nicht gleich gründlich?«

Die Frage wurde zur Hälfte beantwortet, als er das Büro der Spurenfahndung anrief. »Scobie, ich brauche Sie noch einmal auf der Hauser-Farm. Wir hatten Besucher letzte Nacht.«

»Ich wollte sowieso gerade wegen der Sache anrufen«, sagte Sutton und schwieg dann.

Challis war das von Sutton schon gewohnt. Man musste ihm alles aus der Nase ziehen. »Ach?«

»Ich habe Neuigkeiten aus dem Labor.«

»Scobie, ich werde auch nicht jünger.«

»Das Gewehr, das wir in dem ausgebrannten Mercedes gefunden haben ... dabei könnte es sich um die Tatwaffe bei Hauser handeln.«

Challis entfloh der abgestandenen Luft und dem Chaos in Hausers Farmhaus und trat hinaus in die Frühsommerhitze, gefolgt von Murphy.

»Boss?«

»Scobie glaubt, dass Hauser mit dem Gewehr erschossen wurde, das wir letzten Freitag in dem ausgebrannten Wagen gefunden haben.«

Murphy sah mit ihm zusammen in die Ferne hinaus. »Sie haben Hauser aus irgendeinem Grund erschossen, sind weggefahren und haben einen falschen Abzweig genommen. Oder aber sie haben es mit dem Gewissen bekommen und Selbstmord begangen.«

»Beide? Auf diese schreckliche Weise? Nein. Wir müssen herausfinden, in welcher Beziehung sie zu Hauser standen, und zu denen, die heute Nacht hier waren.«

»Also eine größere Sache.«

»Gut möglich.«

»Jemand ist hier letzte Nacht aufgetaucht, um das zu beenden, was die beiden Brandopfer nicht erledigt hatten.«

»Aber warum haben sie so lange gebraucht?«

Challis seufzte. In diesem Augenblick kam wieder ein heißer Nordwind auf, die Wipfel schwankten heftig hin und her, schlugen und schabten aneinander, ein Geräusch größter Belastung, dazu der klagende Wind in den peitschenden Kiefern. Challis blickte auf und rechnete schon mit herabstürzenden Ästen. Dann schaute er weg.

»Besuchen wir mal die Ex-Frau«, sagte er.

Louise Hauser war der Ehe entflohen, aber nicht weit gekommen. Cranbourne lag etwa vierzig Fahrminuten vom Tatort entfernt.

In anderer Hinsicht allerdings war sie weit weg von dem heruntergekommenen Haus mit seinen Scheunen hinter einem Windschutz aus ungepflegten Kiefern. Ihr neues Haus war noch kein Jahr alt und befand sich in einer Neubausiedlung am westlichen Rand der Ortschaft. Saubere, blasse Ziegel, Kacheln und Glas, ein kurz geschnittener Rasen, schlichte Zäune zu beiden

Seiten und hinten, aber nicht zur Straße, ein makelloses Auto in der Einfahrt, ein Muster, das sich von Haus zu Haus, von Straße zu Straße wiederholte. Es war nicht leicht zu finden, jede Straße schlug Haken, führte wieder im Kreis zurück oder endete ohne jede Logik in einer Sackgasse. Selbst mit Naviunterstützung fluchte Pam Murphy frustriert.

Die Frau, die auf ihr Klopfen reagierte, schaute düster, so als stünde schon die nächste Enttäuschung vor ihrer Tür. »Was immer Sie wollen, ich bin nicht interessiert.«

»Wir sind von der Polizei«, sagte Challis und zeigte seinen Dienstausweis vor. »Sind Sie Mrs Hauser, Louise Hauser?«

»Jetzt nicht mehr. Ich habe meinen Mädchennamen wieder angenommen, Wignall.«

Sie war alt für Mitte vierzig, eine stämmige Frau mit weit auseinanderstehenden Augen unter einer Monobraue, dunklen Haaren und einem energischen Kinn. Sie trug ausgewaschene gelbe Shorts, blassblaue Crocs und ein weites weißes T-Shirt. Sie stützte sich auf eine Gehhilfe.

Bevor Challis noch etwas sagen konnte, fuhr sie fort: »Ich habe bereits mit der Polizei gesprochen. Ich war fast die ganze letzte Woche im Krankenhaus, bin erst vor ein paar Tagen rausgekommen. Knie-OP.«

Challis wusste, dass sein Lächeln manchmal abschreckend wirkte. Er zwang sich zu einer freundlichen Stimme, stellte Murphy und sich vor und sagte: »Es sind noch ein paar Dinge dazugekommen, und wir haben uns gefragt, ob Sie uns wohl behilflich sein könnten?«

Sie führte sie in ein Wohnzimmer mit einer feisten, schwarzledernen Couchgarnitur, einem blassgrünen Teppichboden und einem riesigen Fernseher. Monets Seerosen an einer Wand, Familienfotos an einer anderen – ebenso auf vielen der vorhandenen Regale, Schränke und anderen waagerechten Oberflächen. Eine hässliche, fischgrätgemusterte Jalousie verdunkelte das riesige Fenster und ließ an der Unterkante nur ein paar

Zentimeter Sonne hindurch. Auf dem Couchtisch ein Lifestyle-Magazin und die Fernsehzeitung, säuberlich ausgerichtet zwischen einer Fernbedienung und einer flachen Glasschüssel.

»Sie haben zwei Kinder, soweit ich weiß?«

Wignall, eine Frau im Dauergroll, antwortete hitzig: »Die sind in der Schule. Ich möchte nicht, dass sie belästigt werden.«

»Wie alt?«

»Zehn und acht. Und nein, sie sind nicht in meinen Wagen gestiegen, zur Farm gefahren und haben meinen Ex-Mann umgebracht.«

»Wir werden sie in ihrem Kummer nicht belästigen, Ms Wignall«, sagte Challis.

»Kummer! Sie waren gerade mal aus den Windeln, als wir Colin verließen. Sie sehen ihn einmal im Jahr, wenn überhaupt. Er war nicht an ihnen interessiert, das ist der größte Kummer, den sie hatten.«

»Wissen sie, dass er tot ist?«

»Ja. Sie sind traurig deswegen, aber sie werden schon klarkommen.«

»Wer hat sich um sie gekümmert, während Sie im Krankenhaus waren?«, fragte Murphy.

»Meine Eltern«, sagte Wignall zu Challis. »Und nein, auch die haben ihn nicht umgebracht. Warum sollten sie? Er spielte schon lange keine Rolle mehr. Es gab keine Geldprobleme, außer dem gelegentlich zu spät gezahlten Unterhalt für die Kinder.«

Sie starrte weiter Challis an, so als würde Murphy gar nicht existieren. Challis war ein Mann, Challis war der Boss. Ihm war klar, dass sie nicht flirten oder ihn beeindrucken wollte, und sie rechnete auch nicht mit Galanterien. Sie maß Frauen einfach keinen Stellenwert bei.

»Als sie Colin heirateten, war er Buchhalter?«

»Ein Buchhalter mit klebrigen Fingern. Aber das wissen Sie doch sicher alles schon?«

»Kennen Sie irgendwelche Personen, mit denen er damals geschäftlich verkehrte, Ms Wignall?«

»Nennen Sie mich Louise. Er verkehrte geschäftlich, wenn Sie es denn so nennen wollen, meist mit Familie und Freunden – und er schröpfte sie um ihre Ersparnisse. Und wenn Sie fragen, ob jemand von denen ihn gern umgebracht hätte – damals vielleicht. Aber das ist Jahre her, und er hat alles zurückgezahlt – mit der Hilfe seines Vaters, möchte ich hinzufügen. Es erleidet also niemand mehr Nachteile.«

Sie schwieg kurz und fügte dann an: »Und er war Säufer. Aber selbst das konnte er nicht.«

Challis warf einen Blick auf die breit grinsenden Kinder auf dem Kaminsims, ein Mädchen in einem ausgefallenen Kleid, das sollte wohl irgendeine Buch- oder Filmgestalt darstellen, nahm er an, und ein Junge in Footballausrüstung. Die Welt war voll solcher Fotos.

Er zwang sich, wieder die verdrossene Mutter anzuschauen, und sagte: »Hat Colin jemals Geschäfte mit … ähm, zwielichtigen Gestalten gemacht?«

Wignall wirkte beleidigt, so als würde die Frage schlechtes Licht auf sie und das Leben werfen, das zu leben sie sich damals bemüht hatte.

»Was meinen Sie damit?«

»Nun, mit Kriminellen. Personen, bei denen Sie sich unbehaglich gefühlt haben, Personen, die er Ihnen verheimlichen wollte. Neigte er zu heimlichen Telefonaten oder Verabredungen? So etwas in der Art.«

»Er hatte keine Affäre. Das hätte ich bemerkt.«

»Keine Affäre«, sagte Pam. »Irgendetwas Geschäftliches, Finanzielles, das Ihnen unheimlich war, Ihr Misstrauen weckte.«

Wignall ignorierte sie immer noch. »Nichts dergleichen.« Ihre Gesichtszüge wurden weicher. »Er war einfach nur ein trauriger Fall. Verloren. Ein Versager.«

»Und in den Jahren seit der Scheidung?«

»Woher zum Teufel soll ich das wissen? Ich hatte nichts mehr mit ihm zu tun.«

»Was können Sie uns über seine Farm erzählen?«, fragte Challis.

»Farm! Das ist doch ein Witz. Er wuchs auf einem großen Anwesen draußen in Gippsland auf und ist auf das Scotch College gegangen, hat sich gern für Landadel gehalten, aber er war ein hoffnungsloser Fall, das hat sogar sein Vater gesagt. Schon verstorben, falls Sie glauben, er wars.«

»Und Colin ging nicht zurück aufs Land, sondern wurde Buchhalter?«

»Aber auch das hat er vermasselt.«

»Woher hatte er das Geld, um die Farm zu kaufen?«

Challis wusste, dass Hauser große Schulden hatte; er wollte Wignalls Einstellung dazu hören.

»Wer weiß? Sind Sie sicher, dass er nicht hoch verschuldet war? Vielleicht hat sein Vater ihm unter die Arme gegriffen, vielleicht hat er das Geld auch geerbt, nachdem der alte Narr gestorben war.«

»Sind Sie jemals auf der Farm gewesen?«

»Einmal, nachdem er sie gekauft hatte. Er wollte sie den Kindern zeigen. Wir sind nicht allzu lang dortgeblieben.«

»Können Sie mir beschreiben, was Sie gesehen haben?«

»Was meinen Sie damit? Ein heruntergekommenes Haus, ein uralter Schuppen; Bäume, Weiden. Keine Ahnung, was er dort anbauen wollte. Ich bin nicht lang genug geblieben, um mir das anzuhören.«

»Nur ein Schuppen?«

Sie kniff die Augen zusammen. »Na, jetzt kommen wir zur Sache, hm? Ja, nur ein Schuppen.«

»Jetzt stehen dort mehrere, recht neue«, sagte Murphy.

Wignall meinte zu Challis: »Davon weiß ich nichts.«

»Voll mit landwirtschaftlichem Gerät und anderen schweren Fahrzeugen und Ausrüstungen«, sagte Murphy scharf.

Wignall strahlte Challis an, als habe er gesprochen. »Was, er war Händler? Hehler wohl eher.«

»Das nehmen wir an«, sagte er. »Ein Teil davon ist verschwunden, bevor wir das Grundstück sichern konnten.«

Sie wurde nicht bleich, sondern wirkte erfreut. »Da sind Sie wohl überrumpelt worden, hm? Das dürfte im Präsidium wohl nicht sonderlich gut angekommen sein.«

Challis lächelte kühl. »Sie wissen also nicht, mit wem er in letzter Zeit zu tun gehabt hat?«

»Nein, das weiß ich nicht«, betonte Wignall. »Und um eins klarzustellen, ich habe nicht nur ein kaputtes Knie, ich wüsste auch nicht, wie man diese Maschinen bedient. Und wo sollte ich sie unterbringen?«

Das musste sie nicht weiter ausführen: Sie wohnte in einer baumlosen Satellitenstadt aus schuhkartongroßen Häusern und weiter Sicht in alle Richtungen. »Tut mir leid, dass ich Ihnen nicht weiter behilflich sein kann«, sagte sie, stemmte sich auf und ging durch den Flur zur Haustür. Challis rechnete schon halb damit, dass sie ihn ermahnte, beim Hinausgehen auch ja die Tür hinter sich zuzumachen.

»Haben Sie gesehen, dass sie mich kaum angeschaut hat?«, fragte Murphy.

Sie fuhr. Challis saß mit geschlossenen Augen auf dem Beifahrersitz, ließ sich von der Sonne wärmen und sagte: »Sie müssen zugeben, Murphy, dass es Ihnen an Präsenz mangelt.«

»Witzig. Wie damals, als ich noch ein Kind war. Wie heute, wenn ich meine Onkel und Tanten und Familienfreunde besuche: Niemand fragt mich nach meiner Meinung, sie sagen so Sachen wie: ›Und was sagen deine Brüder dazu?‹«

Challis spürte, dass dies ein wunder Punkt war. Er dachte an die Dinge zurück, die sie in den letzten paar Wochen erwähnt hatte. »Gibt es dieses Weihnachten wieder ein Familientreffen?«

»Es wird anders sein als sonst«, meinte sie traurig, »Mum lebt in einer Seniorensiedlung, meine Brüder können sich nicht zu einer Entscheidung aufraffen. Und ich versuche, eine neue Bleibe zu finden.«

Challis hatte versprochen, die Augen offen zu halten. »Mir ist nichts zu Ohren gekommen.«

Pam seufzte. »Es gibt ja auch nichts.«

»Können Ihre Brüder mit einem Kredit aushelfen?«

Sie warf ihm einen Blick zu. »Damit ich mir etwas Teureres leisten kann, meinen Sie? Ich getraue mich nicht zu fragen. Ich kann sie schon hören. Es gibt eine lange Pause, dann schauen sie von ihren luftigen Höhen auf mich herab, streichen sich über die fliehenden professoralen Kinne und sagen: ›Also, ich weiß ja nicht, Pam‹, und dann bieten sie mir vielleicht hundert Dollar an und stellen alle möglichen Bedingungen, um mir Schuldgefühle zu machen.«

Challis lachte. Murphy, die sich kurz angegriffen fühlte, lachte mit.

»Was machen Sie Weihnachten?«

»Die verbringe ich mit Ellen.«

»Ist ihre Tochter auch da?«

»Möglich. Wahrscheinlich.«

»Sie kommen jetzt mit ihr aus?«

»Ich muss wohl irgendeine Art Test bestanden haben.«

»Sie haben ihr letztes Jahr das Leben gerettet, Boss. Vielleicht hat das damit etwas zu tun.«

»Nicht mit meiner persönlichen Ausstrahlung?«

»Gütiger Himmel, nein.«

Challis' Telefon klingelte. Er lauschte eine ganze Weile und sagte dann: »Danke, John, wir sind in zwanzig Minuten zurück«, und legte auf.

Dann sah er Murphy an und sagte: »Tank hat heute am Empfangsschalter gesessen. Er hat ein paar interessante Besucher gehabt.«

14

Die größten Schattenseiten für den jeweils Diensthabenden am Empfang waren nach John Tankards Ansicht Langeweile und der Kontakt mit der Öffentlichkeit.

Und heute war es zu Beginn genauso wie immer gewesen. Erst hatte er darauf gewartet, dass etwas passiert. Er hatte an dem brusthohen Empfangsschalter gestanden, zwischen Stiften, Telefonen, Betriebsbüchern und Computermonitoren, dazu all die Formulare und Dokumente, die die Öffentlichkeit im Umgang mit der Polizei und anderen Behörden brauchte. Die an beiden Enden des Tresens an die Wände geschraubten Drahtgestelle trugen Broschüren, und das Ganze schaute auf ein kleines Foyer hinaus, in dem kunstlederbezogene Bänke und ein Beistelltisch standen, auf dem ein Stapel *Police Life* auslag. Einen kurzen Flur entlang waren die Toiletten und eine Tür, die ins Innerste des Reviers führte und nur über eine Zahlenkombination zu öffnen war.

Glasschiebetüren öffneten sich zur Straße hin, und die Sonne draußen war an diesem Tag sehr klar und versprach Hitze, ärmellose Kleider, nackte Beine. Ein Gutes hatte der Dienst am Empfang allerdings: Er fand drinnen statt. Tank litt unter der Sonne, seine helle Haut bekam schnell einen Sonnenbrand, und er schwitzte am ganzen Leib.

Als in der ersten Stunde nichts passierte, loggte er sich auf den Facebook-Seiten des Reviers ein und hoffte auf ein paar friedliche Minuten, bevor irgendein alter Sack hereinkam und sich über Lärm beschwerte, oder ein Ladenbesitzer einen Diebstahl meldete, oder ein junger Bursche auftauchte, jemand habe sein Skateboard gestohlen.

Langweilig, langweilig, langweilig.

Facebook bot allerdings immer etwas zu lachen; manchmal diente es sogar der Verbrechensbekämpfung.

Entlang der High Street waren überall Überwachungskameras angebracht, und letzte Woche hatten sie einen Überfall aufgezeichnet, zwei junge Burschen in Hoodies hatten die Nachtmanagerin des Café Laconic hin und her geschubst und ihr dann das iPhone abgenommen. Die Uniformierten hatten die beiden nicht identifizieren können, deshalb hatte Tank das Video hochgeladen, und Dutzende hatten es sich schon angeschaut. Noch hatte niemand jemanden erkannt, aber Dixichik666 fand, es sollte Streifen geben, die die High Street Tag und Nacht abgehen sollten, und RaZr meinte, dass die Nachtmanagerin hätte aufpassen sollen, wohin sie ging, statt auf dem Handy rumzutippen wie so eine Textsüchtige.

»Aber du vielleicht nicht, du Flachwichser?«, murmelte Tank.

Die Schiebetüren glitten auf, und die erste Klientin, eine blasse Frau, bat ihn darum, eine Versicherung an Eides statt zu bezeugen. Dann zurück zu Facebook. Posts von Ladendiebstählen, Burn-outs bis fast zum Reifenplatzen beim Skatepark, illegale Müllentsorgung bei den Altkleidercontainern auf dem Parkplatz beim Coles-Supermarkt ...

Tank hielt inne: Ein Beklagter hatte einen Link zu einer nichtpolizeilichen Facebook-Seite gepostet. Tank klickte ihn an und stieß auf Gold: zwei Idioten, die damit prahlten, beim Skatepark ein Dragracing veranstaltet zu haben, und zum Beweis das Ganze gefilmt hatten.

Tank rief seinen Sergeant an und schickte ihm den Link. Das brachte ihm ein Schulterklopfen ein.

Eine Stunde verging, dann wieder eine. Tank las die Vorfallmeldungen der letzten paar Tage durch. In einer verlassenen Meth-Küche war Kinderkleidung gefunden worden; ein Einbruch bei Tyabb war an die Abteilung Sexualverbrechen weitergeleitet worden; ein Obstbauer in Merricks North hatte den Diebstahl einer Schrotflinte gemeldet; vor dem Pub in Willow Creek waren die Nummernschilder eines Mazda gestohlen worden;

man hatte eine Frau mit einer Wagenladung gestohlener Elektrogeräte geschnappt ...

Er ging die Liste weiter durch und stieß auf den Nachtrag zu einem Anruf letzter Woche, bei dem zwei frischgebackene Constables wegen Ruhestörung in der Seaview Estate nachgeschaut hatten. Niemand hatte geöffnet. Sie hatten eine Visitenkarte hinterlegt und fuhren wie zwei Blödmänner, die sie waren, einfach davon, ohne mitzubekommen, dass der Bewohner bewusstlos in einer Blutlache vor der Hintertür lag. Ein Teilzeitdealer, dem weinte keiner eine Träne nach, Tatsache aber blieb, dass die beiden Uniformierten auch hinter dem Haus hätten nachschauen müssen. Das war eben der Unterschied zwischen einem Anfänger und einem alten Hasen wie John Tankard. Tank war erst zufrieden, wenn alles in Ordnung war, bevor er einen Vorfall abhakte.

Dann kam der Verwalter eines Weinguts an der Stumpy Gully Road herein und wollte wissen, ob die Polizei schon seinen gestohlenen Traktor gefunden hätte.

»Wir ermitteln noch, Sir«, murmelte Tank, zog die erforderlichen Unterlagen hervor und überflog die Einzelheiten. »Uns sind eine Unmenge an gestohlenen Landmaschinen gemeldet worden.«

»Sie sagen das recht gleichgültig«, meinte der Mann. »Landmaschinen, wie Sie das nennen, können ein paar Hunderttausend Dollar kosten. Die trägt man ja nicht heimlich des Nachts im Rucksack davon. Irgendjemand muss doch mitbekommen haben, wie das Zeug durch die Gegend gekarrt worden ist.«

Danach kamen zwei Siebzehnjährige herein, mit glänzenden Haaren und nervösem Kichern, die das Foyer mit Licht und Leben erfüllten, was Tanks Stimmung leicht hob.

»Kann ich Ihnen behilflich sein?«

»Wir machen uns Sorgen um einen Freund«, sagte die eine.

»Er ist ganz von der Rolle«, sagte die andere, während ihr die Tränen aus den hellen Augen strömten.

»Von der Rolle?«, fragte Tank.

»Drogen. Ice«, sagte die erste.

»Er ist völlig durchgeknallt«, sagte die zweite.

»Unberechenbar.«

»Er glaubt, wir haben es auf ihn abgesehen.«

»Er beklaut uns.«

»Er hat mich geschlagen.«

»Wir wollen nicht, dass er verhaftet wird …«

»… wir wollen nur, dass er wieder klarkommt. Normal wird.«

»Ja.«

Tank nahm ihre Namen und den des jungen Burschen auf. »Und wissen Sie, wer der Dealer ist?«

Sie klappten vor seinen Augen zu wie Muscheln, warfen sich Blicke zu, schauten zu Boden und an die Wände. »Nein«, flüsterten sie.

Ihr Dealer ist ein Freund, oder sie nehmen selbst Drogen, dachte Tank. Er würde die ganze Sache an die CIU weiterleiten.

»Wir reden mit ihm.«

»Aber verhaften Sie ihn nicht.«

»Und sagen Sie ihm nicht, dass wir es Ihnen gesagt haben.«

Dann kam Janine Quine mit einer großen Schultertasche vom Mittagessen zurück. Sie eilte vorbei, als würde sie Raubgut transportieren, doch Tank hielt sie auf: »Janine, haben Sie mal eine Minute?«

Die Zivilangestellte nahm die Hand vom Zahlenschloss, stand stumm vor dem Empfang und wartete darauf, dass Tank weitersprach. Sie war eine schlichte Frau, ihr Gesicht war feucht von dem Marsch durch die Hitze und wirkte ein wenig rosig, vor Scham oder Verlegenheit, wie Tank fand.

»Wie gehts Jeff?«, fragte er.

»Okay«, murmelte sie und starrte zu Boden.

»Er fährt nicht mehr dem Schulbus hinterher?«

»Nein.«

»Der Busfahrer ist immer noch sauer deswegen, so vor den Kindern angebrüllt zu werden.«

»Aber er ist doch über die Fahrbahnschwellen gerast!«

»Janine, wie wahrscheinlich ist das? Ist es nicht eher so, dass Jeff einfach zu viel Zeit hat und sich da in unbedeutende Kleinigkeiten hineinsteigert?«

»Kann schon sein«, murmelte Quine.

»Ist er auf Arbeitssuche?«

»Ja.«

»Er wird schon was finden«, sagte Tank freundlich.

Tony Slatter kam herein und forderte Gerechtigkeit.

»Ich möchte meine Beschwerde erneuern.«

»Und Sie sind?«, fragte Tank.

Der Name kam ihm bekannt vor, aber Tank erkannte den Mann auf der anderen Seite des Tresens nicht. Etwa sechzig, in Shorts, Sandalen, T-Shirt. Knubblige Knie, eine letzte Spur von Veilchen um die Augen, ein frischer Kratzer an der Wange.

Slatter ging gar nicht darauf ein. »Ich weiß, ich habe die ursprüngliche Klage zurückgezogen, aber dann war ich bei einem Spezialisten wegen meiner rasenden Kopfschmerzen, und ich hab das Gefühl, als ob ich mir den Kiefer verrenkt hätte. Er meinte, ich müsste mit ein paar Tausend Dollar für den Zahnarzt rechnen.«

Zum Beweis öffnete er halb den Mund. »Von den Arztbesuchen ganz zu schweigen.«

»Handelt es sich um einen Unfall, Sir?«

»Also, verflucht noch mal.«

»Sir, ich muss Sie bitten –«

»Was ist denn nur los mit euch? Letzte Woche hab ich in Moonta bei jemandem angeklopft und kassiere dafür Hiebe ins Gesicht und Tritte in die Rippen.«

John Tankard ging ein Licht auf. Der Moonta-Mann. Der Typ, der sich volllaufen ließ, um dann gern bei anderen Leuten anzuklopfen und sich selbst zu einem Schwätzchen oder mit Glück einem Drink einzuladen.

»Ich erinnere mich«, sagte Tank.

»Es geschehen noch Zeichen und Wunder«, sagte Slatter.

Tank erinnerte sich auch daran, dass Slatter betrunken netter war als nüchtern. »Wir haben die Sache im Griff, Sir.«

»Das denken Sie. Gestern bin ich noch mal hingegangen und wollte den Kerl auffordern, die restlichen Kosten zu übernehmen, da hat mir seine Freundin das hier zugefügt.« Slatter hielt seine Wange hin und zeigte den Kratzer vor. »Sie war total high.«

Tank erstarrte. »Entschuldigen Sie, Sir, Sie haben also versucht, mit dem Angreifer Kontakt aufzunehmen?«

»Angreifer? Ist ja ein komischer Begriff für einen Junkie. Und zu Ihrer Information: Ich hab gar nicht mit ihm geredet, er ist nicht da, sagt seine Freundin, die mir das hier angetan hat.«

»Sir, ich muss Ihnen davon abraten, weitere Versuche zu unternehmen, mit dem Mann oder seinem Umfeld in Kontakt zu treten. Das könnte gefährlich sein für Sie und sich störend auf unsere Bemühungen auswirken, zu ermitteln oder eine Verhaftung vorzunehmen. Überlassen Sie das dem Gesetz.«

»Unglaublich«, sagte Slatter.

Tank sagte nichts.

»Und was, wenn Sie ihn finden? Irgendeine lächerliche Anklage wegen Friedensbruchs oder wie immer das heißt? Und er zahlt mir Schmerzensgeld, das nicht mal annähend an das heranreicht, was mich das tatsächlich kostet.«

Der Atem aus Slatters Mund roch nach altem Schnaps und schlechtem Essen. Tank wich zurück. »Er hat Ihnen Geld gegeben?«

»Nicht genug, deshalb bin ich hin und wollte mehr. Hören Sie nicht zu?«

»Sir —«

»Ich habe hier die Gutachten der Spezialisten«, sagte Slatter. »Zahnarzt, Doktor …«

Er zog eine Handvoll Blätter aus der Gesäßtasche. Warm, vielleicht sogar ein wenig feucht, sodass man sie gar nicht anfassen wollte. Tank zuckte zusammen und sagte: »Ich werde dafür sorgen, dass Constable Murphy diese Unterlagen erhält, Sir.«

»Die schon wieder! Himmel hilf.«

»Sie ist eine sehr kompetente Beamtin.«

»Da wette ich«, sagte Slatter, »aber sie hat sich lange Zeit gelassen, ihren fetten Hintern hochzukriegen und in der ersten Sache zu ermitteln, ich hege also diesmal keine großen Hoffnungen, schon gar nicht, wo der Kerl verschwunden ist.«

Und damit ging Slatter hinaus und sagte: »Hoffnungslos, vollkommen hoffnungslos«, zu einem alten Knacker, der hereingekommen war, wartete und ein Formular in der Hand hielt, das unterschrieben gehörte.

Tank signierte, verabschiedete den Mann, loggte sich ein und fand Slatters ursprünglichen Bericht im Computer. Datum, Uhrzeit, kurze Beschreibung, Name des Angreifers – Owen Valentine – und die Anschrift, wo alles stattgefunden hatte.

Tanks Blick fiel auf die Anschrift. Er war schon mal dort gewesen. Er hatte auf eine Beschwerde wegen Ruhestörung reagiert, am Tag des Brandes, auf dem Rückweg zum Revier, nachdem er sich mit Janine Quines blödem Ehemann an der Grundschule herumgeplagt hatte.

»Verflucht!«

»Wie bitte?«

Eine ältere Frau stand da und wartete, und Tank schaffte es, ein breites Grinsen aufzusetzen. »Ja, Madam, was kann ich für Sie tun?«

Die Frau war groß, dünn, gebeugt und grau, trug eine Baumwollhose mit Gummizug, eine Bluse und eine Strickjacke. Ihre Finger waren aderig und krumm, und sie umklammerten eine Handtasche.

»Ihre Leute haben gestern meine Tochter in Haft genommen. Christine Penford?«

Tank wusste Bescheid. Er hatte zugesehen, wie sie völlig zugeknallt aufs Revier gebracht worden war. Hinter ihr war Pam hereingestapft, um eine landesweite Suche nach Christine Penfords Tochter einzuleiten.

»Madam«, sagte Tank, »ich fürchte, sie ist noch nicht befragt worden.«

Die Frau winkte ab. »Ich war gerade in ihrem Haus, um Kleider und Spielzeug zu holen, und habe eine Waffe gefunden.«

15

Mittlerweile war es später Nachmittag.

Nachdem Ellen Destry mit Judd die Befragung von Jess Guthrie im Lichte seiner ursprünglichen Ermittlungen abgeglichen hatte, informierte sie die anderen und beendete den Arbeitstag mit einem kniffligen Telefonat mit einem Spezialisten im Oberkommando in Melbourne. Dabei ging es um einen Pädophilen, der wegen sexuellen Missbrauchs von Minderjährigen im Gefängnis saß und von dort aus Kopien seiner Prozessmitschrift an andere Pädophile verkaufte – im Gefängnis und außerhalb. Destry vermutete, dass sein Anwalt und/oder Gefängnisbeamte daran beteiligt sein mussten, hatte aber weder die Mittel noch die Erfahrung, dies weiterzuverfolgen.

Danach schloss sie ab und ging zu ihrem Wagen. Da sie am Morgen keinen Parkplatz vor dem Haus der Abteilung Sexualverbrechen hatte finden können, hatte sie ihn hinter dem Polizeirevier abgestellt und drückte gerade auf den Knopf der Fernbedienung, als Sergeant Cool Bitch, sorry, Coolidge aus dem Gebäude kam.

»Ellen.«

»Serena.«

Sie sahen sich leicht herausfordernd an, was bei Ellen alte Erinnerungen an die Akademie weckte, bei Coolidge aber wahrscheinlich gar nichts auslöste.

»Hab dich ja seit Ewigkeiten nicht mehr gesehen. Du bist jetzt bei Sexualdelikten«, sagte Coolidge, so als sei das innerhalb der Polizei ein Seitenpfad ins Nichts.

»Und du bei den Drogen«, erwiderte Ellen.

Coolidge schenkte ihr ein schlaffes Lächeln; Ellen fragte sich nach der Absicht: Sie will mich ärgern, verunsichern. Sie erwiderte das Lächeln, legte leichte Gehässigkeit hinein und öffnete die Wagentür. »Viel Glück«, sagte sie, stieg ein und fuhr davon. Nicht gerade ein Sieg auf ganzer Linie – nicht gerade überhaupt irgendetwas –, aber warum sollte sie sich auf einen Kampf mit dieser Frau einlassen?

Auf dem Heimweg hielt sie an einem Haus in Merricks Beach. Ein großes, zum Ruhm des Architekten erbautes Haus, das mit anderen Anwesen auf einer Landzunge mit Blick aufs Meer stand und ein Ehepaar beherbergte, beides Ärzte, dazu deren siebzehnjährigen Sohn und eine fünfzehnjährige Tochter. Im Laufe des Jahres hatten sie eine spanische Austauschschülerin namens Francesca Arena aufgenommen, die nach zwei Wochen bereits wieder nach Hause geflogen war. Die Zentrale des Austauschprogramms in Spanien hatte einen Hinweis gegeben, es sei zu sexueller Belästigung gekommen, ohne jedoch direkte Anschuldigungen zu äußern. Der Gastvater? Jemand in der Schule? Familienfreund, Gärtner oder männlicher Gast?

Keine fünf Minuten nach ihrer Ankunft wusste Ellen, dass es sich um den Sohn handelte, einen riesigen, aber kraftlos wirkenden Burschen, verschlagen, mürrisch, verängstigt, verwöhnt. Die Mutter war bestürzt, der Vater verwirrt, und als Ellen das Haus verließ, hatte sie den Eindruck, dass die Schuldzuweisungen nur so durch die Familienküche schwirren würden und niemand mehr den Burschen so betrachten würde wie früher.

Daheim auf ihrer Terrasse fiel die Sonne schräg von der Port Phillip Bay herein; sie trank ein Glas Wein, verputzte ein halbes Dutzend Cracker mit kleinen Stücken billigem Käse und rief Hal Challis an.

»Heute hatte ich meine erste schwierige Personalentscheidung.« Sie drückte sich das iPhone ans Ohr, hatte die Füße auf den Tisch gelegt und berichtete ihm von der Befragung von Guthrie und dem Notizvergleich mit Judd hinterher. »Ich musste behutsam vorgehen, damit er nicht glaubt, ich will seine Arbeit kontrollieren.«

»Was du ja auch nicht getan hast.«

»Ich weiß. Ich habe angesichts neuer Informationen noch einmal mit ihr gesprochen.«

»Hat er das hingenommen?«

»Ich glaube schon. Ist nicht einfach, der Boss zu sein.«

»Jetzt weißt du, was ich durchmachen musste, als du noch in meinem Team warst.«

»Ich war doch nicht schwierig, oder?«

»Du warst eine absolute Nervensäge«, sagte Challis.

»Eigentlich wäre es mir lieber, wenn Judd eine Nervensäge wäre«, meinte Ellen. »Jemand mit Vorstellungsvermögen. Stattdessen ist er nur ein dickköpfiger, sich stur an die Regeln haltender altmodischer Polizeibeamter.«

Sie unterhielten sich noch eine Weile. Das Licht verblasste zu einem abendlichen Halbdunkel. »Wie geht es deiner Schwester?«, fragte Challis.

Ellen sah auf ihr Handy – 6.48. »Das werde ich bald wissen«, sagte sie. Sie hielt kurz inne und fügte noch an: »Es macht dir doch nichts aus, dass ich dich heute Abend nicht eingeladen habe?«

Challis lachte. »Ich würde doch nur im Weg rumstehen.«

»Normalerweise nicht, aber wir müssen ein paar Dinge besprechen.«

Ellen dachte an Allies strahlende, schnell verletzt, feindlich oder beleidigt schauende dunkle Augen. Aus einem zögerlichen Gefühl von Benachteiligung heraus fragte sie: »Denkst du eigentlich jemals an deine Frau?«

Pause. »Manchmal. Wie kommst du denn darauf?«

»Ach, nur so.«

»Das ist Vergangenheit«, sagte Challis. »Aber es ist *meine* Vergangenheit, es ist also unausweichlich, dass ich ab und zu daran denke.«

Er klang fest, fast scharf, mit einem Anflug von Endgültigkeit, und Ellen meinte nur: »Ich bin einfach nur töricht.«

So töricht nun auch wieder nicht. Ihre eigene Ehe war geschieden worden, ihr Ex-Mann hatte wieder geheiratet. Und Allie hatte ebenfalls ein ziemlich durchwachsenes Liebesleben hinter sich. Früher, da blieben Mann und Frau beisammen. Andererseits wäre es wohl bei vielen von ihnen besser gewesen, wenn dem nicht so gewesen wäre. Heutzutage machte sich keiner mehr die Mühe, und ein Drittel aller Ehen wurden geschieden.

Ihre Gedanken schwirrten umher; dann hupte ein Auto in ihrer Einfahrt, und Allie stellte ihren Wagen auf dem Gras ab.

»Sie sind da, ich muss los.«

»Machs gut. Ich liebe dich«, sagte Challis, und Ellen fiel auf, dass er das nicht allzu oft sagte. Er bewies Liebe, sie fühlte sich geliebt, aber er fasste es nur selten in Worte.

»Ellen«, sagte Allie, »ich möchte dir Clive vorstellen. Clive Mieckle.«

Die Fotos hatten nicht gelogen, Mieckle war ein stämmiger, kompakter Mann mit kurz geschnittenen Haaren und einem Gesicht voller Erfahrungen. Aber welche Erfahrungen, fragte sich Ellen, als er mit ausgestreckter Hand und zurückhaltendem Gesichtsausdruck auf sie zukam. Der Handschlag war fest, trocken, ein kurzer, kräftiger Druck.

Dann kamen die ersten Worte aus seinem Mund: »Allie hat mir auf der Herfahrt erzählt, Sie sind bei der Polizei.«

Ellen sah ihre Schwester fragend an und lächelte Mieckle dann zu. »Für all meine Missetaten.«

»Ich habe großen Respekt vor der Polizei«, sagte Mieckle und rieb sich die Hände, als wolle er sie beschwichtigen. »Ich war bei der Armee – Special Air Service –, ich kenne mich mit den Fragen von Recht und Ordnung ein wenig aus. Krisenherde im Ausland, diese Dinge.«

Dann hakte sich Allie bei ihm ein und drückte sich an ihn. »Clive ist sehr verschwiegen, was seine Erlebnisse angeht.«

Er sah sie an. »Das muss ich auch sein, meine Liebe. Ein Großteil davon ist geheim.«

Ein liebevoller Ton in der Stimme, aber auch stählern. Böse Erinnerungen? Eine Warnung vor zu viel Neugier?

Sie konnten ja nicht einfach im schwindenden Licht auf der Terrasse stehen bleiben, also sagte Ellen: »Kommt rein. Möchten Sie vor dem Essen etwas trinken, Clive? Bier? Wein? Etwas Stärkeres?«

Er schüttelte den Kopf und wollte schon antworten, als Allie ihn wieder fest an sich drückte. »Clive trinkt nicht«, sagte sie, so als würde diese Tugend auf sie abfärben.

Ellen führte sie ins Wohnzimmer, goss Allie Wein ein, Clive Wasser und setzte sich auf die Kante ihres Sessels. »Wie habt ihr euch kennengelernt?«

»Hier riecht es lecker«, sagte Mieckle.

Allie ging darüber hinweg. »Bei der Kunst- und Kunsthandwerksausstellung in Frankston«, sprudelte es aus ihr heraus. »Wir sind uns wegen unseres gemeinsamen Interesses für Fotografie nähergekommen.«

Soweit Ellen wusste, besaß Allie nicht mal eine Kamera. »Fotografie?«

»Vor allem Katzen.«

»Katzen.«

»Ich interessiere mich mehr für Schwarz-Weiß-Fotografie als Allie«, sagte Mieckle.

»Du solltest seine Arbeiten mal sehen, Ellen, sie sind wirklich schön. Nicht kitschig. Stimmungsvoll. Ausdrucksstark.«

Mieckle zuckte mit den Schultern. »Schwarz-Weiß erlaubt ein gewisses Maß an Rätselhaftigkeit.«

Ellens Gedanken schweiften ab. Sie fasste sich und konzentrierte sich wieder auf das Zimmer, ihre Schwester und deren Freund. Besonders auf den Freund.

»Ein ziemlicher Tapetenwechsel seit der Armee. Fotografieren Sie beruflich?«

»Eines Tages möchte ich das gern. Meine Arbeit für Karten und Kalender verkaufen, so in der Art. Im Augenblick versuche ich, mich zu zentrieren.«

Du meine Güte, dachte Ellen, die eine Antwort auf die Frage zu bekommen suchte: *Verdienst du dein eigenes Geld oder bist du ein Schwindler?*

Allie, die manchmal nicht auf den Kopf gefallen war, kniff die Augen zusammen. »Clive hat eine Abfindung von der Armee bekommen.«

Wofür? Doch das bekam Ellen nicht heraus, denn Clive stieß Allie freundlich mit der Schulter an und stupste sie mit dem Ellbogen. Ein kurzer Schrecken huschte Allie über das Gesicht.

Eine Warnung, nicht den Mund so weit aufzureißen? Dann klingelte der Küchentimer, und Ellen stand auf und sagte: »Vom Timing hängt alles ab, vor allem, weil ich die Köchin bin.«

Mieckle lachte. Allie lachte ebenfalls, ein wenig schrill.

»Ich hoffe, Sie mögen es scharf, Clive. Es gibt Curry.«

»Oh, Clive ist schon weit herumgekommen, mach dir darüber keine Sorgen, Ellen«, sagte Allie, so als wisse sie nicht, wann sie besser den Mund hielt.

Eine Stunde später fläzten sie alle am Esstisch.

Ellen und Allie waren leicht angesäuselt und tauschten Kindheitsgeschichten aus, während Clive Mieckle lächelnd dasaß und zuhörte. Ein verliebtes Lächeln, oder konzentrierte er sich?

»Weißt du noch das Ferienhaus, in dem wir die Sommer auf Phillip Island verbracht haben?«, fragte Allie. »Clive hat seine Sommer auch dort verbracht! Da sage noch einer was von Schiffen, die in der Nacht aneinander vorbeifahren, und so weiter und so fort.«

Mieckle lächelte schmerzlich.

»Wir haben einen ganzen Haufen an Gemeinsamkeiten entdeckt«, fuhr Allie fort. »Ferien auf Phillip Island. Spaziergänge am Strand. Fotografie. Katzen …«

Mieckle wirkte nicht sonderlich entspannt.

»Clive findet, wir sollten in ein Haus auf Phillip Island investieren«, plapperte Allie weiter. »Die Preise stünden gut, meint er, und in ein paar Wochen werden sicher ein paar Objekte auf den Markt kommen. Wenn die Leute aus dem Urlaub kommen und wieder zur Arbeit gehen.«

Mieckle machte eine lässige Handbewegung. »Das war nur so eine Idee. Tagträumerei.«

Anspannung lag in seiner Stimme, aber das bekam Allie nicht mit. »Nein, wie du schon sagtest, Darling, wir sollten lieber jetzt handeln, statt uns zu ärgern, wenn es zu spät ist.«

Ellen lachte übermäßig, ganz die unbekümmerte, leicht betrunkene und eifersüchtige ältere Schwester. »Ihr Glücklichen, ich wünschte, ich könnte es mir leisten, irgendwo ein Ferienhaus zu kaufen.«

Allie mit gütiger Anteilnahme: »Eines Tages schaffst du das auch, Ellen. Ich kann dir ja immer aushelfen.«

Das war nicht unbedingt die Art von Information, die ihre Schwester zu diesem frühen Zeitpunkt in der Beziehung preisgeben sollte, fand Ellen.

16

Schon nach einem Jahr hatte Challis' zehn Jahre alter, gebraucht gekaufter BMW ihm nur noch Kopfschmerzen bereitet. Er hatte weniger Wumm, als er bei einer sportlichen europäischen Limousine erwartet hätte, und er steckte voller empfindlicher und teurer mechanischer und elektrischer Bauteile. Sensoren zum Beispiel, die ihre Funktion einstellten und den Wagen in den Kriechmodus zwangen.

Challis hätte witzeln können, dass er sich mit dem Kriechmodus bestens auskennen würde; in dem fuhr er schon den Großteil seines Arbeitslebens nach Zwölfstundentagen mit Tatortbesichtigungen, Autopsien, Teamsitzungen, Befragungen von Verdächtigen und Zeugen. Aber an diesem Freitagmorgen war ihm alles andere als nach Lachen zumute, als der Wagen auf halber Strecke nach Waterloo mal wieder an Durchzugskraft verlor und auf den Vorplatz von Waterloo Automotive kroch.

Bernie Joske kam herausgeschlendert. Der Chefmechaniker war zudem einer von Challis' Informanten.

»Nicht schon wieder dieser Schrotthaufen. Was ist das Problem?«

Challis sagte es ihm, Joske stöpselte einen Laptop an die Elektrik, ließ einen Diagnose-Check laufen und sagte: »Der Luftmassenmesser.«

»Wozu immer der gut ist«, sagte Challis.

»Was soll ich sagen, Mann?«, meinte der Mechaniker traurig. »Europäisch, überkompliziert bis dorthinaus. Sie wohnen zu allem Übel an einer Schotterpiste, richtig? Staub? Ausgefahren wie sonst was? Außerdem ist der Wagen zehn Jahre alt.«

»Ja, ja.«

»Die Karre wird immer wieder kaputtgehen. Kaufen Sie sich einen Japaner, Mann.«

Challis schaute auf die Uhr: Freitag, 7.35, er kam zu spät zum Briefing. »Kriegen Sie den Wagen wieder flott?«

»Ich lasse mir das Teil über Nacht aus Sydney kommen, dann ist er irgendwann morgen wieder fahrbereit.«

»Und halten Sie Ausschau nach einem anständigen Wagen für mich.«

»Kein Problem.«

Challis bedankte sich und wandte sich zum Gehen. Er machte noch mal kehrt und sagte: »Geben Sie mir Bescheid, wenn Sie von jemandem hören, der Landmaschinen und Baufahrzeuge loswerden will.«

Joske salutierte. »Sie können auf mich zählen.«

Challis nickte, ging zur Hauptstraße und legte den restlichen Weg zur Arbeit zu Fuß zurück.

Zwei Entwicklungen: Scobie Suttons Ermittlungen bezüglich des ausgebrannten Mercedes hatten das Interesse der Drogenfahndung New South Wales geweckt, und John Tankard behauptete, den Wagen und dessen Insassen beim Haus von Owen Valentine und Christine Penford gesehen zu haben. Serena Coolidge verlangte eine sofortige Sitzung ihres Teams, zusammen mit der CIU, Sutton und Tankard, aber Challis überstimmte sie und bestand darauf, dass sie erst Christine Penford befragten. »Wir müssen wissen, was sie uns über Valentines Aktivitäten und möglichen Aufenthaltsort sagen kann.«

»Na dann.«

Der Doktor hatte Penford für vernehmungsfähig erklärt, aber Challis hatte so seine Zweifel. Sie betrat das Befragungszimmer zusammengekrümmt, wie unter Schmerzen, setzte sich und stützte den Kopf in die Hände, als habe sie Angst, er könne ihr von den Schultern auf die narbige Oberfläche des klapprigen Plastiktischs fallen. Vielleicht war es auch die Luft. Das Zimmer war eine heiße Hölle voller abgestandener Luft tief im

Polizeirevier und hatte nie etwas anderes gesehen als Lügen und Hoffnungslosigkeit.

Challis begann: »Ich heiße Challis, Inspector der Crime Investigation Unit für die Region Westernport. Ebenfalls im Raum anwesend sind ...«

»Sergeant Coolidge, Drogenfahndung.«

»Constable Murphy, CIU.«

Penford hob den Kopf und stierte die drei Beamten an. Ausgemergelt, Haare in schlaffen Strähnen bis zu den Schultern, weite Hose und T-Shirt; sie zuckte und zupfte sich an den Unterarmen herum. Challis sah die wunden Stellen an Nase und Mund, aber ihre Zähne sahen noch gut aus.

»Bevor wir anfangen, können wir Ihnen etwas holen? Tee, Kaffee, Wasser, etwas zu essen?«

Penford schüttelte heftig den Kopf. »Da tun Sie doch nur eine Wahrheitsdroge rein.«

»Möchten Sie einen Anwalt haben? Wir haben Ihnen mitgeteilt, dass Sie das Anrecht auf eine kostenlose Rechtsbetreuung haben, Christine.«

Pam Murphy beugte sich vor und fügte an: »Und Ihre Mutter meinte, sie würde einen Anwalt Ihrer Wahl bezahlen.«

»Die!«, meinte Penford nur.

Challis lehnte sich zurück und verschränkte die Arme. »Um das klarzustellen, Sie möchten zum jetzigen Zeitpunkt keinen Rechtsbeistand?«

Ein knappes Nicken.

»Ich gebe zu Protokoll«, sagte Challis, »Ms Penford hat signalisiert, dass sie keinen Rechtsbeistand möchte. Also gut, Christine, fangen wir an. Erstens, ich informiere Sie darüber, dass dieses Verhör zu Ihrem und zu unserem Schutz aufgezeichnet wird, okay?«

Keine Antwort, also fuhr Challis fort: »Sie wurden am Mittwoch verhaftet und wegen des Verdachts auf Einbruch und Besitz von Diebesgut angeklagt. Möchten Sie etwas dazu sagen?«

»Nein.«

»Ich informiere Sie ebenfalls darüber, dass wir beabsichtigen, Sie zu anderen, möglicherweise ernsteren Dingen zu befragen; haben Sie das verstanden?«

Penford verschränkte ihre Arme und nahm sie wieder auseinander, so als wolle sie ihre Hände dazu bringen, mit ihrer Folterei aufzuhören. »Schon klar.«

Challis nickte Murphy zu, die sagte: »Christine, am Montagnachmittag habe ich Sie in Ihrem Haus aufgesucht und nach dem Verbleib Ihres Partners Owen Valentine befragt, stimmt das? Erinnern Sie sich?«

»Ich erinnere mich an überhaupt nichts«, entgegnete Penford.

»Sie haben mir gesagt, er hätte Sie verlassen, er hätte seinen Hund und ein paar von seinen Sachen mitgenommen, erinnern Sie sich noch?«

»Er hat mich sitzen lassen«, murmelte Penford.

»Hat er seitdem versucht, Kontakt zu Ihnen aufzunehmen?«

»Wozu? Er hat mich sitzen lassen.«

»Wissen Sie, warum er das getan hat? Hatten Sie Ärger miteinander, haben Sie sich gestritten? Ist er wegen irgendeiner Sache von anderen bedrängt worden? Hatte er Angst, war er in Schwierigkeiten?«

Zu viele Fragen auf einmal, fand Challis und hörte, wie Penford auf die letzte Frage einging. Sie starrte Pam an, als sei sie ganz überrascht, und sagte: »Sie wollten ihn verhaften.«

»Und kennen Sie den Grund dafür, Christine?«

»Er hat diesen Typen vermöbelt.«

Dann setzte plötzliche Ernüchterung ein. Sie bohrte sich einen angenagten Zeigefinger in die Brust. »Denken Sie etwa, ich hätte ihn um die Ecke gebracht oder so? Sind Sie irre?«

»Sie haben Owen also nichts angetan oder andere gebeten, ihm irgendwie was anzutun?«

»Wir haben uns geliebt.«

»Und doch ist er abgehauen.«

»Er hatte Angst, dass er ins Gefängnis muss.«

»Dazu wäre es nicht notwendigerweise gekommen, es war das erste Mal.«

Penford ließ den Kopf hängen und war für eine lange Weile reglos und stumm. »Bis vor ein paar Monaten ging alles okay. Wir waren clean und alles.«

Challis sah, dass Coolidge ungeduldig auf die Uhr schaute. Sie wollte Informationen von Penford, und sie wollte sie sofort. Bissig sagte sie: »Schluss mit dem Blödsinn. Sie sind beide Icesüchtig.«

Penford ging hoch. »Ficken Sie sich doch selbst.«

»Nennen Sie uns den Dealer.«

»Was?«

Murphy ging dazwischen. »Owen hatte also Angst, dass er ins Gefängnis muss, weil er Mr Slatter niedergeschlagen hat.«

Penford breitete flehend die Handflächen aus. »Aber er hat ihm doch Geld gegeben. Wie habgierig kann man nur sein?«

Pam murmelte zu Challis: »Ich habe am Montag mit Slatter gesprochen. Er meinte zu mir, er wolle nicht zur Polizei und nicht vor Gericht.« Zu Penford sagte sie: »Owen hat Tony Slatter Geld gegeben, damit er keine Anzeige erstattet?«

»Hab ich doch gesagt.«

»Wann war das?«

»Keine Ahnung, vor ein paar Tagen.«

»Woher hatte er das Geld?«

Penfords Blick glitt in die Zimmerecken. »Woher soll ich das wissen?«

»Er hat Clovers Fahrrad an einen Secondhandladen verkauft.«

Penford zuckte mit den Schultern. »War eh zu groß für sie.«

»Was hat er dafür bekommen? Fünfzig Dollar? Nicht genug, um jemanden damit zum Schweigen zu bringen.«

»Hat mit mir nichts zu tun. Ich weiß nur, dass er dem Kerl Geld gegeben hat und dass der Kerl zurückkommt und mehr will.«

»Mr Slatter ist bei Ihnen aufgetaucht und hat mehr verlangt?«

»Hab ich doch gesagt.«

»Und Sie haben ihn angegriffen.«

»Niemals.«

»Machen Sie sich keine Sorgen über das, was Mr Slatter sagt«, meinte Challis. »Wir haben ein ernstes Wort mit ihm gesprochen, und er wird keine Klage einreichen. Allerdings hat er bestätigt, dass Owen ihm fünftausend Dollar für sein Schweigen gegeben hat. Also, woher hatte Owen das Geld? Hat er es sich geliehen? Und wenn ja, von wem?«

Christine Penfords Blick glitt wieder davon, und ihr Gesichtsausdruck veränderte sich, durchlief Widerstand, Scham und Kummer, wobei ihr jede einzelne Regung übers Gesicht huschte und wieder verschwand. Sie bekam Tränen in die Augen, wischte sich über das Gesicht und wisperte: »Clover.«

Aus Challis und Murphy schien die Luft und mit ihr die Anspannung zu entweichen. Sie hatten ihren Durchbruch. Doch Coolidge schaute demonstrativ auf die Uhr.

Challis versuchte, sie zu ignorieren, und sagte: »Christine, wo ist Clover?«

Penford starrte die verschrammte Tischplatte an, als würde jeder Schnitt und Kratzer nach ihr schnappen wollen.

Strenger: »Wo ist Ihre Tochter, Christine?«

Penford riss den Blick vom Tisch und starrte ihre Hände an.

»Wir haben am Montag eine verlassene Meth-Küche gefunden. Der Buschbrand reichte bis an den Hinterzaun heran und hat wohl alle verjagt, die zu dem Zeitpunkt dort gewesen sind. Wissen Sie etwas über die Küche oder Personen, die sie betrieben haben, Christine?«

Nach einer Weile schüttelte Christine Penford ganz leicht den Kopf, kaum mehr als ein Ice-Zucken.

»Wir haben in der Meth-Küche Kleidung eines kleinen Kindes gefunden. Was können Sie uns darüber sagen, Christine?«

Keine Reaktion.

Coolidge surrte regelrecht vor Anspannung, sie beugte sich vor, als wolle sie Penford an die Gurgel gehen. Challis schürzte die Lippen zur Warnung, nahm ein Foto aus einem Aktendeckel und hielt es Penford hin. »Hier ist ein Foto der Sachen, die wir gefunden haben. Erkennen Sie sie, Christine?«

»Eingedenk der Tatsache, dass Sie ein Junkie sind«, meinte Coolidge.

»Halt die Fresse, Miststück.«

Challis spürte, wie sich sein Kiefer verspannte. »Wir fürchten um ihr Leben, Christine. Wo ist sie?«

»Ist sie tot, anders gefragt«, warf Coolidge ein.

Penford hob ihr feuchtes Gesicht. »Ich weiß es nicht!«

»Was ist passiert, Christine?«, fragte Murphy sanft.

»Wie ich schon sagte, wir brauchten Geld. Owen brauchte Geld.«

»Um Mr Slatter zu bezahlen.«

»Ja, den.«

»Haben Sie die Meth-Köche um Geld gebeten?«

»Ich nicht, Owen.«

»Können wir mal weitermachen?«, forderte Coolidge. »Ich will Namen.«

»Ich kenne ihre Namen nicht. Owen hat mit ihnen rumgehangen.«

»Für wen kochen sie?«

»Weiß ich nicht.«

»Eine der Bikergangs?«

»Weiß ich nicht, sagte ich doch schon.«

Coolidge schlug ihren Laptop auf, tippte und drehte den Bildschirm zu Penford hin. »Kennen Sie diese Männer?«

»Nein.«

»Haben Sie sie jemals zuvor gesehen?«

»Nein.«

»Sagen Ihnen die Namen Pym und Lovelock irgendetwas?«

»Nein.«

»Hat sich Ihres Wissen Owen jemals mit irgendeiner Person aus Sydney getroffen oder über sie gesprochen, die mit dem Vertrieb von Ice oder anderen Drogen zu tun hat?«

Penford war völlig perplex. »Was? Nein.«

»Nur um das klarzustellen, Owen hat sich nicht mit diesen beiden Männern getroffen oder mit ihnen gesprochen, um sich von ihnen Geld zu leihen, damit er den Mann bezahlen kann, den er vor ein paar Wochen vor Ihrer Haustür angegriffen hat?«

»Verfluchte Scheiße. *Nein.*«

Coolidge ließ nach. Challis sagte: »Er hat also zwei Meth-Köche um Geld gebeten. Warum die?«

»Hören Sie mir nicht zu? Er hat schon früher mal für die was gemacht.«

»Haben sie ihm Ihres Wissens Geld gegeben?«

Penford war blass und zitterte. »Keine Ahnung. Muss wohl. Er hat ihnen Clover gegeben.«

»Warum das denn, Christine?«, fragte Challis sanft.

»Sie war so eine Art Pfand.«

»Und Sie sollten sie zurückbekommen, wenn er das Geld zurückgezahlt hat?«, fragte Challis.

»War nicht meine Idee. Ich hatte damit überhaupt nichts zu tun.«

»Und warum sind Sie nicht zur Polizei gegangen?«

Christine Penford wandte den Blick ab. Sie zuckte mit den Schultern, und Challis dachte, natürlich nicht. Sie hatte Drogen und Diebesgut in ihrem Besitz; wahrscheinlich hatte sie Angst, die Fürsorge könne sich einmischen.

»Also hat Owen Mr Slatter Geld gegeben«, sagte er.

»Ja, muss er ja wohl«, murmelte sie. »Erst dachte ich, er hätte das Geld behalten und sei abgehauen, vor allem, als der Kerl wieder auftauchte.«

»Mr Slatter, der noch mehr Geld verlangte?«

»Ja.« Mit kummervoller Miene sagte Penford: »Ich weiß

nicht, was los ist. Ich gehe arbeiten, ich kümmere mich um meine Kinder, ich ...«

»Owen ist also verschwunden, und die einzige Möglichkeit, Clovers Rückkehr zu ermöglichen, ist es, das Geld zu beschaffen, um sie zurückzukaufen, deshalb also Ihre Hauseinbrüche?«

»Das hab ich doch gesagt, oder nicht?«

»Nein, Sie haben gelogen und sind ausgewichen«, entgegnete Coolidge.

Murphy beugte sich über den Tisch, als wolle sie Penford vor der Drogenfahnderin beschützen. Mit großer Sanftmut sagte sie: »Ist Owen der Vater des Kindes, Christine?«

»Er ist Troys Vater, nicht der von Clover.«

»Wie war er mit Clover? War er jemals gemein zu ihr?«

»Sie sagte immer: ›Du bist nicht mein Vater‹, und man konnte sehen, dass ihn das ärgerte.«

Coolidge knurrte: »Vergessen Sie das. Erzählen Sie mir von der Drogendealerei Ihres Freundes.«

»Er hat nie gedealt«, schniefte Penford.

»Er war also der Kumpel von ein paar Ice-Köchen, mehr nicht?«

Mit einem Hauch jämmerlichen Stolzes sagte Penford: »Er war früher mal ihr bester Koch.«

»Himmel«, murmelte Coolidge. »Hier auf der Peninsula?«

Penford schüttelte den Kopf. »Draußen in Gippsland irgendwo.«

»Und haben sie schon länger hier auf der Peninsula gekocht?«

Penford schüttelte den Kopf. »Owen hat sich erst vor ein paar Wochen wieder mit ihnen zusammengetan.«

Pam Murphy ging dazwischen. »Christine, ich möchte, dass Sie sich auf das Wesentliche konzentrieren. Wenn ich Sie so anschaue, dann sehe ich jemanden, der ein paar Fehler gemacht hat und das Leben wieder in die Spur bringen will. Es war nicht Ihre Entscheidung, Ihre Tochter als Pfand für das

Geld der Drogendealer zu geben, und Sie haben Ihr Bestes versucht, um sie zurückzubekommen.«

Penford richtete sich auf, um der Welt entschlossen ins Auge zu sehen. Sie scheiterte. Sie sackte in sich zusammen, schniefte und fuhr sich mit dem Handrücken über Gesicht und Augen.

»Christine, wir machen uns große Sorgen um Clover«, sagte Murphy.

»Ich auch.«

»Wir müssen sie finden, bevor etwas Schreckliches passiert, verstehen Sie das? Wir müssen alles wissen, was Sie wissen, jetzt. Alle Vornamen, die Sie uns nennen können, Nachnamen, Spitznamen. Beschreibungen, Uhrzeiten, Daten. Alle Fahrten, die Sie oder Owen unternommen haben. Jedes kleine bisschen.«

»Wo ist Troy?«

»Ihre Mutter kümmert sich um ihn.«

Challis rechnete schon damit, dass Penford in die Luft ging, aber sie kämpfte nur schwach gegen diese Neuigkeit an und sank dann in sich zusammen. »Okay.«

Dann gab sie einen wirren, zögerlichen Bericht darüber, wie sie Ice probiert hatte und wie es ihr ganzes Leben bestimmt hatte, nannte aber keine harten Fakten, obwohl Coolidge scharf formulierte Fragen auf sie abfeuerte. Dann nahm Coolidge einen Anruf auf ihrem Handy entgegen, packte Notizen und Laptop zusammen, sagte: »Mir langts, ich muss gehen, versuchen Sie, alles aus ihr herauszuholen«, und verließ das Zimmer.

»Für das Protokoll«, sagte Challis, »Senior Sergeant Coolidge hat den Raum verlassen.«

Ihr Hauptaugenmerk ist nicht darauf gerichtet, Clover Penford zu finden, dachte er. Er beugte sich vor. »Christine, wenn Owens Kumpel das Geld nicht bekommen, was glauben Sie, werden die dann anstellen?«

»Ich weiß nicht.«

»Sie werden sich Möglichkeiten ausdenken, Clover zu benutzen, wenn sie es nicht schon getan haben.«

»Boss«, mahnte Murphy.

Angst legte sich auf Penfords bleiches Gesicht. »Darum geht es nicht. Es geht nur um Geld.«

»Sie werden sie herumreichen. Sie werden sie an Männer verkaufen, die sie dabei filmen, wie sie sie missbrauchen. Sie werden diese Filme über das Internet verkaufen.«

»Boss ...«

Challis ließ Grobheit und trockene Ausdrucksweise sofort fallen. Er griff nach Penfords Unterarm. »Aber wir werden alles tun, um sie zurückzubekommen, bevor so etwas passiert, Sie müssen also mit uns reden.«

»Das Amt wird sie mir wegnehmen.«

»Überzeugen Sie uns vom Gegenteil«, sagte Murphy. »Erzählen Sie uns, wie Owen und Sie sich kennengelernt haben und wie alles zu Bruch ging.«

Die Geschichte entwickelte sich in Schüben aus Trübsal, schönen Erinnerungen und kläglichem Stolz. Christine, die in der Schule und daheim unglücklich war, hatte Owen Valentine beim Westernport Festival kennengelernt, als sie gerade fünfzehn geworden war. Er war neunzehn und ganz anders als alle anderen, die sie je kennengelernt hatte.

»In seinem Zimmer hingen all diese Poster rum, Bob Marley und Jim Beam und eine Piratenflagge. Das war wie eine Höhle, mit zugeklebten Fenstern und allem. Wir saßen dadrin, schauten uns DVDs an, hörten Musik und kifften.«

»Hatten Ihre Eltern etwas gegen ihn?«

Penford zuckte mit den Schultern.

»Was hat Owen denn gearbeitet? Sie sagten, vor ein paar Monaten lief alles schief, aber es hört sich doch ganz so an, als hätten Owen und Sie ein paar Jahre lang ein ordentliches Leben geführt. Haben Sie die Sucht im Griff gehabt? Haben Sie erst kürzlich angefangen, sich Ice zu spritzen?«

Sie zuckte mit den Schultern.

»Hatte Owen einen Job? Und Sie?«

»Er war Schweißer. Er hat immer ein paar Monate am Stück an irgendeiner Pipeline gearbeitet.« Wieder zuckte sie mit den Schultern. »Wir haben uns ein paar Jahre aus den Augen verloren.«

»Sie haben Clover mit jemand anderem bekommen?«

»Und?«

»Und dann kam Owen zurück?«

»Anfang letztes Jahr. Wir haben uns wieder zusammengetan, okay?«

»Hat er da immer noch als Schweißer gearbeitet?«

Penford schüttelte den Kopf. »Er hat für diese Typen gekocht.«

»In Gippsland.«

»In Schiffscontainern, leeren Häusern, manchmal in diesen Schuppen, die man aufbaut und wieder abbaut. Einmal sogar hinten in einem Laster.«

Manchmal kochte er tagelang am Stück, stellte eine Unze am Tag her, ging dann heim und pennte eine Woche durch. Sie schüttelte verwundert den Kopf. »Er konnte vier Tage ohne Schlaf durchmachen.«

»Nicht sonderlich schwer, wenn man auf Ice ist beim Kochen«, sagte Murphy.

»Halt die Schnauze, du Schlampe.«

»Ein Wunder, dass er sich nicht selbst in die Luft gejagt hat.«

»Er war eben gut, okay?«, kreischte Penford.

Diese Loyalität, dachte Challis. Erstaunlich. »Er hat also eine Unze am Tag gekocht – wie viele Hits wären das?«

Penford rümpfte verächtlich die Nase. »Points, nicht Hits.«

»Okay, wie viele Points?«

»Bis zu zweihundertachtzig.«

»Das macht?«

»Achtundzwanzigtausend Dollar.«

Wieder dieser Stolz. »Und Sie haben dabei geholfen.«

»Nein. Ich hatte die Kinder.«

»Und Owen? Er war süchtig, wurde aggressiv und unberechenbar?«

»Ein wenig.«

»Warum sind Sie geblieben?«

»Ich war verliebt«, antwortete Penford. »Wir hatten Troy zusammen.«

»Wer hat Owen die Grundsubstanzen gegeben, die Pipetten und die ganze restliche Ausstattung …?«

»Hab ich doch schon gesagt, diese Bandidos.«

»Er hat sich mit ihnen zusammengetan, als er für längere Zeit weg war zum Schweißen?«

»Hab ich doch gesagt.«

»Und sie haben ihn nicht mehr eingesetzt, nachdem er unzuverlässig wurde?«

»Und?«

»Christine, ist es möglich, dass diese Männer Owen für eine Belastung hielten? Ist es möglich, dass sie ihm etwas angetan haben?«

Sie starrte die Monate und Jahre ihres Lebens entlang und sagte kein Wort. Challis vermutete schon, dass sie sich ihnen entzog, diesem Zimmer und ihrem Elend entfloh. Er sah die Erinnerungen hinter ihren Augen.

Dann schüttelte sie den Kopf. »Er ist abgehauen«, sagte sie traurig.

»Wissen Sie irgendetwas über den Vertrieb von Ice auf der Peninsula, Christine? Ich meine keine Bikerküchen, ich meine Ice, das von außerhalb geholt wird.«

Sie zuckte mit den Schultern. »Ice gibts überall, so viel weiß ich.«

»Von wem haben Owen und Sie gekauft?«

»Das war ich nicht, hat alles Owen gemacht.«

»Und Sie beide sind eingebrochen, um die Sucht zu finanzieren?«

»Owen.«

»Christine, Ihre Mutter ist in Ihr Haus gegangen, um Spielzeug und Kleidung für Ihren Sohn zu holen, und dabei hat sie auf dem Schrank versteckt eine Waffe gefunden.«

»Neugierige Kuh.«

»Hat sich Owen darauf spezialisiert, auf den Farmen in der Gegend Waffen zu stehlen?«

Penford zuckte mit den Schultern. »Hört sich ganz nach ihm an.« Sie schwieg kurz und sagte dann mit kläglichem Stolz: »Ich habe einen Job. Teilzeit.«

Dann schaute sie sie nacheinander direkt an. »Sagen Sie mir, muss ich jetzt ins Gefängnis? Verliere ich die Kinder? Ich hab Ihnen alles gesagt, was ich weiß. Ich habe Clover nicht verkauft.«

»Schon möglich. Das ist Sache der Staatsanwaltschaft. Aber wenn wir in der Zwischenzeit Owen aufstöbern, und der erzählt uns eine andere Geschichte ...«

»Ich wars nicht!«

Ihr Kummer war blank und ungehemmt, Tränen fielen auf den Tisch. »Ich hab getan, was ich konnte. Ich bin süchtig, aber ich kann mich ändern.«

17

Jetzt bekam Coolidge ihr Briefing.

Während die anderen den Konferenzraum betraten, murmelte sie zu Challis: »Ich beabsichtige nicht, noch mehr Zeit mit Christine Penford oder dieser Drogenküche zu verschwenden. Ich habe Wichtigeres zu tun.«

»Serena, ein Kind ist in höchster Gefahr.«

»Ihr Fall«, sagte sie und tippte ihm leicht gegen die Brust.

Challis begann: »Wir haben Kenntnis von gewissen Informationen erlangt, die Zwischenfälle und Verbrechen miteinander in Verbindung bringen, welche scheinbar nichts miteinander zu tun haben. Erstens, als Senior Constable Tankard gestern am Empfang Dienst hatte, erstatteten zwei Personen Bericht über einen Mann namens Owen Valentine. John schaute Valentines Adresse nach und ihm fiel auf, dass er heute vor einer Woche wegen einer Ruhestörungsklage dort gewesen ist. John?«

Tankard, dessen massiger Leib überhitzt war, stand auf, als habe ein Lehrer ihn ertappt. »Ja, 5 Banksia Court in Moonta. Ruhestörung. Ordinäre Sprache und Gebrüll. Eine alte Frau, die nebenan wohnt, hatte angerufen.«

»Setzen Sie sich, John«, sagte Challis, »kein Grund aufzustehen. Berichten Sie uns, was Sie dort gesehen haben.«

»Zwei Männer standen in der Garage neben dem Haus. Sie sagten mir, sie seien dabei gewesen, das Haus zu streichen, und hätten ein bisschen gebrüllt und geflucht, weil sie eine Dose weiße Farbe auf den Boden gekippt hätten.«

»Was haben Sie sonst noch gesehen?«

John Tankard hatte erst Mühe mit dieser Frage, dann hellte sich sein Gesicht auf.

»Einen schwarzen Mercedes, rückwärts in die Garage gesetzt.«

Challis neigte den Kopf in Pam Murphys Richtung, die daraufhin ein Foto über den Tisch schob. »War das einer der Männer?«

Tankard beugte sich über den Tisch und betrachtete es mit zusammengekniffenen Augen in seinem schwammigen Gesicht. »Nein.«

Murphy schob den anderen Kopien davon zu und tippte auf das Gesicht. »Es handelt sich um Owen Valentine. Er wohnt unter der angegebenen Adresse in Banksia Court, zusammen mit seiner Freundin Christine Penford und Christines zwei Kindern. Ich bin Anfang der Woche dort vorbeigefahren, um mit ihm über eine in der Zwischenzeit zurückgezogene Beschwerde wegen tätlichen Angriffs zu sprechen, und erfuhr von Christine, dass sie am Freitag davor – also an dem Tag, als John dorthin gerufen worden war – zurückgekommen sei und festgestellt habe, dass er sie verlassen hatte. Sie wirkte sehr verwirrt und bestürzt.«

Murphy sah Challis an und nickte, damit er fortfuhr.

»Das ist noch nicht alles«, sagte er. »Gut möglich, dass Owen einige Einbrüche verübt hat und sich dabei auf Waffen aus Farmhäusern konzentrierte, um sie dann an Drogendealer zu verhökern. Behalten Sie das bitte im Hinterkopf, bis Sie in ein paar Minuten von unserem Spurensicherungsexperten Weiteres erfahren.

Owen drohte eine Anklage wegen tätlichen Angriffs. Aus Angst vor dem Gefängnis bezahlte er seinem Opfer fünftausend Dollar. Um an das Geld zu kommen, gab er Christines sechsjährige Tochter Clover als Pfand.«

Ein leises, gequältes Stöhnen von Scobie Sutton. Challis warf ihm ein mitfühlendes Lächeln zu und fuhr fort: »Wir glauben, dass die Kleidung, die wir Anfang der Woche in der Drogenküche am Ortsrand von Waterloo gefunden haben, Clover Penford gehört. Noch müssen wir sie oder die Männer finden, die dort Ice gekocht haben. Ich brauche nicht weiter zu erwähnen, dass es nicht gut aussieht.«

Er sah Sutton an. »Das ist die eine Richtung der Ermittlungen. Aber es gibt noch eine weitere. Scobie?«

Scobie Sutton hatte seine Berichte zu säuberlichen Stapeln aufgeschichtet. »Vorläufige Befunde«, sagte er und verzog sein hageres Gesicht, so als würde er sie nur ungern enttäuschen.

»Schon in Ordnung, Scobie.«

»Beim Buschbrand letzten Freitag verbrannten zwei Männer in einem Auto«, sagte er und schwieg.

»Fahren Sie fort.«

»Wir haben außerdem ein Hochleistungsgewehr und Reste eines Tieres gefunden – eines kleinen Hundes.«

Pam fischte das Foto von Owen Valentine aus der Akte, wie er Cluedo in Armen hielt. »Könnte das der Hund sein?«

»Unmöglich zu sagen, aber die Größe stimmt.«

»Können Sie die DNA des Hundes, wenn es denn welche gibt«, fragte Challis, »mit der DNA aus dem Haus vergleichen – von einem Spielzeug oder dem Fressnapf oder vom Gummiknochen zum Beispiel?«

»Weit hergeholt.«

»Konnten Sie DNA-Profile für die beiden Männer erstellen?«

»Wir arbeiten noch daran«, antwortete Sutton. Er sah reihum. »Wenn wir brauchbare DNA finden und wenn einer der Männer Owen Valentine ist, dann können wir sie mit der DNA von seinem Sohn oder von einem Kamm oder einer Zahnbürste aus dem Haus vergleichen.«

»Das hat er alles mitgenommen«, sagte Pam Murphy, »aber was ist mit einer Ice-Pfeife?«

»Das könnte funktionieren.«

Dann fiel Sutton wieder in Schweigen.

»Scobie«, sagte Challis, »das Gewehr und das Auto.«

Sutton hüstelte. »Ja, natürlich. Neben den sterblichen Überresten von zwei Männern und einem Hund haben wir im Kofferraum des Wagens noch ein paar interessante Dinge gefunden: ein Paar geschmolzener, aber noch lesbarer Nummernschilder aus New South Wales, ein Schaufelblatt und die Reste eines Gewehrkoffers aus Aluminium mit Inhalt. Der Koffer hat das Gewehr vor größeren Schäden bewahrt, ich konnte also zur Probe einen Schuss abgeben.« Er schwieg kurz. »Ich möchte mich hier nicht allzu weit aus dem Fenster lehnen, aber ich glaube, dass es sich um die Waffe handelt, mit der Hauser umgebracht worden ist. Ich kann die Kugel, die durch seinen Kopf gedrungen ist, nicht mit der Testkugel vergleichen, weil sie durch den Aufprall auf die Betonplatte unter dem Teppich massiv verformt wurde, aber die metallurgischen Analysen stimmen überein, und die Schussspuren an den Testhülsen entsprechen denen an den beiden Hülsen, die wir am Tatort gefunden haben. Wir haben zudem Abdrücke an den Hülsen gefunden, doch die sind nicht im Computer. Nun zum Wagen: Er war bestückt mit Nummernschildern, die Ende letzter Woche von einem Kombi in Bega gestohlen wurden, aber Fahrgestellnummer und die Nummernschilder im Kofferraum gehören zu einem Mercedes S-Klasse, der einem Autoverleih in Sydney gehört.«

Challis hatte dies alles sorgfältig orchestriert. Nun wandte er sich an Coolidge. »Die Drogenfahndung hat mehr zu diesem Aspekt.«

Coolidge hatte das Meeting mit einem schwachen Lächeln verfolgt und war weder gelangweilt noch ungeduldig, wenn auch kurz davor. Schnellhefter, Akten, Notizbücher und ein iPad lagen unordentlich vor ihr, sie tippte auf der Tastatur herum und ignorierte ihn anscheinend.

Sie wartete noch einen Augenblick und schaute dann Sutton an. »Gute Arbeit, Senior Constable Sutton«, sagte sie wenig überzeugend. Sie sah sich in der Runde um und fuhr fort: »Meinen Kontakten in New South Wales zufolge wurde der Wagen von ein paar Vollstreckern des Syndikats angemietet, die für einen Mann namens Kaye arbeiten, einem großen Tier, der sein Crystal Meth für siebentausend Dollar das Kilo aus China bezieht und zu einem deutlich höheren Preis verkauft. Warum er seine Jungs hergeschickt hat, weiß ich nicht. Wir wissen, dass er hier in der Gegend Dealer beliefert, aber nicht genau wen. Owen Valentine ist ein Loser, keine Nummer Eins in der Drogenszene. Vielleicht finden wir die Antwort bei Colin Hauser oder den Leuten hinter ihm.«

Challis sah sie interessiert an. Sie wird mir keine Fälle übrig lassen, dachte er. »Sind diese Männer für Schusswaffengebrauch bekannt?«

»Eigentlich nicht. Messer, Fäuste, stumpfe Gegenstände.« Sie tippte auf ihr iPad und zeigte es in einem langsamen Halbkreis allen Anwesenden. »Ihre Polizeifotos.«

Sie hielt das iPad John Tankard hin, der einen Augenblick brauchte, bevor er sagte: »Das sind sie.«

»Um das klarzustellen: Das sind die beiden Männer, die Sie letzten Freitag in dem Haus in Moonta gesehen haben?«

»Ja.«

Dann hielt sie Pam Murphy das iPad hin. »Und keiner von beiden ist Owen Valentine?«

»Korrekt.«

Coolidge wandte sich an Sutton. »Ihre Namen lauten Stephen Pym und Elliot Lovelock. Ihre DNA findet sich in den Unterlagen, wir benötigen die Ergebnisse von den Toten also so schnell wie möglich, um eine mögliche Übereinstimmung festzustellen.«

»Scobie«, sagte Pam Murphy, »Sie haben nicht zufällig eine Leiche im Kofferraum gefunden?«

»Nein.«

»Das sind ziemlich viele unbeantwortete Fragen«, meinte Murphy. »Wenn Owen Valentine nicht einer der Toten ist, dann müssen wir ihn weiter suchen. Und wie passt Hauser in die ganze Sache? Sind unsere Helden angeheuert worden, um beide umzubringen?«

»Ich tendiere stark dazu, beide Ermittlungen zu übernehmen«, sagte Coolidge, »aber mein Team ist sowieso schon bis an die Grenze der Belastbarkeit beschäftigt, und wir haben eine große Observierung für das Wochenende geplant, deshalb schlage ich für den Augenblick vor, dass wir weiterhin parallel ermitteln: den Drogenaspekt von unserer Seite aus, Mord und all das von Ihrer Seite aus.«

Kein Versprechen, irgendwelche Informationen auch weiterzugeben, wie Challis bemerkte.

»Wir wissen nicht, ob diese Männer Valentine irgendetwas angetan haben«, sagte er. »Vielleicht war er schon verschwunden, als sie auftauchten. Schließlich haben sie Hauser daheim umgebracht und die Leiche liegen lassen, warum nicht auch bei Valentine?«

»Wir brauchen eine gründliche Durchsuchung des Hauses«,

sagte Coolidge. »Senior Constable Tankard, beschreiben Sie exakt, was Sie gesehen haben, als Sie auf den Anruf wegen Ruhestörung reagierten.«

Tank nickte in Richtung Coolidges iPad. »Ich habe diese beiden Männer, Pym und Lovelock, in der Garage neben dem Haus gesehen.«

»Und ihr Wagen war ebenfalls dort? Der Mercedes?«

»Ja.«

»Haben Sie den Wagen durchsucht?«

John Tankard sah sich immer noch unbehaglich um und suchte nach Unterstützung: »Dazu gab es keinen Grund.«

»Nichts, was Sie im Wagen sehen konnten? Nichts im Kofferraum?«

»Der Kofferraum war zu. Getönte Scheiben, aber ich habe auch nicht richtig hingeschaut, sorry.«

Coolidge sah ihn vernichtend an. »Was haben die Männer gemacht?«

»Wie ich schon sagte, es sah so aus, als hätten sie Farbe verschüttet. Sie machten den Eindruck von ungeschickten Heimwerkern, deshalb das Schreien und Fluchen, über das die Nachbarin sich beschwert hat.«

»Welche Nachbarin?«, fragte Challis.

»Hab den Namen vergessen. Eine ältere Frau aus Melbourne, die fast jedes Wochenende dort ist. Ihr Haus grenzt hinten an das von Valentine.«

»Sie konnte also nichts sehen, sondern nur hören?«

Tankard zuckte mit den Schultern.

Challis hatte sich entschieden. »Wir besorgen uns eine Vollmacht und durchsuchen Haus, Garage, Hof und alle Fahrzeuge von oben bis unten. Wir wollen alles, was uns mehr darüber verraten könnte, wo sich Owen Valentine aufhält, aber denken Sie daran, wir müssen auch Christine Penfords Tochter finden.« Er wandte sich an Sutton. »Scobie, konzentrieren Sie sich auf die Garage, und beschaffen Sie sich, wenn möglich, die DNA von dem Hund, dem vermissten Mädchen und von Owen Valentine.«

»Dem Mädchen?«, fragte Sutton entsetzt.

Challis hatte keine Zeit, um Rücksicht auf seine Gefühle zu nehmen. »DNA, Fingerabdrücke und Fotos.«

»Glauben Sie …«, sagte Sutton.

Coolidge beugte sich vor und sah ihn mitleidig an. »Er glaubt, dass sie tot ist, okay?«

Dann stand sie auf und packte ihre Akten zusammen. »Wir treffen uns beim Haus.«

18

Nachdem Pam Murphy die Auskunft erhielt, dass die Vollmacht im Laufe des Vormittags erteilt werden würde, eilte sie die Treppe hinunter, ließ sich das Bund an Auto- und Hausschlüsseln aushändigen, das Christine Penford zum Zeitpunkt der Festnahme bei sich gehabt hatte, schnappte sich dann Kaffee und einen Apfel aus der Kantine und kehrte zur CIU zurück. Sie kam an Challis' Büro vorbei und sah Coolidge, die sich lebhaft strahlend zu ihm hinbeugte; Challis lehnte sich zurück und hatte die Hände hinter dem Kopf gefaltet. Er hatte ein leises Lächeln auf den Lippen, aber Pam erkannte auch Anspannung darin. »Deine Chancen stehen nicht gut, Serena«, flötete sie für alle ungehört.

Sie checkte ihre E-Mails, machte sich ein paar Notizen und eine Aktionsliste auf Grundlage des Meetings, dann stand Serena Coolidge vor ihrem Schreibtisch und ließ ein wenig Anspannung unter all dem Zynismus und der Amüsiertheit erkennen.

»Wenn Sie so weit wären, Constable.«

»Wir haben die Vollmacht?«

»Ja«, sagte Coolidge. »Sie fahren voraus.«

Pam ließ sich einen Dienstwagen geben; als sie auf den Parkplatz hinaustrat, kam sie an John Tankard und Janine Quine vorbei, die dort umgeben von Zigarettenkippen standen. Tank zog an seiner Zigarette und sagte: »Janine, er braucht eine Therapie.«

»Ich weiß«, meinte Quine und pustete eine Qualmwolke aus dem Mundschlitz, als hätte sie nur noch Sekunden zu leben.

Tank zog wieder an seiner Zigarette. »Er muss sich endlich zusammenreißen.«

»Ich weiß«, murmelte Quine.

Pam sah sich nach dem Dienstwagen um, der nie auf dem dafür vorgesehenen Platz stand. Sie konnte Scobie Sutton und seine Assistentin neben dem Lieferwagen stehen sehen; Coolidge und ein Senior Constable der Drogenfahndung gingen auf ihren ungekennzeichneten Commodore zu, als hätten sie ein paar Länder zu erobern. Pam drückte auf den Knopf an ihrem Autoschlüssel. Es zirpte hinter dem Müllcontainer. Das schien ihren Tag bestens zu beschreiben.

Murphy führte den kleinen Polizeikonvoi aus Waterloo an und fuhr nordöstlich rund um die Westernport Bay nach Moonta und seinen hingekauerten Behausungen. Einzig das Haus von Penford-Valentine wirkte mit seinem verdorrten Rasen, den toten Topfpflanzen und der abblätternden Farbe fehl am Platz. Die Garage stand immer noch offen, was den Eindruck von Verlassenheit und Trostlosigkeit nur verstärkte.

Murphy hielt an, der Wagen der Drogenfahndung blieb hinter ihr stehen, der Lieferwagen der Spurenfahndung rollte in die Einfahrt. Nachdem sie sich versammelt und Tatort-Schutzbekleidung angelegt hatten, stapfte Coolidge über das kümmerliche Gras und trat auf die Betonstufe. Sie hämmerte gegen die Tür.

Zeitverschwendung, dachte Pam. Penford sitzt, Valentine ist verschwunden. Sie klapperte mit dem Schlüsselbund. »Senior Sergeant? Die Schlüssel?«

Das brachte ihr einen finsteren Blick ein. Coolidge trat auf den Rasen, kam auf Murphy zu und schnappte sich die Schlüssel. Dann schloss sie auf, und Sutton rief ihr hinterher: »Bitte fassen Sie nichts an.«

Coolidges Stimme wehte herüber: »Ich kenne meinen Job.«
Sutton murmelte: »Ich auch.«

Das bekam Coolidges Nebenmann mit, der seinem Boss hinterherschlenderte und entschuldigend mit den Schultern zuckte.

Pam berührte Sutton am Ärmel. »Ich behalte die beiden im Auge, Scobie. Vielleicht könnten Sie mit der Garage anfangen?«

Sie gingen hinein und besahen sich den Farbklecks, dick, weiß, schrumplig. Suttons Assistentin meinte: »Sieht nicht so aus, als hätte jemand versucht, das wegzuwischen.«

»Stimmt, und man muss sich fragen, was zwei Killer, die den ganzen Weg von Sydney hergefahren sind, mit einer Dose Farbe anfangen.«

Pam kauerte sich hin und hielt sich einen halben Meter von dem Fleck entfernt. Sie hatte den Eindruck, als sei nach Jahren mit eingetragenem Sand, Öl- und Schmierflecken, Staub und Schmutz, Laub und Kiefernnadeln, altem Holz und Eisenspänen nicht mehr viel vom ursprünglichen Boden zu sehen ... und nun auch noch verschüttete – oder ausgeschüttete – Farbe. In ein paar Tagen, dachte sie, hätte die Farbe ihre eigene Patina angenommen und keinerlei Aufmerksamkeit mehr erregt.

»Um Beweise zu vertuschen, ist die logische Antwort.«

Sutton kauerte sich neben sie, drückte probehalber mit einem behandschuhten Finger auf die Farbe und sah zu seiner Assistentin hinauf. »Kristen, ich kümmere mich darum. Ich möchte, dass Sie alles zusammensuchen, woran wir die DNA des Hundes, von Owen Valentine und einem sechsjährigen Mädchen finden können.«

»Boss.«

Pam folgte der Spurenfahnderin ins Haus. Ohne sich weiter um die Drogentruppe zu kümmern, die in der Küche und im

Wohnzimmer Rechnungen, Briefe und Quittungen durchgingen, drehte sie eine schnelle Runde durchs Haus. Seit ihrem früheren Besuch schien sich nichts verändert zu haben, doch lag auf allem eine Schicht Verzweiflung, die sie nicht genau bestimmen konnte. Es war das Haus von Menschen, die gekämpft hatten und gescheitert waren.

Im Kinderzimmer standen zwei Einzelbetten, eins blau, das andere rosa, jedes mit einer kleinen Nachtkommode und einem kleinen Schrank voller Kleider, Jeans und T-Shirts. Auf der untersten Ablage Schuhe, ein winziges Paar blauer Sportschuhe, ein größeres Paar in Rosa; winzige blaue Gummistiefel, etwas größere rosa Gummistiefel. Kristen, die Spurenfahnderin, eine plumpe Gestalt in einem knisternden Schutzanzug, schob dort gerade eine Haarbürste in einen Beweisbeutel. »Von dem Mädchen?«, fragte Pam.

»In der Schublade dort«, erwiderte die Frau und wies auf das kleine Schränkchen neben dem rosa Bett.

»Zahnbürste?«

»Ich werde nachschauen, keine Sorge.«

»Tut mir leid, Sie kennen ja Ihren Job.«

Die Frau lächelte. »Schon okay. Ich war früher auch bei der CIU, genau wie Scobie. Das ist die Ungeduld. Sie haben Witterung aufgenommen.«

Pam lächelte zurück. »Mal sehen, ob ich irgendwelche Fotos finde.«

Sie ging weiter ins elterliche Schlafzimmer. Die Decken waren achtlos über die Laken und Kissen gezogen worden. Sie warf sie zurück und sah schmutzige Baumwolle mit Blut- und Samenflecken, wie sie vermutete. Blut auf den Laken hatte sie schon früher zu sehen bekommen. Süchtige, die sich in die inneren Oberschenkel spritzten. Oder an zerschundenen Armen und Beinen kratzten.

Nichts unter der Matratze oder den Kissen. Nichts Bemerkenswertes im Schrank oder den Nachttischkommoden.

Coolidge stand in der Tür; ihr Markenzeichen: lautloses Erscheinen.

»Was gefunden?«

»Noch nicht. Und Sie?«

»Wir haben ein wenig Dope in einem Gefrierbeutel gefunden.«

Pam nickte. »Der Punkt ist: Würde ein Junkie so etwas zurücklassen, wenn er beschließt abzuhauen?«

»Das hat mich auch gewundert.«

Pam schaute sich noch einmal im Zimmer um. An der Wand über dem grässlichen Bett war ein Regal festgeschraubt. Es war vollgepackt mit winzigen gerahmten Fotos, bunt bemalten Tellern wie aus einer Puppenstube, ein paar billigen Glasperlenketten, die achtlos zusammen mit Bändern und Haargummis abgelegt worden waren. Sie streckte die Hand aus und griff hinter dem größten Haufen nach einem Foto. Darauf zu sehen war ein kleines Mädchen, ein breites Grinsen und ein fehlender Zahn.

Pam hielt es Coolidge hin. »Wenn ich mich nicht täusche, trägt sie die Kleidung, die wir in der Meth-Küche gefunden haben.«

Ein Ausdruck huschte über Coolidges Gesicht. Mitleid? Wut? Pein? Doch schon war er wieder verschwunden, und Coolidge sagte: »Na, viel Glück bei der Suche.«

Dann rief Kristen: »Hab was gefunden.«

Sie stießen im Bad auf sie, wie sie Zahnbürsten in separaten Beweisbeuteln versiegelte. Sie zeigte auf den Boden, wo sie die billige Vinyl-Badewannenverkleidung entfernt hatte. In dem Hohlraum unter der Wanne lagen zwei Schrotflinten. Coolidge ging auf Pam los. »Was wissen Sie eigentlich wirklich über Valentine? Sind Sie sicher, dass er nicht bewaffnet ist?«

Pam wurde rot. »Dazu hat er keine Vorgeschichte. Er hat unsere Aufmerksamkeit erst erregt, als er vor ein paar Tagen einen Mann angegriffen hat.«

Coolidge betrachtete die Schrotflinten finster. »Vielleicht hat er sich eine neue Einnahmequelle gesucht.«

»Vielleicht, aber ich glaube, er ist nur ein Junkieeinbrecher mit einer Spezialität: Waffendiebstahl auf regionalen Farmen.«

Coolidge sah erst sie wütend an, dann die Waffen. »Hoffen wir, dass Sie recht haben.«

»Madam«, sagte Pam.

Als Coolidge wieder davongestapft war, notierte Pam sich die Seriennummern und schob dann jede Waffe einzeln in einen Beweisbeutel. Sie registrierte sie als Beweismittel und ging dann hinaus, um kurz frische, salzige Luft zu schöpfen, bevor sie nachschaute, ob Christine Penfords Tochter irgendwo gesichtet worden war.

19

Beim freitäglichen Morgenbriefing der Abteilung Sexualverbrechen sagte Ellen Destry: »Folgendes wissen wir bisher«, und schrieb *Mittlere Größe* an die Tafel.

Dann drehte sie sich zu ihrem Team um und fragte: »Was noch?«

Sie nannten ihr ein Merkmal nach dem anderen, und sie notierte alles: *Schlank; Manuelle Tätigkeit?; Mitte dreißig; Sturmhaube; Jeans, T-Shirt, Schmutzige Sportschuhe; Benutzt vor Ort gefundene Hilfsmittel; Mutierte vom Einbrecher zum Vergewaltiger.*

»Nicht viel«, sagte sie, als sie fertig war, »aber ich finde, langsam entsteht ein Bild. Wir haben einen Fall von Einbruch und Vergewaltigung von vor sechs Monaten gefunden, bei der der Angreifer eigenes Klebeband und Messer aus einer Tasche benutzte, in der sich wahrscheinlich Einbruchswerkzeug befand. Wenn derselbe Mann für die Vergewaltigungen von Wreidt und Sligo verantwortlich ist, dann scheint er sich weiterentwickelt zu haben, er hat nicht mehr Waffe oder Klebeband bei sich, sondern bedroht die Opfer mit deren eigenen Küchenmessern und fesselt sie mit den eigenen Schals oder Strumpfhosen.«

Katsoulas hob die Hand. »Der Einfachheit halber, oder aber er möchte nicht Messer und Gafferband erklären müssen, falls die Polizei ihn anhält.«

Ellen zuckte mit den Schultern. »Oder beides.«

»Aber er ist immer noch Einbrecher; er bestiehlt diese Frauen ja.«

»Ja, kleinere Sachen.«

»Also ist er mit Einbruchswerkzeug unterwegs.«

»Aber nicht notwendigerweise mit Spezialwerkzeug. Niemand würde es verdächtig finden, wenn sich in einem Werkzeugkasten hinten in einem Arbeitsfahrzeug ein Brecheisen befindet.«

Sie dachten darüber nach und versuchten sich den Mann vorzustellen. »Aber er entwickelt sich weiter«, sagte Judd. »Die Vergewaltigung ist nun das Hauptziel, nicht der Diebstahl.«

Ellen nickte. »Ich stelle mir vor, dass er immer noch seinen Kick dabei hat, einzubrechen und zu stehlen, aber jetzt kommt dazu noch das Warten, die Vorfreude und schließlich die Vergewaltigung selbst.«

»Und das Stalken, falls er die Opfer beobachtet«, fügte Judd hinzu.

»Guter Punkt.«

Ellen informierte sie über den Fall Jess Guthrie. »Es mag noch frühere Opfer geben, oder andere zur selben Zeit, aber in diesem Fall war das Opfer nach einer Zahnbehandlung an einem Werktag allein daheim und wurde von einem Geräusch geweckt, das ihrer Meinung nach vom Angreifer stammte, der eine Glasschiebetür hinter ihrem Haus aufbrach. Sie war benommen und konnte leicht überwältigt werden. Wir haben das DNA-Profil, aber bislang noch keinen Treffer im Computer.«

»Sie wäre normalerweise auf der Arbeit gewesen?«, fragte Rykert.

»Ja.«

»Also eine Gelegenheitsvergewaltigung. Eigentlich wollte er nur einbrechen.«

»Das nehme ich an.«

»Es hat ihm Spaß gemacht, und er wollte das wiederholen.«

»Wenn es sich um denselben Mann handelt, schon. Und bei den jüngeren Angriffen und Beinahe-Zwischenfällen wartet er drinnen auf sein Opfer. Er bedroht sie mit dem eigenen Küchenmesser und fesselt sie mit der eigenen Kleidung.«

»Oder es handelt sich nicht um ein und denselben Mann«, sagte Rykert.

Ellen nickte. »Das müssen wir einkalkulieren. Aber ich war mit den Ähnlichkeiten noch nicht durch.«

Sie drehte sich zum Whiteboard um und schrieb hinzu: *Schlechter Geruch; Wäscht die Opfer; Gemütlicher Plausch.*

»Körpergeruch?«, fragte Katsoulas.

»Mundgeruch.«

»Und er wäscht seine DNA ab?«

»Ja, aber es geht noch weiter, denn er glaubt, er beweist damit Fürsorge und Taktgefühl. Das Gleiche bei dem Schwätzchen hinterher. Ein Opfer meinte, er habe sie gewarnt, in Zukunft vorsichtiger zu sein, ein anderes, er habe vorgeschlagen, man könne sich doch noch mal treffen.«

Ellen drehte sich zum Whiteboard um und schrieb: *Fantasiert von einer Beziehung.*

Ihre Schreibhand fiel neben ihren rechten Oberschenkel, als würde sie einen Ziegelstein halten. »Aber lassen Sie sich durch diese Fürsorge nicht in die Irre führen. Er weiß, dass er etwas Falsches gemacht hat und erwischt werden kann.«

Wieder drehte sie sich zum Whiteboard um: *»Zählen Sie bis hundert, wenn ich weg bin«.*

Alle schrieben ihre eigenen Versionen von Ellens Liste mit, und sie beobachtete ihre gesenkten Köpfe fast schon mit Zuneigung. »Zur Vorgehensweise«, sagte sie. »Er scheint seine Methode perfektioniert zu haben: Einbruch, Diebstahl von ein paar Wertsachen, dann wartet er auf sein Opfer, packt sie von hinten, fesselt und knebelt sie, schneidet ihr die Kleidung vom Leib, vergewaltigt sie oder versucht es zumindest.«

Judd legte den Kopf zur Seite. »Versucht?«

»Gut möglich, dass er Schwierigkeiten dabei hat, eine Erektion zu bekommen oder aufrechtzuerhalten.«

»Heroinjunkie?«, fragte Katsoulas.

»Könnte sein.«

»Eines Tages«, meinte Katsoulas, »wird sein Versagen ihn gewalttätig machen. Er wird sie schlagen, auf sie einstechen, vielleicht sogar töten.«

»Was zu einem neuen Kick werden könnte«, fügte Ellen an.

Judd hatte mit verschränkten Armen dagesessen. »Das ist ja alles schön und gut, aber was wir wissen müssen, ist nicht, was ihn antreibt, sondern wie er seine Opfer auswählt. Ob sie irgendetwas oder irgendjemanden gemeinsam haben. Bislang haben wir über einen Zeitraum von sechs Monaten nur eine Handvoll tatsächlicher und möglicher Zwischenfälle. Nicht genug, um damit weiter zu arbeiten.«

Katsoulas schnaubte. »Aber zu wissen, was ihn antreibt, ist doch sicherlich wichtig?«

Judd tat ihren Einwurf mit einem kurzen, gleichgültigen Blick über den Rand der Brille ab, die auf seiner Nasenspitze hockte. Dann wandte er sich wieder an Ellen. »Hören Sie, wir sind Polizisten, keine Psychiater. Wir ermitteln, wir finden Beweise, wir suchen Spuren und schließen mögliche Verdächtige aus.«

»Die Polizeiarbeit hat sich seit Ihren Tagen ein wenig weiterentwickelt, Ian«, sagte Katsoulas.

Ellen unterbrach sie mit erhobener Hand. »Sie haben beide recht. Wir müssen daran denken, um welche Art von Mensch es sich bei dem Kerl handelt, und wir müssen wissen, wie er ganz praktisch vorgeht. Schauen wir uns also die örtlichen Verkehrsdelikte und Falschparkereien zum Zeitpunkt der Angriffe an. Und suchen wir – so taktvoll wie möglich – weiter nach Einbrüchen, bei denen das Opfer eine junge oder jüngere, alleinlebende Frau ist. Was mich zu den Opfern bringt«, fuhr sie fort, drehte sich zum Whiteboard um und schrieb einen Titel hin: Viktimologie.

»Alleinstehend, weiblich, jung«, schlug Katsoulas vor.

Ellen schrieb das hin. »Was noch?«

»Ist zu einem bestimmten Zeitpunkt des Tages zu Hause«, sagte Judd.

Ellen erstarrte. »Daran hatte ich nicht gedacht. Früher bis später Nachmittag.«

»Was bedeutet, dass er zu dem Zeitpunkt nicht arbeitet, wenn er einen Job hat, oder dass sein Job ihm die Freiheit lässt, zu diesem Zeitpunkt zuzuschlagen.«

Ellen fasste das zusammen. »Noch etwas?«

Judd bewies erneut, dass Erfahrung und alte Denkschule durchaus ihren Wert hatten. »Ich habe mir jeden Ort angeschaut und die Landkarte studiert. Diese Frauen wohnen alle in ruhigen Gegenden. Vororte, aber mit leichtem Zugang zu Fluchtrouten wie den Nepean Highway oder die Frankston-Flinders Road. Wreidt, die Frau, die es mit der Angst bekam, und die Frau, die Spuren vorfand, dass sich jemand häuslich eingerichtet hatte – sie alle wohnten in Erdgeschosswohnungen, die nach hinten rausgingen.«

Katsoulas zollte ihm widerwillig Anerkennung. »Unheimlich. Ich wohne in einem Mietshaus mit sechs Wohnungen, und in vier davon wohnen alleinstehende Frauen.«

»Sein Jagdrevier«, stellte Judd fest. »Orte mit leichtem Zugang und geeigneten Opfern.«

»Seine Erfahrungen als Einbrecher kommen ihm da zugute«, sagte Rykert.

»Er könnte schon eine Weile zugange sein.«

»Ist aber nie verhaftet oder angeklagt worden – keine DNA in den Unterlagen.«

»Glück«, meinte Katsoulas, »wenn er auf Heroin ist.«

»Und er kommt ziemlich herum, zumindest in geringem Umfang«, fügte Judd an.

Ellen nickte und schrieb das auf die Liste. »Erläutern Sie das?«

»Wir haben Übergriffe in Tyabb, Somerville, Balnarring, Mornington. Keine riesige Entfernung dazwischen, aber doch ein ziemliches Stück. Guthrie ist eine der frühesten Opfer – sie wohnt zwischen Mornington und Mount Martha. Vielleicht wohnt er in der Nähe und hat danach angefangen, andernorts zu operieren.«

Katsoulas sagte: »Wir suchen also nach früheren Einbrüchen in der Gegend.«

»Zeit«, meinte Rykert.

Ellen sah ihn aufmunternd an. »Ja?«

»Er greift am frühen oder späten Nachmittag an, aber er könnte ja viel früher eingebrochen sein.«

»Stimmt, aber kann er, psychologisch gesprochen, eine sehr lange Wartezeit aushalten?«, fragte Katsoulas, warf Judd einen Blick zu und rechnete schon damit, dass er die Augen verdrehte.

Stattdessen sagte Judd: »Vielleicht arbeitet er des Nachts. Von der Arbeit aufgeraute Hände, Supermarktlagerist oder Ähnliches.«

»Trägt er keine Handschuhe?«, fragte Rykert zweifelnd.

»Schon«, antwortete Ellen. »Aber er nimmt sie vor dem Missbrauch ab und wäscht dann das Opfer.«

»Noch mal zurück zur Viktimologie«, meinte Katsoulas. »Wir müssen uns auch um Mitgliedschaften in Fitnessclubs kümmern, in Vereinen und Gesellschaften, sportliche Aktivitäten.« Sie hielt kurz inne. »Haarfarbe?«

»Bislang eine blond, zwei mausbraun«, sagte Judd. Dann fragte er Ellen: »Andenken? Haarlocke, Unterwäsche?«

»Nicht dass ich wüsste.«

»Wo kaufen diese Frauen ein?«, wollte Katsoulas wissen.

»Gehen sie zum selben Friseur, frequentieren sie dieselbe Tankstelle, Fastfoodläden, Cafés …?«

»Oder aber«, sagte Judd, »er fährt durch die Gegend, sucht nach der richtigen Gegend – ruhig, gute Fluchtwege, leichter Zugang –, beobachtet und wartet.«

»Keine sonderlich effiziente Methode«, schnaubte Katsoulas.

»Warum nicht? Große Auswahl.«

»Hören Sie –«

»Genug, alle beide«, unterbrach Ellen. »Es geht hier nicht um ihre unterschiedlichen Denkweisen, es geht darum, einen gefährlichen Kerl zu schnappen, okay?«

Katsoulas starrte auf den Tisch und mahlte mit den Zähnen. »Boss.«

Judd beobachtete Ellen nur ruhig. Schließlich sagte er: »Verstanden.«

Ellen beließ es dabei. »Wir werden Folgendes tun. Wir reden noch einmal mit den Opfern, um zu sehen, ob es irgendwelche Überschneidungen gibt hinsichtlich der Abläufe, Orte und Personen. Wir suchen nach weiteren Zwischenfällen. Wir schauen, was die Spuren in den Fällen, an denen er beteiligt war und beteiligt sein könnte, vielleicht noch über die Bewegungen und Taten des Mannes verraten. Wir schauen uns noch einmal aktenkundige Vergewaltiger und Einbrecher an: Vielleicht ist unser Mann ein Bruder, Vater oder Cousin. Wir schauen uns die Abläufe an den Tatorten an: Wer war kürzlich zu Besuch und warum. Freunde, Familie, Handwerker, Nachbarn, Kaltanrufe.«

Rykert warf den Stift hin. »Letztes Jahr habe ich an einem Fall gearbeitet, wo wir es am Schluss mit zweihundert möglichen Verdächtigen und Zeugen zu tun hatten.«

»Wenn dem so ist, dann ist dem so«, sagte Ellen kategorisch.

Sie beugte sich vor, ordnete ihre Akten und fragte sich, was er aus ihrer Stimme herauslesen mochte. Das Leben ist kein Ponyhof? Wachen Sie auf?

Er war jung, hatte noch eine Menge zu lernen, und sie befand sich in der Rolle einer Mentorin. »Eile mit Weile«, sagte sie und kam sich wie eine Idiotin vor.

20

An diesem Freitagmorgen sagte Janine Quine dasselbe, was sie diese Woche an jedem Morgen gesagt hatte: »Bleib daheim, Jeff. Lass den Schulbus in Ruhe.«

Ihr Mann zuckte. Drei Wochen waren seit seinem letzten zehntägigen Aufenthalt in der Entzugsklinik vergangen, und er behauptete, clean zu sein, aber Janine konnte die letzten Spuren in seinen Synapsen erkennen, auf seiner Haut, an seinem ruinierten Gebiss. Dazu die letzten Spuren von Paranoia.

»Versprochen?«, fragte sie.

»Versprochen.«

»Die Kinder sind wirklich in Sicherheit. Das ist ein guter Busfahrer.«

»Er ist zu schnell über die Straßenschwellen gefahren«, knurrte Jeff.

Janine schob Toast und Tee beiseite und ging um den Küchentisch zu ihrem Mann, der dort voller Ticks und Dämonen hockte. Sie drückte seine Schulter an ihren Oberschenkel und seinen Kopf an ihren Bauch, hielt ihn so und sagte: »Immer mit der Ruhe.«

Er war seit drei Wochen clean und streunte nachts nicht umher. In der schlechten alten Zeit war sie manchmal um Mitternacht oder zwei Uhr früh aufgewacht, allein, das Bett neben ihr kalt. Sie hatte ihn angerufen, ihm Textnachrichten geschrieben, aber keine Antwort erhalten.

Wenn sie zur Frühstückszeit versuchte, die Kinder für die Schule fertig zu machen, war er jeweils wieder aufgetaucht.

»Bin nur durch die Gegend gefahren«, sagte er dann. »Um den Kopf frei zu bekommen.«

Doch eines Morgens gestand er: Er hatte seinen Dealer aufgesucht. Also konfiszierte sie seine Autoschlüssel und sagte ihm, dass sie ihn verlassen und die Kinder mitnehmen würde, wenn er nicht reinen Tisch machen würde. Also ging er wieder auf Entzug. Kam voller Selbstvertrauen und mit klarem Blick zurück, nur um wieder zu versagen. Sie wachte auf, fand das Bett erneut kalt vor, doch das Auto stand vor der Tür. Der Idiot ging zu Fuß zu seinem Dealer.

Dann folgten Wochen zunehmender Gewalt und Paranoia, Jeff ging es körperlich und seelisch immer beschissener, die Polizei, von den Nachbarn gerufen, klopfte an. Sie nahm sich einen Anwalt, um sich über ein mögliches Kontaktverbot und das Sorgerecht für die Kinder zu erkundigen: In der Zwischenzeit hatte Jeff ihre Kreditkarte benutzt, um an Bargeld zu kommen, und eine der lieben, netten, unglaublichen, unendlich verständigen Banken hatte ihm einen persönlichen Kredit über zwanzigtausend Dollar eingeräumt. Sie schaffte es gerade noch, ihn zu stornieren, doch Jeff versuchte immer wieder, an einen Kredit zu kommen, an Kreditkarten, an eine Ausweitung des bestehenden Kreditrahmens.

Er plünderte die Sparbücher der Kinder.

Dann ging er erstaunlicherweise erneut auf Entzug, und als er wieder rauskam, war er entschlossen, sie und die Kinder zu halten und jeden Job anzunehmen, der ihm angeboten werden würde.

Dieser Job war IT für Raymond Loeb. Janine kannte Ray noch aus der Schule, Mornington Secondary College; sie hatte mitbekommen, wie er in die Firma seines Vaters eingetreten war und schließlich übernommen hatte, ein Unternehmen für Versteigerung, Grundstücks- und Liegenschaftsverwaltung. Sie war in Kontakt mit ihm geblieben und hatte ihn sogar mal angeheuert, um einen Ausverkauf zu organisieren, nachdem ihr Großvater auf seiner Spargelfarm in der Nähe von Longwarry verstorben war.

Der fette, behäbige Ray Loeb schien immer etwas für sie übriggehabt zu haben, und sie hatte nichts dabei gefunden, ein wenig mit ihm zu flirten, obwohl er verheiratet war und Kinder hatte; vielleicht konnte er ihr eines Tages mal nützlich sein. Als Jeff also verkündete, er würde sein Leben ändern, ging Janine zu Ray und fragte, ob er nicht Arbeit für ihren Mann hätte.

»Er kann gut mit Zahlen und Computern.«

»Ich habe eine Buchhalterin, Jan«, entgegnete Loeb. »Und meine Sekretärin übernimmt alle Computerarbeiten, die ich brauche.«

»Ich weiß, aber vielleicht könnte er dich herumfahren, bei Auktionen helfen, ausfegen ...«

Nach einer qualvollen halben Minute meint Ray barsch: »Ich kann ihm ein paar einfache Tipparbeiten überlassen, ist aber nur stundenweise«, und wirkte nun, als es um Geschäftliches ging, gar nicht mehr so fett, behäbig und liebenswürdig.

»Bestens«, meinte Janine.

Der größte Fehler ihres Lebens – gleich nach dem Entschluss, Jeff Quine zu heiraten.

Ihre Heirat mit Jeff hatte zumindest zwei wunderbare Kinder hervorgebracht, aber Jeffs Arbeit bei Raymond Loeb hatte nur zu Ärger, Angst und Panik geführt.

»Jeff sagte, du hättest ihn gefeuert.«

Loeb hatte sie beinahe angeschrien. »Ihn gefeuert? Na klar habe ich ihn gefeuert. Er hat mich bestohlen.«

Janine schloss die Augen. Jeff nahm wieder Drogen und brauchte dafür Geld. »Ich zahle es dir zurück, Ray, ich schwöre. Ich zahle dir jeden Cent zurück.«

»Zwanzigtausend Dollar? Wann? Wie?«

Sie hatte sich schon gewundert, woher das Geld für den neuen Fernseher stammte. »Bitte, ich mache das wieder gut.«

»Wenn ich ihn anzeige, könnte er im Gefängnis landen, Jan.«

»Bitte, kann ich das in Raten zurückzahlen?«

Ja, das konnte sie, aber nicht auf die Art und Weise, die sie erhofft hatte.

»Du arbeitest doch auf dem Polizeirevier in Waterloo, richtig?«

»Ja«, antwortete sie, und es wurde ihr schwer ums Herz.

»Du sortierst Akten, füllst Formulare aus, Büroarbeit?«

»Ja.«

»Du hast also Zugang zu den Akten.«

»Ja«, antwortete sie kläglich.

»Ich brauche dich als meine Augen und Ohren.«

»Wozu? Wie?«

Darauf ging er nicht ein. »Wenn Leute in Urlaub fahren oder ins Ausland gehen, dann lassen sie ihre Häuser bei euch registrieren, richtig? Und die Polizei behält sie in ihrer Abwesenheit im Auge?«

»Ja«, flüsterte sie.

Genau diese Informationen wollte er von ihr haben. Namen, Daten, Anschriften. Dazu interne Informationen zu laufenden Polizeieinsätzen betreffend Einbrüche und Fahrzeugdiebstähle.

»Wenn du dort einbrichst, dann werden die das irgendwann auf mich zurückverfolgen!«, sagte sie zu Tode erschrocken.

»Werden sie nicht. Ich bin da sehr wählerisch. Nicht jedes Haus, nicht mal die meisten davon.«

Dies gab er mit einem heiteren Lächeln von sich. Dann war Schluss mit lustig. Er packte sie bei den Haaren, zog ihr Gesicht ganz nah heran und schnauzte sie mit stinkigem Atem an. Zigaretten, fauliger Magen. »Wenn du mir querkommst, Janine, dann werden deine Kinder sterben, hast du mich verstanden? Wenn du mich vom Hals haben willst, wenn du die Schulden deines nutzlosen Mannes abtragen willst, dann verschaffst du mir diese Informationen, wenn ich sie brauche und so oft ich sie brauche. Hast du verstanden?«

»Ja.«

Er schubste sie von sich, war nicht länger eine Witzfigur,

strich sich die Jackenaufschläge glatt und fuhr sich mit den Händen durch das akkurat geschnittene Haar.

»Gut. Das wäre geklärt.«

Erst kommunizierten sie mithilfe von kryptischen Textnachrichten über gestohlene Handys, jede Woche ein anderes. Dann eine Weile über E-Mails auf gestohlenen Handys. Aber Janine wusste, wie die Polizei arbeitete, wie sie Texte und E-Mails verfolgte und abfing, und war krank vor Sorgen.

Bis ihr Annette Tranhs Telefon einfiel. Annette, die Büroleiterin, war krankgeschrieben, und Janine nahm all ihre Anrufe entgegen. Niemand würde Fragen stellen, wenn sie in Annettes Büro Telefonate führte und entgegennahm.

Doch dann war Colin Hauser ermordet aufgefunden worden, und am folgenden Morgen verlangte Loeb Informationen über jeden Schritt der Ermittlungen. Janine stand mit eingezogenen Schultern in Annette Tranhs Büro, so als könnten die Angestellten im Hauptbüro sie hören, und flüsterte: »Das ist zu gefährlich! Das ist ein Mordfall!«

Seine Stimme knisterte scharf in ihrem Ohr. »Ich will vor allem Kopien von dem Papierkram aus Hausers Arbeitszimmer.«

»Das kann ich nicht machen.«

»Blödsinn. Briefe, Tischkalender, Rechnungen. Alles.«

»Hast du ihn erschossen?«

Loeb war bass erstaunt. »Was? Nein.«

»Aber du hast was damit zu tun?«

»Geht dich nichts an. Ich brauche Informationen, ich brauche Dokumente, und ich brauche sie sofort.«

»Habe ich meine Schulden noch nicht genug abgearbeitet?«

»Nicht mal annähernd, Janine. Hast du noch nie von Zinseszins gehört?«

Sie konnte ihn sich bildlich vorstellen, eine stämmige, höhnisch grinsende Gestalt, die schwitzend und bedrohlich auf dem Fahrersitz seines Lexus hockte.

»Du glaubst, dass Mr Hauser etwas Belastendes zurückgelassen hat«, sagte sie und hatte den Eindruck, ein wenig die Oberhand gewonnen zu haben.

Eine Pause, in der er die Lage einschätzte. »Hör mal«, sagte er, »wenn du diese eine Sache noch für mich erledigst, dann denke ich darüber nach, die Schulden zu tilgen, okay? Also, gibt es viel Papierkram?«

»Ich habe das meiste davon zusammengetragen. Rechnungen, Briefe, Verträge ...«

»Und was ist mit seinem Schreibtisch? Tagebuch? Kalender? Adressbuch?«

»Soll ich vielleicht Beweise vernichten? Das ist alles schon längst im Computer.«

»Nun, dann trägst du es wieder aus, beschaffst mir Kopien und vernichtest die Originale.«

»Dann sind wir quitt, Ray. Und wenn ich erwischt werde, gehst du mit mir unter.«

»Ja, ja«, meinte Raymond Loeb.

Janine hatte versucht, ihm das abzunehmen. Um ehrlich zu sein, liebte sie Jeff nicht mehr, er war einfach zu jämmerlich. Große Veränderungen waren nötig. Diese letzte Sache für Loeb, dann würde sie mit den Kindern verschwinden.

Den ganzen Donnerstag über ergab sich keine Gelegenheit, doch nun, Freitagmittag, verließ Janine das Revier und ging die High Street entlang, als wolle sie sich etwas zu essen holen; Colin Hausers Tischkalender und anderes Material hatte sie in einer Tüte bei sich. Sie kam am Blockbuster vorbei, am Postamt, am Teleshop, einem Drogeriediscounter, der Hafenbehörde, einem Pub, dann ging sie über die Straße und zur Bibliothek. Auf der Treppe blieb sie stehen. Über die Mangrovensümpfe und das Wasser der Bucht hinweg schimmerten ein Paar Schornsteine, und kräftige orangene Flammen züngelten am Himmel.

Janine ging hinein und bat darum, den Fotokopierer benutzen zu dürfen. Das hatte sie schon ein paarmal getan.

Die Bibliothekarin lächelte sie von ihrem Platz hinter dem Empfang aus an. »Sagen Sie nicht, die Polizei ist mal wieder pleite.«

Janine zuckte mit den Schultern. »Was soll ich sagen?«

Mit Zustimmung des diensthabenden Senior Sergeant hatte Janine den Kopierer der Bibliothek einmal im letzten und zweimal im Monat davor zu Polizeizwecken benutzt. Das Monatsbudget des Reviers reichte nicht weit. Ständig brachten Beamte ihre eigenen Taschenlampenbatterien, Umschläge und Briefmarken mit, ja sogar ihre eigenen Privatfahrzeuge. Und wann immer die Fotokopierer des Reviers kein Papier oder Toner mehr hatten, musste Janine zur Bibliothek.

Sie wartete ein paar Minuten, bis die Maschine frei wurde. Die übliche Parade: junge Mütter mit kleinen Kindern, Rentner, die Bücher in Drahtkörben stapelten, Studentinnen, die sich ins kostenlose WiFi einloggten, Streiter für irgendeine Sache, die an Computern saßen, in der hintersten Ecke ein Lesekreis, der über einen Roman diskutierte. Janine war ihnen bereits begegnet, hatte sogar mal eine Weile getrödelt, wollte sich ihnen anschließen; aber hatte schon mal jemand irgendwo und zu irgendeiner Zeit in ihrem Leben nach ihrer Meinung gefragt oder sie gutgeheißen? Nein.

Sie wartete und plauderte mit der Bibliothekarin. Ein alter Mann drängte sich vor und erzählte die Handlung eines Romans, den er ausleihen wollte, an dessen Titel er sich aber nicht erinnern konnte. Jemand anderer betrieb Ahnenforschung. Eine weitere Person wollte Widerspruch gegen eine Strafgebühr von zwei Dollar einlegen. In der Zwischenzeit kopierte die junge Frau nervtötend langsam Seiten aus einem Elternmagazin. Sie las eine Seite und runzelte die Stirn, legte sie behutsam auf dem Glas ab, schloss den Deckel, drückte auf den Knopf und starrte ein Loch in die Luft ...

Eine Frau aus einer der Sozialsiedlungen, dachte Janine mürrisch. Sie wirkte beschränkt und gehetzt; und sie war dumm genug gewesen, sich von irgendjemandem schwängern zu lassen.

Janine ertappte sich bei dem Gedanken. Was ist nur in mich gefahren?

Die Einkaufstüte war schwer. Sie stellte sie ab, rollte mit den Schultern, hoffte, dass genug Papier im Kopierer und genug Kleingeld in ihrem Portemonnaie war.

Ihre Beziehung zu Raymond Loeb brachte ihr gar nichts, stellte sie fest. Sie musste das nicht tun, um Jeff irgendwie aus der Patsche zu helfen. Keiner der beiden Männer brachte ihr irgendeinen Nutzen; tatsächlich kosteten sie sie nur Geld.

21

Carl Bowie von Bowie Bakehouses, mit Filialen in Waterloo, Mount Eliza und Mornington, verbrachte den Freitagmittag in seinem Hauptbüro in der Filiale Mornington und rechnete Zahlen zusammen: Löhne, Einzahlungen, Auszahlungen, Hochrechnungen. Es stimmte schon, in den Wochen vor Weihnachten flogen die Mince Pies und Plum Puddings nur so von den Regalen, aber dafür musste er auch mehr Leute einstellen und mehr Zutaten kaufen. Mit dem Verkauf von Backwaren wurde er also nicht gerade rasend schnell reich.

Zum Glück hatte er noch ein zusätzliches Geschäftsmodell. *Geschäftsmodell.* Bei dem Lassen-Sie-Ihren-Reichtum-wachsen-Seminar an der Gold Coast am vergangenen Wochenende (es war wichtig, dass er für den Freitag ein Alibi hatte) war dieser Begriff nur so hin und her geschwirrt. Zusammen mit *Wer zögert, verliert* und *Sind wir nicht vorbereitet, bereiten wir unser Scheitern vor* sowie *Gut ist längst nicht gut genug.*

Er hatte das alles nur so aufgesogen. Solche Sachen hatte er schon immer angewendet, daher auch sein Erfolg.

Noch so ein Spruch: *Es ist nicht dein Fehler – aber deine Verantwortung.* Nur eine andere Formulierung für: *Sei auf der Hut.* Am späten Nachmittag schloss er also seine Bürotür ab und richtete seine Aufmerksamkeit auf die drei Monitore, die nebeneinander auf der linken Seite des Schreibtischs standen. Sie zeigten Liveaufnahmen aus den drei Geschäften. Seit Neuestem war auch sein Laptop so eingerichtet, dass er die Liveübertragung per WiFi als Splitscreen darstellen konnte; auf diese Weise konnte er alles verfolgen, was in den Bäckereien vor sich ging, wenn er mal shoppen war, zu Mittag aß, im Auto saß oder Chloe Minchin vögelte.

Als Erstes die Filiale Waterloo. Es gab im Augenblick keine Kundschaft, deshalb dachte diese kleine Schlampe Tiffany wohl, sie könne mal schnell aufs Klo. Carl sah zu, wie sie den Rock bis zur Taille hob. Schnell pinkeln, schnell wischen, Schlüpfer hoch, Rock glatt gestrichen, Hände gewaschen – Gott sei Dank – und schnell wieder hinter die Kasse.

Dort warteten drei Kunden.

Carl griff nach dem Telefon.

Er sah zu, wie Tiffany sich ihres schnappte, es zwischen Ohr und Schulter klemmte, um die Hände frei zu haben und ein Baguette in eine Papiertüte zu schieben, zu kassieren und Wechselgeld aus der Kasse zu nehmen, und ihre Stimme sagte in sein Ohr: »Bowie Bakehouse, womit kann ich dienen?«

»Tiffany, ich möchte nicht noch einmal erleben, dass Sie das Geschäft unbeaufsichtigt lassen.«

»Aber –«

Carl legte auf, wechselte zur Filiale Mount Eliza, wo Lisa im Flur im hinteren Bereich des Geschäfts auf einer Lieferkiste aus Plastik saß und eine Coke trank, während Roisin vorn bediente.

Er griff nach dem Telefon.

»Bowie Bakehouse, womit kann ich dienen?«

»Roisin.«

»Ja, Mr Bowie.«

»Was glaubt Lisa eigentlich, was sie da macht? Können die Kunden sie sehen?«

Die Antwort klang schwach und fadenscheinig. »Ich glaube nicht, Mr Bowie.«

»Egal, das sieht einfach nicht gut aus. Wenn sie Pause hat, kann sie auch nach draußen gehen.«

Roisin warf einen schnellen, furchtsamen Blick in Richtung der Überwachungskamera, eilte durch den Türbogen zum Flur, sagte offenbar etwas zu Lisa und huschte zurück hinter die Theke.

Einen Augenblick später schloss sich Lisa ihr kleinlaut an. Carl sah zu, wie sie bediente, Krümel wegwischte, den Boden fegte und geschäftig tat.

Als Studentin war sie leicht ersetzbar, andererseits machten einem Studenten als Angestellte ständig Kopfschmerzen, bei all den Seminar- und Examenskalendern, den Nervenzusammenbrüchen wegen ihrer Freunde, der Art, wie sie ungeniert Schichten tauschten, um auf irgendwelche Musikfestivals zu gehen. Carl hätte gewettet, dass die Leute, die diese Wachstums-Seminare veranstalteten, niemals Studenten angeheuert hatten.

Dann richtete er sein Augenmerk auf Mornington.

Nur ein paar Meter von seinem Platz aus waren Emily und Trina fleißig, fleißig, fleißig. Es waren im Augenblick keine Kunden da, also wischten sie die Tische, fegten, säuberten die Vitrinen. Die Angst und den Eifer zu sehen, bereitete Carl Bowie ungeheure Befriedigung. Er beobachtete Emily für eine Weile. Sechzehn, ging noch zur Schule; dies war der dritte Tag ihrer Probezeit, 15.30 bis 17.30 nach der Schule. Er hatte sie gebraucht, um beim allgemeinen Weihnachtsansturm zu helfen, aber er würde sie nicht einstellen. Er hatte ihr nichts gezahlt. Er würde ihr nichts zahlen. Ihre Eltern würden vielleicht sauer werden, aber scheißegal, er war ja nicht die Wohlfahrt. Sie war zur Probe hier und hatte die Probe nicht bestanden; Pech für sie.

Es gab noch jede Menge anderer Jugendlicher, die auf Probe arbeiten wollten.

Er zog ein Wegwerfhandy aus der untersten Schublade und rief eine Frau an, die in der Apotheke in Somerville arbeitete. Ohne jede Einleitung sagte er: »Es geht um Ihren Cousin Nick.«

»Was?«

»Sagen Sie ihm, wenn er nicht bis Sonntag mit den neun Riesen anrückt, die er mir schuldet, wird Ihr Wagen in Flammen aufgehen.«

»Wer? Was?«

Dann rief er eine andere Nummer an und bekam eine kratzige alte Stimme in die Leitung. »Sind Sie Sophies Großvater?«

»Wer ist da?«

»Sagen Sie Sophie, sie kann nicht einfach so davonspazieren. So etwas kostet sie fünfunddreißig Riesen, haben Sie das?«

»Entschuldigung?«

Kernpunkt von Carls Geschäftsmodell war die Beschäftigung von Leuten mit weißer Weste.

Leute wie Chloe, Sophie und Nick stammten aus angesehenen Familien und waren nie polizeilich aufgefallen. Außerdem hielt Carl sie auf sicheren Abstand, so wie Chloe ihre Kuriere ebenfalls auf sicheren Abstand hielt.

Und wenn jemand aus der Reihe tanzte, dann bedrohte er nicht diese Person, sondern deren Familien.

Ein solides Geschäftsmodell verlangte auch solide Informationen. Carl klappte seinen Laptop auf und loggte sich bei einem Nachrichtendienst ein. Er verfolgte gern alle Storys, die sich irgendwie auf ihn auswirken konnten – wie diese Meth-Küche in Waterloo. Leider war diese Story schnell anderen gewichen. Das heutige Topthema war ein Verkehrszwischenfall in der Nähe von Bacchus Marsh; dort hatte ein Kerl vier Fahrspuren geschnitten und war direkt mit dem Kombi einer schwangeren Lehrerin kollidiert. Dann war er aus seinem Auto gestiegen und hatte den Kombi mit einem Montiereisen angegriffen, hatte die Frau aus dem Wagen gezogen und ihr in den

Bauch geboxt, bis andere Autofahrer ihn schnappen und zu Boden werfen konnten.

Carl seufzte. Eine schmutzige Droge, dieses Ice. Aber das ging ihn nichts an. Er war Lieferant, kein Sozialarbeiter. War das vielleicht Carls Schuld, wenn sich jemand nicht unter Kontrolle hatte? Außerdem war der Zwischenfall westlich von Melbourne gewesen. Nicht mal in der Nähe seines Bezirks.

Aber es wäre ihm lieber gewesen, die Story über die Meth-Küche wäre nicht verschwunden. Die Kerle hatten sich in seinem Revier befunden und versucht mitzumischen.

Zeit für den Feierabend. Er warf noch einen schnellen Kontrollblick auf die Monitore, war zufrieden damit, dass alle gut drauf waren, und ging hinaus zu seinem Wagen, einem schwarzen Audi mit dem Kennzeichen 1BAKE. Der Wagen brachte ihn allerdings nicht nach Hause, sondern die Küste entlang zu Chloes Haus, einem Würfel aus Ziegel, Stahl und Glas mit Blick auf Safety Beach. Er fand sie oben ohne auf einer Sonnenliege neben dem Pool vor, das Wasser schimmerte hart und blau in der Nachmittagssonne, und er blieb stehen. Er saugte den Anblick ihrer olivfarbenen Haut auf, die von dem Kokosöl in der Sonne glänzte.

»Hi«, sagte er heiser und kauerte sich neben ihren Liegestuhl.

Sie hob die Sonnenbrille und lächelte ihn müde an, und unter seinen Blicken verwandelte sich Trägheit in Verlangen. Ihre Lippen waren üppig und feucht, ihre Augen klar. Selbst ihre Nippel starrten ihn hungrig an, und er konnte es kaum ertragen.

Er räusperte sich. »Alles bereit für morgen?«

Morgen lieferte sie an der Grenze zu New South Wales aus. »Alles bereit für jetzt«, antwortete sie, erhob sich in einer einzigen flüssigen Bewegung ihrer Beine, der Taille und des Torsos von der Liege und zog ihn in Richtung Haus.

»Eine Sekunde«, sagte sie, nachdem sie die kühlen Wohnzimmerfliesen überquert und das Schlafzimmer betreten hatten.

Mit trockenem Mund sah Carl zu, wie sie eine Schublade öffnete und eine Glaspfeife herausholte. Sie ließ ein paar Rocks in den Kopf fallen, nahm ein Feuerzeug, erhitzte den Kopf und zog kräftig an der Pfeife.

»Du meine Güte, Chloe.«

Sie zog ein zweites Mal, hielt die Luft an und atmete langsam aus. »Auch mal?«

»Seit wann nimmst du das Zeug?«

»Na komm schon, ein paar Züge tun nicht weh, und der Sex wird spitze.«

Woher wusste sie das? Andere Männer? Frauen? War sie die anderen Male mit ihm auch high gewesen, ohne dass er es gemerkt hatte? War sie high, wenn sie im Norden auslieferte?

Das gehörte nicht zu seinem Geschäftsmodell. »Ich dachte, wir hätten uns darauf geeinigt, wir nehmen selbst nichts.«

»Nein, Carl, du hast dich darauf geeinigt, ich nicht.«

»Das ist schlechter Geschäftssinn, Chloe. Ich muss sicher sein, dass mein Leitungsteam absolut auf Zack ist. Weg mit der Pfeife, bitte. Wirf sie in den Abfall.«

Sie sah ihn voller Schadenfreude an. »Du weißt ja gar nicht, was du verpasst, Carl.«

»Du brauchst morgen einen klaren Kopf.«

»Morgen ist morgen. Jetzt ist jetzt. Chill mal. Nimm einen Zug, dann nimm mich.«

Sie schlüpfte aus ihrer Bikinihose. Ihr Körper schien sich zu verändern, sich zu öffnen, ihn anzuziehen. Er schluckte.

Aber Carl hatte es im Geschäft nicht so weit gebracht, indem er die Kontrolle verlor.

»Später«, sagte er, wendete sich ab und ging zum Wagen.

Als er nach Hause kam, einem Haus oben auf der Anhöhe in Mount Eliza, stand der Wagen seiner Frau, ein weißes Mercedes Coupé, 2BAKE, in der Einfahrt. Er räumte unumwunden ein, dass das Haus grässlich war, ein Neureichenpalast, den der

Architekt seiner Frau entworfen hatte und dessen dekoratives Leitmotiv die Maßlosigkeit war. Vor allem hasste er das Mahagonischachspiel im Foyer, jede Spielfigur so groß wie eine Weinflasche, aufgebaut auf einem massiven Sockel aus poliertem und schraffiertem Edelstahl.

Dabei spielte in der ganzen verdammten Familie überhaupt niemand Schach.

Nicht zum ersten Mal fand Carl, dass er unter seinem Niveau geheiratet hatte. Bowie war ein alteingesessener Name auf der Peninsula, und nachdem sein Großvater das Unternehmen in Rosebud gegründet hatte, hatte es seit den Vierzigern überall Bäckereifilialen gegeben. Carls Vater hatte alles geerbt und eine weitere Bäckerei in Waterloo eröffnet, dann war er verstorben, als Carl fünf war. Damit wäre die Geschichte beinahe zu Ende gewesen. Seine Mutter verfiel der Trunksucht und heiratete einen Alkoholiker; gemeinsam machten sie sich daran, das Vermögen der Bowies zu versaufen und an Alkoholismus zu sterben.

Was sie nicht versoffen hatten, war das bescheidene Treuhandvermögen, das Carls Vater für ihn angelegt hatte. Seine Ausbildung war teuer gewesen – Geelong Grammar School –, und mit einundzwanzig hatte er alle Kontakte zu Mutter, Stiefvater und Halbbruder abgebrochen und begonnen, die Bäckereien zurückzukaufen. Backen interessierte ihn eigentlich nicht, es ging ihm nur ums Prinzip.

Die Typen, mit denen er zur Schule gegangen war, waren CEOs und Banker geworden, Oberstaatsanwälte, Offiziere und Diplomaten. Nun, er hatte ein Bäckereiimperium. Doch damals, vor der Zeit seines Geschäftsmodells, hatte er sich von seinem Schwanz leiten lassen.

»Ich bin zu Hause, Honey«, rief er, als er hereinkam, und warf die Schlüssel auf den Tisch im Foyer.

Und da kam seine Frau, blond, durchtrainiert wie alle ihre Freundinnen, die Haut bis zum Zerreißen über den Wangenknochen gespannt, und hielt ihm das Telefon hin. »Für dich. Hat seinen Namen nicht genannt.«

Das musste er auch nicht. Carl erkannte die Stimme. Hector Kaye. Der saß oben in Sydney und wollte wissen, wo zum Teufel seine Jungs waren.

22

Nach dem Aufwachen am Freitagmorgen hatte Allie ein Dutzend Textnachrichten von Clive vorgefunden: *Du erhellst mir meinen Weg; Die Frau meiner Träume; Ohne Dich bin ich nichts; Sie wandelt in Schönheit; Ich werde nicht müde, Dich anzuschauen*. Solche Sachen.

Ihr toller Lover hatte sogar ein paar gewagte Textnachrichten geschickt, bei denen sie innerlich leicht erbebte: *Ich möchte Dich schmecken* und *Ich wäre gern in Dir*.

Vor ein paar Tagen hatten sie das erste Mal miteinander geschlafen. Es war nicht weltbewegend gewesen, aber sie war recht begeistert bei der Aussicht, es wieder zu tun. Übung macht den Meister, und all das.

Allerdings hatte er immer etwas anderes zu tun, er musste verreisen, Leute treffen, und jedes Mal tippte er sich in dieser vielsagenden Geste gegen den Nasenflügel – wodurch sie zur Komplizin in all seinen Plänen wurde.

Irgendetwas mit Fotografie? Machte er stimmungsvolle Aufnahmen von nackten Achtzehnjährigen? Oder gab es eine andere Frau?

Jetzt war es später Freitagnachmittag, und sie saß in ihrem Wohnzimmer im ersten Stock an der Esplanade in Mornington und schaute aufs Meer hinaus. Die Hitze von der anderen Seite der riesigen Glaswand schlug auf sie ein; sie bekämpfte sie mit einem Gin Tonic in einem hohen, bereiften Glas. Eis und eine Zitronenspirale. Im Hintergrund sang Norah Jones. Einen

Mann in ihrem Leben zu haben hätte das Heilmittel gegen die nagende Unzufriedenheit sein sollen, aber Clive war nicht gerade *in* ihrem Leben, ständig kam und ging er und hegte Geheimnisse. Schön und gut, dass er sie mit Textnachrichten, E-Mails und Geschenken überhäufte, aber was sie wollte, waren altmodische Aufmerksamkeit und ein warmer Körper in ihrem Bett.

Es klingelte an der Haustür. Sie klapperte in Sandalen die Treppe hinunter, und da stand Clive mit einem mächtigen Grinsen, einem mächtigen Strauß Rosen in der Hand und einem mächtigen Stapel Reiseprospekte unter dem Arm. Ihr Herz tat einen Hüpfer, und sie gab ihm einen Schmatzer.

»Ich hatte nicht mit dir gerechnet.«

Sie trat zurück, um ihn hereinzulassen, und lauschte seinem Geplapper nur mit halbem Ohr, während sie die Stufen hinaufgingen. Hatte zu tun ... vermisste sie ... wollte sie überraschen ... bräuchte er denn einen Grund, um bei seiner Liebsten reinzuschneien?

Allie drehte sich zu ihm um, als sie ins Wohnzimmer kamen, gab ihm erneut einen Kuss, schlug sich mit der flachen Hand vor die Stirn, sagte: »Wo habe ich denn meinen Verstand gelassen? Ich hole eine Vase«, und klapperte wieder nach unten. Sie richtete sich etwas her, kehrte zurück, fasste sich, während sie die Rosen arrangierte, und gesellte sich schließlich zu Clive am Panoramafenster, hinter dem sich das Wasser der Bucht ausdehnte wie eine blaue Glasscheibe. Er legte einen Arm um sie. Sie drückte sich an seine stämmige, beruhigende Gestalt.

»Allie«, sagte er, »ich muss dir etwas sagen.«

Sie erstarrte und löste sich von ihm, doch sein Arm lag so steif und fest um sie wie ein Kabel. »Nicht, was du denkst«, sagte er.

»Du bist verheiratet, richtig? Du willst Schluss machen.«

»Nein, niemals.« Er ließ sie los, drehte sie zu sich hin und legte seine Hände auf ihre Oberarme. »Ich liebe dich, das weißt du.«

»Tust du das?«

»Das weißt du doch. Aber Liebes, ich muss dir etwas Wichtiges sagen. Es hat mit meiner Arbeit zu tun. Es geht um Fragen der nationalen Sicherheit.«

»Deine Arbeit?«, fragte sie und taumelte leicht.

»Du musst mir versprechen, dass du niemandem davon erzählst, was ich dir sage.«

»Wie kann ich das versprechen, wenn –«

»Wie schon gesagt, es geht um die nationale Sicherheit.«

Die Worte drangen in ihr Bewusstsein. Jetzt ergab vieles einen Sinn, seine unerklärte Abwesenheit, seine Geheimnistuerei. Er beugte sein markantes Gesicht vor, bis sich ihre Nasenspitzen berührten. »Versprochen?«

»Versprochen«, sagte sie.

»Dass ich nicht mehr in der Armee bin – das ist nur eine Tarnung. Ich bin immer noch im aktiven Dienst, Inlandsgeheimdienst in Kooperation mit der Homeland Security der Vereinigten Staaten.«

»Okay«, sagte sie ganz benommen.

»Manchmal muss ich ins Ausland fliegen, geheime Einsätze, riskante Situationen.«

»Du meine Güte.« Sie wusste nicht, was sie sonst hätte sagen sollen.

»Das konnte ich dir bisher noch nicht sagen. Ich musste mir erst sicher sein.«

»Das ist alles ein wenig unwirklich, Clive«, sagte Allie. »Ich meine, das ist ja wie im Film. Gehst du jetzt auf eine dieser … dieser Missionen?«

Er sah sie prüfend an. »Kurz gesagt ja.«

»Und lang gesagt? Du kommst nicht zurück?«

Er winkte ab. »Natürlich komme ich zurück, ich kann nicht ohne dich leben, siehst du das denn nicht? Meine liebe Allie.«

Er wies auf die Prospekte, die er auf den Couchtisch gestapelt hatte. »Wenn das alles vorüber ist, möchte ich, dass du mit mir verreist, an einen exotischen und romantischen Ort.«

Sie sah Tahiti vor sich. Angkor Wat. Ein weißes Segel und die blauen Gewässer der Bahamas. Wunderbar ...

Sie heftete sich an seine stämmige Brust. »Verlass mich nicht«, sagte sie mit gedämpfter Stimme; einerseits wollte sie, dass er sie das sagen hörte, andererseits war ihr bewusst, wie pathetisch das klang.

Seine tiefe Bassstimme brummte in seinem mächtigen Brustkorb. »Der Punkt ist nur, ich kann mir nicht hundertprozentig sicher sein, dass meine Tarnung nicht aufgeflogen ist.«

Bestürzt löste sich Allie von ihm. »Wie bitte?«

»Meine Tarnung könnte aufgeflogen sein.«

»Bist du in Gefahr?«

»Schon möglich. Meine Führungsoffiziere«, schüttelte er den Kopf, »na, das willst du nicht wissen.«

Sie war ganz gefangen in der angedeuteten Bedrohung durch mächtige unbekannte Kräfte. »Du traust ihnen nicht?«

»Allie, der Punkt ist, wenn ich in Gefahr bin, dann bist du das auch.«

»Was? Wie das denn?«

»Wenn meine Tarnung aufgeflogen ist, dann werden bestimmte Personen von meiner Beziehung zu dir wissen. Tut mir leid, aber du könntest bedroht sein. Und ich muss dich in Sicherheit bringen.«

»Aber wie?«

»Es gibt Möglichkeiten, dich diesen Personen gegenüber unsichtbar zu machen, aber jeder hinterlässt eine Papierspur. Wenn wir dein Haus, dein Auto, deine Finanzen und so weiter unter anderem Namen laufen lassen würden, dann wäre es umso schwieriger, dich aufzuspüren. Das dürfen wir nicht vor uns herschieben«, sagte er und schaute sie auf eine Weise an, die die Tiefe seines Bedauerns und Kummers verriet.

Sie presste die Lippen zusammen und dachte an all die Reifen, durch die sie zu springen hatte. »Das könnte eine Weile dauern. Das mit dem Auto ist einfach. Aber mein Geld ist fest angelegt, und dieses Haus gehört mir nicht, das habe ich gemietet.«

Clive wurde ganz steif. »Gemietet?«

»Als ich mich von Rick scheiden ließ, habe ich es für klüger gehalten, das Geld in eine Pensionskasse einzuzahlen.«

Ein undurchsichtiger Ausdruck huschte ihm übers Gesicht, und für einen ganz kurzen Augenblick bekam Allie es mit der Angst. Dann klärten sich seine Gesichtszüge. »Das hast du richtig gemacht. Ich kann dir gar nicht sagen, wie froh ich bin.«

Erleichtert kuschelte sie sich an ihn, drückte ihre Wange an seine harte Brust und atmete eine Mischung aus Clive und Puder ein. »Das mit dem Auto sollte einfach sein.«

Er drückte sie. »Dann fangen wir damit an.«

Freitagnachmittag hatte Pam Murphy zum ersten Mal die Gelegenheit, gründlichere Nachforschungen über Michael Traill anzustellen. Es war nach siebzehn Uhr, sie hatte sich in den Polizeicomputer eingeloggt und las alles, was sie über den Tod von David Booker finden konnte, bevor sie die Stadt durchquerte und zu ihrem Termin beim Wohnungsmakler Mervyn White fuhr.

Sie war verärgert, noch bevor sie überhaupt mit der Suche begonnen hatte. Schlimm genug, dass Challis sich nicht auf ihre Seite gestellt hatte, aber sie war auch wütend auf sich selbst, dass sie sich von Michael Traill hatte verunsichern lassen – von dem Mann, nicht der Story. Als sie ihn aufsuchte, hatte er müde und traurig gewirkt. Er hatte sich durchaus würdevoll benommen, wo so mancher andere gemeckert, gejammert oder gegrollt hätte.

Alles nur Fassade, dachte sie mürrisch.

Und doch war da dieser widersprüchliche Sog in ihr. Als sie am Mittwoch bei Traill aufgebrochen war, ihr Notizbuch eingesteckt und zum Abschied kurz angebunden genickt hatte, hatte sie einen vollkommen gegensätzlichen Drang verspürt. Sie wollte näher zu ihm hin, in seinen Dunstkreis.

Worum ging es hier eigentlich?

Sie las die in den Akten vorliegenden Notizen, auch die Zeugenaussagen. David Booker war in Bierlaune gewesen, sagten die einen. Er sei unausstehlich gewesen, meinten die anderen. Er hatte in der Bar herumgebrüllt; er hatte den ganzen Abend über gegrinst und sei ausgelassen gewesen. Drei Zeugen hatten allerdings mitbekommen, wie er den Oberarm einer jungen Frau festgehalten und ihr blaue Flecken verpasst hatte. Er hatte sie angefaucht, sagten sie, und dabei ein wutverzerrtes Gesicht gehabt. Als sie in den Zeugenstand gerufen worden war, hatte die Frau gesagt, sie hätte keinerlei Erinnerung an den Vorfall. In der Zwischenzeit hatten die Barleute Bookers Gruppe mehrmals gebeten, ein wenig leiser zu sein, und waren dafür beschimpft worden. Da war unter anderem eine junge Frau, die in ihrer ersten Woche als Getränkekellnerin arbeitete. »Ich stand zu nah bei ihm«, hatte sie vor Gericht ausgesagt, »und er hat mein … mein Gesäß betatscht.« Die Anklage stürzte sich auf sie und zwang sie zu dem Eingeständnis, dass sie im Gedränge einer vollen Bar hin und wieder damit rechnen müsse, wenn eine sorglos wedelnde Hand oder ein Arm flüchtigen Kontakt mit den Intimbereichen des Körpers hätte.

Kein Wunder, dass Frauen sexuelle Übergriffe nicht meldeten, dachte Pam.

Und warum hatten die Medien diesen Teil der Geschichte nicht aufgegriffen? Warum hatten sie sich auf Traill und dessen folgenschweren Schlag konzentriert? Weil alle Booker für Gott hielten? Sie zumindest hatte das getan.

Jetzt wusste Pam nicht mehr, was sie davon halten sollte. Sie las weiter. Eine Schlussfolgerung war unmissverständlich: Booker war nicht Gott. Und wenn er getrunken hatte, konnte er der Teufel sein.

Pam loggte aus und ging ihre E-Mails durch. Eine stammte von Ellen Destry: »Herzlichen Dank, Ihr Hinweis war tadellos, es ergibt sich ein Muster. Falls Sie von weiteren zweifelhaften Einbrüchen hören, lassen Sie es mich umgehend wissen.«

Eine E-Mail von Scobie Sutton. Das Gewehr, ein Colt AR-16, das in dem ausgebrannten Mercedes gefunden worden war, hatte eine Seriennummer geliefert. Es war auf einen Obstbauern namens Arnold Coxhell in Merricks North registriert. Der hatte es vor sechs Wochen als gestohlen gemeldet.

Pam überlegte, ob sie Coxhell aufsuchen sollte, und rief ihn stattdessen an. Wenn er den Diebstahl nicht gemeldet hätte, wäre sie mit Verstärkung bei ihm aufgetaucht. »Wir haben Ihr Gewehr gefunden, Mr Coxhell. Leider ist es im Zusammenhang mit einem Verbrechen aufgetaucht und wurde beschädigt.«

Der Mann stellt die richtigen Fragen. »Ein Verbrechen? Verflucht. Ist jemand verletzt worden?«

»Dazu kann ich zu diesem Zeitpunkt nichts sagen.«

Er verstummte. »Oh, okay, sorry.«

»Mr Coxhell, kennen Sie einen Mann namens Colin Hauser?«

»Colin? Klar. Ist ja furchtbar, was – Moment mal, wollen Sie sagen, er wurde mit meiner Waffe erschossen?«

»Woher kennen Sie ihn?«

»Sportschützen Westernport«, antwortete Coxhell mit leicht aufgelöstem Unterton. »Hören Sie, hat er –«

Pam bedauerte, angerufen zu haben. »Mr Coxhell, wir ermitteln in einer ganzen Reihe von Waffendiebstählen auf Farmen in den letzten Monaten.«

»Ja, natürlich«, sagte Coxhell, »man hat davon gehört.«

»Haben die Geschichten in irgendeine bestimmte Richtung gewiesen? Sind irgendwelche Namen gefallen?«

»Nein.«

»Kennen Sie einen Mann namens Owen Valentine?«

»Nein, nicht, dass ich wüsste.«

Dann rief Murphys Mutter an.

»Ist für Sonntag alles geklärt, meine Liebe?«

»Alles bestens.«

»Ich weiß, du kannst jederzeit zur Arbeit gerufen werden ...«

»Diesmal nicht«, sagte Pam warmherzig. »Das habe ich mit meinem Boss geklärt. Ich dachte, wir gehen am Flinders Pier spazieren und essen in einem Weingut zu Mittag ...«

»Ach, ich weiß genau, wo ich hinmöchte, meine Liebe.«

Pam schaute auf die Uhr, geriet ein wenig in Panik, verabschiedete sich von ihrer Mutter und rannte die Treppe hinunter. Dann bahnte sie sich einen Weg durch die Engstelle im Hauptflur, wo Männer und Frauen herumstanden und tratschten, Kaffee tranken und Pläne für das Wochenende schmiedeten. Unterwegs warf sie schnell einen Blick in den großen Raum am Ende des Flurs, neben der Tür zum Parkplatz. Das Reich der Zivilangestellten, Sachbearbeiter und Schreibkräfte hatte sich geleert, bis auf Janine Quine, die ganz hilflos an einem Schreibtisch stand, der mit Unterlagen übersät war, die vom Tatort Hauser stammten, wie Pam erkannte.

Sie trat ein. »Alles okay, Jan?«

Quine zuckte heftig zusammen, und ihre Hand fuhr an den Hals. »Sie haben mich erschreckt.«

»Tut mir leid«, sagte Pam, der es nicht leidtat. Sie mochte Quine nicht. Die Abneigung hatte sie schon am ersten Tag, als sie Quine Anfang des Jahres kennenlernte, unmittelbar und heftig verspürt. »Alles in Ordnung?«, wiederholte sie.

»Ich trage nur den Papierkram zusammen, der zu dem Fall des Erschossenen gehört.«

»Den sollten Sie nicht so offen herumliegen lassen, Janine. Das ist vertrauliches Material, das zu einem Mordfall gehört. Wir sammeln noch die Beweise, und die Unterlagen könnten bedeutsam sein.«

»Ich arbeite, so schnell ich kann.«

»Freut mich zu hören«, sagte Pam. »Wenn Sie damit fertig sind, schließen Sie es bitte ein.«

»Mach ich.«

Pam machte leicht beschämt kehrt und ging zum Auto.

Fünf Minuten später stand sie im Büro des Maklers; Mervyn White persönlich bestätigte, dass die Zahl korrekt war. »So viel verlangt der Hausbesitzer.«

White, ein peinlich sauberer Mann, der mit seinen silbergrauen Haaren in einem gedeckten Anzug und einer schrillen Krawatte an der anderen Seite des riesigen Schreibtischs saß, meinte das ganz entschuldigend. »Tut mir leid, Ms Murphy«, sagte er.

Pam stotterte: »Aber vor zwei Tagen wollte er noch fünfzig Dollar weniger.«

Nicht, dass das noch etwas ausmachte: Sie war zu spät, das kleine Haus in Balnarring war bereits vermietet.

Der Makler sah sie traurig an. »Unsere Firma vermittelt ein Drittel aller Immobilien auf der Peninsula, und das Haus war das erste freie Objekt, das wir in den letzten zwei Monaten hatten. Der Leerstand ist auf einem Rekordtief.«

»Und die Hausbesitzer können verlangen, was sie wollen.«

»So in etwa.«

»Ich werde nie wieder ein Haus finden, das so gut ist wie das jetzige.«

»Schade nur, dass Ihr Hausbesitzer verkaufen will. Sie werden weiter weg suchen müssen. Gippsland. Dandenong. Latrobe Valley.«

»Ich muss in der Nähe der Arbeit sein. Ich kann nicht anderthalb Stunden entfernt wohnen.«

»Viele tun das.«

»Viele sind ja auch nicht auf Abruf.«

Er zuckte mit den Schultern.

Sie biss sich auf die Unterlippe. »Ich verdiene halbwegs ordentlich. Was machen denn die, die sich abmühen müssen?«

»Die leben von der Unterstützung«, antwortete der Makler.

Pam warf ihm einen Blick zu. Gab er sich abfällig? Nein. Wenn überhaupt, dann wirkte er besorgt.

»In ein paar Wochen haben wir eine Einzimmerwohnung in Waterloo frei.«

Pam schüttelte den Kopf. »Die Faustregel lautet, als Polizistin wohnt man nicht bei der Klientel.«

Mervyn grinste kurz. »Klientel.«

»Darunter eine Menge Stammkundschaft«, sagte Pam.

Sie fuhr ziellos durch die Gegend, wollte noch nicht nach Hause. Eine Weile kreuzte sie in und um Tyabb, Somerville und Baxter herum, so als könne urplötzlich ein in den Rasen vor einem traumhaften kleinen Haus gehämmertes ›Zu vermieten‹-Schild auftauchen.

Sie könnte ja eine Hypothek aufnehmen, doch ihre finanzielle Vorgeschichte war lückenhaft und ihre früheren Entscheidungen hatten immer mal in die falsche Richtung gewiesen.

Sie schüttelte sich und überquerte die Peninsula heimwärts über Seitenstraßen. Vielleicht stieß sie ja auf ein nettes Farmhaus.

Stattdessen landete sie vor dem Tor zur Geflügelfarm, sah die Schuppen und Michael Traills Wohnwagen an der Rückseite.

WTF? Pam, wütend auf sich selbst, bestürzt und beschämt, fuhr schnell daran vorbei.

23

Am Samstagmorgen zappte Carl Bowie, der immer sehr angespannt war, wenn Chloe eine Lieferung an die Grenze brachte, durch die Überwachungsmonitore. In der Bäckerei in Waterloo stand Olivia hinter der Theke, hielt Maulaffen feil und starrte ein Loch in die Luft. Es gab im Augenblick keine Kunden, aber Carl konnte die dreckigen Tassen und verknüllten Servietten auf einem der Tische deutlich sehen. *Beweg deinen Hintern, Olivia.* Ab und an mahlte sie – mit offenem Mund – mit dem Unterkiefer, so als fiele ihr spontan ein, dass sie ja noch einen Kaugummi im Mund hatte.

Carl rief im Laden an, sah, wie Olivia aufschreckte und ängstlich in eine der Kameras blickte. »Bowie Bakehouse, Olivia am Apparat, womit kann ich dienen?«

»Olivia, ich möchte von Ihnen, was ich schlichtweg von all meinen Angestellten erwarte: ehrliche Arbeit für ehrlichen Lohn und ein angenehmes, professionelles Auftreten. Haben Sie verstanden?«

»Ja, Mr Bowie.«

»Also seien Sie so gut und spucken Sie dieses Kaugummi aus, in Ordnung?«

»Ja, Mr Bowie.«

»Und wenn Sie mich wirklich glücklich machen wollen, *dann räumen Sie endlich den Müll von dem Tisch.*« Er hatte keine Lust, sich ihr: »Ja, Mr Bowie, tut mir leid, Mr Bowie« anzuhören, und legte auf. Dann wischte er einen Spuckefaden vom Monitor.

Er schaute auf die Uhr. Chloe sollte in der Zwischenzeit im Motel angekommen sei. Er rief sie über eins seiner Wegwerfhandys an.

»Carl, ich bin noch im Auto.«

»Alles okay?«

»Alles okay.«

»Wo bist du?«

»Komme gerade nach Mildura. Carl, ich muss auflegen.«

Dann war die Leitung tot. Carl lehnte sich zurück, starrte mürrisch auf die Monitore und dachte an den gestrigen Anruf von Hector Kaye, der hatte wissen wollen, wohin Lovelock und Pym verschwunden waren.

»Ich habe sie nicht gesehen«, hatte er geantwortet.

»Kein Wort, die ganze verdammte Woche lang nicht«, hatte Kaye gesagt.

»Hören Sie, Hector, sie haben mir eine Textnachricht geschickt, dass der Job erledigt sei, ich habe Sie bezahlt. Mehr weiß ich nicht.«

Seit dem Anruf hatte Carl zwei und zwei zusammengezählt. Und das Ergebnis: Das Buschfeuer letzten Freitag, der in Flammen aufgegangene Mercedes. Er zerbrach sich den Kopf. Vielleicht sollte er Hector zurückrufen und es ihm irgendwie beibringen: »Jetzt, wo Sie es sagen: Hier sind ein paar Männer umgekommen, als ihr Auto in einem Buschfeuer stecken geblieben ist.«

Er versuchte zu durchdenken, was es bedeutete, wenn es sich bei den Toten tatsächlich um Hectors Jungs handelte. Waren sie schon identifiziert worden? Identifiziert, aber nicht mit Hector in Verbindung gebracht worden? Identifiziert und mit ihm in Verbindung gebracht, aber die Bullen warteten noch den richtigen Augenblick ab? Und was würde die Polizei dann tun, wenn der Augenblick gekommen war? Wie würde Hector erklären, was Lovelock und Pym im Süden zu suchen hatten? Wenn Hector dran war, dachte Carl, welche Auswirkungen hat das dann auf mich? Und genau in diesem Augenblick spürte Carl eine unheimliche Umkehrung, die Kameras beobachteten jetzt ihn, die Wände kamen immer näher, die Schatten in den Ecken wurden immer dunkler. Er wusste, wozu Kaye fähig war. Der Typ hatte ein Tattoo für jeden Mann, den er umgebracht hatte, um Himmels willen.

Carl rieb sich das Gesicht, um das Zucken zu beseitigen, das neben seinem rechten Auge eingesetzt hatte. Mit zitternden Knien schrieb er Chloe: *Alles okay?*

Minuten vergingen, dann piepte sein Handy: *Dasselbe wie vor fünf Minuten.*

Miststück.

Bowie, der sich durchaus nicht sicher war, ob sein Königreich noch auf festen Fundamenten stand, fuhr ins Fitnessstudio. Es war früher Nachmittag, eine ruhige Zeit. Er würde in Ruhe sein Workout erledigen, sich nicht beengt fühlen, würde nicht von Dutzenden Männern und Frauen begafft werden, die rings um ihn herum japsten und schwitzten. Ein Schild im Foyer verkündete: Dein Körper ist ein Tempel, und Carl murmelte wie immer: »Oder ein ordentlich geführtes presbyterianisches Jugendzentrum.« Das hatte er vor ewigen Zeiten mal in einer Comedyshow gehört.

Nicht mehr witzig.

Du meine Güte, war er aufgeregt.

Ein paar Dehnübungen, Hanteln, Aerobics; zum Schluss ein paar Bahnen im Pool. Die Übungen pusteten den dichtesten Hirnnebel davon, beantworteten aber nicht die drängendsten Fragen.

Sagen wir mal, es handelte sich in dem ausgebrannten Wagen nicht um Lovelock und Pym, sondern um zwei ganz gewöhnliche Pechvögel … Was, wenn ihre Textnachricht, *Alles erledigt,* nur dazu bestimmt gewesen war, ihm ein falsches Gefühl von Sicherheit vorzugaukeln? Was, wenn Hector Kaye Lovelock und Pym beauftragt hatte, sich mit Owen gegen Carl zusammenzutun? Oder was, wenn Lovelock und Pym sich aus eigenem Antrieb mit Owen zusammengetan hatten? Oder was, wenn Owen die beiden überwältigt hatte?

Er sollte Hector anrufen und noch einmal betonen, dass er seinen Teil des Geschäfts eingehalten und den Rest der Summe überwiesen hatte, nachdem er die Mitteilung erhalten hatte. Falls Lovelock und Pym aus Versehen ums Leben gekommen waren, dann war das doch nicht seine Schuld.

Oder?

Carl drehte sich unter der Dusche hin und her und fragte sich, ob es nicht einem ordentlichen Geschäftsmodell widersprach, den Anschlag auf Owen fremdzuvergeben, statt es selbst zu machen.

Beinahe hätte er sein eigenes Produkt probiert.

Dann fiel ihm ein, was es mit Owen angestellt hatte.

Also fuhr er nach Hause und stürzte sich auf den Scotch, nachdem er im Vorübergehen ›aus Versehen‹ mit seiner Aktentasche einen Turm umgeworfen hatte. Seine Frau war beim Tennisspielen, die Kinder waren Gott weiß wo, also hatte er das Haus für sich allein, und er saß und ging herum und grübelte bis in den späten Nachmittag hinein.

Insgeheim sagte er sich: Mach Schluss, verschwinde, solange du noch einen Schritt voraus bist. Er hatte Millionen beiseitegeschafft, wo niemand sonst rankonnte. Lass das Chloes letzte Auslieferung sein. Sie hatte eine saubere Weste, nichts führte zu ihr zurück. Ihre Boten ebenso. Sie kannten sie, wussten aber nicht, wo sie wohnte oder wie sie richtig hieß, und von ihm wussten sie gar nichts.

Aber was, wenn Hector diese Idee gar nicht gefiel?

Was, wenn Chloe gegen ihn arbeitete? Sie wurde langsam großspurig.

Carl versuchte sich Gründe aufzuzählen, warum er weiter mitspielen sollte. Angst vor Sydney: Schon klar, denken wir nicht weiter darüber nach. Es war gut verdientes Geld. Er war unabhängig. Das Geschäft boomte, und Chloe zufolge, die das von ihren Boten hatte, taten sich im Yarra Valley und auch näher in der Gegend Belgrave-Monbulk neue Betätigungsfelder auf.

Würde sie ihm so etwas mitteilen, wenn sie gegen ihn arbeitete? Er schrieb ihr: *Alles okay?*

Die Antwort kam erheblich später. *Alles bestens, Mann!*

Neue Gegenden, das bedeutete mehr Dealer, mehr Klienten, größere Führungsaufgaben. Immer gab es jemanden, der spät oder gar nicht oder nicht den vollen Preis bezahlte. Immer gab es jemanden, der aussteigen oder selbst ins Geschäft einsteigen wollte. Immer gab es jemanden, der vielleicht für die Bullen oder die Konkurrenz arbeiten konnte.

Carl glaubte nicht, dass er das noch ertragen konnte. Und jetzt schmeckte er Blut. Er hatte sich in die Wange gebissen.

24

In der schlechten alten Zeit wurden Opfer von sexueller Gewalt erst von meist männlichen Uniformierten befragt, dann von meist männlichen Detectives, und dann – wenn sie Pech hatten oder der Papierkram verlegt oder falsch ausgefüllt worden war, wenn die Detectives versetzt wurden oder Urlaub hatten – von noch mehr Detectives, einer nach dem anderen. Diese konnten überarbeitet sein, abgelenkt, hatten sonst eher mit Autodiebstählen, Einbrüchen und Sonstigem zu tun. Manche von ihnen mochten Frauen nicht sonderlich, andere hatten kein Mitgefühl oder neigten dazu, dem Opfer eine Mitschuld zu geben; eine Handvoll neigte gar dazu, ihre Autorität zu missbrauchen und selbst sexuell übergriffig zu werden. Blieb nur noch eine Handvoll Detectives, die den Verstand, das Einfühlungsvermögen und die Erfahrung hatten, um gute Ermittlungen bei Sexualdelikten zu leisten.

Mangels fehlender direkter Ansprechpartner, Spezialisten, die sich der Opfer annahmen, und klarer Beratungsangebote wurden die Opfer noch weiter traumatisiert. Und vor Gericht unternahmen die Verteidiger alles, um sie weiter zu diskreditieren:

»Wie viele Sexualpartner hatten Sie?«

»Was haben Sie getragen?«

»Wie betrunken waren Sie?«

»Aber Sie hatten doch Kondome in Ihrer Handtasche dabei, nicht wahr?«

»Ich behaupte mal, Sie haben mit dem Angeklagten geflirtet.«

Die alte Zeit …

Heutzutage behandelten die Detectives die Fälle zumindest von Anfang bis Ende, sie nahmen die Aussagen auf, verwiesen die Opfer an die entsprechenden Beratungsstellen, befragten und verhafteten die Täter und begleiteten den Fall durchs Rechtssystem. Die Prozesse waren weniger traumatisch. Die Opfer waren eher bereit, sich zu melden.

Doch Ellen Destry wusste, dass es noch immer Reste des alten Systems gab. Die Mehrheit der sexuellen Übergriffe blieb ungemeldet, und noch immer gab es Uniformierte, Detectives, Anwälte und Richter, die den Reformen kaum mehr als Lippenbekenntnisse entgegenbrachten. In Taten, Worten, Körpersprache und Urteilsbegründungen kam deutlich heraus, dass sie Fehler bei den Opfern sahen, viele Übergriffe als männliche Bierlaune betrachteten und die kurz- und langfristigen Folgen für die Opfer nicht erkannten.

War Ian Judd einer dieser Männer?

Er war ein guter Diebstahlsermittler gewesen, bevor er zur Abteilung Sexualverbrechen wechselte. Auch hier erwies er sich als guter Ermittler. Doch ein paar der Opfer hatten ihn – so die Formulierung – »steif und tadelnd« gefunden.

Nachdem Ellen auf dem Weg zur Arbeit Hal bei Waterloo Automotive abgesetzt hatte, rief sie also Judd in ihr Büro und nahm eine langsame und sorgfältige Untersuchung vor, wie dieser Mann tickte.

»Unser Täter ist offensichtlich ein Pendler«, sagte sie.

Judd nickte. Sie konnte ihn denken sehen. Er legte den Kopf schräg, sagte: »Hmhm«, und fragte sich, worauf sie hinauswollte.

»Erinnern Sie sich noch an die Konferenz Anfang des Jahres, die vier Kategorien …?«

Die Konferenz war vom Studiengang Kriminologie der University of Melbourne angeboten worden, und es hatten dort Detectives der Abteilung Sexualverbrechen, Anwälte, Beratungskräfte, Akademiker und Absolventinnen teilgenommen; vier Sitzungen am Tag, daneben Vorträge und Workshops. Dazu hatte es ein Grundsatzreferat eines FBI-Profilers gegeben, der von vier Arten sexueller Angriffe gesprochen hatte: Macht-Bestätigung, Macht-Durchsetzung, Wut-Vergeltung, Wut-Erregung.

»Ich erinnere mich«, sagte Judd und schob die Brille auf die Nase.

»Wie würden Sie unseren Mann einordnen?«

»Darf ich fragen warum?«

»Mir zuliebe, Ian.«

Ellen wusste, dass Judd über ein außerordentliches Gedächtnis und einen analytischen Verstand verfügte. Sie sah ihm an den Augen an, wie sein Verstand arbeitete und wie er ein Loch in die Luft stierte, während er sortierte, ordnete und auswählte.

»Er könnte auf Bestätigung aus sein. Sagen wir, er hegt Zweifel seiner Sexualität gegenüber: Er greift Frauen an, um zu beweisen, dass er nicht schwul ist. Seine Unfähigkeit, eine Erektion zu bekommen und zu erhalten, befeuert noch seine Zweifel, also vergewaltigt er weiter oder versucht es zumindest.«

»Oder er ist heroinsüchtig und kriegt keinen hoch«, warf Ellen ein, »oder er kriegt unter normalen gesellschaftlichen Umständen keine Frau ab, weil er stinkt.«

Judds Gesicht verspannte sich. Er mochte es nicht, unterbrochen zu werden. »Dem FBI-Profiler zufolge ist der Machtbestätigungstäter ein sorgfältiger Planer und nicht übermäßig gewalttätig – was auf unseren Kerl zuzutreffen scheint.«

»Er packt die Frau?«, sagte Ellen. »Fesselt sie, knebelt sie, schneidet ihr die Kleidung vom Leib …?«

Judd schüttelte den Kopf. »Das möchte ich nicht herunterspielen, Ellen. Ich meine nur, er schlägt sie nicht, tritt nicht, foltert sie nicht.«

»Okay. Passt er also in die Kategorie Macht-Durchsetzung?«

Judd war sehr bestimmt. »Nein.«

»Erläutern Sie.«

»Erstens, er kennt diese Frauen nicht.«

»Soweit wir wissen.«

»Soweit wir wissen, ist er keiner von ihnen zuvor schon mal begegnet. Er hat sich nicht mit ihnen verabredet, hat sich ihnen nicht auf Partys genähert ... Er ist ihnen nicht begegnet, ist von keiner abgewiesen worden, es gibt also keinen Hinweis darauf, dass diese Vergewaltigungen Racheakte waren.«

»Es sei denn«, meinte Ellen, »es hat einen früheren Fall gegeben, von dem wir nichts wissen, und er hat Gefallen an dem Erlebnis gefunden.«

Sie beobachtete, wie Judd darüber nachdachte, sah das schnelle geistige Abwägen und Sichten, so als würde es sich um eine rein theoretische Übung handeln und keine tatsächlichen Opfer geben.

Vielleicht war das das Problem mit Judd – wenn es denn eins war. Er war Frauen gegenüber nicht feindselig oder gefühllos – er war vor allem ein Mann, der die Welt in analytischen, nicht emotionalen Begriffen sah.

Schließlich antwortete er darauf. »Offen gestanden, sehe ich das nicht. Er ist ein Planer. Der erste Übergriff mag zufällig während eines Einbruchs passiert sein, aber die Einbrüche und die folgenden Vergewaltigungen beweisen Vorausplanung. Ich möchte Hass oder gar Wut nicht ausschließen, aber er wirkt recht beherrscht.«

»Okay, Vergeltung?«

Sie sah, wie Judd sich darauf konzentrierte. Zeit verging.

»Möglich«, sagte er schließlich. »Es gibt ein Element der Demütigung in der Art, wie er seine Opfer behandelt. Hegt er Wut auf alle Frauen? Vielleicht. Er hat es nicht unbedingt auf einen bestimmten Typ abgesehen. Aber er plant im Voraus und ist nicht übermäßig gewalttätig. Er sucht sich sein Opfer, beobachtet Haus und Straße, bricht ein, wartet, dann greift er koordiniert an – jeder einzelne Schritt in diesem Prozess ist wichtig.«

Ellen bemerkte, dass sie nicht über Judds offenkundige Defizite bei der Befragung von Opfern nachdachte, sondern über ihr gemeinsames Ziel, einen Vergewaltiger zu fassen. »Sie haben recht«, sagte sie. »Er brauchte jedes einzelne dieser Elemente. Er ist nicht impulsiv.«

»Abgesehen von dem ersten Überfall.«

»Bleibt noch der Vergewaltiger aus Wut und Erregung«, sagte Judd, so als würde er die Führung übernehmen.

Doch er wartete und sah Ellen an. Sie schaute zur Zimmerdecke und versuchte sich an die Definition zu Wut-Erregung zu erinnern. »Einige der Elemente sind vorhanden«, meinte sie schließlich. »Ort, Werkzeuge, Methode – alles sorgfältig ausgearbeitet. Und es gibt ihm vielleicht einen Kick, bei seinen Opfern Angst zu erkennen.«

»Aber er ist kein Sadist, in dem Sinne, dass er große Schmerzen verursacht«, sagte Judd. »Keine Folter.«

Ellen nickte düster. »Auf eine kranke Art sucht er vielleicht nach Liebe. Er kocht ihnen einen Tee, bleibt auf ein Schwätzchen, sagt, er würde sich Sorgen um ihre Sicherheit machen. Fast so, als würde er sich eine Beziehung einbilden.«

»Ich glaube nicht. Ich glaube, das ist einfach nur frech. Er erlaubt sich einen Scherz.«

Ellen fand, dass daran etwas war. Es schauderte ihr. »Einen grausamen Scherz.«

»Ja«, räumte Judd ein und beobachtete sie wieder.

»Ellen«, sagte er, »für diesen Kerl irgendeine Kategorie zu finden, ist meiner Meinung nach Zeitverschwendung. Darum können sich die Psychoheinis kümmern, wenn wir ihn geschnappt haben. Die reine Polizeiarbeit wird ihn schnappen, nicht psychologische Auslassungen.«

»Es ist hilfreich zu wissen, wie er tickt, Ian.«

»Nein, ist es nicht«, entgegnete er unverrückbar.

»Ian«, sagte Ellen sanft, »ich habe kürzlich mit Robin Lincoln gesprochen.«

Der Fall Lincoln lag eine Weile zurück und kroch nun durchs Rechtssystem. Judd war der Ermittler.

»Und?«

»Seit der Vergewaltigung ist sie drei Mal umgezogen.«

Judd sah sie ruhig an. Ellen hatte keine Ahnung, was er dachte.

»Sie hat gern allein gelebt, jetzt braucht sie Menschen um sich herum. Und wenn diese nachlässig sind, was die Sicherheit betrifft, dann muss sie sich andere Mitbewohner suchen. Mental ist sie in einem erbärmlichen Zustand. Offenbar haben ihre Freunde ihren Autoschlüssel konfisziert, weil sie sich Sorgen machen, sie könnte Dummheiten machen und sich oder andere umbringen.«

»Das weiß ich«, sagte Judd ausdruckslos.

»Ich möchte Sie nur bitten, sie schonend zu behandeln.«

Womit sie alle Opfer meinte.

Judd blinzelte völlig überrascht. »Was meinen Sie damit? Ich bin verständnisvoll. Ich habe großes Mitgefühl. Aber manchmal müssen wir auf den Punkt kommen.«

Ellen hasste das. Eigentlich mochte sie Judd, wie sie feststellte. Er war eben ein unverrückbarer Holzklotz, mehr nicht. »Ein Lächeln, ein Nicken«, sagte sie. »Zuhören, Verständnis zeigen, nicht unterbrechen, nicht verurteilen.«

»Ich verurteile nicht. Niemals«, entgegnete Judd. Dann hielt er inne. »Ich verurteile die Scheißkerle, die so etwas tun. Darauf können Sie sich verlassen.«

In der Zwischenzeit stand Challis auf dem Vorplatz von Waterloo Automotive und besah sich sein Auto. Es stand frisch gewaschen neben dem Gebäude, aller Straßenstaub abgespült, und nun wirkte der kleine BMW schnittig und erstrebenswert, und Challis war hin- und hergerissen.

Bernie Joske schlenderte heran und wischte sich wie immer die Hände an einem dreckigen Lumpen ab. »Fährt wieder tipptopp, Mann.«

»Und der Aufwand?«

»Teile plus Lohnkosten, vierhundertfünfundzwanzig.«

»Du meine Güte.«

Joske machte eine flehende Geste. »Was soll ich sagen, Mann?«

»Ja, ja«, winkte Challis ab. Dann machte er eine leicht fragende Kopfbewegung.

Joske deutete sie richtig. »Komm Sie mit rein, und wir klären die Rechnung ab.«

Joskes Büro lag an der Seite des Gebäudes; daneben hatte seine Tochter, die sich um die Rechnungen kümmerte, ihr eigenes kleineres Büro. »Wir reden mal ein paar mögliche Neuwagen durch, meine Liebe«, sagte er und schloss die Tür.

Challis warf einen Blick durch die halbhohe Glaswand in den Werkstattbereich mit den Hebebühnen, den Werkzeugen und den fleißigen Mechanikern in Overalls. »Jemand verhökert Farmerfahrzeuge und Geräte, Erdbewegungsmaschinen ... Irgendwelche Ideen?«

Joske grinste ihn humorlos an. Er rutschte in seinem Bürostuhl herum und meinte geruhsam: »Einer meiner Neffen hat den Sheriff an der Hacke.«

»Lassen Sie mich raten, unbezahlte Strafzettel.«

»Und zwar über viertausend Dollar, dieser Blödmann«, sagte Joske. Er hielt kurz inne. »Der Sohn meiner Schwester. Nicht die hellste Kerze am Kronleuchter. Ich sage zu ihm, Darren, das Stück Papier hinter deinem Scheibenwischer hat eine Bedeutung, das ist ein Strafzettel wegen Falschparkens, keine Weihnachtsdeko. Du hast die Parkzeit überschritten, du hast im Halteverbot gestanden.« Joske schüttelte den Kopf. »Aber ich kann sagen, was ich will, zum einen Ohr rein, zum anderen raus. Wenn er es nur lange genug ignoriert, geht es von alleine weg, denkt er wohl. Aber was soll ich machen, er ist der Jüngste meiner Schwester, sie ist alleinerziehend, und ich versuche zu helfen, wo ich kann, okay?«

»Klingt ganz so, als fehlt ihm liebevolle Strenge«, sagte Challis.

Joske verzog das Gesicht. »Besser kann man es nicht ausdrücken. Sie sind einfach viel klüger als andere. Aber er ist nun mal Familie, Hal.«

»Ich kann die Strafzettel nicht verschwinden lassen.«

»Aber ...«

»Ratenzahlung, vielleicht. Einen Hunderter die Woche. Oder eine Neubewertung der Gesamtsumme.«

»Damit können wir leben«, meinte Joske.

Aber konnte Challis das auch? Das würde bedeuten, jemand anderen um einen Gefallen bitten zu müssen, und so kam eins zum anderen ...

»Und, transportiert jemand landwirtschaftliches Gerät und Baumaschinen durch die Gegend?«

»Ich horche noch herum«, antwortete Bernie Joske, »aber es gibt das Gerücht, dass sich unten an der Küste was tut, vielleicht bei Inverloch. Ich weiß allerdings nicht genau wer oder wo. Noch nicht.«

Polizist und Informant, das war schon eine merkwürdige Beziehung. Welches Motiv hatte ein Spitzel? Bernie stand offiziell als Informant auf der Liste, er wurde dafür bezahlt, aber es war nicht das Geld, was ihn antrieb; mit seiner Autoreparatur verdiente er sich einen ansehnlichen Lebensunterhalt. Vielleicht beruhigten ihn Geld und Gefälligkeiten, wenn er an seinen Verrat dachte. Und Challis war sich sicher, dass Bernie durchaus wählerisch mit den Informationen umging, die er weitergab. Er ging möglichem Ärger aus dem Weg, schadete der Konkurrenz oder rächte sich für irgendeine Kränkung. Einmal hatte er auf einen Mechaniker aufmerksam gemacht, der mit manipulierten Fahrwerken handelte; Challis erfuhr später, dass der Mechaniker Joske bei einer Autoversteigerung überboten hatte.

Challis hatte noch weitere Informanten. Die Polizeiarbeit war ohne sie nicht machbar. Ihm missfiel allerdings die Abhängigkeit, das Geben und Nehmen. Und er wusste, dass es klüger war, nicht alle Hoffnungen auf nur einen einzigen Mann wie Bernie zu setzen. Man konnte nie wissen, wie lange Bernie noch nützliche Informationen liefern würde, wie lange er der Justiz einen Schritt voraus war oder auch nur am Leben blieb. Und Challis konnte nie sicher sein, ob hinter allem nicht noch Vorbeugung und Ablenkung steckte und Bernie ihn in die eine Richtung wies, um in der anderen Richtung zwielichtige Geschäfte zu machen.

Eines war auf jeden Fall klar, Challis würde sich niemals in der Öffentlichkeit mit diesem Mann blicken lassen. Damit wäre er das Risiko eingegangen, als Bernies zahmer Bulle bekannt zu werden, als Polizist, der die Hand aufhielt.

»Sagen Sie mir Bescheid, wenn Sie etwas Konkretes hören.«
»Mach ich.«

25

Allies Stimme am Telefon klang angespannt und zitterte vor Aufregung.

»Ich muss dich sehen.«

Ellen war auf der Heimfahrt gerade bei den Autokinos in Dromana vorbeigekommen und hatte angehalten, um ans Handy zu gehen. Der Verkehr floss südwärts über die Freeway-Überführung, die Sonne stand tief, Ellen war müde. »Ich bin gleich zu Hause.«

»Bist du im Auto unterwegs? Kehr um und komm zu mir. Bitte? Es ist wichtig.«

Ellen murrte, legte auf und rief Challis an. »Hast du deinen Wagen zurück?«

»Ja.«

»Gut. Ich komme ein wenig später. Allie will, dass ich unbedingt bei ihr vorbeikomme.«

»Alles okay bei ihr?«

»Wieder mal ein Drama.«

Ellen machte sich in Richtung Norden auf zum Freeway, dann nahm sie die Ausfahrt Craigie Road, fuhr zum Strand und von dort aus zur Esplanade in Mornington.

Ellen stand an Allies riesigem Panoramafenster im ersten Stock und war wie immer ganz fasziniert von dem Ausblick auf die Bucht. Ein Containerschiff fuhr in Richtung Port Phillip Heads. Ellen aber dachte an die Reiseprospekte, die auf dem Couchtisch lagen, und ahnte, was ihre Schwester an Neuigkeiten hatte.

Dann kam Allie mit zwei klobigen Gläsern mit Gin Tonic, Eis und einem Zitronenschnitz herein. Die Gläser waren beschlagen. Ellen hätte am liebsten das Glas genommen und als Balsam gegen einen schweren Tag in einem Zug ausgetrunken, fragte aber: »Nur wenig Gin?«

»Ich weiß doch, dass du fahren musst, Ellen«, entgegnete Allie. Sie wirkte erhitzt, ihre Augen funkelten, und sie reichte Ellen eines der Gläser.

Kühl und feucht, mehr Tonic als Gin. Ellen ließ sich erleichtert in einen Sessel sinken, nahm noch einen Schluck und stellte das Glas auf einem Untersetzer ab, gleich neben einem Prospekt für Tahiti.

»Machst du eine Reise?«

Die Augen ihrer Schwester funkelten. »Ja!«

»Mit Clive?«

»Ja«, antwortete Allie mit leicht herausfordernd gerecktem Kinn.

»Wie nett«, sagte Ellen und warf einen Blick auf die Prospekte. »Wohin genau?«

Allie legte den Kopf erst zu der einen, dann zur anderen Seite, so als würde sie abwägen. »Ich habe mich noch nicht entschieden. Clive hat mich damit überfallen.«

Ellen wollte es vorsichtig angehen, doch dann fragte sie rundheraus: »Und er bezahlt?«

»Warum muss es sich bei dir eigentlich immer um Geld drehen?«

Hauptsächlich, weil ich nicht so viel davon habe, dachte Ellen. Zumindest hatte sie herausgefunden, woher das Geld für die Reise stammte. Sie wechselte das Thema und sagte: »Klingt ja großartig. Wann wollt ihr denn los?«

»Bald.«

Ellen runzelte die Stirn. »Aber zu Weihnachten bist du doch hier?«

»Klar.«

Weihnachten. Die beiden saßen da und starrten die Wand an. Vor einem Jahr hatten die Eltern ihr Haus verkauft und waren in eine kleine Wohneinheit in einer Seniorenresidenz gezogen.

»Aber ihr seid doch noch nicht alt«, hatte Ellen protestiert.

»Natürlich nicht«, hatte ihre Mutter gemeint.

»Das ist eine Seniorenresidenz«, hatte ihr Vater ergänzt, »kein Pflegeheim.«

Ellen dachte an das erste Weihnachtsfest im neuen Zuhause ihrer Eltern zurück. Alles an dem Tag hatte falsch gewirkt: die winzigen Zimmer, nichts Vertrautes, der Geist der Familie irgendwie kleiner. Das alte Haus der Eltern – Hort ihrer Familie – hatte die Liebe und den guten Willen von zig Weihnachtsfeiern und Geburtstagen aufgesogen und schien das abzustrahlen. Ihr neues Zuhause, diese kleine Schachtel, war armselig.

Aber die Töchter, die pflichtbewussten Töchter wurden dort erwartet.

»Und wann geht die Reise los?«

»Sobald Clive wieder zurück ist. Irgendwann im neuen Jahr.«

»Wo ist er denn hin?«

Allies Blick huschte in eine Zimmerecke. »Geschäftlich unterwegs.«

Ellen fragte streng: »Bringst du ihn Weihnachten mit?«

Allie begutachtete eine andere Ecke. »Wahrscheinlich nicht.«

Ellen beließ es dabei. »Was möchtest du denn zu Weihnachten haben?«

Allie streckte ein geschmeidiges Bein aus und wackelte mit dem gepflegten Fuß.

»Da gibt es ein Paar Riemchensandalen, auf die ich ein Auge geworfen habe.«

»Okay.«

»Lass uns shoppen gehen, ich zeig sie dir.«

»Jetzt?«

»Sicher. Warum nicht?«

»Können wir getrennt fahren? Ich bin zeitlich ein wenig knapp dran.«

Allie begutachtete den Couchtisch. »Clive hat sich meinen Wagen geliehen.«

Verflixt, dachte Ellen. Sie wollte nur nach Hause und mit Challis essen gehen. »Oh. Okay.«

»Es dauert nicht lange, versprochen.«

Ellen seufzte. »Na gut.«

»Ich hole meine Sachen.«

Allie huschte leicht wie eine Fee hinaus. Bei meiner Schwester gibt es nichts Halbes, dachte Ellen. Entweder schwebt sie auf einer Wolke, oder sie hängt uns wie ein Mühlstein um den Hals.

Sie lauschte nach Allies sich nähernden Schritten und nahm ihren Autoschlüssel, um zwei der Prospekte in ihre Handtasche zu schieben.

Während Ellen über die Esplanade direkt zur Main Street fuhr und sich links und rechts nach einem Parkplatz umsah, schwatzten sie über dies und das. Später Samstagnachmittag, zwei Wochen vor Weihnachten, rechnete sie sich keine großen Chancen aus.

»Ist Clive lange fort?«
»Weiß ich nicht.«
»Wo ist er denn hin?«
»Ach, geschäftlich unterwegs.«
»Ich habe dir noch gar nicht gesagt, was ich zu Weihnachten möchte«, sagte Ellen. Und du hast mich auch nicht gefragt. Tust du nie – und dann kaufst du mir immer in letzter Minute irgendwas, das ich nicht mag und nicht brauche.
»Was denn?«
»Einen von diesen französischen gusseisernen Kochtöpfen. Blassblau.«
»Sind die nicht zu teuer?«
War einen Versuch wert, dachte Ellen. »Oder ein DVD-Set von *House of Cards*.«
»Okay.«
»Die amerikanische Serie. Wenn sie nicht zu teuer ist.«
»Nein, ist schon okay.«
Ellen bog nach links und fuhr zum Parkplatz neben dem Kaufhaus Target. Er war gesteckt voll. Sie fuhr die Reihen entlang und suchte. »Allie, wenn du knapp bei Kasse bist, dann macht das nichts.«
»Ist okay, hab ich gesagt.«
»Wenn du das Geld für die Reise brauchst oder du Clive was geliehen hast, dann verstehe ich das völlig.«
»Alles bestens, er wird es mir zurückzahlen«, entgegnete Allie, verschränkte die Arme und setzte sich aufrecht hin.
Ellen bremste ab und fuhr vorsichtig in einen schmalen Platz zwischen einem Mazda und einem Audi – der natürlich über der Linie stand, so als gebührten ihm zwei Plätze. »Wie viel?«, fragte sie und achtete darauf, ihre Schwester nicht anzuschauen.
»Er musste ein paar Krankenhausrechnungen bezahlen«, antwortete Allie; Ellen versuchte sich das Gesicht zu dieser Stimme vorzustellen: hartnäckig, dickköpfig, rechthaberisch, eben die Miene, die sie aufsetzte, wenn man sie beschuldigte, sie bei einer

Lüge ertappte oder mit einem Wunsch, einer Forderung belästigte.

Ihr übliches Gesicht also.

»Ist er krank?«, fragte Ellen.

»Seine Nichte, wenn du es wissen musst. Die Tochter seiner Schwester. Sie hat Leukämie.«

»Das arme Kind, ist ja furchtbar«, sagte Ellen ganz neutral.

»Seine Familie hat es ziemlich schwer gehabt.«

»Wie ist sie denn so?«

»Ich werde sie hoffentlich nach Weihnachten kennenlernen«, antwortete Allie.

Ellen zog die Handbremse an und schaltete den Motor aus. Die Passanten stapften mit Lebensmitteln und Weihnachtseinkäufen beladen zwischen den Autos herum. Keiner wirkte sonderlich glücklich. Aber auch nicht unglücklich, nur beladen.

»Allie, sei vorsichtig.«

»Was meinst du damit?«

»Na, wenn Clive zum Beispiel vorschlägt, gemeinsame Konten einzurichten. Pass einfach auf.«

»Hältst du mich für so blöd?«, wollte Allie wissen, aber ihre Stimme verriet einen Hauch von Zweifel.

»Nein, ich halte dich überhaupt nicht für blöd.«

»Nun, du findest, ich hätte mich in der Liebe blöd angestellt«, entgegnete Allie.

Damit meinte sie ihre Ehen. »Wir alle machen Fehler«, meinte Ellen. Sie öffnete die Tür und achtete darauf, nicht den Audi anzuhauen, dann dachte sie: Zum Teufel mit dem Audi. »Na, dann mal los, und hauen wir mein hart verdientes Geld auf den Kopf.«

Doch dann bemerkte sie den Ausdruck des Jammers auf dem Gesicht ihrer Schwester über das Autodach hinweg. »War nur ein Scherz, Allie, sorry. Ich kaufe dir wahnsinnig gern die Sandalen.«

Allie machte den Mund auf und schloss ihn wieder, dann

wandte sie sich ab und legte den Riemen ihrer Handtasche über die schmale braune Schulter. Sie wollte mir alles beichten, schätzte Ellen, hat es sich dann aber anders überlegt.

26

Sonntag, sieben Uhr früh, eine schwache Brandung bei Point Leo.

Pam Murphy wippte auf ihrem Surfbrett, paddelte träge vor sich hin und warf in Erwartung einer guten Welle einen Blick über die Schulter. Nichts los. Die Wellen, die an diesem Morgen hereinkamen, hoben und senkten sie nur sanft, oder aber sie brachen falsch oder zu spät, träge Dinger, die Hoffnungen weckten, aber nicht hielten.

Trotzdem, hier draußen auf dem Wasser zu verweilen, war eine nette Unterbrechung ihres Tages, ihrer Woche. Surfen erdete sie – sozusagen. Die Luft war sauberer, das Wasser klar und strahlend, wo weiter draußen die Dezembersonne darauf traf. Der Sommer ist da, dachte sie, Weihnachten kommt. Geschenke für ihre Brüder und deren Frauen und Kinder. Ein Geschenk für ihre Mutter, den Inspector, ein paar Freunde.

Welche Freunde? So gut wie keine bei der Truppe.

Pam tanzte auf dem Wasser und erging sich in Tagträumen. Ein Ruf, ein Fluch, dann glitt ein ihr Unbekannter vorbei, und sie war ihm im Weg. »Verfluchte Anfänger«, brüllte er. Aber sie war keine Anfängerin. Sie war eine erfahrene Surferin, die gerade nur in einem flachen Schwell herumtanzte, das war alles. Sie schaute zu, wie der Typ ausritt, es kaum bis an den Strand schaffte und wieder hinauspaddelte. Ein paar von den anderen Dauersurfern, Frühaufsteher wie sie, hielten ihn auf, beugten sich auf ihren Brettern vor und murmelten ihm etwas zu. Dann ließen sie ihn durch, und er paddelte beklommen an Pam vorbei, halb trotzig, halb gezüchtigt. Sie waren für sie eingetreten.

Sie gehörte zu einem Stamm, fand sie, hier draußen auf dem Wasser.

Geduscht, in einer leichten Cargohose, mit ärmellosem Top und Sandalen, frühstückte sie Kaffee, Müsli und ein Croissant in Red Hill, bevor sie zum Freeway fuhr und von dort auf den Peninsula Link und den EastLink. Danach folgten vorstädtische Haupt- und Nebenstraßen durch die östlichen Vororte von Melbourne. Baumbestanden, aber voller Autoabgase.

Ihre Mutter wohnte in der Capel Gardens Lodge in Hawthorn, nicht weit von dort, wo Pam aufgewachsen war. Es handelte sich um zwei Hektar mit Sträuchern, Pfaden und Häuschen am Ende einer mit Bremsschwellen versehenen Zufahrt. Pam suchte sich einen Parkplatz, schaltete den Motor aus und sah auf die Uhr.

Zehn Minuten zu früh.

Sie nahm die mittlerweile vertrauten Pfade, nickte einer alten Frau und einer jungen Mitarbeiterin zu. Sie wich einem Rasensprenger aus, blieb stehen, um an einer Rose zu schnuppern, und bemerkte, dass sie zum ersten Mal seit Tagen heiter war, spürte, wie sich ihre Haut über den Knochen spannte, wie ihre Sinne kribbelten. Das kam von der milden Sonne, der Abwechslung von der Arbeit, der Aussicht auf ein Abenteuer. Wenn sie sonst ihre Mutter besuchte, saßen sie nur herum, redeten, tranken Tee und trafen andere alte Damen.

Ihre Mutter wartete abfahrbereit auf einem Gartenstuhl in der Sonne; sie hatte ihr Häuschen abgeschlossen und die Vorhänge zugezogen. Pam beugte sich vor und gab einer faltigen, papiertrockenen Wange einen Kuss. »Ich bin doch nicht zu spät?«

»Du bist früh, meine Liebe«, antwortete Harriet Murphy, stützte sich auf ihren Stock, reckte eine knochige Schulter nach oben und richtete sich dann auf. Sie trug Strümpfe, einen blauen Wollrock, Bluse und Strickjacke.

Sie hatte eine Decke auf dem Schoß gehabt. Sie fiel zu Boden.

»Ups, die hatte ich ganz vergessen.«

»Ich mach schon«, sagte Pam und griff nach unten.

Dann hakte sich eine vertraute Hand bei ihr ein, und die beiden gingen langsam zum Wagen, im Hintergrund nur das ferne Rauschen des Verkehrs, das Zischen der Rasensprenger, das Rascheln der Vögel. Diesmal begegnete Pam niemandem. Es war, als würde sie ihre Mutter, die Letzte ihrer Art, aus einem verlassenen Weiler holen.

»Das macht Spaß.«

Pam lacht. »Wir sind ja noch nicht mal beim Auto.«

»Glaub mir, meine Liebe, das macht Spaß.«

Erst fuhr Pam mit ihrer Mutter am alten Haus der Familie vorbei, zwei Straßen entfernt, dann legte sie schnell den Rückweg zur Peninsula hin, fuhr in Frankston vom Freeway und nahm dann die gewundene Küstenstraße. Über Oliver's Hill, dann hinunter nach Mount Eliza, immer den Anweisungen der Mutter folgend.

Am Ende der Canadian Bay Road fragte sie: »Wohin dirigierst du mich, um alles in der Welt?«

»Immer mit der Ruhe, meine Liebe. Du warst schon immer die Ungeduldige.«

War ich das?, dachte Pam. Sie verglich sich mit ihren älteren Brüdern. Keiner von beiden, mit ihrer Neigung zu angedeuteten Herabsetzungen ihrer sportlichen Polizeibeamtenschwester, war ihr je sonderlich schnell oder zornig oder überhaupt irgendwie aktiv vorgekommen. Sie war wohl doch die Ungeduldige gewesen, nahm sie an.

Aber ich bessere mich, oder? Ich komme mir im Augenblick gar nicht ungeduldig vor. Ich möchte nur wissen, wo du mich hinbringst.

»Da!«, rief ihre Mutter.

Es handelte sich um ein grell aufgemotztes Gasthaus in

Mount Eliza, ein massiver Block aus blassen Steinen in der Mitte von rigoros gepflegten Rasenflächen, und durch die Stäbe eines Eisentors sah man einen Lexus Allrad und ein BMW Cabrio.

»Bist du sicher?«

Harriet Murphy nickte. »Als dein Vater und ich hier lebten, war das nur ein kleines, heruntergekommenes Haus in einem Stück Buschland, nicht dieses abscheuliche Ding.«

»In erster Ehe?«

»Ja.«

Sie blieben eine Weile im Auto sitzen. Das Haus gab ihr nichts, die Straße war nicht wiederzuerkennen, also meinte Harriet: »Okay, das langt, bring mich zum Wasser, meine Liebe.«

Sie parkten am Ende der Straße und stiegen aus; Pam packte ihre Mutter am Ellbogen und ließ die ältere Frau sich über den schwierigen Boden vortasten: Asphalt, Stufen, Sand.

Dann standen sie da, hielten die Nasen in den Wind und schauten zu, wie er die Wasseroberfläche riffelte. Zum zweiten Mal meinte Harriet: »Das langt.«

»Frühes Mittagessen?«

»Ausgezeichnete Idee.«

Mittag auf dem Pier bei Mornington, Harriet stocherte in einem Salat herum und trank Mineralwasser. Sie hatte sich auf der Damentoilette frischen Lippenstift aufgelegt, dicke, hektische Striche, und nun hatten ihre Lippen einen Abdruck auf dem Rand des Glases hinterlassen. Der Raum schwamm im Sonnenlicht, und Pam dachte: Sie wird alt.

Sie streckte die Hand über den Tisch aus und griff nach einer geäderten Hand. »Eine wirklich schöne Idee, mal so einen Tag mit dir zu verbringen.«

Ein betrübtes Lächeln. »Viel mehr Möglichkeiten dazu gibt es wohl nicht mehr.«

»Sag doch nicht so was.«

»Ich bin nur realistisch, meine Liebe.«

Sie schwatzten über alte Freunde, unklare Familienzugehörigkeiten und Geschichten, Pams Brüder.

»Es würde ihnen nicht wehtun, zu Weihnachten nach Hause zu kommen.«

»Die führen ihr eigenes Leben, meine Liebe.«

Und ich vielleicht nicht?

Nein, vielleicht nicht.

Der Punkt war nur, Pams Brüdern hörte man zu, man bewunderte sie, redete über sie. Pam zweifelte nicht daran, dass ihre Eltern sie geliebt hatten, dass ihre Mutter sie immer noch liebte, aber sie war Jahre nach ihren Brüdern auf die Welt gekommen – ein Nachtrag, hatte mal jemand gesagt. Ein Mädchen; sportlich, nicht gebildet. Niemand wollte, dass sie eine große Karriere machte. Niemand hatte sie gefragt, was sie antrieb, niemand hatte sie ermutigt. Es wurde ganz allgemein erwartet, dass sie heiratete und Kinder bekam. Auf vage, beiläufige Art, wenn überhaupt.

Vielleicht konnte man ihr die Verärgerung im Gesicht ablesen; ihre Mutter schaute jedenfalls genau hin. »Meine Liebe«, sagte sie wie zur Warnung.

»Was denn?«

»Ich liebe dich. Ich habe dich immer geliebt und werde dich immer lieben.«

Pam kamen die Tränen. »Ich weiß. Ich liebe dich auch.«

»Lass uns gehen. Die Musik ist schrecklich.«

Pam hatte nicht darauf geachtet. Sie hörte hin: Panflöten. Du meine Güte, kamen die wieder in Mode?

Am Spielplatz mit dem Piratenschiff sagte ihre Mutter: »Nach links, meine Liebe.« Dann noch einen Abzweig in eine kleine Straße, die an der katholischen Kirche St Macartans vorbeiführte, wo ihre Mutter sagte: »Stopp.«

Pam hielt am Straßenrand. »Die Kirche hat irgendeine Bedeutung, nehme ich an?«

»Hier haben wir geheiratet.«

»Tatsächlich?«

Pam sah zu den rötlichen Ziegeln hinaus und war ein wenig verwirrt. Sie hatte die Hochzeitsfotos gesehen und stets angenommen, dass ihre Eltern irgendwo in Melbourne geheiratet hatten. Sie wohnte nun schon seit ein paar Jahren auf der Peninsula und war mehrmals an der Kirche vorbeigekommen; sie war zu einer Hochzeit und zu einer Beerdigung hier gewesen.

»Eine große Hochzeit?«

»Ja und nein«, antwortete Harriet Murphy und blinzelte. »Mein Vater hat sich geweigert, daran teilzunehmen.«

Eine Enthüllung nach der anderen. »Aber warum denn nicht, um alles in der Welt?«

»Weil ich einen Katholiken geheiratet habe.«

Pam war leicht entrüstet. »Du machst Witze.«

»Schwamm drüber. Ist nicht wichtig.«

»Aber natürlich ist das wichtig«, entgegnete Pam und dachte an die Leere, die Verbitterung und den Schmerz ihrer Mutter vor all den Jahren. »Hat er sich eines Besseren besonnen?«

»Am Ende schon. Dein Vater war nun wirklich kein Papist, und ich habe keine zehn kleinen Katholiken zur Welt gebracht.«

Pam konnte sich nicht daran erinnern, in der Jugend überhaupt mal in der Kirche gewesen zu sein. »Welche Knaller hast du denn noch für mich parat?«

»War das ein Knaller, meine Liebe?«

Als Nächstes fuhr Pam zum Moorooduc Highway und dann über den Freeway bis zur Ausfahrt Red Hill. Als sie an der BP-Tankstelle vorbeikamen, in der Michael Traill arbeitete, spürte sie, wie sich ihre Schultern verspannten und ihre Hände sich ans Lenkrad klammerten.

»Alles in Ordnung, meine Liebe?«

Ihre Mutter, die Detektivin. »Alles bestens.«

»Irgendein Freund am Horizont? Eine Freundin?«

Ihre Mutter, die Hellseherin. »Weit hinter dem Horizont, wo niemand sie sehen kann.«

»Nur Geduld.«

»Wie alt warst du, als du Dad kennengelernt hast?«

»Zweiundzwanzig.«

»Ich bin dreißig«, sagte Pam, so als wolle sie damit etwas unterstreichen. Was genau, konnte sie nicht sagen.

»Aber Dad war nicht der Erste«, sagte ihre Mutter.

»Wenn du ein falsches Spiel mit jemandem getrieben hast, Mutter, dann will ich davon nichts hören, glaube ich.«

»Ihr Jungen glaubt wohl, ihr hättet den Spaß erfunden«, meinte Harriet Murphy.

Wobei sie mit den Ausdrücken ein wenig durcheinanderkommt: Wir haben angeblich den Sex erfunden, dachte Pam. Sie dachte an den Spaß in ihrem Leben: frühmorgens surfen, mit ihrer alten Mutter im Auto herumfahren. Das war es auch schon.

»Und wer waren die anderen Freunde von dir?«

»Einer war Pilot«, antwortete ihre Mutter. »Ein anderer hatte ein Fischerboot in Westernport.«

Aktive Männer, die im Freien arbeiteten. Und dann hatte sie einen Professor geheiratet.

»Und wie hast du Dad kennengelernt? Er ist doch nicht hier aufgewachsen?«

»Er kam zum Äpfelpflücken.«

Harriet war auf einer Obstplantage am Red Hill aufgewachsen. »Und du hast ihn mit nacktem Oberkörper gesehen …«

Harriet lachte. »So ungefähr.«

Sich das Sexleben ihrer Eltern vorzustellen, konnte Pam nur in engen Grenzen. »Und da fahren wir jetzt hin? Zur Obstplantage?«

»Wenn du nichts dagegen hast.«

»Wir spulen dein Leben zurück«, sagte Pam. »Ich hole dich dort ab, wo du dein Alter verbringst, dann werfen wir einen kurzen Blick auf die Orte, wo du den Großteil deiner Ehejahre verbracht hast, dann auf die deiner frühen Ehejahre, dann auf die Kirche, in der ihr geheiratet habt, und auf den Ort, wo du aufgewachsen bist.«

»Ja, könnte sein, du hast recht, meine Liebe«, meinte ihre Mutter unbestimmt.

Die alte Obstplantage war heute eine Winzerei mit Restaurant, ein auf putzig gemachter Ort mit Blick auf die Rebstöcke; neben dem Hauptgebäude standen teure deutsche Autos mit der Schnauze voran an einer Bohle. Pam hielt im Schatten eines Fichtenwindbrechers, dann schauten sie über die gestaffelten Hügel, die sanft dahinrollten und sich ineinander verwoben wie Leiber und Gliedmaßen von Liebenden.

»Ich habe es einfach geliebt, hier aufzuwachsen. Ein paar Häuser und Farmen, das war alles.«

»Bringt dir das Erinnerungen zurück, obwohl sich das alles so verändert hat?«

»Erinnerungen sind nicht nur Bilder, meine Liebe. Gerüche, Klänge ...«

»Wie lange hat Dad für deinen Vater gearbeitet?«

»Nicht lange«, sagte Harriet und hielt inne. »Wir sind erwischt worden.«

Pam klappte den Mund auf und schloss ihn wieder. Sie sah die heiße Sonne, den gefleckten Schatten und die nackte Haut. »Du böses Mädchen.«

»Das hat mein Vater auch gesagt.«

»Mutter, kenne ich dich überhaupt?«

Harriet berührte sie am Unterarm. »Du kriegst, was du siehst, meine Liebe.«

Der nächste Halt war zum Nachmittagstee im Merricks General Store, wo noch mehr deutsche Autos protzten. Das hat man davon, wenn man sonntags auf der Peninsula herumfährt, dachte Pam.

Sie setzten sich auf die Terrasse, tranken Eistee und aßen Scones mit Clotted Cream.

»Hier in der Nähe bin ich früher reiten gegangen.«

»Siehst du? Wir gehen immer weiter in der Zeit zurück. Jetzt sind wir in deiner Kindheit angelangt. Als Nächstes zeigst du mir noch, wo du gezeugt worden bist.«

Ihre Mutter tupfte sich mit einer Serviette die Lippen ab. »Ein Ereignis, das ich mir nie habe bildlich vorstellen können.«

Die Sitznachbarn lauschten. Ein Mann, eine Frau, eine weitere Frau, alle Mitte fünfzig. Sie grinsten Pam an. Pam zuckte mit den Schultern und grinste zurück. Sie amüsierte sich prächtig.

»Und wohin als Nächstes?«

Harriet schaute auf die Uhr. »Wir haben gerade noch Zeit, um kurz in Shoreham vorbeizuschauen, und dann fährst du mich vielleicht nach Hause?«

»Bist du dort gezeugt worden?«

»Da wohnte meine beste Freundin.«

Der alte Teil von Shoreham: der höchste Punkt, an dem alte und neue Häuser hinter dichtem Baumbestand lagen. Pam hielt an, wo die Straße an der Spitze der Klippe zu Ende war, und fragte: »Hier?«

Harriet reckte den Kopf und sah zur Seitenscheibe hinaus. »Das alte Haus steht immer noch da.«

»Wer war denn deine Freundin?«

»Hazel Carlyle.«

»Harriet und Hazel, die unzertrennlichen Zwillinge.«

»Ja, so ungefähr. Wir waren tatsächlich unzertrennlich – wenn wir zusammen waren, natürlich.«

»Lebt sie noch?«

Eine Träne kullerte über die Wange. »Mum, alles in Ordnung?«

»Nur die Erinnerungen, meine Liebe.«

»Gute? Schlechte?«

»Hazel. Sie ist ertrunken, als sie neun war.«

Mutter und Tochter saßen da, sahen all die Jahre zurück, und dann ging Pam auf, worum es an diesem Tag ging. Ihre Mutter bereitete sich auf den Tod vor. Sie verabschiedete sich.

Es war bereits später Nachmittag, als Pam ihre Mutter abgesetzt hatte, die Sonne schien tief über den Peninsula Link, und Pam fuhr nach Hause. Der Verkehr in ihrer Richtung war spärlich, nur in der Gegenrichtung floss er zäh; die Wochenendtouristen fuhren in ihre Vororte zurück. Ein merkwürdiges, irgendwie trübes Hochgefühl hatte Pam erfasst, ein Gefühl, das sie nicht benennen konnte. Es setzte sich zusammen aus Kummer, Einsamkeit, Liebe zu ihrer Mutter und ihren Kindheitserinnerungen und einem Gefühl von Bevorzugung, dass sie, nicht ihre Brüder oder sonst wer mit der Aufgabe des Tages betraut worden war. Mit dieser Pilgerfahrt. Hochgestimmt, bedrückt und verwirrt. So fühlte sie sich. Ziellos.

Der Verkehr auf den auswärts führenden Spuren brachte sie wieder in die Realität zurück. Verkehr, Benzin. Ihre Gedanken wendeten sich Michael Traill und anderen Gefühlen zu, die sie nicht recht benennen konnte.

Sie sah auf die Uhr, es war nach achtzehn Uhr, also kurvte sie bei der Ausfahrt Balnarring zurück auf den Moorooduc Highway und fuhr zur BP-Tankstelle. Traill war nicht da. »Sonntags arbeitet er nicht«, sagte der Mann an der Kasse. Iraner, Afghane, Iraker … vielleicht ein Arzt oder ein Ingenieur, der versuchte, mithilfe eines beschissenen Jobs einen Neuanfang zu machen.

Wie Michael Traill.

Dann fand ihr Wagen den Weg zur Geflügelfarm, zur Einfahrt, die um das Haus des Besitzers herumleitete und durch die verstreuten Schuppen und Futtersilos zum Wohnwagen an der Rückseite führte.

»Noch ein paar Fragen, Mr Traill.«

Er schaute auf die Uhr. »Sie arbeiten lange.«

Dann schien er sich zu besinnen. »Sorry, wo bleiben meine Manieren? Kommen Sie bitte herein.«

Er trug eine ausgewaschene Jeans, ein graues T-Shirt, abgewetzte Sportschuhe – Schlamperklamotten, aber er wirkte frisch und fit. Pam, die sich der Stunden hinterm Lenkrad bewusst war, fühlte sich gerädert und zerstreut.

»Tee? Kaffee?«

»Wasser, danke.«

Sie saßen an seinem kleinen Klapptisch. Er sah sie erwartungsvoll an. Sie erwiderte seinen Blick und wich ihm dann aus. Pam wusste nicht, was sie überhaupt hier suchte.

Also sah sie sich um. Eng, aufgeräumt, sauber. Hier lebt ein Mönch, dachte sie – Dinge, die sich ein Mann in Untersuchungshaft angewöhnt hat. Aber hatte er in Haft gesessen? Sie konnte sich nicht daran erinnern.

»Fragen?«, gab er ihr das Stichwort.

»Sind Ihnen jemals große Fahrzeuge aufgefallen, die zu Mr Hausers Grund fuhren und wieder verschwanden?«

»Nein. Aber sein Haus ist ein paar Kilometer entfernt, und ich schlafe meist am Tag.«

»Irgendwelche Gerüchte über den Mann, die herumschwirren?«

Er schaute sie noch immer ruhig an, und sie hatte den Eindruck eines scharfen Verstandes bei der Arbeit.

»Soll ich mich umhören?«

Pam lächelte und schüttelte den Kopf. »Das machen wir schon.«

»Wegen was haben Sie ihn denn im Verdacht?«

Er nahm sich ganz schön was heraus. Sie musste ihn zurechtweisen.

»Wie kommen Sie darauf, dass wir ihn wegen irgendetwas im Verdacht haben, Mr Traill?«

»Ob ich Gerüchte gehört habe? Ob ich große Fahrzeuge habe kommen und wegfahren sehen?«

Sie zog eine verdrießliche Miene. »Na gut.«

Sie sollte gehen, aber sie wollte nicht. Mit einem einzigen Schlag hatte Traill einen Mann getötet, den sie angehimmelt hatte, und er dachte, er könne einfach ruhig dasitzen, so als habe er die Welt nicht in ihren Grundfesten erschüttert? Oder hatte Inspector Challis doch recht, wenn er sagte, dem Mann sei übel mitgespielt worden?

»Wie gefällt es Ihnen, in einem Wohnwagen zu leben?«, fragte sie, so als würde ihn das daran erinnern, wer er war und was ihn hierhergebracht hatte.

»In der Not frisst der Teufel Fliegen.«

Sie schnaubte und wollte ihn noch weiter schmähen, doch irgendetwas hielt sie davon ab. Das leicht gereckte Kinn, während er sie beobachtete. Das Wissen, dass er nicht um einen Gefallen oder gar Vergebung bat. Seine Selbstbeherrschung. Ihr fester Eindruck, dass er von ihr etwas Besseres erwartete als den Versuch, ihn zu verletzen.

Plötzlich kam sie sich ganz klein und gemein vor.

Er senkte den Blick und spielte mit dem Wasserring von seinem Glas, ein schlanker Finger, der Formen auf der Tischplatte zeichnete. Warum wollte sie die Hand ausstrecken und ihn davon abhalten?

Sie fing an zu reden und berichtete ihm von ihrem Wohnungsdilemma: Ihr Vertrag lief aus, der Hausbesitzer verkaufte. Bei dem einzigen Mietobjekt in ihrer Preisklasse war sie zu kurz gekommen. Sie hatte Angst, gezwungen zu sein, irgendeine heruntergekommene Wohnung weit weg von der Arbeit mieten zu müssen.

Er blickte auf. »Das ist wirklich Pech«, sagte er und meinte es auch so. Nichts an den Worten oder seiner Absicht dahinter wirkte gedankenlos.

Während Pam seinem Blick standhielt, ging eine Welle des

Verständnisses durch die beiden. Sie blinzelten, teilten einen Augenblick gemeinsamen Staunens.

Traill behielt die Fassung, aber sie war ihm kurzfristig entglitten. Pam hatte das Gefühl, er würde auf sie zutreiben, dabei hatte er sich natürlich überhaupt nicht bewegt.

»Wenn mir irgendetwas zu Ohren kommt ...«, sagte er.

Eine Woge des Kummers überkam sie – wegen nichts, wegen allem; all die verlorenen Sicherheiten im Leben –, und sie streckte die Hand aus. Seine Hand erstarrte in der ihren. Vielleicht hatte er Luft geholt und machte ein winziges Geräusch. Aber er zog die Hand nicht fort, die Wärme nahm zu, breitete sich aus, floss von ihm zu ihr und suchte nach einem Ausgleich.

27

Der Einsatz der Drogenfahndung gegen Chloe Minchin an diesem Wochenende hatte seinen Anfang bei einem verängstigten Burschen genommen, der bei seinen Eltern gebeichtet hatte.

Der Bursche namens Josh Saville, zwanzig, der Sohn von Juwelieren in Somerville, hatte seit der zwölften Klasse an der Peninsula School mit Ice gedealt. Kleine Mengen für Freunde, später dann in Pubs und Clubs, auf dem Musikfestival »Between the Bays«, dem Westernport Festival, auch bei Football- und Cricketspielen. Josh war ein schlauer, nur mäßig motivierter Junge, doch seine Motivation war geweckt, als er die Hingabe und offenkundige Heilkraft der Physiotherapeuten erkannte, die seine Footballerfreunde behandelten. Als er dann zu einer Physiotherapie-Ausbildung zugelassen wurde, teilte er seinem Lieferanten mit, dass er aussteigen werde.

»Ich habe mir eine Hausgemeinschaft organisiert«, sagte er dem Typen Ende Juni, »aufgetankt, den Reifendruck geprüft und den Alten Tschüss gesagt. Ich bin weg.«

Nun ja, nicht sofort: Der Kurs sollte erst im Juli anfangen.

Also wohnte er immer noch bei seinen Eltern in Somerville, als ein paar Tage später das Auto seiner Freundin abgefackelt wurde. Andy Molnar, sein Lieferant, der in der Schule eine Klasse über ihm gewesen war, meinte bedauernd: »He Mann, du lässt den Boss nicht einfach hängen, du verhandelst mit ihm.«

Josh hatte keine Ahnung, wer der Boss war. Aber er hatte es mit der Angst bekommen und dealte noch ein paar Wochen; dann flehte er: »Bitte, ich gehe an die Uni, ich muss aufhören. Kann ich mit dem Boss reden?«

Er rechnete schon damit, dass sein Wagen in Flammen aufging oder jemand einen Molotow-Cocktail durch die Schaufensterscheibe seiner Eltern warf, aber dann tauchte sein Lieferant auf und sagte: »Also, der Deal lautet: Wenn jemand aus dem Syndikat aussteigt, dann schadet das dem Geschäftsmodell. Das verursacht Kosten. Der Boss will fünfunddreißig Riesen.«

Josh hatte das Geld, aber nicht einen Cent mehr. »Wer ist der Boss?«, fragte er.

»Keine Ahnung«, antwortete Molnar. »Er hat eine Braut geschickt. Und, hast du die Knete?«

Josh brach zusammen. Wenn er bezahlte, konnte er sich die Unigebühren oder Lebenshaltungs- und Mietkosten nicht mehr leisten. Also beichtete er seinen Eltern, die ihn scheel ansahen und sich an die Drogenfahndung wandten; die wiederum gab die Information an Senior Sergeant Serena Coolidge weiter.

Coolidge hatte eh vorgehabt, eine Operation auf der Peninsula zu starten, und nun bot sich die Gelegenheit. Doch das brauchte Zeit. Mit all ihrer Überzeugungskraft sorgte sie dafür, dass Josh das Geld bezahlte und mit der finanziellen Unterstützung seiner Eltern für ein Jahr an die Uni verschwand.

Coolidge und ihr Team beobachteten Molnar. Eines Sonntags im Oktober stieg er in den Subaru seiner Mutter und fuhr nach Albury-Wodonga, an der Grenze zu New South Wales. Zwei Wagen folgten ihm, und die Insassen sahen zu, wie er ein Zimmer in der Travelodge auf der anderen Seite der Grenze betrat. Dort blieb er eine halbe Stunde lang.

Als er wieder herauskam, hatte er einen billigen kleinen Rucksack bei sich, den er im Kofferraum des Subaru verstaute. Coolidge befahl zwei ihrer Detectives, das Motel weiter zu beobachten, und folgte dann mit einem dritten Drogen-Detective Molnar zurück zum Haus seiner Eltern in Mornington.

In der Zwischenzeit suchten in Wodonga drei weitere junge Leute, eine Frau und zwei Männer, nacheinander das Motelzimmer auf und verließen es mit Rucksäcken wieder. Sie wurden fotografiert und ihre Autokennzeichen im Fahrzeugregister abgeglichen. Coolidges Detectives beobachteten weiter das Zimmer. Sie mussten den Gast, bei dem es sich dem Motelempfang zufolge um eine Frau namens Melanie Higgins handelte, in Augenschein nehmen und verfolgen.

Melanie Higgins entpuppte sich als eine gepflegte Blondine von etwa dreißig, die in einen gemieteten Mitsubishi stieg und den Wagen der Drogenfahndung zur Hertz-Vertretung nach Mornington führte, wo sie in ein Taxi stieg, das sie zu einem ziemlich protzigen Haus in Safety Beach fuhr. In der Einfahrt stand ein Audi TT. Sie ließen das Kennzeichen durch den Computer laufen. Wagen und Haus gehörten Chloe Minchin.

Chloe Minchin hatte ein Reisebüro in Waterloo. Sie verdiente gutes Geld, aber Haus, Auto, Investments, Lebensstil und fehlende Schulden wiesen auf ein höheres Einkommen hin, als auf ihrer Steuererklärung vermerkt war. Sie hatte Freunde – einen Fitnesstrainer, einen Surfbrettsteller und den Besitzer einer Bäckereikette, der seine Frau betrog –, aber erste Überprüfungen ihrer Telefonverbindungen und Finanzunterlagen erbrachten keinerlei Warnsignale.

Eines Spätnachmittags, als Minchin schon nach Hause gefahren war, betrat Serena Coolidge das Reisebüro und besprach mit einer Angestellten ein paar Kreuzfahrtreisen. Ihrer Erfahrung nach mochten es die Menschen, nach ihrer Arbeit gefragt zu werden; meist fühlten sie sich von der Kundschaft übergangen und wenig gewürdigt. Stück für Stück entlockte sie ihr die Informationen, dass Reiseberaterinnen tatsächlich Reiseziele aus erster Hand begutachteten und dass Minchins Spezialität die nähere Umgebung war, was bedeutete, dass sie alle paar Monate Motels, Hotels, Resorts, Winzereien, Touristenattraktionen und Restaurants in ganz Victoria aufsuchte. Die Frau, mit der sich Coolidge unterhielt, hatte sich auf den Pazifik spezialisiert, also redeten sie eine Weile darüber, um sie wieder von Minchin abzulenken.

Coolidge nahm an, dass Minchin diese Fahrten dazu nutzte, um Ice, Speed und Ecstasy in Empfang zu nehmen. Statt diese Drogen aber herzubringen, ließ sie ihre Dealer zu sich kommen. Die kehrten dann in ihre Reviere zurück und belieferten die nächstniedrigere Ebene an Dealern, Leute wie Josh eben. Die Tatsache, dass die Oktoberlieferung an der Grenze zu New South Wales angekommen war, wies darauf hin, dass die Drogen wohl aus Sydney stammten.

Coolidge teilte ihren Verdacht den Kollegen in New South Wales mit. Nachdem sie Zeiten, Daten, Mautstraßenunterlagen und Aufnahmen von Überwachungskameras abgeglichen hatten, bestätigten diese, zusammen mit ein paar handfesten Verdachtsmomenten, dass die Lieferungen wahrscheinlich von ein paar Fahrern eines Paketzustelldienstes aus Sydney gefahren worden waren. Nachdem sie sich durch das Dickicht von Firmenunterlagen gewühlt hatten, waren sie auf den Namen einer Frau gestoßen, der Schwägerin eines großen Drogenimporteurs namens Hector Kaye.

Während Coolidge am Freitagmorgen herausfand, dass zwei von Kayes Vollstreckern wahrscheinlich mit dem Verschwinden eines örtlichen Süchtigen und Kleindealers zu tun hatten, zahlte sich die Überwachung von Chloe Minchin aus. Minchin mietete für den Samstagvormittag von der Hertz-Vertretung in

Frankston einen Toyota Camry und buchte für Samstagnacht ein Zimmer im Colonial Motor Inn in Mildura. Ein unschuldiger Ausflug, um sich Annehmlichkeiten für Touristen anzuschauen? Coolidge wagte das zu bezweifeln. Der Wechsel der Autovermietung und des Ortes hatte seinen Grund: Durch solche Veränderungen zog Minchin weniger Neugier auf sich.

In der kurzen ihr zur Verfügung stehenden Zeit sorgte Coolidge dafür, dass im Wagen und im Motelzimmer Kameras und Mikrofone installiert wurden. Ihr erster Impuls war, sich die Leiter der beiden Unternehmen zur Brust zu nehmen, doch Klugheit siegte – ihr Senior Constable meinte: »Sachte, sachte, Boss.«

»Das meinen Sie nicht ernst.«

»Boss, wenn Sie an deren Sinn für Verbrechensbekämpfung und Abenteuer appellieren, dann werden sie nur zu gern behilflich sein.«

Diplomatie war Coolidge fremd, aber es schien zu funktionieren. Das und das Versprechen, für den Schaden aufzukommen und beide Unternehmen von allen rechtlichen Konsequenzen zu entlasten.

Chloe wachte am Samstag um sieben Uhr auf, holte den Mietwagen ab und fuhr los, durchquerte die Stadt mühsam in nordwestliche Richtung, nur um auf eine andere Art von Mühsal zu stoßen, die flache, trockene, heiße Monotonie des ländlichen Australiens. Sie hasste diese Fahrten für Carl. Stunden vergingen: Toll! Ein Kuhkaff! Und schon war es mit einem Wimpernschlag vorbei. Ein anderes Auto! Und schon war es verschwunden.

Sie hätte einen Roadsong darüber schreiben können, über das, was sie bei diesen Fahrten sah und fühlte. Einen Song über Liebe, Straße und Träume. Die Straße rollte sich vor ihr aus, Stunden vergingen, und dann rief Carl mal wieder an. »Alles in Ordnung?«

»Carl, zum tausendsten Mal, alles bestens«, sagte sie. Dieser Idiot musste sich ständig vergewissern. Mit einem derart unsicheren Menschen wollte man nicht sein Leben verbringen, ganz gleich, wie gut der Sex auch war. Sie flehte zum Himmel, dass er ein Wegwerfhandy benutzte.

»Carl? Carl Bowie?«, fragte Coolidge.

Sie saß im mobilen Kommandowagen, einem weißen Kastenwagen voller Aufnahmegeräte, Monitore, Kopfhörer, Sitzen, mit zwei weiteren Beamten und dem Fahrer. Das Team fuhr diesmal zusätzlich eine nicht gekennzeichnete Limousine; sie hielt hundert Meter Abstand.

Der Abhörtechniker schaute auf seinen Monitoren nach. »Wenn, dann ist er nicht am Handy, am Haustelefon oder im Büro.«

Bis heute hatten sie nichts gegen ihn in der Hand, mal abgesehen davon, dass er ein-, zweimal die Woche heimlich zu Minchin ging. Er war reich, aber er hatte eine Bäckereikette geerbt, und das Geschäft lief gut. Und er war, nun ja, ein Mann, der seinen Lebensunterhalt damit bestritt, Brot und Kuchen zu backen. Kurze Haare, Frau, zwei Kinder auf Privatschulen.

»Sie ist sauer auf ihn«, meinte der Abhörtechniker.

»Und er klingt angespannt«, ergänzte Coolidge. »Montag werden wir gleich mal als Erstes ein wenig buddeln.«

Sie lehnte sich zurück und atmete die abgestandene Luft flach ein. Trotzdem war sie lieber hier und tat etwas, als in Waterloo mit der örtlichen Polizeieinheit bei noch einem nervtötenden Meeting zu hocken. Mürrisch, aber konzentriert kaute sie an der Wange. Challis' Aussehen hatte ihr vom ersten Augenblick an gefallen; er hatte eine Art schlanker, stiller, geduldiger Bedrohung ausgestrahlt. Aber er hatte sich als Enttäuschung herausgestellt. Sie hatte ihm reichlich Fingerzeige gegeben, doch er hatte sie ignoriert, aber nicht, weil er begriffsstutzig oder schwerfällig war. Er wollte nichts von ihr. Und dann hatte sie ihn in Gesellschaft dieser langweiligen Kuh Destry gesehen, und jemand hatte ihr gesteckt, dass die beiden ein Pärchen seien – was Coolidge normalerweise nicht davon abhielt, aber Challis gab ihr keinerlei Gelegenheit dazu.

Blödmann.

»Was für ein Telefon benutzt Chloe?«, fragte sie.

Der Abhörtechniker zuckte mit den Schultern. »Es ist jedenfalls nicht mit ihrem Dienst- oder Haustelefon verknüpft.«

Dann traf die Karawane in Mildura ein, Chloe in ihrem gemieteten Camry, gefolgt von einem Sattelschlepper und einigen staubigen ländlichen Limousinen und schließlich dem Mobilkommando. Der Camry bog nach rechts ab zum Südufer des Murray River.

»Das Motel liegt in der Richtung?«

»Ja, Boss.«

Coolidge gab der Limousine der Drogenfahndung Bescheid, die schon am Motel eingetroffen war, lehnte sich angespannt zurück und beobachtete den Camry. Sie sah ihn blinken und dann auf den Vorplatz des Colonial Motor Inn fahren.

»Vorbeifahren«, sagte sie. »Einmal um den Block.«

Als sie am Eingang des Motels vorbeikamen, sah sie Chloe Minchin, die den Camry verriegelte und sich zum Eingang umdrehte. »Sie holt ihren Schlüssel. Wollen wir hoffen, dass der Empfang nicht alles vermasselt.«

Dann waren sie einen halben Block weiter und kamen am Holden der Drogenfahndung vorbei. Eine Hand hob sich träge zum Gruß.

Sie bogen ein paarmal ab, näherten sich wieder von Süden und blieben einen Block entfernt vom Motel am Straßenrand stehen. Coolidge nahm Kontakt zum Holden auf: »Ist sie auf ihr Zimmer gegangen?«

»Ja, Boss.«

Coolidge saß nervös und konzentriert da, ein Bein wippte,

sie rieb sich die Hände. Der Techniker spielte herum, einer der Monitore sprang an: Chloe, die ihre Tasche aufs Bett warf.

Sie blieb allerdings nicht auf dem Zimmer. Sie ging zur Tür und verschwand, und im Funkgerät knackste es: »Sie kommt wieder raus.«

Nach dem stundenlangen Sitzen wollte Coolidge nichts lieber, als auszusteigen, sich zu strecken und einmal um den Block zu gehen. Sie rollte die Schultern, schaute auf die Monitore, sah Chloes Hinterkopf am Lenkrad des Camry. Dann schaute Chloe beim Zurücksetzen nach hinten durch das Heckfenster, und fünfzehn Sekunden später war sie wieder auf der Straße und ließ den Fluss hinter sich. Der Fahrer duckte sich, als sie am Van vorbeikam; alle waren äußerst angespannt.

Chloe führte die beiden Fahrzeuge der Drogenfahndung zu einem McDonald's. Sie parkte direkt vor den großen Fenstern, stieg aus und ging davon.

»Hat sie den Wagen abgeschlossen? Hat jemand die Blinker gesehen?«

»Nein, Boss.«

Coolidge, die den Holden für eine mögliche schnelle Verfolgungsjagd bereithalten wollte, stellte eine Beamtin dazu ab, aus dem Van zu steigen und Chloe zu Fuß zu folgen. »Schauen Sie, wohin sie geht, was sie macht, mit wem sie spricht – wenn überhaupt. Ich glaube, dass der Austausch gleich stattfinden wird, und dazu soll sie sich fernhalten.«

»Boss.«

Zwei Minuten später kam ein Mann aus dem McDonald's geschlendert. Jung, kurze Haare, drahtig, mit einer Sporttasche, in Poloshirt, weißen Shorts und Adidas-Laufschuhen wie für den Wochenendsport. Er ging zum Camry, öffnete den Kofferraum und beugte sich hinein.

»Er zählt das Geld«, sagte Coolidge.

Zufrieden verstaute er die Sporttasche und ging zur Fahrertür.

»Sie hat den Schlüssel stecken lassen«, sagte Coolidge. »Machen Sie sich bereit, ihm zu folgen.«

Ein kluger Schachzug, fand sie. Eine neugierige Person, die an einem der Fenster des McDonald's saß und einen Hamburger verschlang, würde sich nicht sonderlich für jemanden interessieren, der eine Tasche verstaute, einstieg und davonfuhr, eher für jemanden, der nicht einstieg, einfach davonging und von einer Frau abgelöst wurde.

Der Fahrer führte sie zu einem Coles-Supermarkt und stellte den Wagen am hinteren Ende des riesigen Parkplatzes ab. Dann stieg er aus, ging zum Kofferraum, nahm eine andere Sporttasche heraus und ging zur Straße.

»Der Austausch hat stattgefunden«, sagte Coolidge. »Wir brauchen eine gute Aufnahme von seinem Gesicht.«

»Bin dabei, Boss.«

Die Kamera klickte, doch bevor sie den Mann verfolgen konnten, hielt ein BMW mit Kennzeichen aus New South Wales am Straßenrand. Der Mann stieg ein. Der Wagen schoss davon.

»Haben Sie das Kennzeichen?«

»Boss.«

»Geben Sie es nach Sydney durch.«

»Boss.«

Dann warteten sie. Schließlich tauchte Chloe von der Straße auf. Sie ging über den Parkplatz und sah sich nach Fahrzeugen um, bei denen es sich vielleicht um ein Zivilfahrzeug der Polizei hätte handeln können, und warf einen kurzen Blick auf das Mobilkommando. Kurz nach ihr tauchte die Beamtin auf, die sie verfolgt hatte. Coolidge wurde nervös, rechnete schon halb damit, dass die Beamtin am Van anklopfen würde, um hereingelassen zu werden, doch dann betrat sie den Supermarkt, beobachtete weiter durch die Glasscheibe und eilte erst zum Van, als Chloe schließlich den Kofferraum des Camry öffnete und hineinschaute.

»Sie schaut nach, ob die Drogen da sind«, stellte Coolidge fest.

Dann wandte sie sich an die Beamtin. »Was hat sie gemacht?«

»Hat sich die Schaufenster angesehen.«

»Hat sie mit irgendjemandem gesprochen? Anrufe, Textnachrichten?«

»Ein Anruf. Ich habe sie sagen hören: ›Carl, immer mit der Ruhe, okay?‹«

Coolidge machte sich ein Bild von diesem Carl Bowie: pingelig, pedantisch. Aber potenziell gefährlich. Zumindest hatte er Kontakt zu gefährlichen Menschen.

Dann wurde es langweilig.

Sie folgten Chloe zum Motel, schalteten die Kameras und Mikrofone im Zimmer an und sahen, wie sie duschte, sich umkleidete, einen Drink eingoss und das letzte Stück einer samstäglichen Sportsendung anschaute, Golf irgendwo auf der anderen Seite der Welt.

Das hat sie schon ein Dutzend Mal gemacht, dachte Coolidge. Und wenn sie so weit ist, wird sie die Drogen portionieren und sich mit ihren Boten beschäftigen.

Chloe Minchin war erst Sonntagvormittag so weit. Samstagabend blieb sie auf ihrem Zimmer, aß ein Clubsandwich vom Zimmerservice, schaute sich zwei Softpornos im Bezahlfernsehen an und masturbierte dazu. Coolidges Detectives blieben steif und stumm. Sie hätten womöglich irgendeinen Kommentar abgegeben, aber Coolidge machte sie nervös.

Dann schlief Chloe.

Coolidge und die anderen wechselten sich ab, vier Stunden Wache, vier Stunden Pause, wobei sie zwischen der abgestandenen Luft im Van und der chemisch riechenden Luft im Zimmer eines Motels auf der anderen Straßenseite vom Colonial Inn wechselten.

Gegen acht Uhr früh am Sonntag zeigten die Kameras, wie sich Chloe rührte. Sie setzte sich auf die Bettkante, wirkte benommen, dann stand sie auf und machte ein paar halbherzige Dehnübungen, bevor sie ins Bad schlurfte. Sie kam mit nassen Haaren und einem Handtuch um die Hüften wieder heraus, zog sich an, packte ihre Tasche und aß ein Frühstück vom Zimmerservice. Die eigentliche Show begann, als sie die Sporttasche aufmachte und den Inhalt auf der Bank unter dem an die Wand geschraubten Fernseher ausbreitete.

»Was ist das?«, fragte Coolidge und schaute auf die Monitore.

»Ganz sicher Ice. Die Pillen wahrscheinlich Ecstasy.«

»Und eine Waage«, bemerkte Coolidge.

Sie schauten zu, wie Chloe die Drogen auf vier Portionen verteilte, die Pillen nach Anzahl, das Ice nach Gewicht.

»Und jetzt?«

Chloe fischte eine Reihe von flachen, viereckigen, in Plastik eingeschweißten Päckchen aus dem Koffer. Sie riss die Verpackung auf und schüttelte den Inhalt heraus.

»Sieht aus wie ein kleiner Tagesrucksack.«

Vier billige Nylonrucksäcke. Chloe füllte sie mit Ice und Pillen. Dann setzte sie sich hin und wartete. Coolidge alarmierte die örtliche Polizei, die die Verhaftungen vornehmen würde, und lehnte sich zurück, um ebenfalls zu warten.

Die erste Botin, etwa dreißig, fuhr einen knallgelben VW. Sie trug schwarze, löchrige Leggings, einen zerrissenen schwarzen Rock, jede Menge Piercings, Tattoos auf beiden nackten Schultern und schwarzes Augen-Make-up unter einem schwarzen und violetten Vogelnest von Frisur. Sie blieb eine Weile und unterhielt sich mit Chloe über Strategie und Marketing, wobei herauskam, dass sie den südlichen Abschnitt der Peninsula bediente. Zwanzig Minuten später verschwand sie mit ihrem Rucksack voller Drogen.

In der Zwischenzeit hatte Coolidge das Kennzeichen des VW überprüft und das Führerscheinfoto mit der Gruftifrau verglichen. Keine Verhaftungen, nicht mal ein Strafzettel wegen überhöhter Geschwindigkeit. Coolidge murmelte: »Und die Gewinnerin der diesjährigen Miss Junior der Industrie- und Handelskammer ist ...«, und gab den Verfolgungsfahrzeugen Kennzeichen und Beschreibung des VW durch.

»Sie wissen ja, wie das läuft, halten Sie sie in einiger Entfernung vom Ort an und achten Sie darauf, dass sie nicht telefoniert.«

Zwanzig Minuten später kam der Rückruf: Die Gruftifrau war angehalten und wegen Drogenbesitzes und Verdachts auf Drogenhandel verhaftet worden.

Gegen Mittag traf ein junger Mann in einem silbernen Holden Pick-up ein. Kurze Haare, beigefarbene Hose, weißes, kurzärmliges Hemd – er hätte auch direkt aus der Kirche kommen können. Er unterhielt sich mit Chloe über das Geschäft und fuhr dann mit den Drogen davon. Seine Gegend war offenbar Cranbourne. Coolidge rief den Wagen der Drogenfahndung. »Er gehört euch; auf gehts.«

So langsam erkannte sie den zugrunde liegenden Plan. Wie die Gruftifrau war auch der Fahrer des silbernen Pick-ups clean. Genau wie Molnar, der Dealer, der Josh Saville beliefert hatte, wie ihr aufging.

Diesmal dauerte es eine halbe Stunde, bis sie die Nachricht von der Verhaftung erhielt. Offenbar hatte der junge Mann mit den kurzen Haaren und den Klamotten des braven Jungen von nebenan die Beamten mit einem Messer bedroht und hatte mit Pfefferspray ruhiggestellt werden müssen.

Molnar war der nächste Besucher. Er blieb, um sich mit Chloe über die Geschäfte zu unterhalten, wirkte aber nervös.

»Stimmt was nicht?«

»Alles bestens.«

»Du wirkst so nervös.«

»Ach, nichts, ich hatte nur das Gefühl, als würde mir jemand folgen.«

»Scheiße«, sagte Coolidge, und Chloe fragte scharf: »Heute?« Molnar schüttelte den Kopf. »Nicht heute, ganz allgemein.«

»Seit wann?«

Molnar gestikulierte und zuckte, räusperte sich und zögerte, so als würde ihn die Frage überfordern. »Ein paar Wochen vielleicht?«

»Ein paar Wochen?«, zischte Chloe. »Verflucht.«

»Ja, verflucht«, murmelte Coolidge. »Alles bereit, vielleicht packt sie zusammen und macht die Biege.«

Sie schauten genau hin. Praktisch im selben Augenblick schob Chloe die Vorhänge beiseite, schien sich auf den Van zu konzentrieren und verschwand wieder. »Das wars«, sagte Coolidge.

Sie schickte zwei Beamte im Zivilfahrzeug hinter Chloe Minchin her und folgte ruhig im Van. Der Beifahrer hielt sie auf dem Laufenden: Chloe fuhr westwärts nach South Australia und durchquerte das staubig rote Flachland, wo die Hauptstraßen lang und gerade und für hohes Tempo ausgelegt waren.

»Sie rast, als wäre der Teufel hinter ihr her, Boss.«

»Bleibt dran, mehr will ich gar nicht. Ich habe Polizeikräfte angefordert, die übernehmen sollen.«

Aber das würde noch dauern. In der Zwischenzeit schoss Chloe über das Flachland. Der Camry konnte ziemlich schnell fahren, war aber letztlich nur eine sehr beliebte Familienkutsche und überhaupt nicht darauf ausgelegt, der Polizei zu entkommen. Eine schlingernde Kiste auf Rädern, die fürchterlich übersteuerte, etwas vollkommen anderes als Chloes übliches Gefährt, ihr spritziger Audi. Doch als sie mit hundertzwanzig Sachen eine Sechzig-Grad-Kurve nahm, erwartete sie dasselbe Handling und Fahrverhalten. Der Wagen überschlug sich seitwärts, rammte den einzigen an diesem Abschnitt des Highways stehenden Eukalyptusbaum und zerbrach in zwei Teile.

Die Monitore in Coolidges Van zeigten dort draußen auf der roten Staubebene nur noch Schnee.

28

Carl Bowie setzte sich am Montagmorgen als Erstes an seinen Tisch auf dem Hof hinter der Bäckerei in Mornington, und sein Gesicht verriet gehetzte Konzentration.

Chloe, tot. Er verspürte eine merkwürdige, hartnäckige Starrköpfigkeit. Er wollte um sich schlagen. Doch dem Hauptredner des Business-Seminars zufolge war es wichtig, *kühlen Kopf zu bewahren*. Carl hatte sich das aufgeschrieben und doppelt unterstrichen. Kühlen Kopf bewahren. Genau betrachtet, war das seine hervorstechende Charaktereigenschaft.

Er mühte sich, sein Gleichgewicht wiederzufinden. Stück für Stück kehrten Geräusche, Gerüche und andere Sinneseindrücke wieder zu ihm zurück. Er konnte die Vögel im Baum zanken hören, eine Frau ging die Nebengasse entlang. Er roch seine eigenen Backöfen, spürte die Sonne auf seinen Unterarmen.

Aber Carl hatte einen ausgewachsenen Instinkt für Nuancen entwickelt, für das Unausgesprochene und Unbewusste, und er wusste, dass sich die Kräfte gegen ihn verbündet hatten. Das Zucken kam wieder. Er biss sich in die Wange; Anspannung erfasste ihn. *Chloe war tot.* Gestern Nachmittag hatte sie ihm auf eines seiner Wegwerfhandys getextet: *Bullen bin auf der Flucht*, dann Funkstille. Carl hatte sofort Handy und Sim-Karte vernichtet und dann nach kurzem Nachdenken begonnen, Geld zu transferieren, Papierkram zu verbrennen und die restlichen Handys wegzuwerfen.

Nach einer quälenden Weile war er zu einem 7-Eleven gefahren und hatte Hector Kaye angerufen.

»Hör mal, Mann, ich bin raus aus dem Spiel. Sense. Finito.«

»Blödsinn«, hatte Kaye gesagt.

»Ich habe dir anderthalb Millionen auf dein Konto auf den Caymans überwiesen. Nennen wir es ein Ausfallhonorar.«

Dann verbrachte er den restlichen Vormittag damit, die Nachrichten zu verfolgen, Radio, Fernsehen und Onlinedienste. Um achtzehn Uhr brachten Channel Seven und Channel Nine Storys mit Aufnahmen von einer Verfolgungsjagd westlich von Mildura, die in einem Unfall endete. In einer anderen Meldung wurde bekannt, dass südlich von Mildura drei Fahrzeuge angehalten, durchsucht und die Fahrer wegen Drogenbesitzes und -schmuggels verhaftet worden waren. Es gab Aufnahmen von einer Fahrerin mit violetten Haaren, die in die Kamera schnauzte. Chloe hatte gesagt, dass eine ihrer besten Botinnen eine Gruftitante aus dem südlichen Frankston sei.

Carl dachte an Chloe und hätte beinahe geweint. Er würde sie vermissen. Nicht nur ihren Körper, auch ihre Risikobereitschaft. Doch wie der Seminarleiter gesagt hatte: *Risiken gibt es solche und solche.* Vielleicht hätte sie ihn letzten Endes mit in den Abgrund gerissen, so wie Owen es getan hätte.

Nun, der war ja tot.

Und Hectors Schläger waren tot. Wahrscheinlich.

Carl suchte sich nach Schuldgefühlen oder Kummer ab. Nichts. Nur ein kleiner Aussetzer, wenn er an Chloe dachte.

Am selben Tag stand John Tankard mal wieder am Empfang. So weit war alles friedlich. Nichts, was ihn aufs Glatteis führte, nur eine verlorene Brieftasche, gefundene Autoschlüssel, eine beglaubigte Unterschrift.

Gegen Nachmittag kam allerdings eine dürre, lächelnde Frau mit kurzen Haaren durch die Tür und trat direkt vor ihn. Sie trug eine dunkle Hose und eine blassblaue Bluse mit dem Logo des Bezirks, und sie kam ihm irgendwie bekannt vor. »Ja, Madam?«

»Ich arbeite in der Bibliothek.«

Ah. Tank wusste jetzt, woher er sie kannte; vor ein paar Jahren hatte mal ein Kerl versucht, auf dem Bibliothekscomputer Pornos anzuschauen. »Kann ich Ihnen behilflich sein?«

Sie hatte eine riesige Tasche über der Schulter und wühlte darin herum. »Jemand von hier hat Ende letzter Woche unseren Fotokopierer benutzt und ein Blatt Papier in der Maschine vergessen.«

Nicht gerade das Jahrhundertverbrechen, fand Tank. Nur ein weiterer Tag im Fegefeuer. »Wissen Sie wer?«

»Janine Soundso«, antwortete die Bibliothekarin. »Ich weiß, dass sie hier arbeitet, aber sie ist keine Polizistin. Büroangestellte vielleicht? Jedenfalls hat sie schon mal unseren Kopierer benutzt, als Sie Papiermangel hatten.«

Dabei grinste sie. Papiermangel, so als habe jemand Victoria Police in die Knie gezwungen. So etwas kam andauernd vor. Tank hatte schon mal eine Handvoll Kugelschreiber von zu Hause mitbringen müssen …

»Ich kümmere mich darum, dass sie es kriegt.«

Die Frau kramte noch immer in ihrer Tasche herum. »Ist schon erstaunlich, was die Leute nicht alles im Kopierer liegen lassen. Geburtsurkunden, Pässe, Rechnungen, Baupläne, Kontoauszüge, Ankündigungen von Garagenflohmärkten, Verträge, Lebensläufe …«

»Ach, wirklich?«, sagte Tank.

Im kleinen Hinterstübchen seines Ichs rührte sich die Ungeduld. Am liebsten hätte er die Frau und ihre verfluchte Tasche gepackt und geschüttelt.

»Da ist es ja«, sagte die Bibliothekarin.

Sie warf ein Stück Papier auf den Tresen, eine Art handgeschriebene Liste. Tank warf einen Blick darauf. Nach der halben Seite erstarrte er.

Die Frau sagte: »Ich hätte es ja früher zurückgebracht, aber eine von unseren jungen Kräften hat das Blatt im Kopierer gefunden und einfach zu den anderen Sachen gelegt, die die Leute so vergessen. Ich mache mir regelmäßig die Mühe, die Sachen noch mal durchzugehen und die Besitzerin zu ermitteln, und als ich das hier gelesen habe«, und tippte auf das Blatt, »über zwei Männer und ein Gewehr, da fiel mir Janine ein, die vorbeigekommen war, und dachte, ich bring das mal besser zurück, falls das wichtig ist.«

Ellen Destry war im Haus der Abteilung Sexualverbrechen und brachte Katsoulas und Rykert auf den neuesten Stand.

»Alle bereit für morgen?«

»Ja, Sergeant.«

Observierung am Spielplatz. Ellens Einheit war gebeten worden, der Polizei Mornington dabei zu helfen, einen Typen zu schnappen, der als »unheimlich« beschrieben wurde und dazu neigte, Kinder zu beobachten, zu fotografieren und sich ihnen zu nähern. Es gab keine weiteren Details und keine klaren Beschreibungen.

»Sie können Sie für zwei, drei Stunden haben, so die Verabredung. Danach kommen Sie wieder zurück.«

»Boss.«

Sie schickte sie fort, und bevor sie selbst nach Hause fuhr, ging sie noch ihre E-Mails durch. Es gab Neuigkeiten von Scobie Sutton. Die Prospekte, die sie von Allies Couchtisch in ihre Tasche gesteckt hatte, waren von vier Personen berührt worden, deren Abdrücke nicht im Computer waren, und von einer Person, die bereits erfasst war.

Ellen loggte sich ein, gab den Namen Wayne Hall ein und hatte plötzlich das Foto des Mannes vor sich, der sich selbst Clive Mieckle nannte.

Halls Vorgeschichte wies eine Reihe von Betrügereien auf, die zwanzig Jahre zurückreichten. Ende der Neunziger war er angeklagt worden, weil er Arbeitslosengeld bezogen hatte, während er als nicht lizensierter Privatermittler gearbeitet und sich unter falschen Namen und Adressen Kredite erschlichen hatte. 2001 und dann wieder 2007 hatte er Kredite aufgenommen, indem er unter Verwendung von gefälschten Abschlüssen in Theologie und eines Briefkopfs, der einem Familienrichter gestohlen worden war, angebliche religiöse Gemeinschaften gegründet hatte. Zwischenzeitlich war er zudem wegen des Einreichens von wertlosen Schecks und Versicherungsbetrugs wegen angeblicher Brände in seinen Geschäften für Möbelrenovierung und PC-Reparatur angeklagt worden.

Nachdem er eine Witwe geheiratet und ihre Ersparnisse geplündert hatte, war er für ein paar Jahre verschwunden.

Ellen führte ein Telefonat. Die Witwe war seitdem verstorben.

Und jetzt glaubt er, es sei wieder sicher aufzutauchen?

Ellen telefonierte weiter und landete bei der Tochter der Witwe, einer Krankenschwester in Adelaide namens Tina Cannon.

»Dieser Mistkerl!«, sagte Cannon. »Er hat meine Mutter umgebracht.«

Ellen erstarrte. »Sie meinen –«

»Ich meine, er hat ihr Leben ruiniert. Er hat all ihre Ersparnisse geklaut und hat ihr nichts gelassen. Sie ist in tiefe Depressionen versunken und hat sich irgendwann nicht mal mehr aus dem Haus getraut.« Cannon hielt kurz inne. »Ich glaube, sie ist an zerstörtem Selbstbewusstsein und gebrochenem Herzen gestorben. Von diesem Schlag, diesem Schmerz hat sie sich nie wieder erholt.«

»Er ist verschwunden, nachdem er sie bestohlen hat?«

»Genau. Er hat ihr eine Geschichte vorgesponnen, er würde für die amerikanische Regierung arbeiten und sei der australische Agent der Homeland Security, können Sie sich das vorstellen? Meine Mutter hat das leider geglaubt. Jedenfalls hat er sie zu Verschwiegenheit verpflichtet, irgend so eine Geschichte, dass seine Identität verraten worden sei und sein Leben von islamischen Extremisten bedroht werde und er besser für eine Weile das Land verlassen solle. Er würde sie anrufen, damit sie sich im Ausland treffen könnten, aber das hat er natürlich nie getan.«

»Haben Sie die Polizei informiert?«

»Ich schon, Mum wollte nicht.«

»Gab es irgendwelche handfesten Beweise?«

»Die Polizei meinte, sie würde ihn strafrechtlich verfolgen, falls er jemals wieder auftauchen sollte, aber sie hat sich nicht gerade ein Bein ausgerissen, um ihn aufzuscheuchen.«

»Briefe, E-Mails, Postkarten …?«

»Nicht sehr viel. Hören Sie, ist er wieder aufgetaucht?«

»Vielleicht.«

»Schnappen Sie ihn. Mir egal wie, Hauptsache, Sie schnappen ihn.«

»Verzeihen Sie, wenn ich Sie das frage, aber hatte Ihre Mutter jemals etwas darüber gesagt, dass sie mit ihm eine, ähm, intime Beziehung gehabt hätte?«

»Sex, meinen Sie? Er hat ihr andauernd davon erzählt, dass er in Afghanistan verwundet worden sei und jede Belastung seines Rückens ihn zum Krüppel machen könne. Auf mich wirkte er ganz gesund. Aber wo Sie es sagen, ich glaube nicht, dass sie jemals Sex hatten.«

»Hat er was von seiner Familie erzählt?«

Den Unterlagen zufolge waren Halls Eltern verstorben, und er hatte keine Geschwister. »Er sprach von einer Schwester«, antwortete Cannon.

»Haben Sie sie kennengelernt?«

»Nein. Mum auch nicht. Sie lebte in Brisbane und konnte nicht weg, weil ihr Kind Leukämie hatte.«

Ellen fragte vorsichtig: »Hat Ihre Mutter zufällig dabei geholfen, die Arzt- oder Krankenhausrechnungen zu begleichen?«

»Na klar«, antwortete Cannon, »so war sie nun mal. Werden Sie ihn über die Schwester aufstöbern?«, und dann stöhnte sie auf. »Moment mal. Das gehörte zu dem Schwindel, oder? Um meiner Mutter das Geld abzuluchsen?«

»Ich fürchte ja.«

»Mum weinte bei dem Gedanken an das leukämiekranke Kind. Sie müssen diesen Kerl schnappen.«

Ellen murmelte das Übliche und legte auf.

Sie glaubte, Mieckle/Hall über Allies Auto finden zu können.

Dann klingelte das Telefon, Ian Judd war dran und meldete, dass es ein weiteres Vergewaltigungsopfer gegeben habe. »Sie ist im Krankenhaus, Boss. Wir können erst morgen mit ihr reden.«

29

Dienstagmorgen schob Challis eine Kopie von Colin Hausers Notizen über Serena Coolidges Schreibtisch. »Ich glaube, die Männer, die er beschreibt, sind Lovelock und Pym.«

Der Senior Sergeant der Drogenfahndung wirkte strahlend, energisch, mit gesunder Gesichtsfarbe – insgesamt zwiespältig, fand Challis, so als sei sie immer noch an ihm interessiert und entsprechend stinkig, dass er sie abgewiesen hatte. Sie zog die Kopie näher zu sich und stützte beim Lesen den Kopf in die Hände.

Dann blickte sie auf. »Wo ist das Original?«

»Im Labor.«

»Wie sind Sie darauf gestoßen?«

»Er hat es zwischen den Papierkram auf dem Schreibtisch geschoben«, antwortete Challis. Coolidge musste nichts über Janine Quine wissen.

»Und Ihre Theorie …?«

Challis lehnte sich auf dem Besucherstuhl zurück und schlug die Beine übereinander. »Wenn wir davon ausgehen, dass es sich um Lovelock und Pym handelt – und das können wir wohl angesichts der Beschreibung, des Kennzeichens und des Gewehrs –, dann hat Hauser sie am Anfang einer Fahrspur gesehen, die durch Farmland zum Devilbend Reservoir führt. Jeder kann den Pfad zu Fuß oder Pferd benutzen, Fahrzeuge werden allerdings durch ein versperrtes Tor daran gehindert.«

»Und die ortsansässigen Farmer haben einen Schlüssel?«

»Ja. Hauser ging dort jeden Tag spazieren. Er kannte die Leute, die die Fahrspur üblicherweise benutzen, und welche Fahrzeuge sie fahren. Irgendetwas an Lovelock und Pym – nun, alles an ihnen – weckte sein Misstrauen, also ist er nach Hause geeilt und hat alles aufgeschrieben. Die beiden haben erkannt, dass er ein Zeuge war, also sind sie ihm gefolgt und haben ihn erschossen.«

»Zeuge wobei? Gehen wir davon aus, dass die beiden etwas verscharrt haben?«

Challis machte eine Geste, die besagte, dass diese Vermutung wohl ganz vernünftig war. »Drogen? Owen Valentines Leiche? Jedenfalls habe ich ein paar Spürhunde und einen Hundeführer bestellt. Sie kommen aus Melbourne, sind wohl erst am Nachmittag hier. Es ist ein ziemliches Stück von der Straße bis zum Rückhaltebecken, also dürfte die Suche wohl eine Weile dauern.«

»Und Sie hielten es nicht für angebracht, mich als Erste zu konsultieren?«

Coolidge hatte noch mehr Farbe im Gesicht bekommen, und Challis suchte nach einer Möglichkeit, das wieder ins Lot zu bringen. Das war so seine Art. Aber konnte man alle Kleinigkeiten wieder ins Lot bringen?

Mit härterer, kalt höflicher Stimme antwortete er: »Ich konsultiere Sie jetzt. Hören Sie, ich habe die Nachricht selbst erst heute Morgen erhalten. Ich musste die Gegend erkunden und herausfinden, was Mr Hauser dort gesucht hat. Leichenspürhunde und geeignete Hundeführer gibt es nicht wie Sand am Meer, deshalb musste ich mich beeilen. Ich habe in einem

Mordfall und einem Fall von rätselhaftem Verschwinden zu ermitteln, wie Sie wissen. Es fällt mir schwer, beide Fälle mit Drogen in Verbindung zu bringen. Hauser war zum falschen Zeitpunkt an der falschen Stelle. Und Owen Valentine? Kleiner Fisch. Wer würde also erfahrene Leute von außen holen und warum? Haben Ihre Kollegen in Sydney schon Hector Kaye befragt, was seine Leute vorhatten?«

Coolidge verzog das Gesicht. »Der hat sich mit Anwälten gepanzert. Er bestreitet, Lovelock und Pym überhaupt gekannt zu haben, ganz zu schweigen von dem Grund, warum sie hier unten waren.«

»Ich kann mir nicht vorstellen, dass Christine Penford sie angeheuert hat – auch wenn sie ein Motiv dafür hätte. Schließlich hat er ihre Tochter an Drogendealer verkauft.«

Coolidge schnaubte. »Das würde sie mit einem Küchenmesser wohl selbst erledigen.«

»Slatter hatte ebenfalls ein Motiv, wenn auch kein sehr überzeugendes. Und ich sehe auch nicht, wie er das hätte bewerkstelligen sollen.«

Coolidge wich seinen Blicken aus. »Es ist ein Rätsel.«
»Es sei denn, er ist Ihr Ice-König.«
Coolidge grinste wie eine Katze. »Nein.«

Challis, der mit der Notiz von Hauser weitermachen wollte, ging nach unten ins Hauptbüro.

Bevor er die Tür erreichte, kamen Janine Quine und zwei ihrer Kolleginnen heraus und gingen zur Kantine; Challis lungerte also noch eine Weile im Flur herum, blätterte durch die Broschüren und las die Verkaufsangebote an einer langen Korktafel zwischen den Hintertüren und den Personal-Postfächern voller unerwünschter und unnötiger Mitteilungen. Als er damit fertig war, steckte er den Kopf zur Tür hinein. Das Büro war leer, bis auf Lily, eine der Sachbearbeiterinnen. Annette Tranhs kleines Eckbüro lag dunkel hinter der Glastür.

»Ja, ich bin beschäftigt«, sagte Lily sofort, »und nein, ich werde nicht alles stehen und liegen lassen.«

Challis kannte sie schon seit Jahren. »Ich habe Sie doch gar nicht darum gebeten, oder?«

Sie grinste. »Sie und alle anderen hier im Haus.«

»Ich wollte nur mal Guten Tag sagen.«

»Da wette ich.«

»Wo sind denn alle?«

»Frühstückspause. So ein Glück möchte ich auch mal haben.«

Challis schaute zu den Kopierern in der Ecke hinüber. »Lily, wie oft gehen Ihnen Papier und Toner aus?«

»So gut wie nie.«

»Und das letzte Mal?«

»Ach, ist schon Wochen her.«

»Und wenn das passiert, nehmen Sie das Material dann mit zur Bibliothek an der High Street?«

»Na ja, ein paarmal schon, aber niemals etwas Vertrauliches.«

Challis bemühte sich um ein entwaffnendes Lächeln. Es klappte nicht. Lily legte den Kopf zur Seite. »Was ist los?«

»Ich dachte, ich mache eine Eingabe zur Erhöhung Ihres Budgets.«

»Blödsinn, falls Sie erlauben.«

In diesem Augenblick klingelte das Telefon im dunklen Eckbüro. Lily schaute Challis entschuldigend an, ging zu dem verglasten Kabuff hinüber, schaltete das Licht ein und hob ab. Challis sah sie sprechen, Notizen machen, auflegen.

Sie kehrte zurück und sagte: »Tut mir leid. Also, wo waren wir stehen geblieben? Ach ja, Sie hecken irgendwas aus.«

»Annette ist immer noch weg?«

»Sie kommt nächste Woche wieder zur Arbeit.«

»Und Sie mussten alle ihre Anrufe entgegennehmen?«

»Das macht normalerweise Janine Quine. Sie scheint die halbe Zeit damit zu verbringen, an Annettes Telefon zu gehen.«

Challis sah sich um, als würde er nach Quine suchen. »Und sie ist beim Frühstück?«

»Wo ich auch sein sollte, wenn nicht einer den Laden am Laufen halten müsste.«

»Eine echte Kämpferin«, sagte Challis, »Vorbild und Inspiration für uns alle.«

»Was wollen Sie?«

»Ich will Sie zur Verschwiegenheit verpflichten«, antwortete Challis.

Danach ging er in sein Büro, legte die Füße auf eine offene Schreibtischschublade und legte sich alles Weitere zurecht.

Das Telefon klingelte. Er wurde im Krankenhaus in Mornington gebraucht.

30

Peter Moore, zweiunddreißig, Hausmann und Vater, teilte seine Zeit auf zwischen der Durchsicht (nun ja, der Neufassung) von technischen Handbüchern an seinem Schreibtisch (nun ja, dem Esstisch) und der Beaufsichtigung seines dreijährigen Sohnes Jack. Jacks morgendliche Bedürfnisse waren einfach: Frühstück, dann der Piratenschiff-Spielplatz am Strandende der Main Street von Mornington. Ein geruhsames Leben, was wohl erklärte, warum Moore sich manchmal ein, zwei Tage lang nicht rasierte und in ramponierten Jeans und T-Shirts herumschlappte.

An diesem Dienstagmorgen saß er auf einer Bank und streckte das Gesicht in die Sonne. Hinter ihm, am Fuß der Klippe, erstreckte sich der Strand in die eine Richtung zum Pier, den Bootsschuppen und ein paar Cafés; in die andere Richtung nach Mount Eliza. Links von ihm lag das Piratenschiff, rechts stand ein massiger knorriger Baum mit einer riesigen Krone, direkt vor ihm gab es einen Bereich voller Rindenmulch und Gras, auf denen Schaukeln, Rutschen und kleine Wipptiere auf steifen Federn standen. Drüben im Gras lag eine pinkfarbene Plastiksandale. Moore glaubte nicht, jemals auf einem Spielplatz gewesen zu sein, wo nicht Kinderschuhe vergessen worden waren.

Er schloss die Augen und ließ die Sonne einwirken. Dabei fiel ihm manchmal der klobige Satz eines Klententexts ein, und er bastelte daran herum, bis er elegant und präzise war. Dann schlug er die Augen auf, kramte sein Notizbuch heraus und schrieb ihn auf. Er tastete links und rechts mit dem Fuß: Da stand sein Rucksack mit dem Notizbuch und Jacks Wasserflasche, Snacks und Wechselklamotten.

Er schlug die Augen auf, sah sich um, bis er seinen Sohn entdeckt hatte, und schloss sie wieder. Heute war die Sonne angenehm warm. Er war ziemlich müde. Er war in der Nacht immer wieder aufgestanden, um nach Jack zu sehen – Maddie konnte alles verschlafen –, und war bis Sonnenaufgang hellwach gewesen. Dann war Maddie zur Arbeit gefahren, und Jack hatte ihn am Arm geschüttelt: »Daddy, aufwachen.« Er hatte Jack gebadet, angezogen und gefüttert; zwischendrin hatte er ein paar Minuten genutzt, um ein paar grammatische Stilblüten eines Ingenieurs zu verbessern. Dann waren sie mit Moores uraltem Fahrrad zum Spielplatz gefahren, Jack in einem Korbsitz auf dem Gepäckträger.

Moore schlug die Augen wieder auf und stöhnte innerlich. Jack schien Lust zu haben, auf das Piratenschiff zu klettern, was ein wenig Aufsicht erforderte, und dazu hatte Moore heute einfach nicht die Kraft. Doch einen Augenblick später hockte Jack auf diese mühelos gelenkige Art von Kindern neben einem Mädchen, das mürrisch auf dem Boden saß; in der einen Hand hielt sie eine Puppe, mit der anderen warf sie Rindenstücke nach den Möwen. Jack streckte eine pummlige Hand aus und tätschelte das Mädchen. Er legte einen Arm um sie und gab ihr einen

Schmatzer. Dann führte er sie an der Hand zu einer der Rutschen. Ein komischer Anblick, der Dreijährige, der ein wohl doppelt so altes Mädchen an der Hand führte. Sie kletterten auf die Rutsche, glitten hinunter, rannten zur Leiter und wiederholten das Ganze.

Das Mädchen trug kein Unterhöschen. Moore zuckte mit den Schultern, das ging ihn nichts an, und schloss wieder die Augen.

Eine leichte Bewegung auf der Bank, dann saß eine Frau neben ihm und sah ihn merkwürdig lächelnd an. Nicht warmherzig, nur intensiv. Eine Mutter. Die Welt der Spielplätze war voller Mütter, und manchmal gab er ihnen Rätsel auf, so als würde sich die Welt nicht weiterdrehen, sondern sei für immer in einer Zeit stecken geblieben, in der die Väter zur Arbeit gingen und die Mütter zu Hause bei den Kindern blieben.

Moore zwang sich zu einem schwachen Lächeln, entdeckte Jack – in einer der Sandgruben – und schaute zu den anderen Kindern hinüber, um herauszufinden, welches davon zu dieser Frau gehörte. An diesem Morgen waren mindestens ein Dutzend Kinder da, und auf der anderen Seite saßen weitere Mütter und ein Vater auf Bänken, dazu ein paar Mütter auf Decken im Gras; eine Frau näherte sich mit einem Kind im Sportwagen. Die Luft war ruhig und duftete süß. Kreischen, Lachen und das entfernte Murmeln des Meeres. Das alles lullte Moore wieder ein.

Dann sagte die Frau neben ihm: »Machen wir es uns ganz einfach, in Ordnung?«

Eine Art Anmache? Moore hielt sich für keinen besonderen Fang, aber die Frau war näher herangerutscht, und plötzlich hatte Moore keine Bewegungsfreiheit mehr.

»Entschuldigung?«

»Am besten, wir gehen einfach von hier über die Straße auf das Polizeirevier und unterhalten uns kurz, in Ordnung? Oder wir können ein Drama veranstalten. Wie Sie wollen.«

Eine attraktive Frau mit stark mediterranen Zügen, schwarzen Haaren und dunklen Augen, deren Blick keinen Widerspruch duldete. Sie trug eine schwarze Hose und eine hellbraune Leinenjacke über einem weißen Top und hielt ihm nun ihren Dienstausweis hin. »Ich bin Constable Katsoulas von der Abteilung Sexualverbrechen, und ich kann Ihnen sagen, dass es direkt im Umfeld weitere Beamte in Zivil gibt, also laufen Sie bitte nicht weg und machen Sie keine Szene.«

Moore, der zu Tode erschrocken war, sprang auf und schrie: »Jack! Jack!«

Seine Stimme übertrug die Panik. Jack, der gerade mit seiner Freundin auf eine der Rutschen klettern wollte, erstarrte und fragte: »Dadda?«

Dann eilte er zu seinem Vater, gefolgt von dem kleinen Mädchen, und schluchzte laut und heftig.

Alle blickten auf, alle erstarrten, bis auf Moores Sohn und das kleine Mädchen, das nun selbst fürchterlich zu schluchzen begann.

Und bis auf den Mann auf der Bank auf der anderen Seite der Rutschen und Schaukeln. Er stand auf, drehte sich um und wieselte über das Gras davon, Richtung Esplanade und den Häusern auf der anderen Seite. »Wieseln« war das Wort, das Moore sofort einfiel. So war das bei ihm mit Worten. Das jedenfalls passte genau. Es verriet ein Schuldeingeständnis.

Die Frau namens Katsoulas sagte: »Oh, Mist«, und murmelte in ein Mikro am Kragen. Die Frauen auf der Decke sprangen auf und jagten dem Flüchtenden hinterher.

Katsoulas drehte sich zu Moore um, berührte ihn unwillkürlich kurz am Unterarm und sagte: »Entschuldigen Sie bitte, aber wir hatten die Meldung bekommen, dass ein Mann den hier spielenden Kindern gegenüber unerwünschte Aufmerksamkeit widmet.«

Dann wich sie langsam zurück, beobachtete mit einem Auge Moore, mit dem anderen die Jäger und den Gejagten auf der anderen Seite des Parks.

»Gehen Sie«, drängte Moore. »Ich verstehe schon. Alles in Ordnung. Keine Klage.«

Sie schenkte ihm ein Lächeln und rannte los. Moore schaute ihr nach. Eine schnelle Sprinterin, und schon wurde ihre Gestalt auf dem Gras und dann drüben auf der Straße kleiner.

Moore hatte Maddie heute Abend etwas zu erzählen. Etwas anderes als Verdauung und aufgeschürfte Knie und den Preis für Avocados, die Jack aus irgendeinem Grund gern als Aufstrich auf Toast aß.

Moore sah auf seinen Sohn hinunter, der fest seine Beine umschlungen hatte: ein Kind, das für alles ringsherum empfänglich war und dessen Instinkt darauf gerichtet war, Dinge in Ordnung zu bringen. Moore fühlte sich tatsächlich im Griff dieser festen kleinen Arme besser und verwuschelte seinem Sohn die Haare.

Das Mädchen sah sie ernst an. Sie war schmutzig, fiel Moore auf. Sie hielt eine kleine plastikgesichtige Puppe fest, wirkte benommen, äußerst müde und sehr verloren und verwaist. Und sie trug kein Unterhöschen.

Moore sah sich hektisch nach ihrer Mutter um, doch die Frauen ringsum unterhielten sich miteinander und behielten ihre Kinder im Auge, also kauerte er sich hin und fragte: »Hallo, wie heißt du denn?«

Sie wich zurück, fasste sich aber wieder und sagte: »Clover.«

»Ist deine Mum hier – oder dein Dad?«

Diese Frage schien das Kind völlig zu überfordern. Clover setzte sich abrupt hin, alle Energie wich aus ihr, also hob Moor seinen Sohn und sie hoch und ging das kurze Stück zum Park hinaus die Main Street entlang zum Polizeirevier.

31

Ellen Destry und Ian Judd waren zu einer Ansammlung von Nebenstraßen gefahren, die zwischen Mornington und dem Gewerbegebiet vom Nepean Highway abzweigten. Die Häuser stammten aus den Sechzigern, bescheidene, ziegelverblendete Dinger mit Ziegeldächern, dazu eine Handvoll Mietshäuser mit jeweils acht Parteien, zweigeschossig, vier Wohnungen zur Straße, vier zur Rückseite. Judd hielt vor einem dieser Häuser.

»Erdgeschoss, nach hinten raus?«

»Ja.«

»Spurensicherung?«

»War schon da. Nichts Brauchbares.«

Ellen stieg nicht aus. Sie sah vom Wagen aus genug. Ein hoher Zaun und dichtes Gestrüpp trennten die Wohnungen von den Häusern zu beiden Seiten und dahinter. Und wenn der Vergewaltiger gestört wurde, konnte er sich seinen Fluchtweg aussuchen: den Highway, ein Gewirr aus Nebenstraßen und eine Straße, die ostwärts zum Peninsula-Link-Freeway führte.

»Fahren wir.«

Judd gab wortlos Gas, fuhr zurück zum Highway und bog nordwärts nach Frankston ab.

Karen Robards war ins Frankston Hospital eingeliefert worden und über Nacht geblieben. Als Destry und Judd ankamen, saß sie angezogen auf einem Stuhl neben ihrem Bett in einer kleinen Station im ersten Stock. Acht Betten, leer oder mit Frauen belegt, die zu schlafen schienen.

Nachdem sie sich vorgestellt hatten, fragte Ellen: »Man entlässt Sie schon?«

»Meine Mum holt mich in einer Stunde ab.«

Robards war ein zartes Geschöpf: klein, schlank, mit dünnem

braunem Haar, die Knochen harte Knoten und Kanten unter der Haut. Sie trug Jeans und T-Shirt. Ihr rechter Arm steckte in einer Schlinge über ihrer Brust, das bei dem Überfall gebrochene Handgelenk war eingegipst.

»Ich hatte das Krankenhaus gebeten, Ihnen Bescheid zu geben, dass wir vorbeikommen und mit Ihnen reden wollen …«

Robards schüttelte den Kopf. »Mir hat keiner was gesagt.«

Ein Krankenhaus ist wie ein Polizeirevier, dachte Ellen. Alle rennen wie irre durch die Gegend, Botschaften kommen zu spät an oder gehen verloren. »Glauben Sie, Sie können mit uns sprechen, Karen?«

Robards wirkte aufgescheucht und schaute zu den anderen Betten hinüber. »Nicht hier.«

Sie holten sich die Erlaubnis einer Stationsschwester und machten es sich in einem Zimmer neben der Kapelle gemütlich. Ellen leitete das Interview mit ein paar belanglosen Fragen ein. Sie erfuhr, dass Robards sechsundzwanzig war, allein lebte, in der Filiale einer Kette in Somerville CDs und DVDs verkaufte. Aktuell kein Freund. Ihre Mutter lebte in Cranbourne, und Karen würde bei ihr wohnen, bis sie etwas anderes gefunden hatte. »Auf gar keinen Fall ziehe ich wieder in die Wohnung«, sagte sie leicht hysterisch.

Ellen bemühte sich, beruhigend zu klingen. »Das kann ich Ihnen nicht verdenken.«

Robards sammelte sich sichtlich: »Was wollen Sie wissen?«

»Fangen wir von vorn an. Sie sind von der Arbeit nach Hause gekommen …«

»Hmhm.«

»Um welche Uhrzeit war das?«

»Ich bin gegen sechzehn Uhr fertig, also etwa zwanzig nach.«

»Und der Mann, der Sie vergewaltigt hat, war –«

»Er hat mich nicht vergewaltigt.«

Ellen blieb vorsichtig. »Okay, der Mann, der Sie angegriffen –«

»Nein, er hätte mich vergewaltigt, aber es ist schiefgegangen.«

»Ich verstehe. Sie sind nach Hause gekommen ... und was ist dann passiert? Nicht alle Einzelheiten, nur in groben Schritten.«

»Ich bin hineingegangen, er hat mich gepackt und ins Schlafzimmer gezerrt.«

»Er war bereits in der Wohnung?«

»Ja. Er ist durchs Badezimmerfenster eingestiegen und hat alle meine Sachen durcheinandergeworfen.«

»Haben Sie irgendwann sein Gesicht gesehen?«

»Kommt drauf an, was Sie meinen. Er hatte dieses Ding vor dem Gesicht, eine Sturmhaube.«

»Hat er gesprochen?«

»Er hat mich gepackt und gesagt, er hat ein Messer. Ich habe es gesehen. Es gehörte mir.« Robards schauderte. »Ich will nichts aus der Wohnung. Der Hausbesitzer kann alles haben.«

»Er hat Sie ins Schlafzimmer gebracht ...«

»Und er hat mich aufs Bett geschubst und ist auf mich draufgefallen.«

»Hat er sie vorwärts oder rückwärts aufs Bett geschubst?«

Robards sah Ellen an, als sei diese begriffsstutzig. »Vorwärts. Dann ist er auf mich gefallen. Dabei habe ich mir das Handgelenk gebrochen. Ich hatte die Hand unter mir, er ist auf mich gefallen und dabei ist das Handgelenk gebrochen.«

Sie zuckte bei der Erinnerung daran zusammen.

»Nur zur Klarstellung: Er hat versucht, Sie von hinten zu bedrängen?«

»Nein. Hören Sie. Der Teppich ist weggerutscht, und er ist auf mich gefallen.«

Jetzt hatte Ellen verstanden. Robards war winzig, der Vergewaltiger war mit seinem Gewicht plötzlich auf sie gestürzt. »Das muss wehgetan haben.«

»Es war ... unerträglich. Ich lag einfach da. Ich konnte nicht denken. Ich glaube, ich bin ohnmächtig geworden.«

»Und was ist dann passiert?«

»Er hat sich entschuldigt. Dann hat er seinen Arm betrachtet und ist ins Bad gerannt. Er hat gesagt, ich solle den Mund halten und mich nicht rühren.«

Ein zimperlicher Vergewaltiger? Er hat gehört, wie der Knochen brach, und ihm ist davon schlecht geworden?

»Wissen Sie, warum er ins Bad gegangen ist?«

»Er hatte sich geschnitten.«

Die Spurensicherung hatte kein Blut entdeckt. »Schwer?«

Robards zuckte mit den Schultern. »Weiß nicht. Er hat einen Haufen von meinen Pflastern verbraucht.«

»Er hat sich aus Versehen geschnitten?«

Wieder fand die junge Frau, Ellen sei begriffsstutzig. »Ja.«

»Und wo am Arm?«

Robards wies auf eine Stelle an Ellens Unterarm, in der Nähe des Handgelenks.

»Und was ist dann passiert?«

»Er kam zurück, hatte sich ein paar Pflaster aufgeklebt, fuchtelte mit dem Messer herum, und ich dachte, das wars, er bringt mich um, ich konnte einfach nicht aufhören zu weinen, weil es so wehtat, und dann klingelte sein Handy.«

»Sie machen Witze. Ist er drangegangen?«

»Ja. Dann hat er seine Kleidung gerichtet und ist verschwunden.«

»Hat er beim Telefonieren einen Namen oder einen Ort genannt?«

Robards schüttelte den Kopf. Ihr ganzer Mut war aufgebraucht, und sie wirkte völlig ausgelaugt.

»Er hörte eine Weile zu, und dann sagte er: ›Das ist QF, richtig?‹ Fragen Sie mich nicht, was das heißen soll.«

»›Das ist QF, richtig?‹«

»Irgendwie so was.«

Dann traf Robards' Mutter ein, und Destry und Judd verließen das Krankenhaus.

»QF: Sagt Ihnen das etwas?«

»Qantas«, antwortete Judd. »Das Kürzel vor der Flugnummer.«

Judd war eine stille, kompetente, ausdruckslose Präsenz hinter dem Lenkrad, und Ellen erkannte sofort, dass er recht hatte. »Eine Flugbestätigung für sich selbst? Trifft er jemanden?«

»Ich würde sagen, er trifft jemanden, Sie nicht? Wenn er sich einen Flug gebucht hat, warum sollte dann jemand anrufen und ihm die Flugnummer durchgeben?«

Ellen begriff endlich den Zusammenhang, die Mobilität des Vergewaltigers, seine Vertrautheit mit den Orten und Straßen der Peninsula. »Er ist Taxifahrer.«

Judd nickte. »Ja.«

»Aber niemand hat ausgesagt, dass ein Taxi gesehen worden ist.«

»Wer sieht denn Taxis? Aber ich glaube nicht, dass das der Punkt ist. Ich glaube, unser Mann fährt für jemand anderen die Nachtschicht und hat tagsüber frei.«

»Um einzubrechen und zu vergewaltigen«, ergänzte Ellen.

Ihr Handy summte. Sie fischte es heraus und las die Textnachricht.

Clover Penford war gefunden worden.

32

Challis parkte auf dem Krankenhausgelände und machte sich auf den Weg, um nach Ellen zu suchen.

Er stieß in einem Gang auf Lois Katsoulas. »Boss noch nicht da?«

Katsoulas sah ihn offen neugierig an; sie wusste um seine Beziehung zu Destry. »Auf dem Weg, Sir.«

Dann schwieg sie kurz. »Hat das mit einem Ihrer Fälle zu tun?«

Challis nickte. »Die Mutter der Kleinen sitzt in Gewahrsam. Der Lebenspartner der Mutter wird vermisst, aber sie hat ausgesagt, er habe das Kind als Pfand für eine Geldsumme bei Meth-Köchen gelassen. Ich muss zugeben, ich habe eigentlich damit gerechnet, sie tot aufzufinden.«

Eine Regung huschte über Katsoulas' Gesicht, die Challis als Zorn deutete. »Armes kleines Ding. Sie hat nicht viel gesagt. Sie war ein paar Tage lang mit zwei Männern in einem Haus, doch dann hat es gebrannt, und sie sind in ein anderes Haus umgezogen. Sie hat gesagt, dass sie ihr nichts getan hätten, aber Fotos hätten sie von ihr gemacht. Nackt.«

»Und dann haben sie sie einfach am Spielplatz abgesetzt?«

»Offenbar. Sie sollte mit den anderen Kindern spielen, dann würde ihre Mutter bald kommen und sie holen.«

»Gibt es dort irgendwelche Überwachungskameras?«

»Nein.«

»Zeugen?«

»Nein.«

»Kann sie die Männer benennen oder beschreiben?«

»Nur sehr vage.«

Eine Tür ging auf, eine Ärztin kam heraus, und durch den Spalt sah Challis Clover Penford in einem winzigen Krankenhausgewand auf dem Schoß ihrer Großmutter sitzen. Die Ärztin schaute verwirrt von Katsoulas zu Challis und konzentrierte sich schließlich auf Katsoulas. »Ihre Kleidung.«

Ein Kleid in einem Beweisbeutel.

»Danke.«

»Um Sie zu beruhigen, es gibt keine Anzeichen für sexuellen Missbrauch. Keine blauen Flecken, keine Risse.«

Katsoulas wirkte plötzlich völlig entkräftet. »Na, Gott sei Dank.«

»Sie sagt, dass man sie fotografiert habe.«

»Ich weiß.«

Die Ärztin betrachtete sie mit einer Mischung aus Mitleid

und Erschöpfung. »Viel Glück«, sagte sie, kehrte ins Zimmer zurück und schloss die Tür.

Challis blieb noch lang genug, um Ellen grüßen zu können, dann raste er nach Waterloo zurück und stieß im Büro der CIU auf Pam Murphy, die durch eine Akte mit der Aufschrift *Hauser* blätterte.

»Ist die Akte intakt?«

»Der Bestandskontrolle zufolge schon, was aber nichts zu sagen hat, weil Janine die Liste selbst geführt hat«, antwortete Murphy. Sie schwieg kurz. »Boss, war es tatsächlich Clover Penford?«

Challis nickte. »Es geht ihr gut – mehr oder weniger. Hungrig, durstig, möglicherweise sediert. Sie haben Nacktaufnahmen von ihr gemacht.«

»Mistkerle.«

»Haben Sie schon Janine gesehen?«, fragte Challis.

»Ich bin ihr aus dem Weg gegangen, für den Fall, dass man mir unseren Verdacht im Gesicht ablesen kann.«

»Ihr berüchtigtes Pokerface«, sagte Challis. Er drehte einen Stuhl verkehrt herum, schwang sich drauf und sagte: »Ich habe vorhin mit Lily gesprochen. Die Kopierer seien in Ordnung gewesen, sagte sie. Sie sagte auch, dass Janine in Annettes Abwesenheit die Anrufe entgegengenommen hat.«

Stille machte sich breit, und Challis sah zu, wie Murphys bekanntermaßen leicht zu durchschauende Miene die aufkeimenden Gedanken verriet.

Freudig. Murphy in Jagdlaune. »So stellt sie den Kontakt her.«

»Ich denke schon«, sagte Challis. »Es wäre ganz nützlich, mal die ein- und ausgehenden Telefonate zu kontrollieren – vor allem die ausgehenden.«

»Ich mache mich sofort daran«, sagte Murphy und griff nach ihrem Telefon.

Challis unterbrach sie. »Später. Es reicht ja nicht, zu wissen, wen sie anrief, wir müssen auch wissen, worüber sie gesprochen haben. Wenn wir sie befragen, könnte sie einen Anwalt verlangen und sich weigern zu kooperieren.«

»Also hören wir die Leitung ab.«

»Das zu arrangieren dauert eine Weile. Wir müssen sofort handeln.«

»Also gut, verwanzen wir das Zimmer. Und stellen irgendwo ein Aufnahmegerät auf.«

»Und warten tagelang, bis sie wieder den Kontakt herstellt?« Challis schüttelte den Kopf. »Wir müssen ihr einen Schubs geben.«

Nachdem sie gewartet hatten, bis Janine Quine in die Mittagspause ging, installierten Challis und Murphy einen sprachgesteuerten Rekorder in Annette Tranhs Büro, kehrten ins Büro der CIU zurück und sprachen über Quine.

»Sie hatte ja nicht unbedingt Zugang zu vertraulichen Unterlagen«, sagte Murphy. »Sie kriegt keine Zeugenaussagen zu Gesicht, keine Fallnotizen, Gesprächsabschriften oder gerichtsmedizinische Gutachten.«

»Aber sie hat die Verantwortung für das Register unbewohnter Häuser.«

»Ihr Kontakt ist also ein Einbrecher?«

»Oder jemand, der eine Unternehmung führt, bei der es auch um Einbrüche geht. Jemand, der mit gestohlenem landwirtschaftlichem Gerät handelt, zum Beispiel.«

»Und dieser Jemand befürchtete, Hauser könnte belastendes Material bei sich im Haus gehabt haben, und hat Janine gebeten, allen Papierkram zu kopieren, den wir gefunden haben.«

Murphy schaute sich noch einmal die Inhaltsliste der Akte Hause an. »Nichts Belastendes, soweit ich sehen kann, es sei denn, sie hat es vernichtet. Ich kapiere nur nicht, warum sie die Notiz nicht inventarisiert hat, die sie im Kopierer vergessen hat.«

Darüber grübelten sie nach. Dann meinte Challis: »Wenn Hauser so großen Verdacht schöpft, um sich eine Notiz zu machen, in der er die beiden Männer beschreibt, was sie bei sich getragen und gefahren haben, würde er die dann einfach offen herumliegen lassen, wenn die beiden Männer ihm bis zum Haus folgen? Er würde sie verstecken. Zum Beispiel im Tischkalender.«

»Was bedeutet, dass Janine gar nicht wusste, dass es die Notiz gab. Sie ist herausgefallen, als sie in der Bibliothek war.«

Der Nachmittag zog sich hin; sie legten sich eine Geschichte zurecht, und Challis sah hin und wieder auf die Uhr und wünschte sich die Spürhunde herbei.

»Wir müssen ihr weismachen, dass Annette früher wieder zur Arbeit kommt«, sagte er. »Wir müssen sie ein wenig in Panik versetzen.«

»Warum lassen wir nicht einfach fallen, dass wir kurz davorstehen, eine Verhaftung vorzunehmen?«

»Nicht genau genug. Ich schlage vor, Sie nehmen das gesamte Hauser-Material an sich, um es neu zu sortieren, bedanken sich bei ihr und erwähnen, dass wir durch den Vergleich von Luftaufnahmen einer Polizeidrohne mit den heruntergeladenen GPS-Daten der gestohlenen Fahrzeuge einen unerwarteten Durchbruch erzielt haben.«

Murphy schnaubte. »Geht das überhaupt?«

»Keine Ahnung, klingt aber gut.«

»Sollte zumindest die Spannung steigern«, sagte Murphy. Sie stapelte die Akten und losen Blätter aufeinander und stand auf. »Drücken Sie mir die Daumen.«

Der Hundeführer rief am frühen Abend an. Unvermeidliche Verzögerungen, deshalb könnten sie erst bei Tagesanbruch mit der Suche beginnen.

33

Mittwoch stand Challis bei Sonnenaufgang unruhig in seiner Küche und fragte sich, ob er zu dem Hundeführer fahren oder auf Neuigkeiten warten sollte.

Er wartete. Zum Spannungsabbau zog er den Staubsauger aus der Ecke. Fünf Minuten später stellte er fest, dass er über Staubsauger dasselbe dachte wie über Rasentrimmer: Er bezweifelte, dass die Konstrukteure die Geräte jemals selbst benutzt hatten. Im Laufe der Jahre hatte er verschiedene Rasentrimmermodelle ausprobiert. Bei allen hatte er regelmäßig die Maschine ausstellen müssen, um den Kopf abzunehmen und den Schneidfaden händisch herauszuziehen. Und sein Staubsauger – deutsche Marke, Spitzenmodell – kippte immer auf den Rücken, wenn er ihn nur mal schräg anschaute, klemmte sich an Möbelfüßen ein, statt daran vorbeizugleiten, und zeigte bereits nach einer Runde durch das Wohnzimmer an, dass der Beutel voll sei.

Also kümmerte er sich um seine Post. Die Hälfte davon stammte von Wohltätigkeitsorganisationen, *die ihm etwas spendeten* – Kugelschreiber, Briefumschläge, Weihnachtskarten, Adressaufkleber ... Challis gab auf.

Um sieben Uhr früh saß er in der Sonne, trank Kaffee und las lustlos Zeitung. Zwei fürsorgliche Enten und sieben Küken traten in den milden Sonnenschein, der über die hohen Kiefern hinter dem Haus fiel. Challis schaute zu, die Enten beobachteten ihn, dann hatten sie den Hof überquert, verschwanden im Gras zum Damm, und die ganze Zeit über wartete er darauf, dass das Telefon klingelte.

Um 8.05 Uhr klingelte es. Challis forderte umgehend die Spurensicherung an.

Der Hundeführer stand am Anfang der Lintermans Lane und verfrachtete die Hunde gerade in einen Lieferwagen.

Er schloss die Käfigtür und berichtete Challis: »In der ersten halben Stunde haben die Hunde gar nichts aufgeschnappt, was mich auf den Gedanken bringt, dass unser Opfer bereits tot war und sie es hergetragen haben.«

»Hmhm.«

»Ich hatte mich auf die Weiden zu beiden Seiten konzentriert, das hat ein bisschen gedauert. Erst als ich an das Tor am Ende gekommen bin, wurden die Hunde aufgeregt. Gut möglich, dass sie die Leiche abgelegt oder über die oberste Stange des Tors gewuchtet haben, dadurch haben sie eine Spur hinterlassen. Danach haben wir nicht lange gebraucht, um das Grab zu finden.«

Challis dankte dem Mann und schaute zu, wie er davonfuhr, als Pam Murphy mit dem Dienstwagen der CIU aus Waterloo eintraf. Sie trug Hose und ein ärmelloses Top, Wanderschuhe, das Haar hatte sie zu einem Pferdeschwanz gebunden, sah also nicht anders aus als sonst, aber ihre ... Aura hatte sich verändert; Challis fiel kein besseres Wort dafür ein.

»Ihre Aura hat sich verändert, Constable Murphy.«

Sie wurde rot und wich aus. »Meine Aura?«

»Man könnte glauben, Sie hätten eine angenehme Nacht verbracht.«

Die Röte breitete sich aus. »Nun, das nenne ich mal einen Euphemismus«, sagte sie. Dann wies sie den Pfad entlang. »Sollen wir? Sir? Boss?«

»Okay, wechseln wir das Thema«, sagte Challis, und die beiden gingen los.

In dem gesprenkelten Licht zwischen den Eukalyptusbäumen zu beiden Seiten kamen sie schnell voran, die einzigen Geräusche das Zwitschern einiger Rosenkakadus und das leise Rascheln ihrer Schuhe auf dem niedergetretenen Gras. Hier und da deuteten gelbe Markierungen an, wo die Spurensicherung bereits schnelltrocknende Abdrücke von ganzen und halben Schuhspuren genommen hatte.

Unterwegs unterhielten sie sich. »Ihr ausgebuffter Plan hat sich ausgezahlt«, erklärte Pam. »Janine führte ein besorgtes Telefonat mit einem gewissen Raymond Loeb, von Loeb Property Management.«

Challis merkte sich das im Hinterkopf. Er würde Bernie Joske bitten, dem Namen nachzugehen.

»Gibt es eine Akte zu Loeb?«

»Nein. Und seine Firma ist ganz legitim, hauptsächlich im ländlichen Raum unterwegs: Vermögensübertragungen, Auktionen, Räumungsverkäufe, Antragstellungen.«

»Jeder, der dort arbeitet, hätte gute Gründe dafür, sich auf Farmen und Weingütern umzusehen.«

»Ja.«

»Was genau hat sie gesagt?«

»Sie hat versucht, das mit den Drohnenfotos und den GPS-Koordinaten zu erklären, dann hat sie eine halbe Minute zugehört, wurde ein wenig panisch und meinte: ›Das kann ich nicht machen. Ich wüsste ja gar nicht, wo ich suchen soll.‹«

»Er hat sie gebeten, Kopien zu beschaffen.«

»Das denke ich auch.«

»Wir werden uns nach dem Mittagessen auf sie stürzen«, sagte Challis.

Dann erstarrte er, streckte schnell die Hand aus, um Murphy aufzuhalten, als er aus dem Augenwinkel eine Schlange sah, die ohne große Eile im höheren Gras am Zaun verschwand.

»Sie haben mich erschreckt!«

»Ich hab mich selbst erschrocken«, meinte er nur.

»Wir sollten Gefahrenzulage kriegen.«

»Bei dieser Regierung?«, sagte Challis. »Wir können von Glück reden, überhaupt irgendetwas zu kriegen.«

Sie gingen weiter, dachten an den Tod ringsherum und an den Toten am Ende des Weges.

Sie kamen an ein Tor; der Geruch nach schlammigem, schilfbestandenem Wasser lag in der Luft. Challis konnte das Rückhaltebecken nicht sehen, hörte aber Stimmen von jenseits des Tors, hinter einer Wand aus Sträuchern und Brombeergestrüpp. Das Tor war mit einem Vorhängeschloss verriegelt gewesen, aber Suttons Leute oder der Hundeführer hatten es mit einem Bolzenschneider durchtrennt und geöffnet.

Sie begaben sich zum Wasser. Es war großteils von Schilf überwuchert, aber hier und da gab es kleine Klippen, Felsnasen und schlammige Freiflächen. Auf einer dieser offenen Flächen war Scobie Suttons Team damit beschäftigt, eine Leiche zu exhumieren und die Gegend um die Fundstelle herum ebenso zu untersuchen wie das Gelände, das zum Tor zurückführte. Metallische Trittplatten führten zu der Leiche, einer dunklen, schlammbedeckten Form in einer flachen Mulde. Überall standen gelbe Markierungen, und Sutton nahm einen weiteren Schuhabdruck.

Na, viel Glück damit, dachte Challis. Die Schuhe, die Lovelock und Pym getragen hatten, waren nur noch Asche. In diesem Augenblick lachten Kookaburras in den umstehenden Eukalyptusbäumen.

Er hörte Stimmen und drehte sich um. Zwei Männer mit einer Bahre, Freya Berg in einem weißen Overall und Gummiüberschuhen.

Als sie bei ihnen eintraf, nickte sie zum Gruß. »Hal, Pam.«

»Freya.«

»Dr. Berg.«

Sie seufzte schwer: »Die Pflicht ruft«, und ging weiter hinunter zur Leiche.

Pam drehte sich zu den Bahrenträgern um. »Sie werden wohl noch warten müssen.«

»Unser Lebensmotto«, erwiderte einer der beiden, dann schlenderten sie zum nächstgelegenen Schatten, setzten sich und lehnten sich an einen Baum.

Schließlich kletterte Scobie Sutton die Böschung hinauf und sagte: »Die Hunde haben ihn bei Tagesanbruch gefunden.«

Challis nickte. »Ich habe schon mit dem Hundeführer gesprochen. Handelt es sich um Valentine?«

»Schwer zu sagen. Die Leiche liegt schon anderthalb Wochen dort. Es hat bereits Verwesung eingesetzt, aber weniger, als wenn sie an der offenen Luft gelegen hätte. Größe und Körperform passen schon mal.«

»Kleidung?«

»Jeans, T-Shirt und Sportschuhe. Ich habe noch nicht in die Taschen geschaut.«

»Ist sein Gesicht noch intakt?«

Sutton schüttelte den Kopf. »Eine einzige Sauerei. Leichte Verwesung, aber vor allem, weil auf ihn eingeprügelt worden ist. Nase gebrochen, ein paar Zähne fehlen, Wangenknochen und Augenhöhlen sind beschädigt.«

»Ich brauche so schnell wie möglich seine DNA.«

Sutton nickte. »Ich habe unter der Farbe in Valentines Garage Blut gefunden. Mal sehen, ob es zur DNA der Leiche passt.«

»Das würde allerdings nicht schlüssig beweisen, dass es sich um Owen Valentine handelt, sondern nur, dass der tote Mann zuvor im Haus gewesen ist.«

»Das weiß ich«, entgegnete Sutton gereizt. »Ich werde auch die DNA heranziehen, die ich im Schlafzimmer gefunden habe.«

Eine halbe Stunde später kam Freya Berg zu ihnen hinaufgeklettert.

»Er gehört Ihnen, Mr Sutton.«

Er dankte ihr, rief die Träger und kehrte zur Leiche zurück.

Challis, der zusah, wie die Männer die Leiche bugsierten, bat die Pathologin um erste Ergebnisse.

»Weiß, männlich«, sagte Berg, »unterernährt, möglicherweise ein Junkie, Ende zwanzig.«

»Wurde er ermordet?«

»Das werde ich erst genauer wissen, wenn ich die Autopsie durchgeführt habe, aber er wurde zumindest nicht erschossen oder erstochen. Ist allerdings massiv verprügelt worden, und er hat oberflächliche Schnittwunden im ganzen Gesicht.«

»Messer?«

»Oder Rasiermesser.«

»Kein großes Schild um den Hals mit der Aufschrift: ›Ich heiße Owen Valentine‹?«

»Etwas genauso Gutes«, antwortete Berg. Sie zückte ihr iPhone, wischte mit dem Finger über den Bildschirm und zeigte ihnen ein Foto.

Ein verwaschen blaues Amateurtattoo: »Owen und Chrissie 4 ever«.

Challis seufzte, zückte sein Handy, ging im Kreis herum, bis er ein Signal hatte, und rief Serena Coolidge an.

34

Mittwoch begann das Briefing der Abteilung Sexualverbrechen mit den merkwürdigsten und unerquicklichsten Minuten in Ellen Destrys Arbeitsleben. Sie hatte einen Teller Gebäck auf den Tisch gestellt, Kaffee gekocht und die Beamten begrüßt, als Serena Coolidge den Raum betrat, als habe sie ein Weltreich erobert und beabsichtige, sich an die Bürger zu wenden.

Ellen erinnerte sich an diese Körpersprache aus der Polizeiakademie und von der kürzlichen Begegnung auf dem Parkplatz des Polizeireviers, als Coolidge ihr einen Blick zugeworfen hatte, der besagte, sie würde sich gerade daran zu erinnern versuchen, was sie an Ellen so sehr störte.

Und jetzt schon wieder.

»Sergeant Destry.«

»Serena«, sagte Ellen und fing sich erneut diesen Blick ein.

»Ich muss«, sagte Coolidge, »kurz mit allen reden.«

»Nur zu.«

Coolidge, die am Kopf des Tisches eine imposante Figur abgab, stellte sich mit Namen und Abteilung vor und fragte: »Die gestrige Observierung. Wer von Ihnen hat das Mädchen gefunden?«

Katsoulas hob gereizt die Hand und sagte: »Um ganz genau zu sein, hat ein Vater sie aufs Revier gebracht, als wir gerade unseren Verhafteten ablieferten.«

Diesmal sagte die Körpersprache nur *egal:* Coolidge wischte das mit ihren langen raubtierhaften Fingern ihrer rechten Hand gleichgültig beiseite.

Makellos polierte Fingernägel, wie Ellen bemerkte.

»Der Punkt ist, hier gibt es eine Verbindung zu Drogen«, sagte Coolidge.

Ellen rührte sich. »Das ist uns klar, doch gibt es hier auch eine Verbindung zu Sexualstraftaten. Das Mädchen namens Clover Penford musste nackt für Fotos und Videos posieren.«

Coolidge sah in den Raum hinaus und drehte den Kopf dann langsam in Ellens Richtung. Niemand sagte ein Wort, alle Geräusche verstummten, die Stille wirkte wie eine Vorahnung, und Coolidge machte ein angespanntes Gesicht.

»Sergeant Destry, ich fürchte, meine Ermittlungen schlagen die Ihren. Das Kind –«

»Sie heißt Clover«, unterbrach Katsoulas.

»– ist in einen Fall von weitreichenden Auswirkungen verwickelt, zu der eine große Anzahl sehr gefährlicher Menschen gehören. Sie werden zu gegebener Zeit Zugang zu ihr erhalten und können dann Anklagen wegen möglicher Sexualstraftaten erheben, *nachdem* wir Verhaftungen aufgrund von Drogenherstellung und Verbreitung vorgenommen haben.«

Ian Judd war angewidert. Er hatte auf einem Kugelschreiber herumgekaut und warf ihn nun auf den Tisch vor sich.

»Gibt es ein Problem?«, fragte Coolidge säuerlich.

Judd zuckte mit den Schultern.

Coolidge bemühte sich um Besänftigung. »Hören Sie, ich bin froh darüber, wenn Sie diesen Mistkerlen alle nur erdenklichen Sexualstraftaten anhängen können, aber erst, wenn wir sie wegen Drogendelikten festgesetzt haben. Wir glauben, dass der Stiefvater des kleinen Mädchens von Syndikatsmitgliedern aus New South Wales ermordet worden ist, aus diesem Grund müssen wir uns alle und jeden genau anschauen, der damit zu tun hat.«

Ellen fragte sich, ob sich irgendetwas verändert hatte. Hals prägnanter Ausdrucksweise vom Vorabend zufolge, fasste »nachlassende Entschlossenheit« ziemlich gut Coolidges bisherigen Ansatz zusammen, im Fall von Clover Penford und den Meth-Köchen zu ermitteln; Ellen kannte sich mit nachlassender Entschlossenheit aus, wenn höhere Vorgesetzte einen Rückzieher machten oder Ermittlungen und Strafanklagen nicht weiterverfolgten.

Doch nun drängte sich Coolidge dazwischen. Suchte sie nach einem neuen Coup?

Bevor Ellen noch etwas sagen konnte, verließ Coolidge den Raum.

Ellen rieb sich das Kinn und sagte: »Also, das war ...«

»Erhellend.«

»Erfüllend.«

»Inspirierend.«

»Bitte bedienen Sie sich«, sagte Ellen und wies auf Kaffee und Gebäck.

Sie trat ein paar Schritte beiseite und schrieb Challis eine Textnachricht: *Habt ihr Valentines Leiche gefunden?*

Die Antwort kam prompt: *Ja.*

Na, das erklärte Coolidges Verhalten.

Nachdem Judd, Katsoulas und Rykert Platz genommen hatten, brachte Ellen sie im Fall Robards auf den neuesten Stand.

»Wenn wir davon ausgehen, dass es sich um einen Taxifahrer handelt, wie passt das in unser grobes Profil?«

Rykert: »Er kennt sich in den Straßen und Gemeinden der Peninsula aus.«

Katsoulas: »Er ist womöglich der Nachtfahrer bei einem Taxiunternehmer, was bedeutet, dass er tagsüber frei hat. Wann hat er den Anruf erhalten, hat Ms Robards gesagt?«

»Gegen halb sechs.«

»Der Anruf könnte von der Tagschicht stammen. Halb sechs, das bedeutet kurz vor Arbeitsschluss, also würde eine dreistündige Fahrt zum Flughafen und zurück nicht sehr beliebt sein. Die würden sie dann dem Nachtfahrer geben.«

Judd: »Gehen wir davon aus, dass er mit Einbrüchen angefangen hat und dann zu Vergewaltigungen überging? Jedenfalls hat er sich bei den Nachtfahrten Zielobjekte ausgesucht und ist bei Tag dorthin zurückgekehrt.«

Katsoulas: »Möglicherweise ist eines oder mehrere der Opfer früher mal Fahrgast gewesen.«

Rykert: »Es könnte aber auch gut sein, dass er in der Nähe von Melbourne wohnt und nur gelegentlich hierherfährt. In dem Fall finden wir ihn nie. In der Stadt wimmelt es nur so vor Taxifahrern.«

Judd: »Ich glaube, die Chancen stehen besser als fünfzig Prozent. Die Taxiunternehmen der Stadt dürfen hier Fahrgäste absetzen, aber nicht um Kunden werben. Die würden hier nicht herumbummeln, sondern sofort wieder in die Stadt zurückfahren, wo die Arbeit wartet.«

»Aber ein Taxi von der Peninsula darf Kundschaft zum Flughafen bringen und abholen?«

»Alle Taxis dürfen zum Flughafen fahren, aber nur Taxis aus dem Großraum der Metropole dürfen dortbleiben und sich in die Warteschlange stellen. Wenn man auf der Peninsula wohnt und von einem örtlichen Taxi am Flughafen abgeholt werden will, dann muss man das im Voraus buchen.«

Katsoulas: »Wir wissen also nicht, ob unser Kerl gebeten wurde, jemanden zum Flughafen zu fahren oder von dort abzuholen?«

»Korrekt.«

Ellen: »Die Taxiunternehmen sind ziemlich hilfsbereit. Sie reagieren recht empfindlich, wenn es um Zwischenfälle mit Fahrern geht.«

Judd: »Solange wir unseren Kerl nicht alarmieren.«

Rykert: »Und was, wenn der Anruf sich nicht auf eine Fahrt zum Flughafen für den Montag bezieht, sondern auf eine andere Nacht?«

Ellen zuckte mit den Schultern. »Irgendwo müssen wir ja anfangen. Und es ist ja auch nicht gerade so, dass die Taxis von der Peninsula alle zehn Minuten zum Flughafen fahren. Das ist eine teure Fahrt, die meisten Leute werden selbst fahren oder den Bus nehmen. Manche Taxifahrer kommen tagelang nicht zum Flughafen.« Sie hielt kurz inne. »Und selbst wenn wir es am Ende mit ein paar Dutzend Personen zu tun haben, wir suchen doch nach einem Mann, groß, fit, jünger, außerdem hat er sich Montagnachmittag geschnitten, also suchen wir nach jemandem, der einen Verband trägt oder zumindest einen tiefen Kratzer am linken Unterarm hat.«

Katsoulas bebte. »DNA, Boss.«

Ellen schüttelte den Kopf. »Er hat leider am Tatort nichts hinterlassen. Und selbst wenn wir etwas finden und ihn ganz legal testen können, können wir seine DNA nur mit diesem einen frühen Überfall vergleichen.«

Am frühen Nachmittag ergaben die E-Mails der Taxiunternehmen, dass vier Taxis am Montagabend eine Fahrt zum Flughafen unternommen hatten. Alle vier waren Fahrten von Fahrern, denen das Taxi auch gehörte, zwei Männer mittleren Alters, zwei Frauen, alle vier Fahrten regelmäßig wiederkehrende Montagsfahrten: drei Hinfahrten, eine Abholung.

Ellen wollte schon nach den Einzelheiten der Dienstagsfahrten fragen, als ihr der Vermerk von Coolart Cabs ins Auge fiel: der abzuholende Fahrgast, eine Frau aus Sydney, die jede Woche für drei Tage hergeflogen kam und bei der Entwicklung eines Golfplatzes auf der Peninsula beriet, hatte angerufen und mitgeteilt, dass ihr üblicher Qantas-Flug um 15 Uhr gestrichen worden sei und sie die Maschine um 18 Uhr nehmen würde, Ankunft 19.30 Uhr. Ihre übliche Taxifahrerin war eine Frau namens Posie Laing, die ihr eigenes Taxi fuhr.

Hatte Laing also auch die abendliche Fahrt übernommen?

Laing war sechzig, eine kleine, rundliche Frau mit kurzen grauen Haaren und einem von finster wirkenden Augenbrauen beherrschten Gesicht; Destry und Judd fanden sie im ersten Taxi an einem Taxistand vor der ANZ-Bank in Waterloo. Sie stieg aus, lehnte sich an die Beifahrertür und verschränkte die vollen Arme. »Wird das lange dauern?«

»Mrs Laing, Sie holen jeden Montagnachmittag regelmäßig eine Ms Weatherby vom 15-Uhr-Flug aus Sydney ab?«

»Ja, und?«

»Haben Sie sie auch diesen Montag abgeholt?«

Die Taxifahrerin schien die Fragen auf Fallen und verborgene Bedeutungen hin zu untersuchen. Zeit verging, dann sagte sie: »Nein. Ihr Flug wurde storniert.«

Noch bevor sie sich versahen, war eine ältere Frau mit Einkaufstüten hinten ins Taxi gestiegen. Laing strahlte, eilte zur Fahrerseite und riss die Tür auf.

Judd schlug sie zu, bevor sie noch einsteigen konnte. Der Frau verging das Lächeln.

»He! Mein Fahrgast!«

»Einen Augenblick«, sagte er. »Nur noch ein paar Fragen.«

An zwei der wartenden Taxis gingen die Türen auf, und die Fahrer riefen herüber: »Posie, alles okay?«

Ellen zeigte ihren Dienstausweis vor. Sie wichen murmelnd

zurück, und Laing lehnte sich wieder an das Taxi. »Ich muss Mrs Richards mit ihrem Einkauf nach Hause fahren«, murrte sie und fing an zu husten, einen feuchten Raucherhusten, der sie jeden Augenblick auf die Palliativstation bringen konnte, wie Ellen fand.

Sie warteten. Laing erholte sich wieder. »Also, worum gehts?«

»Sie haben Ms Weatherby also nicht am Montag vom Flughafen abgeholt.«

»Hab ich doch gesagt, der Flug wurde gestrichen.«

»Sie ist mit einem späteren Flug gekommen.«

Laing schaute weg und suchte nach einem Ausweg. »Ach ja, ich erinnere mich wieder.«

»Sie hat uns gesagt, sie sei von einem Mann abgeholt worden.«

»Mein Fahrer. Ich mache meistens um sechs Uhr Feierabend.«

»Sein Name?«

»Hören Sie, hat sie sich beschwert? Ich habe ihr erklärt, ich könne die Fahrt nicht machen, mein Fahrer würde sie abholen, und sie schien damit einverstanden zu sein. Mitch fährt schon seit Jahren für mich.«

»Mitch und weiter?«

»Pyne. Hat er was falsch gemacht?«

Sie wird ihn anrufen, dachte Ellen. Sie will ihn warnen, und sie will sich rückversichern, also wird sie ihn anrufen und versuchen, zwischen den Zeilen zu lesen.

Also ließ Ellen ihre Fantasie spielen. »Es hat im Taxi-Wartebereich am Flughafen einen Zwischenfall gegeben. Ein Fahrer von Silver Cabs hat ausgesagt, er sei von einem Fahrer angegriffen worden, der für eine der Firmen auf der Peninsula arbeitet. Sieht Mr Pyne so aus, als könne er aus Sri Lanka stammen, Mrs Laing?«

Laing kicherte und löste damit den nächsten Hustenanfall aus. Sie fing sich wieder, spuckte in ein Taschentuch und sagte: »Na, da haben wirs, Mitch ist so weiß wie mein Arsch.«

Ellen versuchte vergeblich, sich das Bild aus dem Kopf zu schlagen. »Danke, Mrs Laing; damit hätten wir das geklärt. Wir werden unseren Kollegen in der Stadt mitteilen, dass das eine Sackgasse ist.«

»Tun Sie das«, meinte Laing und setzte sich hinter das Lenkrad ihres Taxis.

»Hoffentlich kauft sie uns das ab«, meinte Destry.

Sie saßen im Auto und fuhren nach Crib Point, wo Pyne wohnte. Den Unterlagen zufolge war er neunundzwanzig, keine Vorstrafen, allerdings war er mit achtzehn in den Verdacht geraten, mit Diebesgut zu hehlen. Keine Anklage, keine Verurteilung, keine DNA-Probe.

»Diese Nummer mit Sri Lanka war eine hübsche Sache«, sagte Judd. »Die hat sie abgelenkt und wahrscheinlich auch noch ihre rassistische Seite angesprochen.«

Ellen nickte. »Mit etwas Glück reicht das, um sie davon abzuhalten, ihn anzurufen.«

»Tja, nun werden wir ihn wohl eine Weile observieren müssen«, meinte Judd.

Pyne hauste in einem abgewohnten geschindelten Haus in einer Seitenstraße hinter dem Freibad in Crib Point. Sein Auto, ein seitenlastiger Falcon mit einer in Rostschutzfarbe gestrichenen Tür, stand in der Einfahrt, und das Unkraut strich über den Unterboden. Ellen schaute nach: vierzehn Uhr. Vielleicht hatte das montägliche Desaster Pyne kopfscheu gemacht, und nun blieb er zu Hause, bis es Zeit für die Nachtschicht war. Vielleicht hatten sie auch Glück, er fuhr los, um jemanden zu vergewaltigen, und sie konnten ihn auf frischer Tat ertappen.

Sie hatten Glück, aber anders als erwartet.

»Handtuch, Tasche, er geht ins Freibad«, sagte Judd.

Pyne war groß, stämmig, dichter schwarzer Pelz auf Armen

und Beinen – wie es zwei der Opfer beschrieben hatten. Er wirkte auf Ellen leicht aus der Zeit gefallen, trug kurze enge Shorts, enges T-Shirt und hatte schwarze, zu einem Vokuhila geschnittene Haare.

»Hässlicher Mistkerl«, meinte Judd.

Sie schauten ihm bis zum Ende der Straße nach, starteten den Wagen und folgten ihm, kamen an ihm vorbei und beobachteten seinen Weg im Rückspiegel; er bog auf das Sportgelände ab und ging über den Staub und das tote Gras zum Eingang des Schwimmbads. Als Ellen an die Ecke kam, bog sie nach links ab und parkte sofort. Sie war am Morgen im Fitnessstudio gewesen; sie griff nach ihrer Adidas-Tasche. »Folgen Sie ihm, Ian. Tun Sie so, als wollten Sie schwimmen gehen oder Mitglied werden, egal was.«

»Boss.«

»Vielleicht ist er regelmäßig hier, vielleicht trifft er sich mit jemandem, seinem Hehler vielleicht.«

»Verstanden.«

Ellen sah Judd nach, wie er zum Freibad ging. Ein paar Minuten später wendete sie, fuhr am Footballfeld vorbei zum Schwimmbecken und parkte im Schatten eines großen Eukalyptusbaums. Die Luft roch nach sommerlichem Eukalyptusduft und Chlor. Durch den Maschendrahtzaun sah sie Mütter mit ihren Kindern und hörte die Kleinen kreischen. Sie schaute auf die Uhr: 14.20 Uhr. Die Schulen hatten bald aus. Ellen stieg aus dem überhitzten Wagen und wurde sofort von einer bildstarken Erinnerung überfallen, wie sie ihre Tochter zu einem Schwimmwettbewerb des Schulbezirks an diesen Pool gebracht hatte. Die Moskitos waren die reinste Hölle gewesen.

Dann kam Judd zurück. Er wedelte mit dem Taschentuch nach ihr.

»Ich komme mit Geschenken.«

Er wickelte das Taschentuch aus und enthüllte einen blutigen Verband.

»Ich habe in der Umkleidekabine gesessen und so getan, als würde ich mir die Schnürsenkel aufmachen, während er sich umzog, dann habe ich gesehen, wie er das hier in den Abfalleimer geworfen hat.«

35

Challis wollte Quine nicht verschrecken. Er blieb ganz unbefangen, spielte den gehetzten, überarbeiteten Boss, steckte den Kopf zur Tür des Hauptbüros hinein, winkte allen ein Hallo zu und sagte: »Janine, tut mir leid, wenn ich störe, aber könnten Sie mir alles bringen, was Sie über Owen Valentine gefunden haben?«

Quine trug ihren üblichen Gesichtsausdruck, den einer Frau, die Enttäuschungen gewohnt war, und dieser Ausdruck verstärkte sich jetzt noch. »Ja, Inspector.«

Challis wartete gar nicht erst ab, sondern sprang die Treppe hinauf in den ersten Stock zur CIU. Er nickte Murphy zu. »Sie ist unterwegs.«

Drei Minuten später klopfte es zögerlich, und Challis rief: »Kommen Sie rein, Janine.«

Er lehnte sich in seinem Drehstuhl zurück; sein Schreibtisch war mit Papieren übersät. Quine besah sich das missbilligend und setzte sich dann auf den Besucherstuhl neben Pam Murphy. Ihr Blick flog zwischen den beiden hin und her; sie begegnete ihrem Lächeln mit Misstrauen und warf den Aktendeckel auf Challis' Schreibtisch.

»Ich habe ein wenig gebuddelt – er hat einen Halbbruder, Carl Bowie, aber offenbar haben sie sich zerstritten. Der Bruder hat ein paar Bäckereien.«

Sie redete zu schnell.

»Das ist nicht der Grund, warum wir hier sind, Janine«, sagte Challis mit leiser, fast unbetonter Stimme.

Er öffnete eine Schublade, nahm einen Digitalrekorder heraus und drückte den Abspielknopf. »Gestern Nachmittag sind Sie dabei gesehen worden, wie Sie Annette Tranhs Büro betreten und ihr Telefon benutzt haben. Sie wurden dabei gesehen, wie Sie kurz darauf aufgelegt haben und wieder an Ihren Platz zurückgekehrt sind. Fünf Minuten später klingelte Annettes Telefon, und sie sind aufgestanden und drangegangen. Folgendes ist Ihr Teil der Unterhaltung.«

»Apparat Tranh ... Ray, ich hatte gehofft, dass du es bist ... Hör mal, es geht das Gerücht, dass ein paar Verhaftungen bevorstehen ... Nein, nicht wegen des Mordes, wegen der gestohlenen Fahrzeuge und Maschinen ... Du hast doch nichts mit dem Mord zu tun, oder? Ich habe dir ja gesagt, ich helfe dir nicht dabei, so etwas zu vertuschen ... Also, die sagen, durch den Vergleich der GPS-Koordinaten mit Luftaufnahmen der Polizeidrohnen können sie verfolgen, wo ... Ray, ich weiß auch nicht, was das heißen soll. Ich bin doch keine Expertin ... Das könnte irgendwo hier abgelegt sein, nehme ich an ... Das kann ich doch nicht einfach vernichten, Ray ... Hör zu, ich schaue mich um und gebe dir Bescheid, okay? Und ich gehe davon aus, dass damit Jeffs Schulden bei dir beglichen sind. Das wird einfach zu gefährlich.«

Challis drückte auf die Stopp-Taste. »Das war doch Ihre Stimme, nicht wahr, Janine?«

Sie starrte auf den Schreibtisch, verhärmt und ausdruckslos.

»Raymond Loeb. Waren Mr Hauser und er Partner?«

Nichts.

»Was haben Sie damit zu tun?«

Keine Regung, bis auf einen Anflug von mürrischer Wut, als Quine auf dem Stuhl herumrutschte. Sie schaute weiter zu Boden. Dann warf sie Pam Murphy einen Blick zu, die unter der Aufsässigkeit Traurigkeit, Bedauern und Schuldeingeständnis bemerkte.

»Raymond Loeb Property Services«, fuhr Challis fort.

»Wertgutachten, Grundstücksverwaltung, Auktionen und Räumungsverkäufe, Viehhändler, spezialisiert auf Farmen und Weingüter.«

Janine zuckte mit den Schultern.

»Der gute alte Ray kommt herum«, sagte Challis. »Ideale Bedingungen, Ausschau zu halten nach einem schlecht gesicherten Laster, einem Hänger, einem Sprühgerät oder einem Aufsitzmäher.«

Wieder ein Schulterzucken.

»Und was passiert dann? Schickt er ein Team hin? Einen Einzelnen wie Colin Hauser? Wie läuft das ab, Janine?«

Er beobachtete sie einen Augenblick und fuhr dann fort. »Ich glaube, er hat ein ganzes Team. Ich glaube, dass Hausers Farm nur eine Zwischenstation war, bis Mr Loeb einen Käufer gefunden hatte. Oder stiehlt er auf Bestellung?«

Janine Quine wirkte zutiefst gehetzt.

Pam Murphy übernahm: »Wir hatten auch eine Reihe von Hauseinbrüchen, Janine. Häuser, die in dem Register standen, das Sie führen. Die Bewohner sind im Urlaub oder auf Geschäftsreise, sie gehen also davon aus, dass die Polizei ein Auge auf ihren Besitz wirft, und was passiert? Dann kommen Sie ins Spiel.«

Nach langem Schweigen hob Quine den Kopf. Sie war völlig hoffnungslos. »Komme ich ins Gefängnis?«

»Das ist Sache der Staatsanwaltschaft, aber wenn es mildernde Umstände gibt und Sie gewillt sind, uns zu helfen, dann sind wir bereit, dafür zu plädieren, Milde walten zu lassen«, antwortete Challis.

»Wenn Sie es sich *verdienen*«, warf Murphy ein. »Schließlich ist hier ein Mann ermordet worden.«

Janine Quine schien nur zwei Gesichtsausdrücke zu haben, geschlagen und mürrisch, doch jetzt wurde ihr Gesicht ganz lebhaft. »Damit habe ich nichts zu tun. Ray Loeb hatte nichts damit zu tun.«

»Überzeugen Sie uns davon«, meinte Challis gleichgültig. Er legte die Kopie von Hausers Zettel auf den Tisch zwischen ihnen. »Das hier haben Sie vor ein paar Tagen im Kopierer der Bibliothek liegen lassen. Darin beschreibt Mr Hauser zwei Männer, die ihn wahrscheinlich kurze Zeit darauf erschossen haben. Wir glauben, dass sie zu einem bedeutenden Drogenring in New South Wales gehören. Diese Sache ist riesig, Janine, und Sie stecken mittendrin.«

Ganz elend meinte sie: »Damit hab ich nichts zu tun.«

»Sie geben zu, den Kopierer in der Bibliothek benutzt zu haben?«

»Unserer war kaputt.«

Man hatte nichts anderes von ihr erwartet. Sie würde bis in alle Ewigkeit etwas zugeben, wieder zurücknehmen, andeuten, leugnen, anderen die Schuld geben und ihre eigene Rolle darin ganz allgemein herunterspielen. Vielleicht glaubte sie sogar, sie würden aufgeben und sie davonkommen lassen?

»Hören Sie auf zu lügen. Unsere Kopierer waren nicht kaputt und auch nicht ohne Papier oder Toner. Sie haben das Material im Mordfall Colin Hauser aus dem Revier getragen und für Raymond Loeb kopiert, richtig?«

Sie sah zu Boden. »Kann sein.«

»Schlafen Sie mit ihm?«

Sie zuckte auf dem Stuhl zusammen. »Was? Nein. Nie.«

Pam Murphy beugte sich vor. »Und warum helfen Sie ihm, Janine? Sie sind Komplizin bei einem Verbrechen. Das klang bei der Aufnahme, die wir gerade gehört haben, nicht gerade nach einer ausgewogenen Partnerschaft. Es hörte sich eher so an, als würde er Ihnen Befehle erteilen.«

Quine sah wild um sich. »Was habe ich davon, wenn ich Ihnen helfe?«

»Die Befriedigung. Ihnen wird eine Last von den Schultern genommen. Bedroht Mr Loeb Sie? Wir können Sie beschützen.«

Quine fand keine gemütliche Sitzposition. Es war, als würde sie immer noch auf einen Ausweg hoffen.

Challis sagte: »Wir haben die Rufliste von Mrs Tranhs Telefon verfolgt. Seit sie fort ist, stehen Sie fast täglich in Kontakt mit Loeb. Daraus ergibt sich ein Muster an Absprachen. Wir reden hier nicht von einem einzigen Telefonat, Janine.«

Vor Murphys geistigem Auge tauchte ein Bild auf, wie sie sich in der Woche zuvor mit John Tankard unterhalten hatte. »Was hat Raymond Loeb gegen Sie in der Hand, Janine? Geht es um Ihren Mann? Wir haben gehört, dass er in letzter Zeit recht unberechenbar ist und einen Schulbusfahrer anbrüllt ...«

Challis sah sie fragend an, nickte dann aber zustimmend.

»Jeff ist ein Junkie, haben wir gehört«, sagte Pam. »Schuldet er Mr Loeb Geld? Ist das die Drohung?«

Quine wisperte: »Jeff hat letztes Jahr eine Weile für Ray gearbeitet. Er hat ihn bestohlen, ein paar Tausend Dollar. Ray sagte, wenn ich ihn ab und zu mit Informationen versorge, zeigt er ihn nicht an.«

»Es fing mit dem Register an?«

»Ja.«

»Und wie passt Colin Hauser da hinein?«

»Ich bin ihm nie begegnet. Ich weiß nur, dass Ray ziemlich aufgeregt war, als er das von dem Mord mitbekam, und sagte, ich solle alles herausfinden, was ich nur könne.«

»Sie haben Informationen weitergegeben? Kopien von Unterlagen?«

»Ja«, wisperte sie.

»Und Sie glauben«, fragte Challis, »dass Mr Loeb nichts mit dem Mord zu tun hat?«

»Ja! Er war sehr aufgebracht und verwirrt, als er davon hörte. Verängstigt.«

Challis sah keinen Grund, Coolidge mit einzubeziehen. Seiner Meinung nach hatte er es mit einem internen Leck und dem

Diebstahl von landwirtschaftlichen Fahrzeugen und Gerätschaften zu tun. Eine Frage musste er allerdings stellen: »Hat Loeb Ihres Wissens irgendetwas mit Drogen zu tun?«

»Niemals. Er hasst das Zeug. Er könnte eine Droge noch nicht mal erkennen, wenn man sie ihm unter die Nase halten würde. Er klaut nur Sachen und verhökert sie.«

»Und wenn Sie Dokumente an Mr Loeb weitergeben, wie gehen Sie da vor?«

»Wir treffen uns an wechselnden Orten: Unten bei der Mole, auf der Promenade durch das Marschland, auf einer der Parkbänke in der Nähe der Grillplätze.«

»Aber er wohnt doch an der anderen Seite der Peninsula.«

»Es ist leichter für ihn, zu mir zu kommen. Wie Sie schon sagten, er ist ständig unterwegs.«

»Er kommt also vorbei ...«

»Und führt seinen Hund spazieren«, ergänzte Quine.

»Unterhalten Sie sich, oder reichen Sie ihm einfach einen Umschlag?«

»Er bleibt stehen und unterhält sich, ich streichle den Hund.«

»Ich möchte, dass Sie Folgendes tun«, sagte Challis mit stählerner Stimme und Haifischgrinsen. »Ich möchte, dass Sie ihm sagen, Sie hätten Kopien von den GPS-Daten und Luftbildern, die zu den Bewegungen von Fahrzeugen und Maschinen gehören, die im Lauf des vergangenen Monats auf Hausers Farm aufgetaucht und wieder verschwunden sind. Das ist Blödsinn, aber er wird wissen wollen, was das alles zu bedeuten hat, okay?«

»Ich habe Angst.«

»Wir werden vor Ort sein«, sagte Challis, »werden beobachten und mithören.«

36

Jetzt war es Zeit, die Todesnachricht zu überbringen.

Pam hatte das im Laufe der Jahre schon ein paarmal machen müssen, bei jemandem anzuklopfen und die Nachricht zu überbringen, dass ein Familienangehöriger tot aufgefunden worden war. Das war Aufgabe der jüngeren Kollegen. Diesmal aber wollte Challis dabei sein. »Ich muss mir mal diesen Halbbruder anschauen.«

Natürlich fuhr sie, und wie sie nach Mornington kam, merkte sie, dass sie verstummt war, weil ihr der letzte Sonntag wieder eingefallen war, als sie mit ihrer Mutter hier zu Mittag gegessen hatte. Vielleicht hätte sie Challis von ihrer Mutter und ihren Ängsten erzählen können, aber sie war zu Michael Traill gefahren. Michael hatte zugehört und ihr eine kühle Hand aufs Handgelenk gelegt. Sie hätte Challis erzählen können, dass sie annahm, ihre Mutter würde im Sterben liegen und hätte sich von den Menschen und Orten verabschiedet, die ihr Leben bestimmt hatten, aber Pam hatte es einem Fremden erzählt. Und dann hatte sie mit diesem Fremden geschlafen, einem Mann, von dem sie geglaubt hatte, sie würde ihn hassen.

Und es hatte etwas bedeutet.

Was, das wusste sie noch nicht genau. Aber ihr Leben, das so lange von ihrer Arbeit definiert worden war, hatte plötzlich eine fundamental private Dimension angenommen. Pam stellte ihre Entscheidung, dies alles Challis gegenüber zu verschweigen, nicht infrage. Ein instinktiver, ein richtiger Entschluss.

Sie fanden einen Parkplatz gegenüber der Bibliothek, stiegen aus und gingen die Main Street entlang bis zu einer Seitenstraße und dem Bowie Bakehouse. Keine Auslage in den Fenstern, aber drinnen der zeitlose Trost von Backgerüchen. Ein halbes Dutzend winziger Tische und Stühle an einer Wand entlang, damit ein schmaler Gang für die Laufkundschaft blieb. Kuchen und Gebäck in Glasvitrinen, Brot in Drahtkörben an der Wand hinter dem Personal.

Zwei junge Frauen in engen schwarzen Röcken und schwarzen T-Shirts mit dem eingestickten Monogramm BB an der linken Brust bedienten eine Frau mit kleinen Kindern und einen älteren Mann, also nutzte Pam die Zeit, um sich im Laden umzuschauen. Am hinteren Ende gab es einen offenen Bogendurchgang auf einen Flur hinaus. Die Öfen waren wohl irgendwo dort, nahm Pam an. Das Büro, ein Klo, ein Lagerraum. Sie entdeckte drei Überwachungskameras, was sie für ein wenig übertrieben hielt: Eine war auf die Eingangstür gerichtet, eine auf den Flur, die dritte auf die jungen Frauen hinter der Theke. Das machte sie nervös, wie Pam bemerkte. Sie beeilten sich, wichen sich auf dem engen Raum gegenseitig aus, wischten sich mit den Handrücken Strähnen aus der Stirn.

Ansonsten war es wirklich nett in der Bäckerei, glänzendes Holz und Chrom, Terrakottafliesen und dieser wunderbare Duft. Schließlich wurden Challis und Murphy gefragt: »Womit kann ich Ihnen dienen?«

Sie hieß Alicia, war etwa zwanzig, groß, aber mit einem noch nicht ausgeformten Gesicht und linkischen Manieren. Challis sagte freundlich: »Wir sind von der Polizei, Alicia. Machen Sie sich keine Sorgen, aber wir möchten gern mit Mr Bowie sprechen.«

Alicia schaute betroffen. »Waren Sie das am Telefon, der gefragt hat, wo Mr Bowie heute arbeitet?«

Das stimmte, aber Challis antwortete: »Davon weiß ich nichts. Können wir ihn sprechen?«

Alicias Blick schoss zu der Kamera hinüber, die sie beobachtete, dann zu dem Flur am anderen Ende. »Ich bin mir nicht sicher. Ich meine ...«

»Vielleicht könnten Sie ihm mitteilen, dass wir hier sind?«

Das schien ihre Last nur noch schwerer zu machen, statt sie

ihr zu erleichtern. Sie flüsterte der anderen jungen Frau etwas zu, die stärker und berechnender wirkte und den Detectives beinah einen erwartungsvollen Blick zuwarf, bevor sie sich wegdrehte und in die hinteren Geschäftsräume verschwand. »Trina holt ihn«, sagte Alicia.

Sie wandte sich einer neuen Kundin zu, brachte die Bestellung durcheinander und warf ängstliche Blicke durch den Bogen. Dann kam Trina zurück und sagte: »Mr Bowie ist draußen im Hof. Er meinte, Sie sollen durchgehen.«

Trina führte sie den Flur entlang, die Backstube lag zur Linken, Hitze und Backgerüche wallten von der Ofenreihe und den Regalen voller abkühlender Laibe herüber; es ging an drei geschlossenen Türen vorbei auf eine Tür zu, die auf einen kleinen gepflasterten Hof hinausging. Topfpflanzen, ein kleiner Zylinderputzer, der in der Ecke wuchs, Jasmin am Hinterzaun zur Nebengasse. Ein Gartentisch und Stühle unter einem riesigen Segeltuch-Sonnenschirm. An dem Tisch saß ein Mann, der an seinem iPad arbeitete, daneben ein Becher Kaffee und ein Croissant.

Der Mann war etwa vierzig und schlank. Als er aufstand und mit einer ausgestreckten Hand auf sie zukam, sah man, dass er mittelgroß war. Kurzes, rötlich gelbes Haar und ein freundliches, schmales Gesicht. Allerdings trug er einen verwirrten Gesichtsausdruck, unter dem Pam einen Mann erahnte, der privaten Groll hegte, welcher durch den Besuch der Polizei in seinem Geschäft nur noch verstärkt wurde. Er trug eine dunkelgraue Hose, ein dunkleres Hemd, säuberlich hochgekrempelte Ärmel bis zur Mitte seiner gut gebräunten Unterarme. Am Handgelenk hing ein auffälliger Klumpen Chrom. Eine Rolex, nahm Pam an und verbrachte einen Teil des Besuchs damit, einen Blick auf das Zifferblatt zu erhaschen, um das zu bestätigen.

Sie gaben sich die Hand, Bowie bot ihnen Kaffee an, was Challis ablehnte.

»Wasser?«

Um dieses Thema möglichst zu beenden, lächelte Pam. »Ja, danke.«

Bowie gab die Bestellung kurz angebunden an Trina weiter und wendete sich dann mit einem Lächeln an seine Gäste und wies auf die freien Stühle. »Bitte.«

Sie setzten sich und beobachteten einander. Bowies Knie wippten.

»Ich fürchte«, sagte Challis, »wir kommen mit schlechten Neuigkeiten, Mr Bowie. Es geht um Ihren Bruder Owen.« Pause. »Heute Morgen wurde seine Leiche gefunden.«

Pam sah, wie Bowie sich um den richtigen Gesichtsausdruck bemühte: Verwirrung, Schock, Kummer ... er stotterte. »Entschuldigung? Er ist tot? Eine Überdosis?«

»Wie kommen Sie darauf, Mr Bowie?«, fragte Pam.

Eine unnütze Frage in beinah grobem Ton, aber sie mochte den Mann einfach nicht. Er wurde leicht rot und sein Gesicht spannte sich.

»Na, das ist doch offensichtlich, finde ich: Er ist ein Junkie.«

»Standen Sie sich eng?«, fragte sie, obwohl sie die Antwort darauf kannte.

»Hab ihn seit Jahren nicht gesehen. Ich frage noch mal, eine Überdosis?«

»Wir nehmen an, dass er ermordet worden ist, Mr Bowie«, antwortete Challis. »Er ist verscharrt worden.«

Bowie schluckte. Er griff nach der Tasse und trank Kaffee. »Er hat den falschen Leuten Geld geschuldet.«

»Wissen Sie das genau, Mr Bowie?«

»Das liegt doch nahe.«

»Aber genau wissen Sie das nicht?«

»Nein.«

»Wissen Sie irgendetwas über sein Leben in den letzten Monaten?«

»Nein.«

»Hat ihm jemand gedroht?«

»Hören Sie, ich wollte ihn nicht in meinem Leben haben, okay? Ein Junkie und ein Loser.« Er schwieg kurz. »Sind Sie sicher, dass er es ist?«

»Nach Kleidung, Größe und Gestalt und nach der Brieftasche zu urteilen, ja, fürchte ich«, sagte Challis.

»Die DNA wird das bestätigen«, fügte Pam an.

Bowie suchte nach Worten, wie sie sah. »DNA? Warum kein Zahnabdruck?«

»Von den Drogen sind seine Zähne völlig ruiniert. Wir haben von den Sachen, die wir in seinem Haus gefunden haben, eine DNA-Probe genommen, und wenn diese mit der DNA der Leiche verglichen worden ist, werden wir uns sicher sein.«

»Und wenn es noch Zweifel gibt«, sagte Challis, »können wir sie mit Ihrer DNA vergleichen.«

»Aber wir haben nicht denselben Vater.«

»Das macht nichts«, sagte Pam.

Mit seinen eng anliegenden Ohren und dem von starken, schwer zu deutenden Gefühlen durchdrungenen Gesicht wirkte Bowie kurzzeitig aalglatt und gefährlich, was ganz im Gegensatz stand zu seiner Adrettheit und den gepflegten Händen.

Challis lächelte sanft und sagte: »Aber darauf kommen wir später noch. Gibt es im Augenblick jemanden, dem wir Bescheid geben sollen? Jemand, der Ihnen Beistand leistet?«

Bowie schüttelte heftig den Kopf. »Nein, alles in Ordnung. Es tut mir leid, dass er tot ist, aber er war viel jünger als ich, und er hat Drogen genommen, seit er fünfzehn war. Wir hatten sehr wenig miteinander zu tun. Ich habe ihn schon seit Jahren nicht mehr gesehen. Seit *Jahren*. Unsere Mutter ist tot, sein Vater ist tot, mein Vater ist tot. Da ist niemand. Warten Sie, ich glaube, er hatte eine Freundin.«

»Christine Penford?«

»Wenn das die ist, die er schon in der Schule gehabt hat,

dann ja. Ansonsten kann ich Ihnen nicht helfen, tut mir leid.«
Er schwieg kurz. »Ich komme natürlich für die Beerdigung auf.
Das ist das Mindeste.«

Sie lächelten ihn nichtssagend an. Challis stand auf und gab dem Mann seine Visitenkarte. »Rufen Sie uns an, wenn wir Ihnen irgendwie behilflich sein können.«

»Sicher«, sagte Bowie, so als sei das ziemlich unwahrscheinlich.

Auf dem Weg hinaus trafen sie Trina. Ganz nervös reichte sie Pam das Glas Wasser und schaute über ihre Schulter hinweg zur Gartentür und dem Flecken Sonnenlicht da draußen. Pam wollte schon sagen: »Ein ziemlicher Mistkerl, Ihr Chef, oder?«, unterließ das aber. Stattdessen bedankte sie sich, stürzte das Wasser hinunter und folgte Challis auf die Straße.

Sie gingen gerade auf den Parkplatz gegenüber der Bibliothek und der Bezirksverwaltung zu, als eine Stimme sagte: »Was zum Teufel haben Sie hier zu suchen?«

Senior Sergeant Coolidge stürmte auf dem Bürgersteig auf sie zu.

In der Zwischenzeit hatte Ellen Destry Mitch Pynes Verband zur DNA-Analyse gebracht und Judd und Rykert damit beauftragt, Pyne zu beschatten. Sie würde mit Katsoulas die Abendschicht übernehmen.

Doch nun am späten Nachmittag saß Allie in ihrem Wagen, und sie fuhren nordwärts über den Nepean Highway. »Du tust aber ganz schön geheimnisvoll«, meinte Allie, verschränkte die Arme, sah hinaus und weigerte sich, Ellen anzuschauen.

Es gab nicht viel zu sehen, nur eine Reihe von Häusern auf der einen Seite und das Schutzgebiet des Küstenvorlands von Seaford mit gelegentlichem Blick auf die Bucht an den Trockengräben auf der anderen Seite. »Aber das ist ja bei dir ja keine Überraschung«, fuhr Allie fort.

Oh, die kommt noch, dachte Ellen und warf ihrer Schwester einen Blick zu. Allie war völlig verstockt, die Haut spannte über ihren Wangenknochen, und der Mund war nur ein dünner Strich. Sie hatte eingewilligt mitzufahren: »Aber nur, damit du endlich eine Ruhe gibst, Ellen.«

»Nur Geduld«, sagte Ellen.

Allie hatte sich die Arme unter den Brüsten verschränkt. Hübschen Brüsten, dachte Ellen, besser geformt als meine. Dann: Schon komisch, wie Neid funktioniert. Ich habe sie um ihre Figur beneidet, sie hat mich um meine Stabilität beneidet, auch wenn sie sich darüber lächerlich gemacht hat.

»Weißt du, was ich glaube? Ich glaube, das hat was mit Clive zu tun.«

»Wie kommst du denn darauf?«

»Ich kenne dich, Ellen. Du willst mir irgendeine Lektion erteilen. Du bist sehr leicht zu durchschauen.«

Erwischt. Ellen biss sich auf die Lippe.

Dann fuhr Allie fort: »Ich glaube, du bist eifersüchtig.«

»Ich habe Hal.«

»Den du nur selten zu Gesicht bekommst. Und warum zieht ihr nicht zusammen, möchte ich wissen – es sei denn, du hältst dich zurück, weil es mit euch nirgendwohin geht.«

Ellen erwiderte nichts. Leugnen schien Allies Grundhaltung zu sein.

Andererseits war es schon bezeichnend, dass sie eingewilligt hatte mitzufahren. Sie weiß, dass etwas nicht stimmt, dachte Ellen. Sie will sich vergewissern. Aber sie wird querschießen und rumhacken, denn sie könnte es nicht ertragen, zugeben zu müssen, eine Dummheit begangen zu haben.

Und genau diese Dummheit werde ich ihr um die Ohren hauen.

Sie kamen zur Bahnstation Seaford, Ellen blinkte landeinwärts, bog ab, und die Straße brachte sie über die Bahngleise in eine Gegend mit kleinen Häusern an ruhigen Straßen. Das

Haus, das sie suchte, lag hinter einem dürren Flecken Rasen, blassgelbe Ziegel, die sich unter einem moosbewachsenen Ziegeldach kauerten. Wie passend, dachte Ellen, hielt einen halben Block vor dem gelben Haus auf der anderen Straßenseite, sodass sie das Haus bequem durch die Windschutzscheibe beobachten konnten.

»Und jetzt?«, fragte Allie, die sich mürrisch umsah.

Es war warm im Auto. Ellen war den ganzen Tag wie irre durch die Gegend gerast und brauchte eine Dusche. Ihre Schwester war im Gegensatz dazu frisch und sauber, wie schon ihr ganzes Leben lang.

Ellen ließ die Scheibe herunter und lehnte den Unterarm auf die Kante, als Allie erstarrte. »Da steht mein Auto!«

»Ja.«

»Was hat das dort zu suchen?«

»Allie, Clive wohnt dort.«

»Tut er nicht. Er hat eine Wohnung in Southbank. Er hat mich mal dorthin mitgenommen, eine fabelhafte Wohnung.«

Ellen machte sich eine geistige Notiz. Wessen Wohnung? Die eines Komplizen? Die eines anderen Opfers, das an dem Tag passenderweise nicht zu Hause war?

»Glaub mir, Allie, Clive wohnt in dem Haus dort.«

»Es gehört wahrscheinlich einem Freund«, entgegnete Allie. »Bist du ihm etwa gefolgt?«

»Er ist jemand anderer, als er vorgibt.«

Allie kaute auf der Unterlippe. »Du lügst. Du bist eifersüchtig. Das warst du schon immer.«

Sie starrte störrisch hinaus und legte sich ihre eigene Geschichte zurecht. »Du wirst ganz schön dumm dastehen, wenn du herausfindest, dass er das Haus eines Freundes hütet oder nur gefragt hat, ob er seinen Wagen dort abstellen kann, solange er im Ausland ist.«

»*Deinen* Wagen, den du ihm überschrieben hast.«

»Ich habe dir den Grund dafür genannt.«

»Kein besonders überzeugender Grund, und ich muss dich fragen, was du ihm sonst noch überschrieben hast.«

»Keine Ahnung, was du meinst, und außerdem glaube ich, dass dich das gar nichts angeht, das sind Privatangelegenheiten.«

»Hast du ihm Anteile überschrieben, zum Beispiel? Besitzurkunden. Wertsachen. Bargeld. Habt ihr ein gemeinsames Konto? Ich könnte noch weiter aufzählen.«

»Lass das lieber, das langweilt mich.«

»Er hat dir gesagt, er geht ins Ausland, richtig? Hast du ihm das Geld für das Flugticket gegeben? Erster Klasse, vielleicht?«

Allie schaute sie nicht an.

»Welche Geschichte hat er dir aufgetischt?«

Allie ging hoch. »Er hat mich zur Verschwiegenheit verpflichtet, okay? Du bist doch bei der Polizei, du weißt doch, dass manche Dinge unter dem Teppich bleiben müssen.«

»Er ist auf einem Einsatz? Einem gefährlichen?«

Allie antwortete steif: »Es hat mit seiner Arbeit zu tun, mehr kann ich nicht sagen.«

»Hat er dir vielleicht erzählt, er würde für eine amerikanische Geheimdienstbehörde arbeiten? CIA? Homeland Security?«

Allie klappte den Mund auf. »Hast du ihn verhört? Hast du ihn verhaftet oder so was? Sag es mir.«

»Er geht ins Ausland, weil er um sein Leben fürchtet, richtig? Extremisten sind hinter ihm her?«

Allie wandte sich beleidigt ab. »Wenn du schon alles weißt, warum fragst du mich dann?«

»2011 hat er einer Witwe dieselbe Geschichte erzählt. Er hat sie geheiratet, das ist dir zumindest erspart geblieben. Er hat ihr alle Ersparnisse abgenommen und ist dann ins Ausland verschwunden. Deshalb frage ich dich, wie viel hast du ihm gegeben?«

Allie rutschte herum und überlegte wohl, nicht darauf zu antworten.

»Nur den Wagen«, flüsterte sie.

»Gott sei Dank.«

Allie kaute wieder auf der Unterlippe. »Wo war er denn im Ausland?«

»Das schauen wir uns gerade noch an. Wahrscheinlich hat er die Lage hier beobachtet, und als er mitbekam, dass die Witwe verstorben war, ist er zurückgekommen und versucht es noch mal. Diesmal bist du sein Ziel.«

»Ich glaube dir kein Wort. Wer würde denn so eine Geschichte glauben?«

»Er heißt in Wahrheit Wayne Hall. Er hat eine ganze Reihe von Verhaftungen und Verurteilungen wegen Betrügereien vorzuweisen, die weit zurückreicht. Im Augenblick gibt es zwei Haftbefehle auf seinen Namen, einen, weil er diese Frau um ihre Ersparnisse gebracht hat, einen zweiten, weil er Kreditdokumente in Adelaide gefälscht hat. Er kommt ziemlich herum, der gute alte Clive. Sorry, Wayne.«

Allie schrumpfte sichtlich und fing langsam an, ihr zu glauben.

»Außerdem«, fuhr Ellen fort, »hat er gar keine Schwester. Es gibt keine leukämiekranke Nichte.«

Allie starrte ihren Wagen in der Einfahrt des gelben Hauses an.

»Ich fasse es nicht. Warum tust du mir das an?« Dann erstarrte sie. »Was ist denn da los?«

Vor dem gelben Haus hatte ein Streifenwagen angehalten, dann ein Zivilfahrzeug, und uniformierte und zivil gekleidete Beamte stiegen aus. Zwei Uniformierte rannten um das Haus, einer stand in der Einfahrt, einer auf dem Rasen, zwei Detectives hämmerten gegen die Tür.

Ohne Ergebnis. Sie klopften erneut. Von ihnen unbemerkt, wurde an der Seite des Hauses ein Fenster nach oben geschoben, und ein junger Mann stieg aus. Gebräunt, attraktiv und durchtrainiert, in enger kurzer Hose und einem noch engeren Unterhemd. Chinese, groß, glänzendes schwarzes Haar bis zu den Schultern. Ein gelenkiger, schneller Bursche, der losrannte, kaum dass er den Boden berührt hatte.

Er blieb sofort stehen, als er die Uniformierten vor dem Haus stehen sah. Er hob die Hände.

»Clives Freund«, murmelte Ellen.

Sie schaute sorgfältig an Allie vorbei, spürte aber den Schmerz und die Verwirrung auf Allies Gesicht. Dann schüttelte Allie den Kopf, dass die Haare hin und her peitschten. »Nein, das ist nicht wahr.«

»Allie, hast du dich nie gefragt, warum Clive keinen Sex mit dir haben wollte?«

»Ich fasse das nicht, das ist eine Lüge.«

Ellen ließ die Neuigkeit einwirken. Sie beobachtete das Geschehen an der Tür. Sie ging auf. Die Detectives drangen ein.

»Ellen, sag mir die Wahrheit. Der Bursche da ist nur ein Mitbewohner oder so.«

Das dauerte alles zu lange. Ellen stieg aus und überquerte die Straße. Sie kam an Allies Auto vorbei und trat auf die Veranda, als die Detectives wieder herauskamen und Clive an den Ellbogen festhielten.

»Haben ihn unter dem Bett gefunden«, sagte einer der beiden. »Er musste vom Staub niesen.«

»Tja, passt«, meinte Ellen. »Das ist unter aller Matratze.«

Sie lachten. Clive, der eine glänzende blaue Trainingshose und ein ausgebeultes weißes Unterhemd trug wie ein Mafioso aus den Achtzigern, schmollte. Dann entdeckte er Ellen.

»Was machen Sie denn hier?«

»Hallo, Wayne.«

»Sie haben nicht das Recht dazu. Das ist ein Interessenkonflikt.«

»Halten Sie die Klappe, Wayne.«

Allie kam angerannt. Clive strahlte. »Allie, sag es ihnen, Liebling.«

Allie spuckte ihn an.

37

Challis und Murphy, die noch immer über Coolidges Ausraster erschrocken waren – »Sie waren *so* kurz davor, einen Großeinsatz zu versauen« –, verbrachten den folgenden Vormittag damit, den Treffpunkt von Loeb und Quine zu verwanzen.

Loeb hatte als Treffpunkt eine Parkbank in einiger Entfernung von der Mole, dem Grillunterstand und den Skateboardrampen in Waterloo festgelegt. Sie befand sich in einem kleinen Gehölz aus Kasuarinen, von denen eine so nahe stand, dass die Blätter über die Banklehne strichen, es bot einen weiten Blick auf den Mangrovengürtel und das Watt vor Westernport. Sie wussten von Quine, dass Loeb sie abtasten und die Bank auf Drähte untersuchen würde, also installierten sie Mikrofone und winzige Videokameras in den Kasuarinen und dem in der Nähe stehenden Mülleimer, und ein Angehöriger des Überwachungsteams lag unter einer Plane verborgen auf einem der kleinen Ruder- und Motorboote, die am Ufer ankerten, und zielte mit einer Kamera mit Tele und Videofunktion auf die Bank.

Gegen Mittag saß Janine auf der Bank, und Pam Murphy ging auf dem Weg hinter der Bank mit einer Freundin spazieren, einer Kollegin vom neuen Polizeirevier in Somerville, die gerade in Elternzeit war. Murphy schob das Kind der Frau in einem Buggy, zwei Detectives der CIU warfen auf der Wiese zwischen dem Pfad und der Straße einen Frisbee hin und her. Challis saß mit Ellen Destry auf einer Picknickdecke, auf der Plastikbecher und ein Korb standen. Jetzt mussten sie nur noch warten. Der örtlichen Polizei zufolge war Loeb noch nicht aufgebrochen.

Challis, der sich auf der Decke ausgestreckt hatte und sich von der Sonne wärmen ließ, hätte fast vergessen können, Polizist zu sein. Die Luft war mild und roch nach Salzwasser und gegrillten Zwiebeln. Möwen kreisten, suchten nach Resten oder glitten durch die Luftkanäle am Himmel. Das Meer schlürfte an den freigespülten Wurzeln der Mangroven, und Krabben knackten im Schlamm. Ihn störten nicht mal die Schornsteine der Raffinerien jenseits des Watts und der Bucht, die ihm einen Stinkefinger zeigten.

Er ging noch einmal die Einzelheiten des Einsatzes durch. Im Korb befand sich ein Aufnahmegerät, das auf Entfernung und Klarheit überprüft worden war. Wenn er genug auf Band hatte, würde er die anderen herbeirufen, um die Verhaftung vorzunehmen, meist mit Gesten und Handykontakt. Wenn Loeb schon ganz paranoid wegen möglicher Wanzen war, dann würde er doppelt intensiv auf Männer und Frauen mit Ohrhörern achten.

Dann kam der Anruf: Loeb war auf dem Weg. Challis stand auf, ging über das Gras zur Parkbank, kauerte sich vor Quine und drückte ihr beruhigend den Unterarm.

»Noch zwanzig Minuten, Janine, okay?«

Sie wirkte blass und angespannt, aber das war sie wohl immer, wenn sie den Mann traf, der sie so im Griff hatte. Challis drückte noch einmal.

»Okay?«

»Okay«, krächzte sie.

Zwanzig Minuten später kam der nächste Anruf, diesmal aus dem Wagen, der Loeb beschattet hatte und davonfuhr, als Loeb eintraf. »Schwarzer Range Rover, neben dem Grillunterstand.«

Challis rief Murphy an. »Schwarzer Range Rover. Haben Sie Augenkontakt?«

Über das Quietschen der Kinderwagenräder hinweg hörte er sie: »Er sitzt nur da. Moment, er steigt aus. Er ist offenkundig nervös. Sieht sich um, glotzt alle böse an.«

Challis murmelte: »Schauen Sie Ihre Freundin an beim Sprechen und lächeln Sie.«

»Ich weiß, wie man das macht, Boss.«

Alle waren sie angespannt.

Dann: »Er kommt in Ihre Richtung.«

»Hund?«

»Korrekt. Irgend so ein kleiner Kläffer an einer Leine.«

Challis hatte ein leises Hintergrundrattern wahrgenommen. Sein Unterbewusstsein teilte ihm mit, dass es sich um einen kleinen Benzinmotor handelte, vielleicht einen Rasenmäher. Schließlich gab es auf der anderen Seite der Zufahrtsstraße, zweihundert Meter entfernt, Häuser. Und der Park selbst war einen halben Kilometer lang und erstreckte sich von den Skateboardrampen an einem Ende bis zu einem Angelshop, einem Motel und einer Handvoll kleiner Betriebe am anderen Ende.

Ein Hintergrundgeräusch, mehr nicht. Quine selbst kam klar und deutlich rein. Challis konnte das Rascheln ihrer Kleidung hören, wenn sie sich bewegte und atmete, er bekam mit, wenn sie sich räusperte, hörte das sanfte Rauschen des Meeres.

Bis der Rasenmäher in die Nähe kam und alles übertönte, bis nur noch das Rasseln des Motors und das Schneiden der Klingen im Gras zu hören war, die kleinen Steinchen und die Stöckchen. Challis schaute Ellen über die Schulter und sah einen Bezirksgärtner in gelber Sicherheitsweste auf einem riesigen Aufsitzmäher, der hinter einer Gruppe dürrer junger Eukalyptusbäume auftauchte. Seine Absicht war klar: Er wollte den breiten Grasstreifen mähen, auf dem die Frisbeespieler standen. Zwanzig Minuten, höchstens.

Challis schaute schnell zu dem Grillunterstand hinüber. Loeb war noch nicht zu sehen, aber das würde sich in ein paar Sekunden ändern. Und Challis bemerkte, dass Ellen und er näher waren als Murphy und die Frisbeespieler. Er beugte sich vor und murmelte ihr ins Ohr: »Schaff ihn fort. Auf die nette Tour. Zeig ihm deinen Ausweis.«

»Wachs in meinen Händen«, sagte sie.

Der Lärm war nun ohrenbetäubend. Ellen stand in einem eleganten Schwung von Beinen und Hüfte auf und ging über den Rasen, um den Mann zu vertreiben. Sie hielt ihn mit einem Handzeichen auf, und als er den Motor im Leerlauf laufen ließ, trat sie mit einem freundlichen Lächeln auf den Lippen auf die Maschine zu. Challis sah, wie sie schnell ihren Ausweis in der Handfläche vorzeigte und dann Loeb zuliebe ein Spielchen aufführte, obwohl er noch gar nicht in Sicht war. Sie schaute in die eine Richtung und zeigte theatralisch hin, dann wiederholte sie das in die andere Richtung. Der Fahrer legte den Kopf in den Nacken und lachte. Er zeigte hin, dann grinste er, winkte, gab Gas und fuhr den Weg zurück, den er gekommen war.

Wohltuende Stille.

Ellen ließ sich auf die Decke plumpsen, gab Challis einen Kuss und flüsterte, dass sie dem Mann gesagt habe, er solle in einer halben Stunde wiederkommen.

»Ihr beiden habt euch ja prächtig amüsiert.«

»Man sagt, ich sei eine Eiskönigin, aber das ist eine dreckige Lüge«, sagte sie und kniff ihm in die Nase.

Dann bewies sie ihm ein paar Sekunden lang, dass dies tatsächlich eine Lüge war, und Challis hörte ein Knistern aus dem Inneren des Korbes: »Hallo, Ray.«

Die Welt um sie herum drehte sich weiter, doch Challis kam es so vor, als würde die Zeit stehen bleiben. Er rechnete schon halb damit, dass Loeb die Flucht antrat, Quine attackierte oder die Observierenden und die Abhöreinrichtung bemerkte.

Dann murmelte Ellen: »Luft holen«, und es funktionierte. Er entspannte sich.

Challis streckte sich auf der Decke aus und zog sie an sich, sodass sie ihren Kopf auf seine angewinkelte Hüfte legen konnte. Er strich ihr über das Haar, lauschte und schaute aus dem Augenwinkel zu.

Loeb war misstrauisch und schreckhaft. Er kauerte sich einen Augenblick hin und schaute unter die Bank, während der Hund ihm über das Gesicht leckte. Dann schaute Loeb zu den festgemachten Booten hinüber und sah die Küste in beide Richtungen ab, bevor er wieder landeinwärts schaute und seinen Blick über Challis und Destry, über Murphy, die mit ihrer besten Freundin und deren Baby spazieren ging, und die Frisbeespieler gleiten ließ, die sich in diesem Augenblick um den Besitz ihres Spielzeugs balgten.

Er war offenbar zufrieden und setzte sich neben Quine. Dann klopfte er sie ab, eine schnelle, unsexuelle Erkundung von Nacken, Schultern, Brüsten, Bauch und Oberschenkeln.

»Hast du es?«

Challis schaute auf die Abhöreinrichtung im Korb. Die grüne Aufnahmeanzeige schwoll an und wurde wieder kleiner, während der Hund hechelte, Loeb und Quine redeten und wieder verstummten.

Dann nahm es andere Geräusche auf; Quine zog einen Stapel Blätter aus der Tasche. Das Papier raschelte und knisterte, als Loeb es ihr abnahm.

Dann papiernes Blättern und Schaben, während er Seite für Seite umblätterte. Er war verwirrt. »Das sind Luftaufnahmen rund um Baxter. Hier, das ist der Peninsula Link, der Moorooduc Highway. Ich dachte, du hättest gesagt, es gäbe Aufnahmen von Colins Farm?«

»Ich weiß überhaupt nichts über dieses Zeug. Für mich ist das das reinste Kauderwelsch«, erwiderte Quine. »Ich sollte die Akte beschaffen, das ist die Akte.«

Loeb blätterte stumm weiter. »Selbst die Tage stimmen nicht.«

Loeb war ein schwammiger, stämmiger Mann, dem die

Haare ausfielen und der aus dem Leim ging, aber Challis hörte ein harsches Kratzen in der Stimme. »Bist du sicher, das ist die richtige Akte?«

Wieder raschelte es; Janine Quine beugte sich vor. »Schau doch den Titel, *Hauser, Überwachung.*«

»Und diese GPS-Koordinaten«, sagte Loeb. »Das ist nicht Inverloch. Ich hab dort unten schon oft genug geangelt, ich kenne die Koordinaten. Ich versteh das nicht, Janine.«

Inverloch. Ein Küstenstädtchen südöstlich von Phillip Island, aber wo hatte Challis den Namen in letzter Zeit schon mal gehört? Ah: Bernie Joske.

Vielleicht hatte sich der Fotograf unter der Plane gerührt, vielleicht hatte ein vorbeifahrendes Boot eine Reihe von Wellen ausgelöst, Challis wusste es nicht, jedenfalls bemerkte Loeb etwas auf dem Wasser, vielleicht das Aufblitzen einer Linse, denn er erstarrte, knurrte: »Du Miststück«, und rammte Janine Quine die Faust gegen die Schläfe.

Sie fiel zu Boden und gab ein leises Stöhnen von sich, aber Loeb war schon losgerannt und hatte den Hund zurückgelassen. Er schien zu wissen, dass er Challis und den anderen ausweichen musste. Er rannte in die entgegengesetzte Richtung seines Range Rovers auf ein Dickicht zu, das an ein kleines Industriegebiet angrenzte – wo Challis keinen Polizisten postiert hatte. Für einen schwabbligen Mann war er überraschend schnell und leicht zu Fuß, und er hatte Vorsprung.

Einen Augenblick später jagte der Hund mit über das Gras hüpfender Leine hinter ihm her.

Dann tauchte der Rasenmäher wieder auf. Der Fahrer hatte aus dem Schutz der Bäume zugeschaut, wie er Challis später berichtete. Sein Leben sei recht ereignislos, erzählte er, jeden Tag dasselbe, deshalb habe es ihm großen Spaß gemacht, den Polizeieinsatz zu beobachten. Und dann habe er auch noch daran teilgenommen! Er hatte beobachtet, wie der Mann die Frau geschlagen hatte – »So ein Mistkerl« –, und bemerkt, dass er vielleicht davonkommen könnte, also war er aufgestiegen und hatte dem Mann mit dem knatternden und kreischenden Rasenmäher den Weg versperrt.

Loeb hatte sich überrascht erst in die eine, dann die andere Richtung gedreht. Dann hatte er den Rückweg angetreten, war über den Hund gestolpert und schwer gefallen.

Schließlich hatten sich Murphy und die Frisbeespieler auf ihn gestürzt.

Ellen bedankte sich beim Mäher.

Challis, der sich amüsierte, rief Lily im Hauptbüro an und bat sie, herauszufinden, was Raymond Loeb mit Inverloch zu tun hatte.

38

Am Freitag gab die Polizei von South Gippsland Bescheid: Loebs Schwager saß in Haft wegen Besitzes von gestohlenen landwirtschaftlichen Fahrzeugen, Maschinen und Ausrüstungsgegenständen. Viele der Serien- und anderen Identifikationsnummern stimmten mit der Liste überein, die Challis übermittelt hatte. Lance Merchant, der Schwager, den Berichten zufolge aggressiv und ausfällig, hatte zudem noch eine Anklage wegen Widerstands gegen die Staatsgewalt am Hals.

Nachdem er sich die Erlaubnis geholt hatte, an der Befragung teilnehmen zu dürfen, machten Challis und Murphy eine schnelle Fahrt um den Nordteil der Westernport Bay herum und die Küste nach Inverloch hinunter. Als sie dort eintrafen, hatte Merchant sich beruhigt und wusste, dass ihm eine Gefängnisstrafe drohte.

»Ray hat mich ganz panisch angerufen und gesagt, das Finanzamt würde ihm an der Hacke hängen und ob ich wohl ein paar Sachen für ihn einlagern könne.«

»Ein paar Sachen«, meinte Challis.

Merchant schüttelte angewidert den Kopf. »Wie sich herausstellte, meinte er Traktoren, Pick-ups und Anhänger … ich musste alle meine Ersatzfahrer und Tieflader schicken, um alles abzuholen. Zwei Fahrten.«

»Und Sie fanden es nicht merkwürdig, dass er derart viel auf der Farm eines anderen eingelagert hatte?«

»Ich wusste doch nicht, dass das gar nicht seine Farm war! Ich dachte, er hätte sich bei einem seiner Deals verspekuliert und bräuchte Luft.«

Merchant besaß einen Farmbedarf, der sich außerhalb des Städtchens ausbreitete. Schuppen, Büros, Heuballen und Getreidesäcke unter Dach; Traktoren, Pflüge und Mähdrescher auf einem staubigen Hof zum Highway hin. Challis sagte: »Ich behaupte, dass Sie von Anfang an Fahrzeuge und Maschinen für Raymond Loeb verhökert haben.«

Merchant schüttelte heftig den Kopf. »Das war nur ein einmaliger Gefallen, Mann.«

»Lance Merchant«, fuhr Challis fort, »Sie stehen unter Verdacht und sind nicht verpflichtet, irgendetwas zu sagen, aber ich beabsichtige, Sie außerdem wegen Beihilfe zum Mord anzuklagen und –«

Ein billiger Trick, aber er funktionierte, und Merchant überschlug sich fast dabei, seinen Schwager zu verpfeifen und sich weiteren Ärger zu ersparen.

Samstag und Sonntag verbrachte Challis in Dromana und leistete Ellen, die sich um ihre Schwester kümmerte, moralische Unterstützung. Allie verbrachte das ganze Wochenende damit, zwischen Selbstverachtung, Tränen, Groll auf die Schwester und Hass auf alle Männer hin und her zu springen.

Es war ermüdend und ging nahezu unablässig so, nur gelegentlich stürmte Allie hinaus und ließ die beiden in einem vorübergehenden Frieden zurück, den sie sich mit Gartenarbeit und Sprücheklopferei zu erheitern versuchten.

»Ein schwerer emaillierter Kochtopf, französisch, wäre ein sehr aufmerksames Weihnachtsgeschenk«, sagte Ellen.

»Ich bin mit meinen alten Töpfen und Pfannen ganz zufrieden«, entgegnete Challis.

Sie warf mit einem Klumpen Erde nach ihm. »Und was hättest du gern?«

Challis hatte nie klare Vorstellungen von materiellen Dingen, die ihm fehlten oder die er gern gehabt hätte. »Ein neues Auto.«

»Sonst noch etwas?«

»Einen Büchergutschein.«

Ellen warf mit einem zweiten Klumpen. »Ich kaufe dir keinen Büchergutschein. Du brauchst neue Hosen, neue Hemden, ein neues Jackett …«

Challis zuckte zusammen. Entsetzen machte sich in ihm breit.

Sonntagvormittag kümmerte sich Challis um die Wäsche, während sich Ellen und Allie in der Küche angifteten. Das stellte sich als mühselig heraus: Er stellte fest, dass die Damenwäsche kein erkennbares Oben oder Unten hatte, keinen Kragen, keine Taille, keinen Saum, und hatte alles ganz falsch aufgehängt.

Da war er wohl andernorts besser aufgehoben. Er ging zum Strand hinunter und sah hinaus auf die grauen und rosa Farbtöne auf dem Meer und am Himmel. Er spürte, wie er sich entspannte. Das Leben war eigentlich ziemlich gut, trotz seines blöden Autos und der blöden Schwester seiner Lebensgefährtin.

Als er wieder zurückkam, kam gerade Ellen mit den Autoschlüsseln in der Hand aus der Tür. »Spring rein.«

»Wohin fahren wir denn?«

Ellen grinste. »Wir verstecken uns.«

»Vor Allie?«

»Vor allen.«

Sie meinte das Labyrinth bei Arthurs Seat. Auf dem Weg den Hügel hinauf und dann hinunter zum Labyrinth erklärte sie

Challis, dass ihr Senior Constable Ian Judd den Tatverdächtigen Mitchell Pyne beobachtet hatte.

»Pyne setzt das ganze Wochenende keinen Fuß vor die Tür, und plötzlich hockt er sich in sein Auto und fährt hierher.«

Als sie auf den Parkplatz fuhren, sah sich Challis zweifelnd um. »Es soll Leute geben, die Labyrinthe aufsuchen, Ellen.«

»Ich halte Mitch nicht für einen Labyrinth-Typ«, entgegnete sie. »Und wer fährt schon allein zu einem Labyrinth?«

Sie entdeckte Judds weißen Skoda; als sie daneben parkte, stieg Judd aus. Sie war amüsiert, ihren Detective in Cargohose, T-Shirt und Sandalen zu sehen. In seiner zerkratzten, dreckigen Brille spiegelte sich die Sonne.

»Unser Bursche hat sich eine Eintrittskarte gekauft, aber bislang nur die Aussicht genossen.«

Sie gingen hinein, blieben eine Weile stehen und schauten hinüber auf den Hauptbereich, ein lebhaft grünes Labyrinth, das sich auf der anderen Seite einer Senke über eine Hügelflanke zog. Menschen strömten hinein, wurden vom Labyrinth verschluckt und tauchten gelegentlich darin wieder auf; ihre Stimmen klangen in der stillen Luft ganz hohl.

Pyne, mit Zweitagebart, in Jeans, Laufschuhen und einem Kakihemd mit vielen Taschen, stand etwas unterhalb von Judd, Destry und Challis. Auf den ersten Blick wirkte er wie ein Tourist, doch Challis spürte, wie verspannt er war. Pyne war nicht zum Vergnügen hier.

»Wartet er auf jemanden?«

»Sieht ganz so aus«, antwortete Judd.

Sie schlenderten den Hügel hinab und kamen dicht bei Pyne vorbei. Ellen, die das Misstrauen des Mannes spürte, legte ihren Arm fest um Challis' Taille und lehnte ihre Wange an seinen Oberarm, während Judd, der ihnen folgte, sich trompetend die Nase putzte.

Sie gingen ganz normal weiter und hofften, dass Pyne ihnen weiter keine Aufmerksamkeit schenken würde.

Er blieb, wo er war, und sie beobachteten ihn im Schutz der Bäume und Besucher von unten; ihre Gesichter und Körper verschwommen im getupften Licht.

Zwanzig Minuten vergingen. Pyne war nervös, aufmerksam, prüfte jede erwachsene Person, die vorbeikam. Kurz nach eins kam eine junge Familie näher, die Mutter machte viel Aufhebens um zwei kleine Kinder, der Vater trug Decke und Picknickkorb. Der Vater schaute zweimal hin. »Mitch?«, schien er zu sagen. Auch Pyne schaute zweimal.

Challis, Judd und Destry sahen, wie er dem anderen die Hand gab und ihm auf den Rücken klopfte. Dann wurde Pyne Frau und Kindern vorgestellt, Hände geschüttelt.

Die Pantomime ging weiter, und Ellen lieferte Dialog und Stimmen dazu: »Mitch, Mann, so ein Ding, dich hier zu treffen! Kennst du meine Frau schon? Mitch, Celica. Celica, Mitch. Dieser junge Mann ist mein Sohn Camry, und das ist meine Tochter Corolla. He, hast du schon gegessen? Setz dich doch zu uns!«

Challis schnaubte und stieß sie mit dem Ellbogen an, und selbst Judd musste grinsen, bevor er wieder ernst wurde. »Wissen wir, wer er ist? Oder sie?«

Nein, meinte Challis, Ellen schüttelte den Kopf.

»Ich folge ihnen später hinaus und notiere mir das Kennzeichen«, sagte Judd.

»Na, dann hoffen wir mal, dass sie nicht stundenlang hierbleiben.«

Jetzt bat der andere Mann Pyne, den Korb zu tragen, dann schnappte er sich ein Kind, und die kleine Gruppe ging weiter zu einem schattigen Plätzchen auf der Wiese.

»Wir sollten Pyne und den Korb im Auge behalten«, sagte Ellen.

Sie schauten eine Weile zu, wie die Erwachsenen und die Kinder sich auf die Decke setzten. Pyne, der sich am hinteren Ende ausgestreckt hatte, nahm Teller, Becher, eine Thermoskanne und Sandwiches aus dem Korb, seine Hand griff hinein, kam heraus, hinein und heraus.

»Habt ihr das gesehen?«, fragte Ellen angespannt.

Sie nickten. Pyne, der sich ganz konzentriert mit dem Auspacken des Korbes beschäftigte, hatte einen kleinen rechteckigen Gegenstand aus der Brusttasche gezogen und in den Korb gelegt. Ein paar Sekunden später zog er einen Briefumschlag heraus, der seinerseits in der Brusttasche verschwand.

»Bargeld?«, fragte Judd.

»Gut möglich.«

»Im Tausch für Karen Robards' iPhone? Der einzige gestohlene Gegenstand, neu, ziemlich teuer.«

»Können wir beweisen, dass es sich um ihr iPhone handelt?«, fragte Ellen. »Pyne wird das sicherlich auf Werkseinstellung zurückgesetzt haben.«

»Wir könnten die IMEI-Nummer überprüfen.«

Ellen schüttelte den Kopf. »Karen hat weder Schachtel noch Rechnung aufgehoben.«

»Wir müssen alle befragen«, sagte Challis. »Woher kommt das Handy. Woher kommt das Bargeld.«

»Und was, wenn es kein Handy war? Und kein Bargeld in dem Umschlag? Für eine Befragung oder eine Durchsuchung haben wir keine Anhaltspunkte.«

Sie schauten noch fünf Minuten zu, dann stand Pyne auf und sah in einer Pantomime aus Bedauern auf seine Uhr, gab allen die Hand und verabschiedete sich.

»Tut mir leid, Leute, mir ist die Zeit davongelaufen, ich muss los«, murmelte Ellen. »Schön, dich mal wieder gesehen zu haben, Mann, aber ich muss mich sputen. Wir sehen uns ein andermal, okay?«

Pyne ging den Hügel hinauf und hinaus zum Parkplatz. »Ian«, sagte Ellen, »können Sie sich um Pyne kümmern? Hal und ich folgen dem Vater des Jahres.«

»Geht in Ordnung«, sagte Judd.

»Und was jetzt?«, fragte Challis, als sie allein waren.

Ellen sah zu Pynes Freunden hinüber, die immer noch an ihren Sandwiches kauten, und kuschelte sich an ihn. »Wollen wir ein bisschen rummachen?«

»Ist das überhaupt erlaubt?«

Der Vater des Jahres packte gegen drei Uhr seine Familie in einen Honda Odyssey und führte Challis und Destry in eine schmale Sackgasse in South Frankston und zu einem kleinen Haus aus den Achtzigern aus kackbraunen, glatten Ziegeln und moosigen Terrakotta-Fliesen. Im offenen Carport stand ein Falcon-Pick-up, auf dem Rasen ein konzessionierter Hänger vom Gartenservice Green Thumbs.

Das Haus eines Mannes, der keine Aufmerksamkeit erregen möchte, fand Ellen und gab beide Kennzeichen ins System ein. Sie hatte Haus und Fahrzeuge von Clay und Anita Bernard vor sich.

Ellen lächelte zufrieden. Sie kannte Clay Bernards Namen aus der Akte Mitchell Pyne. Zwei Verurteilungen wegen Besitzes und Verkaufs von Diebesgut, und damals, als Pyne neunzehn war, war er zu seinen Kontakten zu Bernard befragt worden.

Einem alten Hund bringt man keine neuen Tricks bei, dachte Ellen. Mitchell Pyne nutzte nach all den Jahren immer noch denselben Hehler.

Und welche anderen Tricks hatte er ebenfalls nicht geändert?

39

Am Montagmorgen saß Ellen in ihrem Büro und trug die Tagesordnung für das Briefing zusammen, als Scobie Sutton anrief.

»Ich habe gerade Inspector Challis *gute* DNA-Nachrichten

überbracht, aber ich fürchte, Ihre DNA-Nachrichten sind nicht beweiskräftig – tut mir leid, Ellen.«

Sie wartete. Sie hatte jahrelange Erfahrung darin, Sutton jedes Wort aus der Nase ziehen zu müssen.

Und jahrelange Erfahrung darin, wann sie mit dem Warten aufhören und ihn anstacheln musste. »Und welche Nachrichten wären das, Scobie?«

Wenn Sutton überhaupt den harten Unterton mitbekommen hatte, so reagierte er nicht darauf. »Ellen, ich habe diesen Verband Ihnen zuliebe analysiert. Ohne laufende Fallnummer, und Sie meinten, er sei aus dem Mülleimer gefischt worden ...?«

»Tut mir leid, Scobie. Sagen Sie mir nur, was Sie gefunden haben.«

»Geben Sie mir eine saubere, legale Probe, ohne Kontaminierungen, ohne Seife oder Salbe, ohne Kreuzkontamination von anderen Personen, und ich gebe Ihnen ein Ergebnis, das vor Gericht Bestand hat.«

»Scobie«, mahnte sie.

»Tut mir leid, ja, eine teilweise Übereinstimmung.«

»Mit *wem*?«

»Mit einem ungelösten Fall von Vergewaltigung früher in diesem Jahr«, sagte Sutton eilig und las ihr die Fallnummer vor. Jess Guthrie.

»Ich *könnte* eine Low-Copy-Number-Analyse machen«, fuhr er fort, »aber das braucht Zeit, und ich müsste die Probe wahrscheinlich an ein Spezialabor schicken, aber für etwas, das eh ein unzulässiger Beweis wäre ...«

»Danke, Scobie, wir belassen es dabei. Sie waren mir eine große Hilfe«, sagte Ellen und ging ins Besprechungszimmer.

Sie begann mit den DNA-Ergebnissen.

»Pyne ist unser Mann, aber noch können wir ihn nicht einkassieren. Wir brauchen eine glasklare Festnahme.«

Ellen sah die Polizeivariante von Enttäuschung auf ihre

Gesichter geschrieben. Sie besagte: Nichts konnte sie noch überraschen, Rückschläge mussten verkraftet werden, und das ganze System war verrottet, aber sie würden einfach die Ärmel hochkrempeln und wieder von vorn anfangen.

»In der Zwischenzeit«, fuhr sie fort, »ist etwas Interessantes passiert. Pyne wurde gestern dabei beobachtet, wie er sich mit einem aktenkundigen Hehler getroffen hat.«

Sie beschrieb, wie Judd Pyne verfolgt hatte und was beim Labyrinth am Arthurs Seat passiert war.

Katsoulas strahlte. »Okay, also kriegen wir ihn wegen Einbruch dran, kommen an seine DNA und klagen ihn dann wegen Vergewaltigung an.«

Rykert rümpfte die Nase. »Ein Einbruchsteam der CIU herholen, die dann den Ruhm einheimst.«

»Ach, sei still, Jared.«

»Kinder, Kinder«, mahnte Ellen, »machen Sie einfach Ihre Jobs – wozu auch gehört, sich Pynes Freunde, Familie und Bekannten genau anzuschauen. Ian hat schon mal ein paar Dinge kontrolliert.«

Judd las von einem Blatt ab und legte den Kopf ein wenig in den Nacken, um besser durch die Brille schauen zu können. »Pyne ist einunddreißig, lebt allein, nie verheiratet. Keine Spur von einer Freundin in jüngster Zeit, wenn es nach seinem Vermieter und den Nachbarn geht – die ihn nicht sonderlich mögen und nur zu gern geplaudert haben. Teilzeit-Taxifahrer seit fünf Jahren, davor Kurierfahrer, er kennt sich also auf der Peninsula aus. Keine Verhaftungen, er wurde allerdings mit neunzehn im Zusammenhang einer Ermittlung in Sachen Diebstahl und Hehlerei verhört.« Er blickte auf. »Zu der Zeit, als Clay Bernard das erste Mal festgenommen wurde.«

»Fahren Sie fort«, sagte Ellen.

»Abgesehen davon wurde er mit sechzehn von der Schule geschmissen, weil er auf den Mädchentoiletten herumspioniert hat.«

»Da hat das also alles angefangen«, meinte Katsoulas zufrieden. »Danach Einbruch und Vergewaltigung. Was ist mit Freunden und Familie?«

»Da hat mein Wissensstand noch ein paar Löcher«, antwortete Judd, »sein Vater ist bei einem Autounfall gestorben, als Pyne zehn war. Seine Mutter wohnt in Pakenham, aber er besucht sie nur selten, und er hat eine verheiratete Schwester in Perth und einen Bruder in der Navy. Im Grunde ist er ein Einzelgänger.«

»Die Leute wissen eben, dass sie ihn meiden müssen«, meinte Katsoulas mit einem bösen Funkeln in den Augen.

»Wir machen Folgendes«, sagte Ellen. »Wir beschatten Pyne rund um die Uhr, schauen uns seine Vergangenheit genauer an, schauen uns seine Gegenwart genauer an und bohren noch mal bei seinen jüngsten Kontakten zu Clay Bernard nach.«

»Aber ohne DNA …«, gab Rykert zu bedenken.

»Ohne DNA müssen wir Pyne auf frischer Tat ertappen. Oder wir kriegen ihn wegen etwas anderem dran und hoffen, dass er auspackt«, sagte Ellen.

Nachdem die Aufgaben verteilt waren – Judd grub tiefer, Katsoulas und Rykert übernahmen die Überwachung –, fuhr Ellen zum Haus der Bernards in South Frankston. Sie parkte auf der gegenüberliegenden Straßenseite und setzte sich mit einem Fernglas auf den Rücksitz. Der Anhänger hatte sich nicht von seinem Platz auf dem Vorderrasen entfernt, und auch der Pickup stand immer noch im Carport; der große Honda fehlte. Ellen wusste nicht, was das zu bedeuten hatte. War die ganze Familie ausgeflogen? Nur die Frau mit den Kindern? Der Mann auch? Zwei Kinder unter fünf: Gingen sie in den Kindergarten? In die Tagesbetreuung?

Kurz darauf erhielt sie eine Teilantwort: Clay Bernard kam eine halbe Stunde später aus dem Carport, unrasiert, ungekämmt, in Shorts, so als sei er gerade erst aufgestanden. Er gähnte, kratzte sich im Schritt und trug einen Reservekanister zur Rückseite des Anhängers. Jetzt war er außer Sicht, aber dann sah Ellen, wie das Maschengitter am Hänger aufging, und nahm an, dass Bernard etwas auftankte, einen Rasenmäher oder Laubbläser. Kurze Zeit später schloss er das Gitter wieder und schlurfte zutiefst erschöpft durch den Carport zurück ins Haus.

Ellen dachte über den Job als Gärtner nach. Wer immer den Anhänger von Green Thumbs sehen würde, würde sich nichts dabei denken. Franchisenehmer von Green Thumbs gab es überall in den Vororten der Stadt. Keiner würde sich über ihre Anwesenheit Gedanken machen. Eine gute Möglichkeit, Diebesgut aufzuladen oder zu liefern.

Anita Bernard kehrte im Honda zurück und stellte ihn in die Einfahrt, nicht in den Carport, so als wolle sie bald wieder aufbrechen. Sie war allein. Ellen schaute zu, wie sie ausstieg, zum Heck des Wagens ging und ein paar Supermarkttüten heraushob. Lebensmittel, dem Aussehen nach zu urteilen: die Blätter eines Stangenselleries, das Ende eines Baguettes. Die Tüten waren schwer. Ellen konnte sehen, wie sich Sehnen und Muskeln in den Armen der Frau anspannten. Eine hübsche Frau mit leicht golden gebräunter Haut, so als würde sie Zeit im Freien verbringen. Gut möglich: Abgesehen von dem ramponierten Gartenanhänger wirkte alles andere an der Vorderseite des Hauses, Rasen, Sträucher und Beete gepflegt und bunt: grün, rot, gelb und blau.

Was Ellen aber vor allem ins Auge sprang, waren nicht Pflanzen, Einkäufe oder ein wohlgeformter, sonnengoldener Arm. Es war ein Pandora-Armkettchen, ganz wie das von Marilyn Sligo.

Dann verschwand die Frau im Carport – vielleicht gab es eine Seitentür zur Küche. Ellen stieg schnell aus und überquerte nervös die Straße. Im Vorbeigehen sah sie im Honda weitere Einkaufstüten auf dem Rücksitz.

In diesem Augenblick kam Bernards Frau wieder heraus, trat in den Carport und kam auf Ellen zu, sah sie aber nicht. Ihr Mann folgte ihr, sie meckerte an ihm herum. »Ist nicht meine Schuld. Ich musste die Kinder abliefern und einkaufen gehen, und der Verkehr ist die reine Hölle, okay? Also lass mich in Ruhe, Clay, hast du gehört?«

Sie ging weiter, trat in die Sonne und erstarrte. »Und wer sind Sie?«

Ellen beobachtete Clay Bernard, der noch im Schatten stand. Er sah seine Frau mit mürrischer Entschlossenheit an, bemerkte Ellen und kam ins Wanken. Dann machte er den Mund auf und zu.

Ellen, die sich schon fragte, ob es nicht besser gewesen wäre, Verstärkung mitzunehmen, zeigte ihren Dienstausweis vor. Sie behielt Clay Bernard weiter im Auge und sagte zu Anita: »Nettes Armband.«

Der Mann schloss die Augen und sackte sichtlich zusammen. Ellen entspannte sich ein wenig. Sie würde wohl keine Verstärkung benötigen.

Anita Bernard schien verwirrt. Sie betrachtete das Kettchen. »Was?«

»Hat Ihnen das Ihr Mann geschenkt, Mrs Bernard?«

Anita wurde ganz still. Älter und müder, drehte sie sich zu ihrem Mann um. »Du Mistkerl. Du hast es mir versprochen.«

»Anita, warte –«

»Ich halte das nicht mehr aus, Clay. Ich habe dich gewarnt.«

Ihr Gatte schaute sie kläglich an und musste mitansehen, wie Ehe, Vaterschaft und sein behagliches Ganovenleben aus den Fugen geriet. »Bitte, Liebe –«

»Schluss mit ›Liebe‹, du Arschloch.«

Dann drehte sich Anita zu Ellen um. »Sagen Sie es mir.«

»Falls Sie mir nicht glauben, kann ich Ihnen Fotos zeigen,

aber dieses Kettchen ist ganz genau dasselbe, das einer Frau in Somerville gehört.«

Anita drehte sich zu ihrem Mann um und jammerte: »Du hast gesagt, du hättest es mir extra zum Jahrestag gekauft.«

»Das habe ich auch, Liebe. Die Geschäfte liefen nur nicht so gut. Du bedeutest mir alles.«

In ihren Stimmen schwangen emotionale Untertöne, die Ellen nicht gefielen. Jeden Augenblick werden sie anfangen, sich zu verzeihen.

»*Mrs Bernard.*«

Anita erschrak. Sie drehte sich wieder zu Ellen um. »Was?«

»Das Kettchen wurde bei der Ausführung eines schweren sexuellen Übergriffs gestohlen, bei einer Vergewaltigung, und nun befindet es sich an Ihrem Arm.«

Das gab den Ausschlag. Anita stürzte sich auf ihren Mann. »Vergewaltigung? Du hast eine Frau vergewaltigt?«

Er wurde ganz weiß und hielt schützend einen Unterarm vor sich. »Was? Nein. Niemals. Du kennst mich doch.«

»Wir sind fertig miteinander, *fertig.*«

»Sweetheart, ich schwöre, ich vergewaltige niemanden.«

»Darum geht es überhaupt nicht. Du hast mich betrogen. Du hehlst schon wieder, und zwar für jemanden, *der* vergewaltigt.«

»Das wusste ich nicht – ich schwöre, das wusste ich nicht«, entgegnete Bernard.

Ellen wartete. Sie ließ das Drama seinen Lauf nehmen.

»Sag der Polizistin, um wen es sich handelt«, tobte Anita.

»Wie bitte?«

Anita riss sich das Kettchen vom Arm, als sei es giftig.

»*Wer hat dir das gegeben?*«

Schließlich gab er nach: »Mitch Pyne.«

Anita drehte sich triumphierend zu Ellen um. »Und, sind Sie nun zufrieden? Ich wusste nichts davon. Ich habe *nichts* mit dem zu tun, was mein Mann so treibt. Ich dachte, er würde jetzt ehrlich werden. Und jetzt geht er schnurstracks ins Gefängnis, und das freut mich.«

»Anita, bitte.«

»Unser sechster Hochzeitstag«, sagte die Frau zu Ellen. »Neunzehnter September.«

Clay ging auf seine Frau zu. Er übersah völlig, wie zornig sie war, streckte eine Hand aus, und sie hieb ihm ein Knie in den Schritt.

40

In der Zwischenzeit hatte Scobie Sutton bei Challis angerufen und ihm die guten DNA-Resultate mitgeteilt.

»Ich schicke Ihnen die Details per E-Mail, aber die DNA des Toten hat mit einem ungelösten Mordfall von vor bald zwanzig Jahren zu tun.«

Challis saß mit Murphy und Coolidge in seinem Büro, erläuterte gerade den Einsatz Loeb/Hauser, und Coolidge wollte sich vergewissern, dass absolut keine Drogen im Spiel waren. Die Sonne fiel durchs Fenster und wärmte ihm den Rücken. Mit dem halben Croissant und dem Becher Kaffee neben sich war die Welt in Ordnung. Doch dann kam Sutton mit seinem Paukenschlag, Challis wurde munter, lehnte sich zurück und legte die Füße auf eine offene Schreibtischschublade, seine übliche Denkposition.

»Vor zwanzig Jahren? Da war Owen noch nicht mal Teenager.«

»Ich habe nicht gesagt, dass er den Mord begangen hat«, meinte Sutton.

»Aber er war dabei?«

Was nichts mehr zu sagen hatte, da er ja tot war.

»Nein, er war auch nicht dabei«, sagte Sutton.

»Scobie, ich schwöre, ich drehe Ihnen den Hals um.«

Sutton hörte den knurrigen Ton und beeilte sich: »Ich wollte nur sagen, dass es sich nicht um eine völlige Übereinstimmung handelt, sondern um eine verwandtschaftliche.«

Challis nahm die Füße von der Schublade, beugte sich vor, stützte die Ellbogen auf den Tisch und sah Coolidge an. Die erwiderte den Blick und schaute ihn mit ihren grünen Augen suchend an. Voller Intelligenz, Ironie und einer Spur Verachtung. Keine schläfrigen, zweideutigen Blicke mehr. In letzter Zeit schien ihr Gesichtsausdruck zu sagen, dass letztlich er etwas verpasste, wenn er sie zurückwies.

Challis wiederholte, was Sutton gesagt hatte: »Verwandtschaftliche Übereinstimmung.«

»Mitochondriale DNA«, sagte Sutton. »Owen Valentine und der Mörder sind blutsverwandt. Halbbrüder womöglich.«

Challis sah Coolidge erneut an. »Halbbrüder.«

Dann bemerkte er eine Veränderung bei ihr, ihr Verstand kontrollierte alles und zwang ihre Gedanken und Absichten dazu, ihm stets einen Schritt voraus zu bleiben. »Augenblick, Scobie«, sagte Challis, »ich lege Sie auf den Lautsprecher.«

Dabei sah er Pam Murphy an. Sie wirkte plötzlich wacher, hatte die Unterströmungen im Raum mitbekommen.

»Erledigt«, sagte er zu Sutton. »Erzählen Sie uns von dem Mord.«

Sutton klang blechern und weit weg: »Mord durch Erwürgen, 1998. Annika Watanabe, neunzehn, eine Neuseeländerin auf Arbeitsurlaub. Sie war im vierten Monat schwanger, als sie am Strand von Rye erwürgt wurde. Die DNA fand sich unter den Fingernägeln: Sie hatte den Mörder gekratzt.«

»Und die fötale DNA?«

»Dieselbe wie die des Mörders«, antwortete Sutton.

Challis bedankte sich und wollte schon auflegen, als Sutton ihn unterbrach: »Moment, Moment ...«

»Ja?«

»Sie wissen doch, dass wir in der Drogenküche keine brauchbaren Fingerabdrücke gefunden haben?«

»Ja.«

»Ich habe auch Clover Penfords Puppe untersucht.«

Er spürte Challis' Ungeduld und redete schnell weiter. Ein Teilabdruck, der zu einem Chemie-Studiumsabbrecher von der Monash University passte, welcher 2013 wegen Drogenbesitzes verhaftet worden war und noch immer bei seinen Eltern in einem Vorort von Melbourne lebte. »Ich habe es der Abteilung Kindesmissbrauch weitergegeben.«

»Danke, Scobie«, sagte Challis und legte auf.

Dann warf er Serena Coolidge einen Blick zu, weil er wusste, dass sie das Vorrecht auf Clover Penfords Missbrauchstäter hatte haben wollen. »Senior Sergeant?«

Coolidge zuckte mit den Schultern. »Mal gewinnt man, mal verliert man.«

Challis schüttelte sich verärgert. »Um dabei zu bleiben«, sagte er, »habe ich vor, Carl Bowie wegen Mordes zu verhaften. Jetzt. Heute.«

Coolidge schüttelte heftig den Kopf. »Nein. Bowie gehört uns. Er spielt eine Schlüsselrolle bei einem umfangreichen und noch fortdauernden Einsatz der Drogenfahndung. Ich möchte, dass Sie beide sich da raushalten, wie ich schon mal gesagt habe.«

»Drei miteinander verknüpfte Morde übertrumpfen das«, entgegnete Challis mit harter Stimme.

»Drei? Welche drei?«

Eisig antwortete Pam Murphy darauf. »Vier, wenn wir es genau nehmen. Die Neuseeländerin und ihr ungeborenes Kind, von Carl Bowie ermordet. Owen Valentine, auf Befehl von Carl Bowie ermordet. Colin Hauser, von den Männern ermordet, die Carl Bowie angeheuert hatte. Die Verbindung? Carl Bowie. Was ist daran so schwer zu verstehen?«

Coolidge war gespannt und angriffslustig und ging einfach darüber hinweg. »Motiv?«

Challis lehnte sich wieder zurück und legte die Füße auf die untere Schublade. »Annika Watanabe war schwanger. Vielleicht wollte sie ihn heiraten oder seine Eltern kennenlernen. Vielleicht wollte sie eine Abtreibung, und er fühlte sich in seiner Ehre gekränkt.«

Murphy beugte sich vor und fügte hinzu: »Er ist damit durchgekommen und fühlte sich sicher, aber im Hinterkopf war der Gedanke an die DNA.«

»Solange er sauber blieb«, sagte Challis, »war alles in Ordnung. Er hatte nicht mit seinem Halbbruder gerechnet.«

Als er bemerkte, dass Coolidge daran zu knabbern hatte, setzte er hinzu: »Owen war noch nie verhaftet worden. Carl war in Sicherheit, solange Owen sauber blieb. Doch dann wurde Owen süchtig und fing an zu dealen, einzubrechen und zu stehlen. Es war nur eine Frage der Zeit, bis er verhaftet wurde und seine DNA zu den Unterlagen kam.«

»Und warum hat er Owen nicht schon vor Jahren beseitigt?«

»Vielleicht hatte er nicht die Mittel dazu«, antwortete Murphy. »Vielleicht wusste er nicht, dass es so etwas wie mitochondriale DNA gibt.«

»Und wozu die schweren Jungs aus Sydney?«

Challis zuckte mit den Schultern. »Wollte sich nicht die Hände schmutzig machen, kannte hier nicht die richtigen Leute.«

»Oder wollte nicht, dass man sich die Mäuler zerriss, wenn er einen Ortsansässigen nimmt«, fügte Murphy hinzu.

Coolidge gefiel das alles nicht. Challis beugte sich wieder vor. »Denken Sie darüber nach: Wir verhaften Carl auf der Stelle. Nicht nur, dass sein kleines Imperium noch weiter zerfällt – und wir haben Grund zu der Annahme, dass er kurz davor ist abzuhauen –, wir klären auch die Morde und verhindern weitere. Vielleicht lässt er sich auf einen Deal ein. Mein Team schnappt ihn wegen Mordes, Sie können einen Großeinsatz abschließen und Ihre Kollegen in Sydney mit Informationen versorgen.«

Challis beobachtete sie, bemerkte die eigenartige Intensität aus Stirnrunzeln und gesenktem Blick. Dann klärten sich ihre Gesichtszüge, und sie blickte auf.

»Ich lasse ihn beobachten, ich kriege also mit, wenn er die Fliege machen will. In der Zwischenzeit –«

Challis unterbrach sie: »Wo ist er?«

»Zu Hause. In der Zwischenzeit möchte ich Folgendes. Erstens, eine ruhige Festnahme. Zweitens will ich dabei sein. Drittens, neben dem Haftbefehl brauchen wir noch Durchsuchungsbefehle für sein Haus, alle Fahrzeuge und Geschäftsräume. Viertens, parallel zur Verhaftung ziehen wir auch seine Frau und Kinder und alle Angestellten aus dem Verkehr, für den Fall, dass sie involviert sind und versuchen, sich gegenseitig zu informieren. Fünftens, ich sage Sydney umgehend Bescheid, was wir vorhaben.«

Challis grinste. »In Ordnung.«

Coolidge verschwand. Murphy blieb, um mit dem Papierkram anzufangen, Challis organisierte die Unterstützung der uniformierten Einheiten.

Ein paar Minuten später wurden sie dabei unterbrochen: Coolidge kehrte angespannt zurück. »Wir haben womöglich ein Problem. Offenbar ist Bowie in Ungnade gefallen. Man hat einen Preis auf seinen Kopf ausgesetzt.«

Carl Bowie, der von einer Art Starre befallen war, verbrachte den Großteil des Montagvormittags in seinem Lehnsessel.

Die ganze letzte Woche und das Wochenende über war er wie ein Besessener durch die Gegend gerast und hatte seine Angelegenheiten in Ordnung gebracht. Donnerstag hatte er einen Makler beauftragt, Käufer für all seine Backstuben zu finden, bis auf eine – so eine Art Rückversicherung, falls alles gut ging. Danach hatte er einen Großteil seiner Angestellten entlassen, es aber weder »feuern« noch »betriebsbedingt kündigen«, »auflösen« oder gar »verkleinern« genannt, sondern »umstrukturieren«, so wie es ihm in dem Seminar geraten worden war. Und er hatte sorgsam darauf geachtet, sich dabei nicht wie ein Arschloch zu benehmen. Keine E-Mails, keine Textnachrichten, sondern persönlich. Jedem Einzelnen hatte er freundlich-ruppig gesagt: »Sie werden größer und stärker daraus hervorgehen, was sich positiv für Sie auswirken wird.« Aber waren sie vielleicht dankbar dafür? Pustekuchen. Er kapierte einfach nicht, wie diese gleichgültigen Mitarbeiter tickten.

Freitag und Samstag war er online gegangen, um den Rest seiner Aktiva zu Geld zu machen. Was sich als gottverfluchter Notverkauf entpuppte. Der Großteil seines Barvermögens steckte in Bitcoins, die im Augenblick auf fünfhundert Dollar standen, dabei hatte er sie für elfhundert gekauft. Eine Sünde, sie zu diesem Preis zu verhökern. Er versuchte, Stück für Stück kleine Pakete auf den amerikanischen und europäischen Plattformen zu versteigern, aber das hatte nicht funktioniert.

Sonntag dann hatte er Frau und Kinder zu den Schwiegereltern geschickt. Lois hatte wissen wollen, was er denn vorhätte, und die Hände fest in die dürren Hüften gestemmt: »Steckst du in Schwierigkeiten?«

Schwierigkeiten? Du blöde Kuh. Er hatte sie angeschnauzt, sie hatte zurückgeschnauzt, Füße stampften auf, Türen wurden zugeknallt.

Jetzt am Montag war er immer noch nicht fertig mit der Geschäftsauflösung. Er wollte nur noch weg, war aber dazu viel zu angespannt. Angespannt und merkwürdig träge. So als würde er darauf warten, dass jemand an der Tür klopfte. Einfach irre. Die Stunden vergingen, er kontrollierte die Auktionen, setzte sich, ging auf und ab, setzte sich wieder hin ...

Er hatte eine kleine Beretta, ganz legal, die holte er hervor und hielt sie im Schoß fest, während er nachdachte, nachzudenken versuchte. Er schlich ab und zu durchs Haus, und betrachtete die Gestalt in den Spiegeln. Gebräunt, schlank – mit der Pistole hatte er eine gewisse Ausstrahlung. Lässig hochgekrempelte Ärmel, die glänzende Rolex am linken Handgelenk, das frische Hemd. Ein eindrucksvolles Bild mit einem Hauch von Gefahr. Diese Aura musste er wohl auch gehabt haben, als diese Detectives die Bäckerei aufgesucht und ihm von Owen berichtet hatten. Sie schienen nichts davon bemerkt zu haben, aber sie waren ja auch nur Bullen. Ab und an klingelte das Telefon. Sollte sich der Anrufbeantworter darum kümmern. Lois rief mehrmals an. Sein Schwiegervater. Die Manager seiner Bäckereien.

»Kommt allein damit klar«, brüllte er die Maschine an. »Ich tus ja auch.«

Dann war Tiffany mit ihrer weinerlichen Stimme dran: »Mr Bowie? Andrew hat sich krankgemeldet, und wir haben eine große Bestellung von Red Hill Pantry!«

Blendend roter Zorn riss ihn aus dem Sessel. Er schrie ins Telefon: »Sagen Sie denen, tut uns leid, sagen Sie denen, sie sollen sich verpissen, und wenn Sie schon dabei sind, warum verpissen Sie sich nicht gleich mit?«

Er hätte sie ebenfalls feuern sollen.

Er wartete, bis sich der rote Schleier vor den Augen verzogen hatte, dann war wieder Lois auf dem Anrufbeantworter: »Carl, wir müssen über die Weihnachtsgeschenke für die Kinder reden. Ich weiß ja nicht, was mit dir los ist, aber schieb das mal beiseite und denk an deine Kinder. Bree braucht ein neues Fahrrad, und ich denke, es ist an der Zeit, dass Yazzie ein iPhone kriegt.«

Carl dachte an seine Töchter, und Tränen schossen ihm in die Augen.

Er hatte verflucht hart gearbeitet, um das Bäckereiimperium Bowie vom Abgrund wegzukriegen. Sein Verlierer von Halbbruder hingegen hatte einen Haufen Dope geraucht, hatte die Schule geschmissen und sich mit dieser Highschoolschlampe zusammengetan. Christine Penford. Carl war überrascht, dass sie zusammengeblieben waren.

Vor ein paar Wochen dann hatte der Idiot high auf Ice (blanke Ironie, wenn es mein Ice gewesen ist, dachte Carl) irgendeinen Kerl geprügelt – hart genug, um womöglich angeklagt zu werden und ins Gefängnis zu kommen. Carl hätte nichts davon gewusst, wenn Owen nicht zuckend und paranoid nach Jahren mal wieder bei ihm angekrochen wäre und sich fünf Riesen leihen wollte.

»Wofür?«

»Um diesen Typen zu bezahlen«, hatte Owen geantwortet, und sein Atem hatte nach chemischem Verfall gestunken.

»Was für ein Typ? Wozu?«

Owen hatte weggeschaut. »Ich hab ihn vielleicht, na ja, vermöbelt.«

»Du meinst, er erstattet Anzeige, und du willst, dass er den Mund hält.«

»So in etwa.«

»Was zum Teufel ist mit dir los, Owen?«

»Scheiße, Carl. Hilfst du mir oder nicht?«

Owen gehörte zur Familie, also gab ihm Carl fünf Riesen. Natürlich gab der Blödmann alles für Drogen aus und war am nächsten Tag wieder da, wollte noch mal fünf.

»Mann, der Kerl hat mir ins Gesicht gelacht.«

»Also willst du ihm noch mehr Geld anbieten.«

»Ja.«

»Hast du ihm die fünf Riesen gezeigt?«

Owen schaute weg. »Ja, klar.«

Carl hatte ihn zum Teufel gejagt.

Und am Tag darauf, als er sich eine von diesen blöden Folgen von CSI angeschaut hatte, hatte Carl zum ersten Mal von mitochondrialer DNA gehört. Es war egal, dass Owen und er verschiedene Väter hatten: Sie hatten dieselbe Mutter, und das würde ihre DNA beweisen.

Und wenn die Polizei Owens DNA durch den Computer jagte ...

Also rief Carl bei Hector an und fragte, ob er einem Kumpel einen Gefallen tun könnte.

In Waterloo blickte Serena Coolidge von ihrem iPad auf. »Bowie hat einen Waffenschein.«

Challis nickte. Das hatte er bereits nachgeschaut. »Eine Beretta neun Millimeter.«

»Welchen Eindruck hatten Sie von ihm? Ist er der Typ, der auf die Polizei schießen würde?«

Challis zuckte mit den Schultern. »Sein Imperium zerfällt. Er steht kurz vor der Verhaftung. Ich habe die Eingreiftruppe herbeordert.«

Coolidges Gesicht spannte sich. »Ohne mich zu konsultieren?«

»Serena«, antwortete Challis mit eiserner Miene, »da stehen ringsherum Häuser. Er ist bewaffnet. Wir haben keine Wahl.«

»Und wie lange dauert es, bis die Eingreiftruppe hier ist? Ein paar Stunden? Und zwar erst, *nachdem* wir alle bürokratischen Hürden genommen haben.«

Challis spürte, wie er wütend wurde. Er sah sie ausdruckslos an und wollte schon etwas entgegnen. Pam Murphy berührte ihn am Arm. »Boss? Sie hat recht.«

Alle Spannung wich von ihm. Serena Coolidge hatte tatsächlich recht. Die Situation verlangte eindeutig die Anwesenheit der schweren Truppe, aber sie hatten keine Zeit für eine Risikoabschätzung, die drei oder vier Stunden dauern mochte. Alles würde an »Parametern« gemessen werden, die sich auf ein psychologisches Profil bezogen. War das Zielobjekt bewaffnet? Hatte er oder sie eine Vorgeschichte aus Gewalttaten, vielleicht sogar bewaffnet? Wie sollte die »Lösung« aufgebaut sein (Art und Weise von Zugriffskorridoren; mögliche Evakuierung der Nachbarschaft; Gefahren und Vorteile eines schnellen Eindringens; Einsatz von Blendgranaten)? Wie wahrscheinlich war es, dass es zu Komplikationen kommen konnte (Anwesenheit oder

Eintreffen von Freunden, Familienangehörigen, Nachbarn, Bediensteten oder Handlangern)?

Und zu alldem kam noch, dass der Einsatz mehrere Schritte an Entscheidungsbefugnissen durchlaufen musste, vom stellvertretenden Polizeipräsidenten über den Bereichskommandanten und dem Superintendenten bis hinunter zum kleinen Inspector Challis.

Schließlich nickte er.

»Wir ziehen los, aber wir nehmen alle bewaffneten Hilfskräfte mit, die wir auftreiben können, um Bowies Haus aufzubrechen, die Straße zu sperren, den Verkehr zu regeln und die Nachbarn zu warnen.«

Er hielt inne. »Und wir tragen alle kugelsichere Westen.«

Kurz darauf machten sie sich auf den Weg. Zwei Minuten vom Ziel entfernt wurden im Funkverkehr Schüsse gemeldet.

Carl hörte irgendwo an der Rückseite des Hauses Glas splittern, ein zutiefst bedrohliches Geräusch, so als sei das ganze Panoramafenster eingeschlagen worden. Ein paar Herzschläge saß er ungläubig da. Er hatte tatsächlich nicht gedacht, dass so etwas passieren würde. Klopfte die Polizei denn nicht erst an?

Und kamen sie nicht durch die Vordertür?

In dieser kurzen Zeitspanne kam den Flur entlang ein Mann auf ihn zugestürmt, der offenkundig nicht zur Polizei gehörte, und Carl schoss. In den Unterleib. Carl starrte seine Hand an, so als würde sie, nicht er selbst, das Geschehen kontrollieren. Der Verletzte war das reinste Klischee: glatzköpfig, tätowiert, muskelbepackt, riesig. Und zugleich jämmerlich, wie er sich da hin und her warf und schrie, herumfluchte und zwischendrin um einen Rettungswagen flehte.

Carl trat über ihn hinweg in den Flur. Eine kurze Bewegung am Ende, wo das Licht aus dem Hintergarten hereinfiel. Ein zweiter Mann, der hinaushuschte.

»Komm doch und hol mich«, brüllte Carl.

Er rührte sich nicht, der zweite rührte sich ebenfalls nicht, und Carl fragte sich, wie so etwas wohl ablief.

Um etwas zu tun zu haben, zerrte er den Verletzten den Flur entlang und ließ ihn in die Scherben fallen. Als das Feuer dann erwidert wurde – diesmal vom Hof aus –, gab er drei schnelle Schüsse in den Rasen ab, eilte ins Wohnzimmer zurück und versteckte sich hinter dem großen Sofa.

41

Der Wooralla Drive war auf den ersten paar Kilometern flach; er führte an einem Sportplatz vorbei, überquerte dann die kleine Touristeneisenbahnlinie mit ihrer Hogwarts-Lokomotive, senkte sich zum Balcombe Creek ab und erklomm dann einen der höchsten Punkte auf der Peninsula. Atemberaubende Aussichten über Farmland nach Südosten und über die Bucht nach Westen, wie Challis bemerkte, bevor er sich die Gegend unter dem Gesichtspunkt einer Belagerung oder einer Schießerei anschaute. Die Straße war bei Bowies Haus schmal und verbreiterte sich dann den Hügel hinab zum Nepean Highway und den Geschäften von Mount Eliza.

Bowie wohnte hügelaufwärts ein kurzes Stück vor dem Kreisverkehr der Mountain View Road. Das Haus stand etwas von der Straße zurückgesetzt zwischen Bäumen; ein niedriger Zaun zu beiden Seiten trennte es von den Nachbarn. Challis zählte ein Dutzend Autos in der Nähe, in Einfahrten, Carports und zu beiden Seiten der Straße, halb auf dem Grasstreifen. Das gefiel ihm nicht: Durchgangsverkehr vom Highway zu den Läden, Nachbarn, Bäume, die schmale Straße und kein klares Sichtfeld. Und langsam wurden die Nachbarn neugierig.

Pam Murphy fuhr und blieb Coolidge dicht auf den Fersen, gefolgt von zwei Fahrzeugen mit Uniformierten. Coolidge bremste ab, schlich dahin und hielt hinter dem Überwachungsfahrzeug der Drogenfahndung, dessen Fahrgastseite mit den Rädern auf dem schmalen grasigen Seitenstreifen stand. Für das Zivilfahrzeug von Challis und Murphy und die Polizeiwagen gab es keinen Platz mehr.

»Fahren Sie weiter«, sagte Challis, »in den Manna Court.«

Murphy tat wie geheißen, die Streifenwagen folgten. Dann stiegen sie alle aus, und Challis erteilte den Uniformierten eine Reihe von knappen Befehlen: Verkehr in beiden Richtungen sperren, die Nachbarn zurück in die Häuser scheuchen und ihnen sagen, dass sie abschließen sollen. Dann eilte er mit Murphy zurück zum Wooralla Drive und schloss sich Coolidge am Wagen der Drogenfahndung an. Coolidge wies angespannt auf Bowies Haus. »Zwei Männer, vor zwei Minuten.«

Challis sah hinüber, ein terrassierter Albtraum aus weiß gestrichenem Beton mit viel Glas. Jetzt war es ganz still. »Wie viele Schüsse?«

»Zwei, ein paar Minuten versetzt«, antwortete einer der Detectives. »Ich habe der schweren Truppe Bescheid gegeben und Mornington und Frankston um Beihilfe gebeten.«

»Gut. Diese Männer: Hat Bowie sie hereingelassen?«

»Das konnten wir nicht sehen. Sie haben sich getrennt und sind zu beiden Seiten ums Haus nach hinten gegangen.«

»Und sie haben nicht erst vorn angeklopft?«

»Nein.«

Coolidge fühlte sich ausgeschlossen. »Auto?«

»Sind in dem da gekommen«, antwortete der Detective und wies auf einen Toyota Camry, der zwanzig Meter hügelabwärts von Bowies Haus stand. Aufkleber von Hertz, wie Challis bemerkte. »Können wir es lahmlegen?«, fragte er.

Coolidge erstarrte. Challis sprach mit *ihrem* Beamten. »Dave, Sie haben doch ein Taschenmesser dabei.«

Der Mann grinste. »Wird erledigt«, sagte er. Er lief kauernd zum Camry hinüber und zerstach die beiden Reifen auf der

Fahrerseite. Dann erstarrte er. Kauerte sich tiefer hin. Ein weiterer Schuss fiel.

Drei weitere gedämpfte Schüsse. Zwei Waffen, bemerkte Challis am unterschiedlichen Klang.

Ansonsten war er wie die anderen erstarrt und hatte sich aus reinem Instinkt mit eingezogenen Schultern hingekauert. Niemand wusste, was der nächste Schritt war. Ein Großteil der Ausbildung war in den Jahren des Papierkrams und der alltäglichen Schinderei in Vergessenheit geraten, also blieben sie einen Augenblick lang reglos, die Hände an den Dienstwaffen.

Dann setzten sie sich in Bewegung und duckten sich hinter den Wagen der Drogenfahndung und Coolidges ungekennzeichneten Holden. Etwas weiter den Hügel hinauf gingen die Uniformierten von Tür zu Tür; ein Constable stand mitten auf der Straße, um den Verkehr anzuhalten. Ein zweiter stand ein Stück hügelabwärts von Bowies Haus und hielt ebenfalls den Verkehr an. Sie wirkten auf Challis schutzlos, standen aber in einiger Entfernung, mit Pistolen nur schwer zu erwischen, und sie wurden gebraucht, um die Fahrer anzuhalten, die ansonsten unbekümmert weitergondeln und sich vielleicht einen Irrläufer einfangen würden.

Ihr Sergeant kam den Fußweg aus Richtung des Kreisverkehrs herbeigeeilt. Schnaufend kauerte er sich neben Challis. »Meine Männer sind ungeschützt.«

»Ich weiß, es tut mir leid«, sagte Challis, »aber wenn ein Zivilist angeschossen wird, kommen wir in Teufels Küche.«

»Ja, ja«, meinte der Sergeant und machte sich bereit, wieder hügelaufwärts zu rennen, als Pam Murphy rief: »Jemand verlässt das Haus.«

Nicht Bowie, sondern die beiden Killer.

Serena Coolidge trat instinktiv auf die Straße, als die beiden aus dem schattigen Seitengarten brachen, einem schmalen

Streifen zwischen Bowies Haus und dem Zaun zum Nachbarhaus. Einer stützte den anderen, der sich in die blutige Gürtellinie griff. Der Erste wirkte überrascht, Polizei vorzufinden – doch er war erheblich entschlossener als die Polizei. Er hob die Waffe, feuerte drei Mal, und die Schüsse, die nicht durch Wände und Fenster gedämmt wurden, klangen scharf und giftig.

Coolidge war sein erstes Ziel, ganz einfach, weil sie am nächsten stand. Sie sagte leise: »Oh«, und plumpste formlos auf den harten Straßenbelag. Dann wurde einer der Uniformierten getroffen, den der Schütze gesehen hatte, als er aus der einen Einfahrt kam und zur nächsten gehen wollte. Er wirbelte herum und hielt sich den Oberschenkel. Er stolperte ein paar Schritte weiter, ging auf ein Knie, sank dann auf die Hüfte und auf den Rücken.

Alle schrien sich gegenseitig an oder brüllten in ihre Funkgeräte. Challis schickte einen der Drogen-Detectives los, um den verwundeten Constable hinter den nächsten Wagen zu ziehen, und die anderen zu besseren Stellen hügelauf und hügelab von Bowie. Blieb noch Coolidge, die am Straßenrand zwischen ihrem Wagen und dem der Drogenfahndung lag. Der Schütze legte erneut auf sie an und schoss, und Challis sah, wie ihre Hose flatterte, wie ihr Bein zuckte und sich ein Loch zeigte, aus dem Blut floss. Challis konnte nicht sehen, wo der erste Schuss gelandet war, tippte aber auf Taille oder Hüfte. Als er sah, wie der Schütze sich hinter einen Wagen kauerte, eilte er zu Coolidge hinüber und legte sich zu ihrem Schutz auf die Straße.

Sie drehte den Kopf, sah ihn und sagte mit krächzender Stimme: »Auch eine Art, intim zu werden.«

Er lachte peinlich berührt. »Schonen Sie sich.«

Pam Murphy, wo war Pam? Challis wagte es, den Kopf von der Straße zu heben, und sah sie mit bleichem Gesicht im Gras, im Schutz des Wagens der Drogenfahndung, wie sie sich die Schulter hielt.

Mit weiter gehobenem Kopf sah Challis an der Straße entlang hinauf und hinunter. Der Sergeant und der Detective der Drogenfahndung kümmerten sich um den Verletzten, die anderen Beamten scheuchten die Menschen zurück in die Häuser, suchten Schutz, sprachen hektisch in ihre Funkgeräte. Schwach nahm Challis die Verzweiflungsschreie rings um sich herum wahr und fragte sich dann, ob er wohl ebenfalls dazu beigetragen hatte, eine Art angstvoller Totenklage.

Er rollte auf die linke Schulter, spürte, wie sich Brocken des Asphalts aus den Schlaglöchern in die Hüfte bohrten, und sah zu Bowies Haus hinüber, wobei er mit dem Körper noch immer Coolidge schützte. Die Pistole lag schwer in seiner Hand. Er hatte den letzten Schießtest am Übungsstand nur mit Mühe bestanden.

Sirenen, es sollte doch bereits Sirenen geben. Oder nicht. Die Polizeireviere von Frankston und von Mornington lagen jeweils zehn Minuten entfernt. Wie lange hatte diese Schießerei in der Vorstadt gedauert? Zwei Minuten?

Der Schütze verließ die Deckung, rannte zum Mietwagen und schoss auf Challis. Eine Kugel schlug ihm gegen die Brust, wobei die Weste den Aufprall nur wenig abmilderte, eine zweite prallte in der Nähe seiner Hand ab. Challis gab einen Schuss auf die unscharfe Gestalt ab und traf sie am Knöchel. Reines Glück. Der Mann stürzte mit voller Wucht zu Boden und verlor die Waffe.

Er stützte sich auf Hände und Knie und sah sich nach der Waffe um. Challis konnte keinen weiteren Schuss riskieren: Hügelab von dem Schützen kontrollierte ein uniformierter Constable den hügelauf kommenden Verkehr, und hinter ihm standen bereits ein halbes Dutzend Fahrzeuge.

Der Uniformierte sah, was geschah. Er stand versteinert mitten auf der Straße, hielt mit einer Hand den Verkehr auf und bedeutete mit der anderen dem Schützen, stehen zu bleiben. Dann fiel ihm seine Waffe wieder ein. Er zückte sie und rief dem Schützen zu: »Flach auf den Boden!«

Der Schütze hatte seine Waffe wiedergefunden. Er versuchte aufzustehen, schwankte, zielte wild um sich, was Challis dazu veranlasste, geduckt über die Straße zu rennen und sich auf den Mann zu stürzen. Die beiden fielen um, die Pistole feuerte nutzlos in den Himmel über den stehenden Fahrzeugen, Challis schlug und klammerte. Er sah den Polizisten, rief: »Helfen Sie schon, verdammt.«

Der Unifomierte schien aus der Trance zu erwachen. Er eilte zu Challis und half ihm dabei, den Schützen zu Boden zu ringen.

»Handschellen«, sagte Challis, »hocken Sie sich auf ihn und zögern Sie nicht, Ihr Pfefferspray zu benutzen.«

»Sir.«

Challis steckte die Waffe des Schützen ein und stolperte dann hügelaufwärts zu Bowies Haus; jetzt, wo das Adrenalin nachließ, spürte er, wie ihm der Schmerz durch den ganzen Körper pochte. Er betrat das Grundstück, ging an der Seitenwand entlang, hielt Ausschau nach dem verschwundenen zweiten Mann, jeder Strauch, jeder Baum eine mögliche Falle.

Er fand den Mann rücklings zwischen einem Rosenstrauch und der hintersten Ecke der Wand. Der Mann keuchte, glasiger Blick, keine Waffe.

Challis kauerte sich unter Schmerzen hin, sein ganzer Oberkörper fühlte sich an wie zerbeult und zerschunden, fesselte die Knöchel mit Handschellen und schlich auf den Hof hinter Bowies Haus. Die Rückseite bestand fast nur aus Glas und ging auf eine Terrasse hinaus mit Blick auf einen Teich und eine Ansammlung von Flaschenputzern und anderen heimischen Gewächsen. Jemand hatte einen Ziegelstein durch die gläserne Schiebetür geworfen, und auf den Fliesen im Haus dahinter hatte sich eine Blutlache gebildet. Da lag auch die fehlende Pistole ein paar Meter hauseinwärts von den Glassplittern, auf dem Boden neben einem Bambustisch mit Glasplatte.

»Mr Bowie?«, rief Challis.

Stille. Er rief noch einmal. »Polizei, Mr Bowie. Sie sind in Sicherheit, die Eindringlinge sind verhaftet worden.«

Immer noch keine Antwort. »Darf ich reinkommen, Mr Bowie?«

»Verschwinden Sie. Lassen Sie mich in Ruhe.«

Eine Art kreischender Panik lag in der Stimme. Das wird eine Weile dauern, dachte Challis. Verhandlungsführer. Schwere Truppe. Evakuierung.

Er konnte schon mal damit anfangen. Er konnte mit Bowie reden, ein sanftes, zurückhaltendes Gespräch, ohne den Mann anzuklagen, sondern ein wenig aufzubauen. Aber Challis war so müde.

»Hat Owen Sie um Geld angepumpt, Mr Bowie?«

Keine Antwort, auch nicht nach geraumer Zeit, in der die schweren Truppen eintrafen, Verhandlungsführer, gaffende Bürger und Übertragungswagen, bis Stunden später irgendwo tief im Haus ein gedämpfter Schuss fiel.

Was einen der Polizisten zu der gemurmelten Bemerkung veranlasste: »Noch so ein bescheuertes Klischee.«

42

Eine Woche vor Weihnachten sagte Pam Murphy: »Ich kann fahren.«

Michael Traill erstickte diese Idee gleich im Keim. »Es mag deiner Aufmerksamkeit entgangen sein, aber du trägst einen Arm in der Schlinge.«

»Ich kann mit der guten Hand lenken, und du schaltest für mich.«

»Und das aus dem Mund einer Polizistin«, entgegnete er.

Also fuhr er, von ihrer Haustür hinüber zum Peninsula Link, dann den EastLink hinauf und schließlich zum Parkplatz des Beerdigungsinstituts an der Canterbury Road.

Pam war sich seiner beherrschten, gelassenen Gegenwart neben ihr sehr bewusst, da war nur noch ein Hauch der Enttäuschung und Einsamkeit, die sie zu Beginn an ihm bemerkt hatte. Sie betrachtete seine Hand, mit der er sicher schaltete, und dachte an ihren angeschossenen Arm, den heftigen Schlag der Kugel und den Schock, den sie danach verspürt hatte, aber auch, wie der Arm in der Schlinge über ihrer Brust sie gleichermaßen beruhigte wie von ihr ruhiggehalten wurde.

Seit der Schießerei erging sie sich in albernen Fantasievorstellungen. Wenn überhaupt, dann war Michael ihr Trost. Er war ihr Trost im Krankenhaus gewesen, in der Zeit danach und bei jedem einzelnen mühevollen und mühsamen Schritt nach dem Tod ihrer Mutter.

»Was macht dein Buch?«

Er winkte ab. »Ach, ich werde kein Buch schreiben. Ich muss kein Buch schreiben.«

Sie sah ihn beunruhigt an. War das nun gut? War sie dafür verantwortlich? Doch er schien in sich zu ruhen, und wie sie so fuhren, kam sie auf eine andere Idee. »Sollen wir zusammenziehen?«

Sie hatte noch nie mit jemandem zusammengelebt. Hatte ehrlich gesagt auch kein sonderliches Liebesleben gehabt. Das übliche tollpatschige Gefummel als Heranwachsende, ein paar wilde Wochen mit einem jungen Surfer, eine noch wildere Woche mit einem weiblichen Sergeant ...

Er warf ihr einen Blick zu. »Ist das nicht zu früh?«

»Im Sinne von ›Aber wir kennen uns doch kaum‹? Nein. Es fühlt sich richtig an.«

»Das tut es wirklich«, sagte er.

»Gut.«

»Ich werde natürlich überall verachtet ...«

Traill war sonnengebräunt, schlank und stabil neben ihr.

»Nicht von mir«, sagte sie.

Er nickte. »Gut zu wissen.«

»Mit zwei Einkommen können wir es uns leisten, eine anständige Wohnung zu mieten.«

»Okay«, sagte Traill nur.

Pam erwähnte nicht, dass es irgendwann in nächster Zukunft eine Geldsumme aus dem Erbe ihrer Mutter geben würde, und sie fühlte sich leicht schuldig deswegen.

So als wolle sie diesen Gedanken wiedergutmachen, dachte sie über Vorhandensein und Wesen von Kummer nach, der in allem steckte, wie sich herausgestellt hatte.

Sie sollte sich freuen, am Leben zu sein, aber ihre Gefühle waren völlig durcheinander. Sie brach wegen nichts in Tränen aus. Das Leben war kurz und risikoreich. Die Menschen lebten im Elend. Das Elend von Christine Penford, das Elend der Kinder.

Pam wollte sich einfach nur etwas besser fühlen.

»Lass uns ein Fahrrad kaufen«, sagte sie.

Christine Penfords Mutter lebte in einem kleinen Ziegelhaus in einer Straße, die niemals Hoffnung und Erwartungen beherbergt hatte, sondern einfach nur durchhielt. Sie öffnete auf Pams Klopfen mit Troy Penford an der Hüfte.

Sie schaute sie stirnrunzelnd an: »Ich kenne Sie: Sie sind diese Polizistin.«

»Pam Murphy, Mrs Penford.«

Die ältere Frau schaute an ihr vorbei. »Und wer ist das?«

»Das ist Michael. Mein Freund.«

Irene Penford hatte die Augen zusammengepresst und schaute sich um; alle möglichen Einschätzungen und Vorstellungen gingen ihr durch den Kopf. Sie erkennt ihn, dachte Pam und wappnete sich – aber wovor? Dass sie ihn beschimpfen würde?

Mrs Penfords Blick fiel schließlich auf das Fahrrad. Pink, mit violetten Griffen und Pedalen. Ein weißer Korb mit eingeflochtenen pinkfarbenen und violetten Blumen über dem Vorderrad, ein pinkfarbener Sattel.

Sie blinzelte. »Ich habe versucht, ihr altes Rad zurückzubekommen, aber der Kerl hatte es schon verkauft.«

Michael schob das Rad an Pam vorbei auf die Veranda. Er klappte mit der Schuhspitze den Fahrradständer aus und stellte es hin. Pam fragte: »Wollen Sie es ihr jetzt geben oder bis Weihnachten warten?«

Die ansonsten entschlussfreudige Frau war diesmal ratlos. »Ich habe für alle Fälle Geschenkpapier und Schleife dabei«, sagte Pam.

Michael meinte: »Was macht denn schon eine Woche, so alles in allem?«

Das erleichterte ihr den Entschluss. »Ich verstecke es im Schuppen.«

In der Herrenabteilung des Kaufhauses fragte Ellen Destry: »Und wie geht es Sergeant Cool Bitch?«

Das letzte Mal, als Challis sie gesehen hatte, hatte sie sich mit den Krankenschwestern und Ärztinnen gestritten. Von ihrer sonstigen Coolness war nicht viel zu sehen. »Topfit«, antwortete er.

Ellen hakte sich bei ihm unter. »Es macht mir nichts aus, wenn du sie besuchst, musst du wissen.«

»Ich weiß«, sagte Challis.

Sie drückte seinen Arm, eine einfache Geste, doch er erkannte die komplexe Gemengelage dahinter. Ellen war froh, dass er nicht verwundet worden war. Sie war froh, dass Coolidge nicht gestorben war. Sie war froh, dass Challis ihr gehörte, nicht Coolidge. Sie selbst würde es hassen, angeschossen worden zu sein, und sie bedauerte Coolidge. Und sie musste zugeben, dass Coolidge über Attraktivität und Einfluss verfügte.

Sie drückte ihn während des Gehens, doch die Bewegung übertrug sich auf seinen blau geschlagenen Brustkorb, und

Challis musste ein schweres Keuchen unterdrücken. Davon bemerkte Ellen nichts, so sehr konzentrierte sie sich jetzt auf die Regale voller Hemden und Hosen. Nach dem Einkauf würden sie die Rolltreppe nehmen und nach einem Weihnachtsgeschenk für Ellens Tochter suchen. Im Augenblick war allerdings Challis dran.

»Ich wette, Sergeant Cool Bitch geht nicht mit ihren Liebhabern shoppen.«

Challis lachte, aber ihm brach der Schweiß aus. Jedes Kleidungsstück fühlte sich auf der Haut rau an, war zu knapp und zu steif, kaum zu ertragen. Viele davon hatten Muster und Aufschriften. Manche bestand#en aus ungewöhnlichen, aber durchgehend schrecklichen Stoffen. Er probierte eine leichte Freizeithose an; die Gesäßtasche entpuppte sich nur als Ziernaht! Und die Fahrstuhlmusik bohrte sich tief in seinen Schädel.

Der Unterkiefer tat ihm vom Zusammenbeißen weh.

Dann entdeckte er zu seiner Erleichterung ein bekanntes Gesicht. Ein großer Kerl … Körperverletzung? Bewaffneter Raubüberfall. Erst vor ein paar Monaten auf Bewährung entlassen. Challis' Interesse war geweckt. Vielleicht wollte der Bursche den Laden ausrauben. Oder mich erschießen, dachte er. Er erstarrte, wollte sich von Ellen lösen, in den Dienstmodus schalten, den Kerl beschatten, alles, nur nicht dieses … dieses …

Eine selbstsicher wirkende Frau mit strengem Gesicht drehte sich zu dem Schlägertyp um. Sie hielt ihm ein Hemd vor die Brust und prüfte es mit einem Blick auf Farbe und Passform. Und der massige, tätowierte Riese streckte die Hand aus und berührte sie an der Wange.

Vielleicht ließ er die ganze Tortur nur über sich ergehen, weil er liebte und geliebt wurde und weil Weihnachten war. Genau wie ich, fand Challis.

»Mein Lieber?«, sagte Ellen, die mit den Gedanken nicht bei Waffen oder Verbrechern war, sondern bei den kleinen Dingen des Lebens.

Garry Disher im Unionsverlag

INSPECTOR-CHALLIS-ROMANE

»Disher ist ein Meister der modernen Krimikomposition. Er entwickelt ein faszinierendes Erzähltempo, das flott und schnell, aber niemals atemlos oder gehetzt erscheint. Disher zu lesen, ist ein literarischer Genuss erster Güte.« *krimiblog.de*

Drachenmann *Rostmond*
Flugrausch *Leiser Tod*
Schnappschuss *Funkloch*
Beweiskette

CONSTABLE-HIRSCHHAUSEN-ROMANE

»Hirsch (fast) allein gegen Sheriff, Vorgesetzte, Dorfbonzen. Weizen, Wolle, früher Kupfer, leeres Land. Ganz, ganz fein, staubtrocken und herzenswarm.« *Tobias Gohlis, KrimiZeit-Bestenliste*

Bitter Wash Road
Hope Hill Drive
Barrier Highway
Desolation Hill

Hinter den Inseln
Liebe, Krieg und Verrat vor dem Hintergrund der zusammenbrechenden Kolonialreiche in Südostasien.

Kaltes Licht
Ein Skelett, ein jahrealter Mordfall und vergessene Geheimnisse – ein Fall für Sergeant Alan Auhl.

Stunde der Flut
Eine nagende Ungewissheit treibt Charlie Deravin in Ermittlungen gegen seine eigenen Familie.

Mehr über Autor und Werk auf *www.unionsverlag.com*